Un papa pour les fêtes

*

Une infirmière irrésistible

*

Le destin du Dr Demetrios

SUSAN CARLISLE

Un papa pour les fêtes

Traduction française de
MATHILDE SEGAS

Blanche

HARLEQUIN

Collection : Blanche

Titre original :
A DADDY SENT BY SANTA

HARPERCOLLINS FRANCE
83-85, boulevard Vincent-Auriol, 75646 PARIS CEDEX 13
Service Lectrices — Tél. : 01 45 82 47 47

www.harlequin.fr

ISBN 978-2-2804-1482-1 — ISSN 0223-5056

1.

Paxton Samuels n'avait pas hésité une seconde à quitter Boston. À peine avait-il eu connaissance d'un poste de médecin intérimaire en Oklahoma qu'il s'était porté volontaire. C'était son ticket de sortie du cauchemar émotionnel qu'était devenue sa vie. Et Dieu sait qu'il avait besoin d'un changement de décor.

Avec son expérience aux urgences comme en médecine familiale, il correspondait parfaitement au profil requis. Et cet emploi était d'autant plus attractif qu'il était localisé loin, très loin de chez lui.

Pour autant, Paxton ne s'était pas imaginé se retrouver ainsi, fin novembre, en plein blizzard, au milieu de nulle part. Il s'était certes préparé au choc culturel, mais n'avait pas anticipé ces rafales de neige sur une route interminable. Pourtant, malgré ce mauvais temps inattendu, il ne regrettait pas ce déplacement qui lui permettait d'échapper aux exigences de ses parents autant qu'à la fascination des médias pour sa vie privée. Depuis l'échec retentissant de son mariage, « l'événement mondain de l'année », il se sentait harcelé.

Penché sur le volant, il fouilla du regard la plaine blanche et déserte autour de lui à la recherche du moindre signe de civilisation, sans distinguer autre chose qu'un arbre de loin en loin. Pourtant, à en croire son GPS, la petite ville de Last Stop ne se trouvait qu'à quelques encablures. La visibilité diminuait tellement qu'il envisagea un instant de se garer et d'attendre une amélioration des conditions climatiques.

Il persévéra toutefois, craignant de se retrouver bloqué par la neige.

Comme une élévation du terrain lui cachait soudain la route, il freina net. En réponse, l'arrière de sa voiture de sport partit en vrille. Instinctivement, il retira le pied du frein et contre-braqua pour redresser le véhicule. Ayant repris le contrôle, il parvint à stopper la voiture et examina le spectacle qui s'offrait à lui. Une grosse moissonneuse-batteuse était couchée en travers de la route, un camion encastré dans son flanc.

Apparemment, sa prise de poste intervenait plus tôt que prévu.

Il se gara prudemment sur le bas-côté de ce qu'il espérait être la route, s'assurant que ses pneus restaient bien sur l'asphalte. Puis il attrapa son téléphone portable et composa le 911. Une fois la standardiste en ligne, il décrivit l'accident et le situa en précisant qu'il était médecin.

— Les secours partent tout de suite, répondit l'opératrice.

Ouvrant la portière, Paxton frissonna sous l'assaut des bourrasques glacées de vent et de neige. Il enfila en vitesse son pardessus en laine et attrapa sa trousse de médecin. La tête baissée pour résister aux violentes rafales, il avança vers l'épave.

Parvenu près du camion, il manqua déraper sur une plaque de glace noire et gagna avec prudence la cabine. Là, il jeta un coup d'œil à travers la vitre du conducteur.

La victime, un homme, était penchée en avant, la tête sur le volant. Lorsque Paxton tapa à la vitre, il tressaillit, mais ne releva pas la tête pour autant. Paxton ouvrit la portière.

— Hé, vous êtes blessé ? demanda-t-il d'une voix forte, mais bienveillante.

L'homme grogna en tentant de se redresser.

— Doucement, intervint Paxton en posant la main sur son épaule. Ne bougez pas. Je suis médecin. Pouvez-vous me dire où vous avez mal ?

— Ma tête.

— Surtout, restez immobile.

Après avoir examiné la blessure à la tête, il ouvrit sa trousse et en tira un gros pansement qu'il appliqua sur l'entaille.

— Les secours ne vont plus tarder. Restez tranquille. Je dois aller m'assurer que l'autre conducteur va bien.

— D'accord, murmura l'homme.

Déjà, Paxton avançait vers la moissonneuse-batteuse. Il progressait lentement, une main sur la carrosserie pour garder son équilibre. Le métal glacé transperçait sa paume comme s'il était recouvert de fines aiguilles. La luminosité diminuait rapidement et il n'y voyait déjà presque plus rien.

Parvenu à la cabine du conducteur, il frotta la vitre pour regarder à l'intérieur. Un jeune homme était étendu sur le côté, immobile. Paxton allait devoir grimper en haut de la cabine de l'énorme machine avant de se laisser glisser dans l'habitacle pour examiner les blessures de l'homme inconscient. Il étudia le véhicule pour déterminer le meilleur chemin. La tâche s'annonçait rude.

Il remonta sa trousse jusqu'à son épaule. Au loin, le son de sirènes lui apprit que les secours approchaient. Enfin !

Le pneu avant de la moissonneuse-batteuse était suspendu en l'air : il passerait par là, en se servant de la jante comme marchepied. Il grimpa sur l'essieu exposé, puis se hissa sur le bord du capot du moteur. De là, il progressa à quatre pattes jusqu'à ce qu'il repère la poignée. Maigre consolation, le moteur était encore tiède sous la paume de ses mains.

Parvenu à la portière, Paxton remua ses doigts pour leur redonner un peu de souplesse avant d'appuyer sur la poignée qui résista. Il la frappa alors de la paume de la main, serrant les dents sous l'effet de la douleur qui irradia le long de son bras. Un deuxième coup emporta la partie et la poignée céda. Dès qu'il eut ouvert la porte, la chaleur s'échappa du véhicule, aussitôt absorbée par le crépuscule glacé.

L'adolescent n'avait toujours pas bougé.

— Hé ! cria-t-il. Vous m'entendez ?

Pas de réponse.

Le son des sirènes qui s'amplifiait le rassura. À Boston, les accidents de tracteur étaient rares.

Allongé sur le ventre, il se pencha jusqu'à la taille pour toucher la cuisse du garçon. Elle était chaude, Dieu merci, il était vivant. Lentement, Paxton recula. S'il tombait, il heurterait le garçon ou se blesserait lui-même.

Il s'assit alors de façon à entrer les pieds en premier. Comme il se penchait, il parvint à coller deux doigts sur la jugulaire de l'adolescent, juste sous la mâchoire. Le pouls était très faible. Le gamin avait besoin d'aide, et vite.

Les sirènes se turent et les lumières des gyrophares se réfléchirent sur la vitre de la cabine. Les renforts étaient arrivés.

Faisant glisser les anses de sa trousse, il la cala comme il le put et fouilla à l'intérieur jusqu'à ce qu'il trouve son stéthoscope. Après avoir glissé les embouts dans ses oreilles, il appliqua le pavillon sur la poitrine de l'adolescent. Une excitation l'envahit quand il perçut les battements de son cœur.

Alors que Paxton tendait la main vers la tête du garçon, une voix sèche l'arrêta.

— Ne le touchez pas !

Regardant par-dessus son épaule, il découvrit un visage entouré d'une capuche blanche bordée de fourrure, des lèvres roses serrées et de grands yeux noirs qui le foudroyaient.

— Ne le bougez pas !

Penchée au bord de la cabine, Lauren Wilson avait usé du même ton que celui qu'elle employait pour empêcher son fils de deux ans de faire une bêtise.

Pas question qu'elle laisse un bon Samaritain aggraver une situation déjà délicate. Son attention fut brusquement attirée par le stéthoscope qui pendait au cou de l'homme. La chance était avec elle.

— Vous ne seriez pas le Dr Samuels, par hasard ?

— Si et je suis ravi de vous voir. Les secours sont-ils en route ?

— C'est moi, les secours. Je m'appelle Lauren.

Il n'eut pas l'air impressionné.

— Et Rick m'accompagne. Il est policier.

— Nous devons nous occuper de ce garçon et de l'autre homme, fit-il en désignant le camion d'un mouvement de tête. Où est l'ambulance ? Il faut les transporter au plus vite à l'hôpital.

Ce n'était pas du tout le genre de médecin auquel elle s'était attendue. Elle avait espéré un homme plus âgé. Moins beau. Avec des cheveux gris et des épaules étroites. La faible lumière ne lui permettait pas de distinguer si ses yeux étaient bleus ou verts.

Le Dr Barden, dernier médecin en titre de Last Stop, avait pris sa retraite après quarante-cinq années de bons et loyaux services. Ayant abandonné l'idée de trouver un remplaçant permanent, il s'était résigné à embaucher des remplaçants temporaires pour quelques mois. Mais les volontaires ne se bousculaient pas. Pourtant, la ville et ses alentours avaient grand besoin d'un médecin à plein temps. Lauren était la seule infirmière et professionnelle de la santé à cent kilomètres à la ronde. Elle faisait de son mieux en cas d'urgence jusqu'à l'arrivée des secours, mais la ville méritait mieux.

Sans doute le Dr Samuels ne faisait-il que s'acquitter des impératifs requis par sa bourse d'étude. Il ne ferait certainement pas long feu par ici. Mais pour l'instant elle se réjouissait de l'avoir sous la main, ce soir en particulier.

Elle connaissait depuis toujours Lewis Williams, l'adolescent recroquevillé contre le pare-brise et, d'après ce qu'elle voyait, le Dr Samuels avait raison. Il fallait l'emmener au plus vite à l'hôpital.

— Rick, appela-t-elle, c'est Lewis Williams. Nous devons le sortir de là. Il va nous falloir de la lumière, des couvertures et une corde si possible. Envoie-moi mon sac.

Elle l'attrapa au vol avant de se tourner vers le Dr Samuels qui portait une chaude veste d'hiver, mais rien sur la tête.

— Nous devons immobiliser son cou avant de le bouger, fit-elle remarquer.

— Je le sais, mais je n'ai pas de minerve avec moi.

— J'en ai une.

Elle ouvrit sa trousse pour la prendre, tandis que le Dr Samuels contournait le volant pour s'avancer dans la cabine.

— Attendez une minute. Je vais entrer dans l'habitacle pour vous aider.

L'espace réduit rendrait la manœuvre difficile, mais il leur fallait être deux pour poser la minerve. La peur lui serrait la poitrine alors qu'elle se glissait à son tour dans la cabine.

Le jeune Lewis venait tout juste de remporter une bourse pour aller à l'université. Un brillant avenir s'ouvrait devant lui et maintenant, ceci. Cela lui rappelait trop son mari. Jeune, intelligent, prêt à travailler dur pour obtenir ce qu'il voulait. Jusqu'à ce qu'une explosion réduise tous ses projets à néant. Le médecin la tira de ses pensées morbides.

— Je veux que vous le souteniez pendant que j'examine sa blessure à la tête. Pas de mouvement brusque qui pourrait aggraver la situation.

Il semblait se parler à lui-même autant qu'à elle.

— Il n'y a pas beaucoup de lumière, et ce temps…

Il releva la tête et elle vit des flocons de neige se poser sur ses joues et son front. Même dans la pénombre, il n'avait rien d'un homme banal, tant par son allure que par son attitude. Les quelques rares filles célibataires du coin allaient se battre pour lui.

— Si nous ne le sortons pas d'ici très vite, il risque de souffrir d'hypothermie en plus du reste, dit-il. Combien de temps faudra-t-il à l'ambulance pour arriver ?

— Au moins une heure.

— Si longtemps !

— L'hôpital le plus proche se trouve à plus de cent kilomètres, et avec ce temps…

Elle n'avait pas eu l'intention de dire les choses aussi crûment, mais c'était la vérité.

Il la regarda d'un air incrédule, avant d'afficher une nouvelle détermination.

— Nous devons agir au plus vite ou ce jeune garçon ne survivra pas.

La terreur s'empara de Lauren. Pas question de perdre une nouvelle vie. Elle ne pourrait pas le supporter.

— Donnez-moi la minerve, ordonna-t-il.

Elle la lui tendit avant de pénétrer avec prudence dans la cabine. Le temps qu'elle soit bien positionnée, il glissait la minerve autour du cou de Lewis d'une main, tout en appuyant l'autre contre le toit de la cabine pour se tenir.

De sa main libre, elle l'aida à bien la positionner.

— Maintenant, je vais examiner sa tête et poser au moins un pansement sur la plaie. Pouvez-vous passer un bras autour de ses épaules pendant que je soutiens sa tête ?

Le mouvement allait la mettre dans une position bizarre, mais il n'y avait pas le choix.

— Une seconde, dit-elle.

Elle tira de son sac un sachet en papier qu'elle déchira avec ses dents avant d'en sortir une gaze qu'elle lui tendit.

Puis elle se mit en position, tandis que le médecin plaçait ses mains sous la tête de Lewis.

— Bien, dit-il. On dirait qu'il a pris un gros coup sur la tempe. Cet œdème cérébral m'inquiète. Il n'a toujours pas repris conscience. Vous avez une couverture dans votre sac ?

— Lauren, attrape, cria Rick aussitôt, et une couverture tomba dans l'habitacle.

Elle la tendit au médecin au moment où une autre couverture atterrissait sur sa tête.

— Rick, nous avons besoin d'une corde et de ton aide.

— Comment voulez-vous procéder ? demanda le Dr Samuels tout en enveloppant le corps de Lewis dans la couverture.

— Nous passons la corde sous les bras de Lewis et Rick tire. Nous, nous poussons en le maintenant bien droit.

— Cela me paraît une bonne idée. Il lui faut un endroit plus chaud que celui-ci, où je pourrai m'assurer qu'il n'a pas d'os cassés en plus.

— Lauren, voici la corde, cria Rick au-dessus d'eux. J'ai reçu un message. L'ambulance est encore à plus de vingt minutes de route.

Le Dr Samuels marmonna une injure que Lauren n'aurait pas voulu que son fils entende ou répète.

— Rick, il va nous falloir quelques minutes pour attacher Lewis. Puis quand je te le dirai, tu tireras. Nous t'aiderons d'ici.

Quelques secondes plus tard, Rick les éclairait de sa lampe de poche.

— Pendant que je le soulève, pouvez-vous passer la corde sous ses bras ? demanda Lauren au Dr Samuels.

Le médecin assura le corps de Lewis et Lauren se hissa ensuite sur le capot. Là, elle s'allongea et attrapa la corde. Derrière elle, Rick posa sa lampe de poche et prit la corde à deux mains.

— OK, dit-il. À trois. Un, deux, trois.

Lauren tira de toutes ses forces jusqu'à ce que ses muscles brûlent sous l'effort. Entre Rick et elle qui tiraient et le Dr Samuels qui poussait, la tête de Lewis apparut rapidement au bord de la portière, suivie de ses épaules.

— Attendez. Tenez-le bien droit. Je vais l'attraper.

Se servant de ses jambes, et avec l'aide des deux autres, elle parvint à tirer Lewis sur elle, son dos contre sa poitrine.

Rick se précipita pour l'aider. Une fois Lewis sur le capot, ils l'enroulèrent dans une couverture. Lauren sortit ensuite toutes les chaufferettes que contenait son sac et les posa le long du corps de Lewis avant de mettre une autre couverture autour de lui.

Maintenant, il leur restait la tâche de le descendre jusqu'à la terre ferme.

Le Dr Samuels, sa trousse à l'épaule, se hissa hors de la cabine. Il devait geler dans ses vêtements peu appropriés à cette température. Pourtant Lauren ne l'avait pas entendu se plaindre.

Elle attrapa la corde qu'elle attacha autour des cuisses et des épaules de Lewis pour éviter qu'il leur échappe.

— J'ai l'impression que tout ceci n'est pas une première pour vous, fit remarquer le Dr Samuels derrière elle.

— Non, en effet, répondit-elle. Rick, tu es prêt ?

— Prêt.

Le médecin attrapa la corde à son tour, pour les aider.

Dans la lumière qui leur parvenait de la torche de Rick et des gyrophares, elle remarqua que ses doigts prenaient une teinte rouge foncé. Il faudrait également s'occuper de lui, mais pas avant d'avoir mis Lewis à l'abri.

— À trois, dit-elle. Un, deux, trois.

Lentement, ils firent glisser Lewis, centimètre par centimètre, jusqu'aux mains tendues de Rick. Quelques minutes plus tard, Lewis était en bas et Lauren descendait du tracteur. Elle venait à peine de poser le pied par terre qu'elle ressentit un choc derrière elle. Le médecin avait glissé et, en quelques secondes, ils se retrouvèrent tous les deux emmêlés dans la neige.

Il fut le premier à réagir. Ses bras étaient autour d'elle, son visage proche du sien.

— Je suis désolé, dit-il. Êtes-vous blessée ?

— Non, répondit-elle en clignant des yeux.

Ils se relevèrent à la hâte.

— Il faut mettre Lewis à l'abri et savoir où se trouve l'ambulance.

Il se précipita vers Rick qui ôtait la corde autour du blessé.

Ensemble, ils transportèrent Lewis jusqu'à la voiture et l'allongèrent sur le siège arrière.

— Vérifions ses organes vitaux, dit le Dr Samuels. Rick, pouvez-vous jeter un coup d'œil à l'homme dans le camion ? D'après ce que j'en ai vu, il n'a qu'une blessure à la tête, mais je ne sais pas si c'est grave.

Le médecin savait de toute évidence donner des ordres. Pourtant, il n'avait pas protesté quand elle lui en avait lancé un à son arrivée. Il n'avait pas réagi avec arrogance en se prévalant de son titre comme d'autres médecins mâles auraient pu le faire. Et elle apprécia qu'il l'ait aussitôt considérée comme son égale professionnelle.

Lauren contourna la voiture pour rejoindre l'autre porte afin de lui laisser la place. Posant son sac, elle en sortit son stéthoscope et son tensiomètre. Lewis était si mince qu'elle avait une chance de pouvoir obtenir une lecture à partir de son mollet. Elle ne voulait pas ôter les couvertures si ce n'était pas nécessaire. Elle remonta donc la jambe du pantalon assez haut pour placer le brassard et fut soulagée qu'il soit assez large.

— Son rythme cardiaque est irrégulier, fit remarquer le Dr Samuels. Il ne l'était pas tout à l'heure. Qu'en est-il de sa tension ?

— Cent quarante-trois, cent deux.

— Nous devons l'emmener à l'hôpital, répondit-il, l'air grave. Il n'y a pas de temps à perdre. Pouvez-vous prendre sa température pendant que je vois où en est Rick ?

— Je m'en occupe.

Il disparut derrière un rideau de neige.

Lauren ferma la portière pour conserver un peu de chaleur et se glissa le long du siège jusqu'à la tête de Lewis. Elle posa son thermomètre électronique sur son front. Trente-cinq cinq.

Bon sang ! Lewis était proche de l'hypothermie. Soudain, elle perçut les lumières de l'ambulance qui approchait. Elle sortit du véhicule, le cœur battant.

— Allez aider Rick avec l'autre homme pendant que je parle aux ambulanciers, lança le Dr Samuels derrière elle.

L'inquiétude dans sa voix n'échappa pas à Lauren, pas plus que le fait qu'il soufflait sur ses mains jointes. Il souffrait à n'en pas douter. Allait-il écourter son séjour à Last Stop après cette aventure ?

Jamais Paxton ne s'était autant dépensé physiquement pour soigner un patient. Quel soulagement de voir approcher l'ambulance ! Il redoutait que Lewis souffre autant de son exposition prolongée au froid que de l'accident…

Comme le premier ambulancier s'approchait de lui, il se présenta et lui donna aussitôt un résumé de la situation, avant de discuter avec lui des soins à prodiguer. Le deuxième ambulancier les rejoignit avec un brancard. Bientôt, le blessé fut monté dans le véhicule, et on lui prodigua les premiers soins d'urgence.

— Je vous retrouve à l'hôpital, avec le deuxième patient,

déclara Paxton aux ambulanciers. Son état est bon, mais je voudrais lui faire passer des radios.

Quelques secondes plus tard, l'ambulance s'éloignait et Paxton retourna vers le camion pour voir l'autre blessé. Lauren et Rick l'avaient installé sur le siège arrière de leur voiture.

— Je vais suivre l'ambulance avec ma voiture, annonça Paxton à Lauren.

— Pas question, répondit celle-ci d'une voix ferme qui lui rappela le ton qu'employait sa mère pour lui refuser un biscuit avant le dîner quand il était gosse. Dès que j'en aurai fini avec M. Thompson, je soignerai vos mains. Comme nous devons aussi l'emmener à l'hôpital, Rick va conduire.

— Je vais appeler quelqu'un qui viendra chercher votre voiture, ajouta Rick. Les clés sont sur le contact ?

— Oui.

Paxton comprit alors qu'il était sous le coup d'un premier choc culturel. À Boston, jamais il n'aurait laissé ses clés sur le contact, même dans une situation d'urgence médicale.

— Maintenant, installez-vous sur le siège arrière, ordonna Lauren, que je puisse examiner vos mains. Vous souffrez probablement d'un début d'engelures. Vos doigts sont-ils engourdis ?

— Oui, reconnut-il.

— Laissez-moi voir cela.

Elle attrapa une lampe de poche qu'elle dirigea sur ses mains.

— Oooh, Seigneur ! Le bout de vos doigts est déjà en train de blanchir. Vous auriez dû porter des gants.

— Ils sont dans ma valise et je n'ai pas pris le temps de les récupérer.

— La prochaine fois, faites-le.

Lauren retira les siens qu'elle glissa dans sa poche.

— Pliez vos mains.

Paxton faillit protester, mais il ne se sentait pas si bien que cela et, au ton de sa voix, il préféra obtempérer. Il essaya alors de plier ses mains, mais se rendit compte que ses doigts refusaient d'obéir. Elle avait raison. Il présentait tous les signes d'engelures.

Se faire donner des ordres par une personne autre que ses parents était une expérience toute nouvelle pour lui. Mais maintenant que son taux d'adrénaline retombait, il commençait à souffrir terriblement. Son corps avait été mis à rude épreuve en plus d'être exposé à ces températures glaciales.

Lauren examinait toujours ses mains. Ses gestes étaient assurés, mais délicats. Elle avait rejeté la capuche de sa veste et les flocons de neige brillaient comme des étoiles sur ses épais cheveux sombres. Même dans la pénombre, elle irradiait une beauté naturelle.

— Vous feriez mieux de faire ce qu'elle dit, parce que vous ne gagnerez pas la bataille, dit le blessé qui s'était penché sur le siège pour le regarder.

— Il a raison. Montez dans la voiture. Nous devons partir. Je soignerai votre main en chemin, déclara Lauren.

Paxton s'installa sur le siège arrière, à côté du blessé, appréciant la chaleur du véhicule malgré la porte encore ouverte. Il essaya d'ôter ses chaussures, mais la douleur l'en empêcha. Ses orteils lui faisaient mal, mais devraient retrouver leur mobilité dans la chaleur de la voiture.

— Allons-y, Rick, lança Lauren au policier qui s'activait près de la moissonneuse-batteuse.

Elle referma la portière derrière Paxton et contourna le véhicule.

Sa voix aux intonations traînantes, probablement l'accent typique de la région, détourna l'attention de Paxton de la douleur. Qui était donc cette jeune femme qui vivait ici, au milieu de nulle part ? Après les mauvais traitements que lui avait infligés Gabriella, il était surpris d'être encore capable de s'intéresser à une femme, mais sa curiosité lui permettait d'oublier ses problèmes.

— Donnez-moi vos mains, dit Lauren quand elle fut assise sur le siège passager.

— Encore ?

— Je dois les réchauffer. Vous devez savoir comment on

soigne des engelures ? demanda-t-elle, une légère irritation perçant dans sa voix.

— Évidemment.

— Dans ce cas, vous n'ignorez pas que je dois les réchauffer lentement. Je n'ai plus de chaufferettes, donc la chaleur humaine reste encore le meilleur remède.

Il jeta un œil à l'homme près de lui pour jauger sa réaction, mais celui-ci avait la tête baissée et les yeux fermés. Dans quelques minutes, Paxton le réveillerait pour s'assurer qu'il n'avait pas perdu conscience, mais d'abord…

Il tendit ses mains.

Lauren les prit entre les siennes bien plus petites et les tint serrées, mais au lieu de les frotter, elle souffla dessus. Leurs regards se croisèrent. Les yeux de Lauren étaient aussi noirs que le ciel sous lequel il avait dormi en Afrique. De grands yeux francs et réconfortants. Un regard attentionné qu'il n'avait pas vu chez une autre femme depuis longtemps. Allait-il passer le reste de sa vie à juger chaque femme à l'aune de Gabriella ? Il espéra que non. Lauren détourna le regard et brisa le charme.

— Vous vous êtes bien débrouillée, là-bas, dit-il avec une réelle admiration.

— Merci.

Le compliment parut lui faire plaisir. Peut-être n'en recevait-elle pas beaucoup ?

— Vous savez, d'habitude, c'est moi qui donne les ordres, fit-il remarquer.

— Je sais, dit-elle avec un sourire. J'en ai entendu quelques-uns, ce soir.

— Je crois que vous ne vous en êtes pas privée non plus…

Son propre sourire devait ressembler plus à une grimace.

À ce moment-là, Rick s'installa au volant.

— Tout le monde est prêt ?

— Où allons-nous ? demanda Paxton.

— Lippscomb, Oklahoma. C'est l'hôpital le plus proche. Au fait, je suis Lauren Wilson. Et voici Rick Moore, ajouta-t-elle avec un signe de tête en direction du conducteur. Et à côté de vous, c'est Art Thompson.

— Et je suis le Dr Paxton Samuels. Appelez-moi Paxton.

— Vous avez eu droit à un début de mission mouvementé, fit-elle remarquer avec un sourire rassurant.

— Ce n'est pas moi qui dirai le contraire.

Même si les dernières semaines avaient été tout aussi éprouvantes pour lui.

Lauren continua à souffler sur ses doigts.

— Au fait, j'ai oublié de préciser que je suis votre infirmière, dit-elle au bout d'un moment. Alors, ce ne sera sûrement pas notre dernière aventure ensemble.

Il ne sut pas s'il devait considérer cela comme une perspective excitante ou au contraire un présage de mauvais augure. En tout cas, ce serait sans nul doute une expérience très intéressante.

2.

Lauren cligna des yeux devant l'entrée brillamment éclairée des urgences de l'hôpital. Même si elle avait connu pire, le trajet avait été particulièrement inconfortable pour elle. Tournée vers l'arrière, elle avait gardé les bras tendus pour réchauffer les mains de Paxton en soufflant dessus.

Elle avait déjà remarqué ses mains fortes et habiles et ses longs doigts fins aux ongles bien manucurés, mais elle avait été surprise de constater qu'elles n'étaient pas aussi douces qu'elle l'aurait cru. Elles transmettaient un sentiment de sécurité. C'étaient les mains d'un homme capable de prendre soin de lui et de ceux qu'il aimait.

Durant le voyage, elle avait deviné son regard posé sur elle, ce qui l'avait un peu intimidée. Elle s'était sentie comme un insecte sous la lame d'un microscope, son physique et son intelligence disséqués. Qu'avait-il conclu de cette évaluation ? Avait-elle réussi l'examen ?

Ils atteignaient la périphérie de Lippscomb quand il reprit la parole.

— Vous pouvez arrêter maintenant, dit-il. Mes mains ont retrouvé leur sensibilité.

— Très bien, mais vous n'êtes pas encore tiré d'affaire pour autant. Vous allez devoir les faire examiner pour vous assurer qu'elles n'ont pas subi de dommages graves.

Lauren se retourna sur le siège, s'efforçant de dissimuler son soulagement à la fois de reprendre une position normale, mais surtout, de lâcher les mains de Paxton qui n'avaient fait qu'exacerber la conscience qu'elle avait de sa virilité.

Plus gênant encore était le vif souvenir qu'elle gardait de son corps pressé contre le sien dans l'habitacle, puis sur le sol lors de leur chute. Malgré le froid glacial et ses vêtements épais, elle avait perçu la chaleur de son corps plaqué contre le sien. Que lui arrivait-il ? Était-ce le fait de n'avoir pas eu d'homme dans sa vie depuis longtemps qui enflammait ainsi ses sens ? Pourquoi réagissait-elle aussi bizarrement au contact de cet étranger ? En tout cas, elle ferait mieux de se reprendre vite, parce que rien de bon ne pourrait en sortir.

Bien que Rick soit un bon conducteur, les conditions atmosphériques avaient considérablement freiné leur progression. La neige tombait maintenant moins dru, mais le vent polaire s'était intensifié. Quand Rick coupa le moteur devant l'entrée des urgences, Lauren se précipita à l'intérieur pour prévenir le personnel de leur arrivée. Un peu plus tôt, Rick avait déjà averti l'hôpital par radio.

Elle se dirigea directement vers la réception décorée de guirlandes et de boules de Noël rouges et or. L'hôtesse avait la tête surmontée d'andouillers de rennes.

— Bonsoir. Je suis Lauren Wilson de Last Stop et j'ai deux patients dans la voiture. Il me faudrait un fauteuil roulant pour l'un d'eux.

Lauren n'attendit pas la réponse pour retourner à la voiture.

Paxton, comme elle s'en doutait, était déjà descendu et aidait le patient à sortir du véhicule.

— Je m'occupe de M. Thompson, déclara-t-elle d'un ton péremptoire. Vous, occupez-vous seulement de vos mains.

— Il est sous ma responsabilité, fit remarquer Paxton malgré la souffrance qu'il s'efforçait de dissimuler.

— Et vous êtes sous la mienne.

Jetant un coup d'œil derrière elle, elle fut heureuse de voir accourir deux infirmiers qui poussaient un fauteuil roulant.

— Le fauteuil est pour lui, dit-elle en désignant Art Thompson.

Dès qu'ils entrèrent dans l'hôpital, Paxton se présenta à l'accueil.

— Je suis le Dr Samuels et j'aimerais m'entretenir avec l'interne de service.

— Je me charge du rapport, intervint Lauren. À partir de maintenant, vous êtes un patient et vous devez faire soigner vos mains.

— Elles vont bien.

— Les médecins sont vraiment les pires patients, grommela Lauren. Last Stop n'a que faire d'un médecin invalide.

Avec un regard contrit, il capitula.

— Très bien, mais je veux être tenu informé du sort de mes patients.

— Pas de problème.

À cet instant, son ami Henry, médecin à l'hôpital, fit son apparition, un bonnet de Père Noël sur la tête.

— Salut, Lauren ! Que nous apportes-tu ce soir ? demanda-t-il en examinant Paxton avec curiosité.

— Tu as déjà dû recevoir une de nos victimes, Lewis Williams. Blessure à la tête et hypothermie. Art Thompson présente également une blessure à la tête, fit-elle en indiquant le box dans lequel ce dernier avait été installé.

— Je suis le Dr…, commença Paxton.

Mais Lauren continua sur sa lancée en le désignant :

— Voici le Dr Samuels, probablement atteint d'engelures.

— Emmenez-le en trauma 3 et commencez le protocole de soins pour les engelures, ordonna Henry à l'infirmière qui l'avait rejoint. Je vais d'abord m'occuper de la blessure à la tête. Lauren, accompagne-moi. Tu me raconteras ce qui s'est passé.

Sans se soucier davantage de Paxton Samuels, qui semblait dérouté d'être traité en patient, Lauren suivit Henry dans le box de Art Thompson. Ils trouvèrent leur patient en train de discuter avec l'infirmière. Lauren informa le médecin des circonstances de sa blessure. Quelques minutes plus tard, Henry et elle se dirigeaient vers le box de Paxton.

— Alors, qui est ce Dr Samuels ? interrogea Henry en chemin.

— Notre nouveau médecin intérimaire. Nous cherchons

toujours un remplaçant permanent pour le Dr Barden. Le Dr Samuels était en route pour Last Stop quand il est tombé sur l'accident. Il n'était pas du tout habillé pour l'occasion, mais je reconnais qu'il s'est très bien débrouillé.

Ils pénétrèrent dans le box, où Paxton était assis, les mains dans l'eau.

— Comment va Lewis ? demanda-t-il aussitôt.

— Il n'a toujours pas repris conscience. Nous lui avons fait passer un scanner. Apparemment, il n'a pas d'œdème. Maintenant, il ne reste plus qu'à attendre.

— Et M. Thompson ?

— Son état s'améliore. On a recousu sa blessure. Nous le garderons cette nuit en observation.

Henry s'approcha de lui.

— Maintenant à vous. Je suis le Dr Henry Fields et d'après ce que j'ai compris, vous êtes vous-même médecin.

— Dr Paxton Samuels.

— Ainsi, vous allez travailler à Last Stop ?

— Ouais, si j'y arrive un jour ! répondit Paxton, d'une voix grognon qui fit rire Henry.

— Bon, parlez-moi de vos doigts. Les hivers sont redoutables par ici.

— Ils vont mieux.

— Heureux de l'apprendre.

Paxton sortit la main de l'eau et plia ses doigts en regardant Lauren. Elle se sentit troublée. Ses yeux étaient vert foncé comme les plaines au printemps. Leur nouveau médecin était sublime.

— J'ai reçu de bons soins en route, ajouta Paxton.

— Je n'en doute pas, dit Henry en glissant un regard vers Lauren. Je devrais vous garder, mais M. Thompson a pris le dernier lit. Le mieux que je puisse vous offrir est une place en salle d'attente. Quelqu'un passera vous voir toutes les deux heures pour s'assurer que tout va bien.

À ce moment-là, Rick apparut sur le seuil du box.

— Lauren, on vient de m'appeler. Je dois repartir. Je viendrai te chercher demain matin ou je t'enverrai quelqu'un.

Sur ces mots, il disparut sans laisser à Lauren la moindre chance de répondre. Voilà qu'elle se retrouvait bloquée à Lippscomb, tout comme le Dr Samuels.

— Ce n'était pas notre chauffeur, là ? fit celui-ci, l'air déconcerté.

— Si. Apparemment, nous sommes condamnés à passer la nuit en salle d'attente.

— Je voterais plutôt pour le motel de l'autre côté de la rue. Je l'ai remarqué à notre arrivée, dit Paxton.

— Pourquoi pas ? convint Lauren avec un haussement d'épaules. De toute façon, le temps est trop mauvais pour qu'on demande à quelqu'un de venir nous chercher.

Henry intervint :

— Il va falloir que tu t'assures qu'il va bien, une ou deux fois pendant la nuit. Je redoute une poussée de fièvre. Quant à vous, ajouta-t-il en se tournant vers Paxton, je veux que vous me promettiez de garder vos mains couvertes pour le reste de l'hiver. Si vous ne faites pas attention, vous risquez d'avoir de gros problèmes.

— Merci, mais je connais bien les engelures, vu que j'habite Boston. Nous avons nous aussi du froid et de la neige.

— Alors vous savez que ce n'est pas une chose à prendre à la légère. Une infirmière va venir vous bander les mains. Pas question de vous en servir avant demain ! Je vais vous prescrire un calmant. Appelez-moi en cas de besoin.

— Oui, docteur, maugréa Paxton.

Henry les salua d'un signe de tête avant de quitter le box. Quelques minutes plus tard, une infirmière vint bander chaque doigt de Paxton individuellement.

— Je suis prêt, lança Paxton, sitôt qu'elle fut ressortie.

Lauren l'aida à enfiler sa veste, puis à la boutonner. À la raideur de Paxton, elle devina qu'il n'était pas habitué à se sentir aussi impuissant.

Comme elle remontait le col du vêtement, elle sentit les battements de son cœur s'accélérer. Paxton l'observait intensément.

Ses cheveux étaient encore mouillés et ébouriffés et une

mèche retombait sur ses yeux, lui donnant un air attendrissant. C'était un bel homme. S'il n'était pas du genre mannequin, il était doté de cette beauté subtile que donne la confiance en soi.

— Pouvons-nous y aller maintenant ? demanda-t-il.

Paxton semblait épuisé. La journée avait été longue.

— Allons-y !

Une fois qu'elle eut récupéré sa veste et son sac qu'elle avait laissés à la réception, ils franchirent les larges portes en verre. Aussitôt, un souffle glacé les enveloppa. Lauren frissonna.

— Maintenant, il ne nous reste plus qu'à éviter de tomber sur la glace.

Paxton grogna et se courba pour lutter contre les bourrasques, enfonçant tant bien que mal ses mains dans ses poches.

Lauren suivit l'allée incurvée jusqu'à la rue tout en gardant un œil sur lui. Il n'avait vraiment pas besoin d'une nouvelle chute. Heureusement, les lampadaires offraient suffisamment de lumière pour qu'ils voient où ils mettaient les pieds et il ne tombait plus que quelques flocons. Le motel se trouvait de l'autre côté des quatre voies de la chaussée, qu'ils traversèrent avec prudence.

— Vous vous êtes souvent retrouvée bloquée par la neige avec un patient ? demanda Paxton alors qu'ils se dirigeaient vers la réception.

— Pour être franche, c'est la première fois.

— Ça ne m'étonne pas. C'est l'histoire de ma vie, ces derniers temps. Tout un tas de premières fois.

Elle devina au ton de sa voix que ce ne devait pas être de bons souvenirs. En tout cas, leur situation était digne d'un film d'action. Ils en riraient sûrement dans quelques jours.

Le Lippscomb Motel était construit sur le modèle en vogue des années 1950, un bâtiment de plain-pied en forme de fer à cheval avec un parking en face de chaque chambre. Tous les emplacements étaient occupés. Et si l'hôtel était plein ?

Lauren ouvrit la porte et laissa Paxton passer devant. La chaleur du hall les accueillit.

Un homme chauve, vêtu d'un T-shirt malgré le froid, se

tenait derrière le comptoir décoré d'un minuscule arbre de Noël. Derrière lui, la télévision beuglait.

— Je peux vous aider ? demanda-t-il.

— Nous voudrions deux chambres pour la nuit, répondit Paxton.

— Il ne m'en reste qu'une.

Exactement ce qu'avait redouté Lauren.

— La tempête a bloqué tout le monde, ajouta-t-il avec un haussement d'épaules.

— Nous la prenons, répondit Paxton avant que Lauren puisse intervenir.

Elle chercha son portefeuille dans son sac.

— Je m'en charge, dit Paxton en sortant sa carte bancaire.

Malgré les circonstances, elle ne trouvait pas normal qu'un homme qu'elle connaissait à peine paye pour sa chambre d'hôtel. Cela avait l'air un peu louche. Mais elle se morigéna. Elle était une professionnelle prenant soin d'un patient qui s'avérait être un homme. Rien d'immoral à cela. La situation était exceptionnelle.

Une minute plus tard, l'homme rendait la carte à Paxton et tendait à Lauren une clé avec un trois gravé sur la petite plaque en plastique attachée.

— Le chauffage n'est pas branché, mais une fois que ce sera fait, la chambre se réchauffera très vite.

Lauren frissonna à l'idée de ressortir dans le froid pour se retrouver dans une chambre glaciale, mais ils n'avaient pas le choix.

Cheminant sous l'auvent, ils se dirigèrent vers la porte marquée d'un trois. Les pieds mouillés et gelés, Lauren rêvait d'un bon bain chaud, d'appeler Shawn et de se glisser dans un lit.

Hélas, il faisait presque aussi froid dedans que dehors, constata-t-elle en ouvrant la porte. Retenant un soupir, elle alluma la lampe sur la table de chevet entre les deux lits. La chambre était telle qu'elle l'avait imaginée.

Deux lits de taille standard, leurs têtes fixées au mur, et un petit canapé avec un horrible tableau suspendu au-dessus.

S'ajoutaient à cela un bureau et une chaise, ainsi qu'un portant en guise de penderie.

Paxton n'était sûrement pas habitué à ce genre d'établissement. Pourtant, son visage n'exprima pas le dégoût qu'il ressentait probablement. En fait, il faisait un peu pitié. Son premier jour de travail avait été éprouvant. Mais il s'était montré particulièrement efficace malgré les conditions difficiles. Dommage que son mandat à Last Stop soit bref.

Il se laissa tomber sur le bord du lit.

— Allumons le chauffage, dit Lauren en se précipitant vers le radiateur placé sous l'unique fenêtre.

Un cliquetis métallique se fit entendre quand elle poussa le thermostat à fond.

— Avec un peu de chance, il fera bientôt meilleur, ajouta-t-elle.

— Espérons-le. J'ai l'impression que je n'arriverai plus jamais à me réchauffer.

— Je vais voir s'il y a un radiateur dans la salle de bains.

Curieusement, Lauren se sentait responsable de lui. Elle voulait qu'il aime l'endroit où elle vivait. Il ne resterait pas longtemps, mais elle tenait à ce qu'il garde un bon souvenir de son passage parmi eux. Bien que ce soit lui qui ait choisi de venir en Oklahoma, elle aurait préféré que son arrivée se passe dans de meilleures conditions.

Elle fut soulagée de trouver un radiateur dans la salle de bains qu'elle brancha aussitôt.

À son retour dans la chambre, Paxton n'avait pas bougé, signe qu'il ne se sentait vraiment pas bien.

— Désolé qu'il n'y ait qu'une chambre, dit-il. Mais au moins, vous pourrez ausculter mes mains facilement. Nous sommes tous les deux adultes et je crois que nous sommes capables de passer une nuit dans la même pièce. N'ayez aucune crainte : je ne représente aucune menace, surtout ce soir.

Elle n'était pas le moins du monde inquiète, mais un frisson la parcourut à l'idée de leur proximité.

— Tout ira bien, répondit-elle. Vous avez faim ? Je pourrais aller chercher une pizza au coin de la rue.

— Volontiers, j'apprécierais de manger quelque chose.

Elle esquissa une grimace.

— Ce n'était pas une façon très agréable de prendre vos fonctions. Le temps n'est guère hospitalier par ici…

— On ne peut rien y faire. J'ai déjà connu des moments difficiles et, pour être franc, aujourd'hui fut relativement facile comparé à ce que j'ai dû affronter ces derniers temps.

Elle-même avait vécu des épreuves pénibles. Comme la mort de son mari. Le fait de se retrouver mère célibataire. Paxton n'était peut-être pas aussi gâté que la qualité de sa veste ou la marque de ses chaussures le laissaient supposer. Après ces quelques heures passées en sa compagnie, elle découvrait qu'il avait déjà connu quelques déboires.

— Je vais aller chercher cette pizza. Mais d'abord, je dois m'isoler dans la salle de bains pour téléphoner.

Assis sur son lit, Paxton se prit la tête entre les mains. Comment en était-il arrivé là ? Sa vie lui avait complètement échappé… Si, quinze jours plus tôt, on lui avait dit qu'il allait se retrouver au fin fond de l'Oklahoma, en pleine tempête de neige, coincé dans une chambre d'hôtel avec une jolie femme qui s'avérait être l'infirmière rattachée à son cabinet en même temps que son garde-malade personnel, il aurait éclaté de rire. Et dire qu'il aurait dû être en lune de miel au bord de la Méditerranée… Quelle galère !

Des murmures lui parvenaient de la salle de bains.

— Bonsoir, mon chéri. Non, je ne vais pas rentrer ce soir. Je te verrai demain. Moi aussi, je t'aime.

Ainsi donc, Lauren avait un petit ami. Il remarqua qu'elle s'était abstenue de mentionner qu'elle allait passer la nuit dans une chambre d'hôtel en compagnie d'un inconnu.

Paxton sourit. Tout ce dont il avait envie à cette heure, c'était d'un bain chaud et d'un bon lit ! L'effet soporifique du calmant commençait à faire effet.

Lorsque Gabriella lui avait infligé sa dernière sortie spectaculaire, il n'avait pas imaginé un seul instant que cela le conduirait dans cette chambre d'hôtel minable, où il souffrait d'avoir eu les doigts gelés !

Depuis l'adolescence, il formait avec Gabriella un couple instable, se séparant et se rabibochant sans cesse. Leurs familles se connaissaient bien. Installées à Boston depuis des générations, elles fréquentaient les mêmes cercles privilégiés. Tous avaient attendu et encouragé leur mariage. Après tout, Paxton avait aimé Gabriella et cru ses sentiments partagés… Quand il avait fait sa demande, il avait enfin reçu l'approbation de ses parents, lui qui les décevait depuis si longtemps.

À leurs yeux, en effet, il avait toujours été un rebelle. Il s'était inscrit dans un collège de la côte Ouest au lieu de rallier celui de la côte Est que toute la famille avait fréquenté. Entre le collège et la faculté de médecine, il s'était secrètement engagé dans les Peace Corps et avait passé un an dans un dispensaire en Afrique. Ses parents n'avaient pas caché leur mécontentement, ayant prévu de longue date qu'une fois ses études terminées il rejoindrait la clinique qui portait leur nom. Il avait souvent lu la déception sur leurs visages. Jusqu'à ce qu'il se fiance avec Gabriella. Ce jour-là, il les avait sentis fiers de lui. Gabriella l'avait jugé digne d'elle.

Lauren sortit de la salle de bains et glissa le téléphone dans sa poche. Avec sa magnifique chevelure brune, sa peau lisse et ses joues rosies par le froid, elle ne laissait pas Paxton indifférent. Ses grands yeux sombres reflétaient son intelligence, mais aussi sa compassion et sa douceur, et sous sa grosse veste il devinait des courbes agréables. Sa beauté naturelle l'attirait après la sophistication artificielle de Gabriella.

— Je vais chercher la pizza. Je n'en ai pas pour longtemps.

— Euh… Avant de partir, pourriez-vous m'aider à ôter ces vêtements mouillés ? demanda-t-il.

Lauren écarquilla les yeux. Seigneur, à quoi pensait-elle ? Il tendit aussitôt les bras pour montrer ses doigts bandés.

— Je ne crois pas pouvoir déboutonner ma veste ou ma chemise tout seul.

Il ne supportait pas de devoir ainsi lui demander son aide.

Lui, le nouveau médecin en ville, censé soigner les gens et incapable de prendre soin de lui. Il ne devait pas faire une bonne impression. Si les choses ne s'amélioraient pas rapidement, c'est vers Lauren que les patients se tourneraient et non vers lui.

— Je suis désolée. J'aurais dû y penser. Ça ne donne pas de moi l'image d'une bonne infirmière.

— Je ne suis pas d'accord, fit-il en se levant, je vous ai vue à l'œuvre ce soir.

À côté de lui, Lauren paraissait petite et fragile, mais il devinait également sa force. Quand elle s'approcha, il perçut sa chaleur. Une mèche de ses cheveux tomba sur son visage et Paxton se surprit à se demander s'ils étaient aussi soyeux qu'ils le paraissaient. Il inspira. Elle exhalait le grand air.

— Enlevons d'abord cette veste, dit-elle.

Ses doigts coururent, défaisant les boutons. Puis elle repoussa la veste sur ses épaules et la fit glisser avant de la poser sur le lit.

Ses mains hésitèrent une fraction de seconde avant de s'attaquer aux boutons de sa chemise. Ses doigts tremblaient légèrement.

— Ce n'est pas la première fois que vous déshabillez un hom… un patient, n'est-ce pas ?

— Non. J'ai travaillé dans un grand hôpital et j'ai eu maintes fois l'occasion d'ôter, mais aussi de découper les vêtements de patients.

Une façon polie de lui rappeler qu'elle n'était là qu'en qualité d'infirmière. Même si le fait qu'ils soient des étrangers l'un pour l'autre dressait une barrière entre eux, il ne pouvait se permettre d'être une nouvelle fois rejeté. Son amour-propre avait suffisamment souffert, ces derniers temps. Sans compter qu'ils allaient travailler ensemble.

— Je ne crois pas que vous ayez besoin d'utiliser des ciseaux, cette fois.

Ses yeux pétillaient de malice quand elle croisa son regard avant de continuer à déboutonner sa chemise. Impossible pour lui de nier la réaction de son corps d'être si proche d'elle.

Au moins, il n'était pas le seul à être troublé : les mains de Lauren tremblaient toujours.

— Je suis désolé de vous imposer cela, dit-il pour meubler le silence. C'est vraiment gênant pour moi de me retrouver aussi impotent. Je n'ai pas l'habitude.

— Cela arrive à tout le monde, répondit-elle avec un sourire. Aujourd'hui, c'est votre tour. Et puis, toute cette soirée a été pour le moins inhabituelle…

— Et maintenant, je vais atteindre un nouveau niveau de mortification, dit-il.

Son ego de mâle allait-il y survivre ?

— Je vais également avoir besoin de votre aide pour les boutons de mon pantalon.

Laura sourit.

— J'ai entendu dire qu'il était bien pour un médecin de se retrouver dans la peau d'un malade de temps en temps. Cela donne au praticien un peu plus d'empathie avec ses patients.

— Alors, je ne vais pas en manquer.

Avec rapidité, Lauren déboutonna sa braguette.

— Je vais chercher cette pizza, dit-elle, dès qu'elle eut terminé.

Sans croiser son regard, elle se dirigea vers la porte, laissant à Paxton l'occasion de se ressaisir. Cette proximité avec une jolie femme l'avait excité, bien malgré lui.

Quelques secondes plus tard, un courant d'air froid balayait son corps. Lauren était sortie. Resté seul, il s'étendit sur son lit. Il avait l'impression que des aiguilles fines transperçaient ses doigts. Peut-être que s'il tenait ses mains levées, la douleur diminuerait.

Le bain pouvait attendre. Il finit de se déshabiller, laissant ses vêtements en tas sur le sol. Puis il attrapa la tenue d'infirmier qu'ils avaient emportée de l'hôpital pour se changer. Il prit le pantalon, laissant le haut à Lauren.

Il se glissa ensuite entre les draps glacés qui lui donnèrent la chair de poule. Il frissonna jusqu'à ce que le sommeil s'empare de lui.

La seule fois où il avait ressenti un peu de chaleur depuis ces deux dernières semaines avait été au contact de Lauren.

Le cœur battant, Lauren traversa le parking. L'air froid lui faisait du bien, après les moments délicats qu'elle venait de vivre auprès de son nouveau patron. Sa crédibilité d'infirmière avait été mise à rude épreuve, quand il lui avait demandé de déboutonner sa braguette. Alors qu'elle était une professionnelle accomplie, des pensées malvenues l'avaient assaillie.

Quand elle avait croisé le regard de Paxton, elle y avait détecté une étincelle espiègle qui avait suffi à lui faire monter le rouge aux joues. À cet instant, le rapport patient/infirmière avait totalement disparu. N'étaient restés que deux adultes en proie à la plus primitive des attirances. Elle s'était dépêchée, les mains tremblantes. Le simple fait d'ouvrir sa chemise avait suffi à échauffer son sang et la vue de sa poitrine bien dessinée, recouverte de poils fins et clairs, n'avait pas contribué à la calmer.

Cette réaction excessive s'expliquait probablement par le fait qu'elle n'avait pas eu de relations avec un homme depuis longtemps. Néanmoins, un tel manque de professionnalisme ne lui ressemblait pas. Elle avait été soulagée de sortir, malgré la neige qui tombait encore. Elle ne se souvenait pas avoir jamais été aussi affectée par un homme. Même avec son mari, ses mains n'avaient jamais tremblé. Aucun geste à caractère sexuel n'était intervenu entre elle et Paxton, pourtant ses nerfs vibraient encore comme s'ils avaient fait l'amour. Elle n'avait jamais connu une telle attirance.

Levant le visage vers le ciel, elle laissa les flocons se poser délicatement sur sa peau brûlante. Paxton ne serait pas le dernier médecin intérimaire et il ne resterait pas longtemps. Pas question pour elle de laisser l'histoire se répéter. Une fois déjà, elle avait quitté la ville avec un homme, une expérience qu'elle ne renouvellerait pas. Sa prochaine relation serait avec un homme qu'elle aurait pris le temps de connaître et en qui elle pourrait avoir confiance. Elle méritait un homme fidèle.

Shawn avait besoin d'une vie équilibrée et elle comptait bien la lui donner.

Mark avait été un jeune homme impétueux, muté en ville par la société pétrolière qui l'employait. Il dirigeait une équipe chargée de creuser des puits et l'avait complètement envoûtée.

Avant qu'elle s'en rende compte, elle était mariée et en route pour son prochain poste. Elle avait rêvé toute sa vie de quitter Last Stop et quand la chance s'était enfin présentée, elle avait été surexcitée. Elle s'était empressée de faire ses bagages et avait pris la route, la tête farcie de contes de fées. Au début, tout l'émerveillait. Ils déménageaient tous les trois ou quatre mois, ce qui lui permettait de découvrir une nouvelle ville à chaque fois. Bien vite pourtant, la solitude avait commencé à lui peser.

Plus d'une fois, des soupçons l'avaient effleurée quant à la fidélité de Mark, malgré les dénégations véhémentes de celui-ci. Jusqu'au jour où, lors d'une fête, une femme l'avait accostée pour lui annoncer qu'elle était la maîtresse de son mari. Leur mariage avait pris un sérieux coup dans l'aile.

Mais Lauren était restée, d'une part, parce qu'ils avaient déménagé peu après et surtout, parce qu'elle avait découvert qu'elle attendait un enfant. Le jour même de l'accident, elle avait annoncé à Mark sa grossesse en lui demandant de trouver un poste sédentaire pour qu'ils puissent recoller les morceaux de leur mariage et fonder une famille.

Ils s'étaient disputés, Mark refusant catégoriquement de changer de vie. L'après-midi même, il mourait dans l'explosion d'un puits de pétrole.

Lauren était retournée vers le seul endroit où elle se sentait chez elle – Last Stop. L'argent de l'assurance-vie de Mark lui avait permis de terminer ses études d'infirmière et d'acheter une petite maison pour elle et son fils. Shawn représentait maintenant toute sa vie. Aucune chance qu'un nouvel homme de passage dans sa ville puisse lui tourner la tête. Et encore moins un riche médecin de Boston.

Mais inutile de ressasser tout cela. Pour l'instant, l'important était de manger quelque chose. Dans la pizzeria, un seul employé travaillait, auquel elle commanda une grande pizza aux pepperoni avant de s'asseoir pour attendre.

Son dernier coup de cœur pour un homme remontait aux calendes grecques. Depuis quelque temps, Henry l'invitait régulièrement à sortir et, jusque-là, elle avait toujours trouvé une bonne excuse pour refuser. Puis un parfait inconnu débarquait et boom ! la voilà qui bafouillait et frémissait de toutes parts. Ce n'était pas juste. Pourtant impossible de nier le courant qui passait entre eux.

Une demi-heure plus tard, elle regagnait la chambre avec la pizza et deux boissons dans un sac. Elle frappa légèrement à la porte pour prévenir Paxton de son arrivée avant d'attraper la clé dans son sac et d'ouvrir. Paxton ne regardait pas la télévision comme elle l'avait anticipé, mais dormait du sommeil du juste. Un sentiment de compassion l'envahit. Il devait vraiment être épuisé après sa journée sur les routes, le rush d'adrénaline induit par l'accident et ce début d'engelures.

Lauren déposa la nourriture sur la table e,t attrapant la couverture supplémentaire posée sur le portant de vêtements, la déposa sur lui. Il marmonna quelques paroles inintelligibles et remua avant de retomber dans le sommeil. Lauren prit la télécommande et s'assit à la table pour manger en regardant la télévision. Paxton mangerait froid. Il avait surtout besoin de se reposer.

Elle termina sa pizza et attrapa le haut de la blouse d'infirmière qu'il avait laissé sur le lit. Puis elle posa le dos de sa main sur le front de Paxton qui lui parut un peu chaud, mais pas assez pour l'inquiéter. Elle baissa le chauffage à un niveau plus raisonnable, et se glissa dans la salle de bains.

Après une bonne douche chaude, elle enfila le haut de la blouse, contente de sa grande taille qui la faisait descendre bas sur ses jambes, la couvrant décemment. Pas question pour elle de dormir dans ses vêtements mouillés ou pire, nue.

Elle suspendit leurs vêtements dans la chambre pour les faire sécher et s'assit sur son lit. Elle laisserait la lumière dans la salle de bains, afin de pouvoir vérifier l'état de Paxton sans allumer. Il avait l'air confortablement installé, bien que ses mains bandées fussent posées à plat sur son ventre. Le pauvre avait dû beaucoup souffrir du froid.

Gagnée par le sommeil, elle se glissa dans son propre lit, éteignit la lampe de chevet et s'endormit en quelques minutes.

Un gémissement la réveilla en sursaut. Elle se redressa dans son lit et tourna la tête vers Paxton, qui geignit de nouveau avant de repousser ses couvertures d'un mouvement de jambes, découvrant presque tout son corps. Le pantalon était descendu sur ses hanches. Se levant d'un bond, Lauren toucha son front brûlant et son cœur se mit à cogner dans sa poitrine. Paxton brûlait de fièvre.

Attrapant son thermomètre digital dans sa trousse, elle le posa sur son front. 39,9°. Ce qu'elle redoutait était arrivé. Avec un peu de chance, ce ne serait qu'une situation temporaire qui ne nécessiterait pas d'hospitalisation. Fouillant dans son sac, elle trouva un antipyrétique. Dans la salle de bains, elle remplit un verre d'eau et retourna auprès de Paxton qu'elle secoua légèrement. Sa peau était chaude et sèche.

— Paxton, fit-elle, plus anxieuse que jamais.

Il grogna, mais n'ouvrit pas les yeux.

Elle le secoua un peu plus fort.

— Paxton.

— Quoi… ?

Ses yeux s'ouvrirent – brillants, pleins de confusion.

— Vous avez de la fièvre. Vous devez avaler ce cachet. Asseyez-vous, s'il vous plaît.

Il tenta de se redresser, mais retomba, trop faible pour bouger. Une main dans son dos, elle le souleva suffisamment pour lui permettre de boire et glissa le cachet entre ses lèvres sèches et gercées. Elle pressa ensuite le verre contre sa bouche, l'encourageant à boire encore un peu d'eau. Il avala une gorgée.

— Vous devez tout boire. Vous êtes déshydraté.

Il but deux autres gorgées avant de se laisser retomber sur l'oreiller.

Retirant doucement sa main, Lauren posa le verre pour

remonter les couvertures sur son torse. Paxton était déjà retombé dans un sommeil agité. Elle alla humidifier un gant de toilette qu'elle appliqua sur son front.

Ses paupières s'ouvrirent et se refermèrent. Il grogna et ôta le gant de toilette d'un coup de main, mais Lauren le replaça. Elle tira la chaise près du lit avant de retourner mouiller le gant. L'antipyrétique ne tarderait pas à faire effet. Assise près de lui, elle souleva les couvertures pour passer le gant sur sa poitrine dans un effort pour abaisser sa température.

Elle l'observa attentivement. C'était vraiment un bel homme. Sa barbe naissante lui donnait un air déluré. De fines ridules d'expression soulignaient ses yeux. Elle aimait les gens qui riaient. Il n'y en avait pas assez dans sa vie. En passant le gant sur sa poitrine, elle sentit ses muscles sous sa peau. Il devait faire du sport pour les avoir aussi fermes. Même ses biceps étaient bien dessinés.

Un peu plus tard, Paxton commença à trembler. Elle prit les couvertures de son propre lit pour les ajouter aux siennes. Au moins, la fièvre était retombée. Humidifiant de nouveau le gant de toilette, elle continua à l'éponger.

Il murmura quelques paroles que Lauren ne comprit pas et se débattit dans son sommeil.

— Gabriella, comment as-tu pu me faire ça ? cria-t-il soudain en se redressant.

Lauren posa la main sur son épaule pour le calmer.

— Chut, dit-elle. Tout va bien.

Il retomba sur l'oreiller.

Lauren vérifia sa température qui était revenue à un niveau normal. Elle regagna son lit.

Qui était Gabriella ? Sa femme ? Sa petite amie ? Qu'avait-elle fait ? Que faisait-il ici sans elle ?

3.

Paxton ouvrit les yeux avec difficulté. Une faible lumière matinale filtrait derrière les rideaux décolorés de la fenêtre. Où était-il ? Oh ! oui. La chambre d'hôtel. Il regarda ses mains toujours bandées. Au moins, il n'avait plus mal.

Comme il tournait la tête, il découvrit Lauren étalée sur le lit, une jambe sortie de sous le drap. La blouse était remontée sur ses jambes, dévoilant un morceau de cuisse bien dessinée. Magnifique. Sa peau était-elle aussi douce qu'elle le paraissait ?

Il détourna le regard. Reluquer une femme qui dormait n'était pas son genre. Surtout une femme qu'il connaissait à peine. Elle avait veillé sur lui et méritait mieux que cela. Après tous les mauvais tours que Gabriella lui avait joués, mieux valait pour lui garder ses distances avec les femmes, même si Lauren semblait différente.

Quelques secondes plus tard, celle-ci s'éveillait.

— Comment vous sentez-vous ? demanda-t-elle.

— Comme si j'étais passé sous un bus.

— Cela ne m'étonne pas, répondit-elle avec un sourire. Vous avez eu une forte poussée de fièvre cette nuit.

— Vraiment ?

— Oui, mais l'antipyrétique que je vous ai donné a bien agi.

Il porta la main à son front et retira le gant de toilette toujours posé dessus. Puis il avisa la chaise près de son lit.

— Vous êtes restée à mon chevet.

— Pendant un petit moment.

Génial. Une fois encore, elle avait pris soin de lui, au lieu de passer une bonne nuit comme elle le méritait.

— Merci beaucoup, et désolé de vous avoir privée de sommeil…

— Ne vous inquiétez pas pour ça. Vous devriez reprendre un cachet maintenant.

Elle fit mine de se lever, avant de remonter brusquement les draps jusqu'à sa taille, son regard croisant le sien. Puis elle s'enveloppa dans le drap, attrapa ses vêtements sur le portant et se dirigea vers la salle de bains.

Il ne put retenir un sourire. Malgré son air assuré, il n'en fallait pas beaucoup pour la déstabiliser.

Deux minutes plus tard, elle ressortait de la salle de bains sans le regarder, un verre à la main, et fouillait dans son sac d'où elle sortit une gélule qu'elle lui tendit.

Paxton s'assit, un peu vacillant.

— Doucement, fit Lauren en posant une main sur son épaule. Pas de mouvements brusques.

De nouveau, cette faiblesse qui mettait à mal son ego.

Elle resta près de lui pendant qu'il avalait le médicament.

— Vous savez que je peux le faire tout seul, n'est-ce pas ?

Lauren lui prit le verre des mains.

— Oui, mais cela ferait mauvais effet si je perdais notre nouveau médecin pendant qu'il est sous ma garde.

— Vous croyez que je ferais semblant de l'avaler ?

— C'est mon travail de vérifier que vous le prenez bien.

Retournant dans la salle de bains, elle remplit à nouveau le verre.

— Buvez tout, ordonna-t-elle. Vous avez perdu beaucoup d'eau cette nuit.

Il s'exécuta puis, après avoir posé le verre sur la table de nuit, entreprit d'ôter la gaze autour de ses doigts.

— Que faites-vous ? demanda-t-elle, l'air paniqué.

— Je veux voir à quoi ils ressemblent. La douleur est revenue.

Comme il avait du mal à défaire le bandage, elle s'installa en face de lui.

— Laissez-moi faire.

Avec précaution, elle ôta les pansements.

— Vous avez les mains douces. Vous devez être une bonne infirmière, Lauren.

— J'aime à le croire, répondit-elle sans lever les yeux.

Elle tourna ses mains dans les siennes, puis elle fit courir son index de sa paume au bout de ses doigts.

— Sentez-vous quelque chose ? demanda-t-elle.

— Oui, répondit-il sans préciser que ce qu'il ressentait n'avait rien à voir avec ses engelures.

Il retira sa main pour examiner ses doigts de plus près.

— J'ai évité le pire. Ils devraient guérir vite, dit-il.

— Voyons l'autre main.

Pendant qu'elle défaisait le bandage, tête baissée, Paxton garda les yeux posés sur elle. Ses cheveux étaient si noirs qu'ils brillaient comme du chocolat chaud sous la lumière. Cette fois, il ne résista pas à l'envie de les toucher. Prenant une mèche, il la fit glisser entre ses doigts.

Elle se redressa aussitôt, l'air interrogateur.

— Je suis désolé, je n'ai pas pu résister.

Que lui arrivait-il, bon sang ? Elle allait le prendre pour un séducteur invétéré, ce qui n'était pas son cas. Gêné, il retira sa main et finit lui-même d'ôter la gaze.

— Je voulais juste vérifier la sensibilité de mes doigts, expliqua-t-il.

Mal à l'aise, il se leva et se dirigea vers la salle de bains.

— J'espère que cet accès de fièvre n'était que la conséquence du traumatisme que vous avez subi et non d'une infection. Vous devrez continuer à prendre des antipyrétiques pendant quelques jours, pour parer à toute éventualité, déclara Lauren.

— Merci, docteur, railla-t-il.

— D'après mon expérience, les médecins sont les pires patients, répliqua-t-elle dans son dos.

— C'est possible.

Il referma la porte de la salle de bains derrière lui.

— Je suis là si vous avez besoin de moi, lança-t-elle d'une voix agacée.

Il ne lui fallut pas longtemps pour se doucher. Malgré ses efforts pour nier sa gêne, il fut forcé de reconnaître que ses mains le faisaient encore terriblement souffrir.

— Pourriez-vous me donner mes vêtements ? demanda-t-il en entrouvrant la porte.

— Une seconde. OK, mon chéri, je dois y aller. Oui. Au revoir.

Elle était au téléphone. Parlait-elle avec le même homme ? Une femme aussi belle que Lauren vivait sûrement en couple. Et en quoi cela le concernait-il ?

Il l'entendit se déplacer dans la chambre et se rapprocher de la porte. Une main tenant son pantalon et sa chemise apparut dans l'espace entrouvert.

— Merci, fit-il.

— J'ai appelé Rick. Il sera là dans deux heures, ce qui nous donne le temps de manger quelque chose et de passer voir Lewis et Art Thompson.

— Je serai prêt dans une minute.

Il ressortit, sa chemise et son pantalon non boutonnés.

Lauren fronça les sourcils en voyant cela.

— Vous avez toujours mal, n'est-ce pas ?

— Ouais. Cela m'ennuie de le reconnaître, mais mes doigts ne sont pas assez souples pour que je puisse boutonner mes vêtements seul. Et je suis affamé.

— Je veux bien le croire. Vous n'avez pas mangé de pizza, hier soir.

Elle s'approcha et commença à boutonner ses vêtements. N'ayant pas le choix, il se laissa faire.

— Nous devons remettre les bandages autour de vos doigts.

Quelques minutes plus tard, elle l'aidait à enfiler sa veste avant de mettre la sienne, le tout sans la moindre réaction physique ou émotionnelle. Pas de mains tremblantes ou de respiration haletante. Maintenant, l'humiliation était totale. Elle pouvait l'habiller sans ressentir la moindre gêne, alors que son corps à lui brûlait de désir.

Dehors, il ne neigeait plus. L'air était froid et le ciel d'un bleu éclatant. Ils traversèrent le parking.

— Le plus simple est de prendre le petit déjeuner à l'hôpital, proposa Lauren.

Quelques minutes plus tard, ils pénétraient dans la cafétéria.

— Vous ne pouvez pas porter un plateau. Je vais aller vous chercher à manger pendant que vous prenez un siège. Que voulez-vous ?

Les humiliations s'ajoutaient les unes aux autres.

— Des œufs brouillés avec du bacon, des toasts et une grande tasse de café.

Lauren hocha la tête. Il la suivit des yeux tandis qu'elle s'approchait du comptoir. Il la connaissait depuis moins de vingt-quatre heures et, pourtant, il avait l'impression de mieux la connaître que Gabriella. Lauren était intelligente, efficace et compétente. Elle pouvait prendre une situation en charge, mais aussi obéir aux ordres quand c'était nécessaire. Elle ne se plaignait pas, ce qui n'était certainement pas une des qualités de Gabriella. Lauren attirait les hommes à en juger par l'attitude de Henry à leur arrivée, sans oublier l'homme au téléphone. Lui-même était comme fasciné par la jeune femme.

Son téléphone sonna, mettant fin à ses réflexions. Avec beaucoup de difficultés, il le sortit de la poche de sa veste.

— Bonjour, maman.

— Paxton, où es-tu ?

— Tu sais parfaitement où je suis. Je suis en Oklahoma.

— Tu as vraiment accepté ce poste ?

— Je t'avais dit que je le prenais. J'ai déjà commencé.

Il ne comptait pas lui dire qu'il avait passé la nuit sur la route, au milieu d'une tempête de neige.

— Pax, je n'arrive pas à croire que tu infliges cela à ton père. Il a besoin de toi ici.

— Nous avons déjà eu cette conversation, maman. Les médecins ne manquent pas à Boston.

— Mais ton père a besoin de toi. Tu sais qu'il est malade.

— Oui, mais son traitement fonctionne bien.

Son père souffrait d'une insuffisance cardiaque.

— Il a besoin de toi. J'ai besoin de toi. Gabriella a appelé pour dire qu'elle était désolée, ajouta-t-elle après un silence, d'une voix plus douce.

— Maman, je ne tiens pas à parler de cela. C'est terminé.

Il vit Lauren revenir vers leur table.

— Je dois y aller. J'ai signé pour un contrat d'un mois et je compte bien l'honorer. Je te rappellerai.

Il coupa la communication juste comme Lauren arrivait près de lui.

— Voilà, dit-elle en posant un plateau avec deux assiettes devant lui.

L'odeur était délicieuse. Lauren jeta un coup d'œil au téléphone, mais ne posa pas de question.

— Combien je vous dois ? demanda-t-il.

— Je vous invite.

— Dans ce cas, je pourrais peut-être me racheter en vous emmenant dîner un soir ?

— Nous verrons cela, répondit-elle.

En tout cas, elle n'avait pas refusé, en raison d'un mari ou d'un petit ami. Malgré ses mains et la difficulté de tenir une fourchette, il attaqua son assiette.

— Alors, que dois-je savoir à propos de Last Stop ? demanda-t-il une fois rassasié en sirotant son café.

— Eh bien, il n'y a pas grand-chose à en dire. La ville compte un millier d'habitants, la plupart des fermiers ou des employés de l'industrie pétrolière. Mais plus autant qu'autrefois.

— Depuis combien de temps vivez-vous ici ?

— J'y ai passé toute ma vie.

Lui avait passé la sienne à Boston, à l'exception de ses années de collège et de celle passée en Afrique.

— Vous n'êtes jamais partie ?

— Une fois, pendant une courte période.

— Pourquoi êtes-vous revenue ?

Ses yeux exprimèrent de la douleur.

— Parce que mon mari est mort et qu'ici c'est chez moi.

Elle reposa sa fourchette dans son assiette à moitié pleine.

— Je vais aller rendre la blouse à la réception, puis jeter un œil à Lewis et à M. Thompson. Voulez-vous m'attendre ici ?

Elle avait été mariée et son mari était mort jeune. De quoi rester traumatisée.

— Je suis désolé pour votre mari. Je n'avais pas l'intention de réveiller ces tristes souvenirs. Je vous accompagne. Lewis et Art sont mes patients, maintenant.

Si elle ne parlait pas à son mari, au téléphone, avec qui s'entretenait-elle ?

La tension s'allégea et elle hocha la tête.

— Dans ce cas, allons-y. Je ne veux pas faire attendre Rick à son arrivée. Il prend sur son temps libre pour venir nous chercher.

Les parents de Lewis étaient à son chevet quand ils entrèrent dans sa chambre. Il était maintenant réveillé et semblait plutôt bien, mais il lui faudrait rester encore une nuit à l'hôpital.

— Je veux vous voir dans mon cabinet, lundi prochain, pour un check-up, d'accord ? dit Paxton avant de quitter la chambre.

— Il sera là, lui assura sa mère. Nous avons appris ce que vous avez fait, docteur Samuels, et nous vous en remercions.

— Il n'y a pas de quoi.

De là, ils se dirigèrent vers la chambre de Art Thompson, un peu plus loin dans le couloir. Le vieil homme était habillé et assis sur le bord de son lit, attendant sa femme qui devait venir le chercher.

Dans un réflexe, il tendit la main vers Paxton, avant de la retirer.

— Désolé, docteur. J'avais oublié l'état de vos mains. Je vous remercie pour votre aide, cette nuit.

— Elles iront bientôt mieux. N'hésitez pas à m'appeler, si vous vous sentez mal.

Moins d'une heure après leur petit déjeuner, ils attendaient l'arrivée de Rick à côté du grand arbre de Noël dressé à l'entrée du service des urgences.

Ils n'eurent pas à attendre longtemps.

— Bonjour, Rick. Contente de te voir. Je suis prête à rentrer à la maison, lança Lauren d'une voix fatiguée.

Elle insista pour que Paxton s'installe à l'avant.

Paxton passa l'heure suivante à bombarder Rick de questions sur Last Stop et sa région. N'entendant plus Lauren, il se retourna et découvrit qu'elle dormait. Sa nuit avait été aussi épuisante que la sienne.

Il regarda le paysage autour d'eux, blanc de neige. Aussi loin qu'il pouvait voir, il n'y avait aucun relief. Juste la route et des clôtures.

Finalement, un ensemble de maisons se découpa à l'horizon, assez large pour constituer une ville. Aucune construction ne dépassait un étage. Son appartement à Boston se trouvait au douzième étage. Ici, les magasins étaient construits en bois et parpaing. Il n'y avait qu'un seul croisement, dénué de feux de signalisation. Quelques voitures étaient garées le long de la rue. Des guirlandes de Noël décoraient tous les réverbères.

— Je vois que Roger a commencé tôt, ce matin, pour installer les décorations de Noël, dit Lauren, encore lourde de sommeil, ce qui ajoutait un certain charme à son accent.

— Ouais. Il était furieux contre la tempête qui l'avait empêché de le faire hier, commenta Rick. Tu veux que je te dépose chez toi ou ici, avec le médecin ?

Elle se redressa sur le siège.

— Ma voiture est devant le cabinet. Donc, laisse-moi là.

— Si j'ai bien compris, j'ai un appartement de fonction attenant au cabinet médical ? demanda Paxton en se retournant vers Lauren.

— C'est une maison. Le bureau, la salle d'attente et la salle d'examen sont devant. La cuisine, le salon et la chambre à l'arrière. C'est juste là, ajouta-t-elle en pointant le doigt vers l'extérieur.

Rick tourna à droite, puis à gauche dans une petite rue avant de s'engager dans l'allée d'une maison en bardeaux peints en blanc. Un panneau dans le jardin annonçait « CABINET MÉDICAL ». Il s'arrêta derrière la voiture de Paxton garée sous un abri ouvert, qui paraissait minuscule à côté d'un gros camion vert à double cabine parqué là.

Paxton avait souhaité un changement de vie et il n'était pas déçu.

*
* *

Lauren observa Paxton qui découvrait sa demeure pour les prochaines semaines. Il avait l'air à la fois stupéfait et hébété. À quoi s'était-il attendu ? Quand elle s'était réveillée dans la voiture, Paxton et Rick étaient en grande conversation, ce dernier décrivant la région autour de la ville. Elle aimait le son de la voix de Paxton, profonde, calme, mais il valait mieux pour elle ne pas s'aventurer sur ce terrain. Se laisser de nouveau séduire par un étranger de passage ne figurait pas dans son agenda.

— Merci d'être venu nous chercher, Rick, dit Paxton en descendant du véhicule. Et aussi d'avoir récupéré ma voiture.

— Il n'y a pas de quoi. À plus tard.

Lauren fut soulagée que quelqu'un ait pris la peine de dégager la neige dans l'allée. Si Paxton tombait, il serait peut-être obligé de reprendre le chemin de Boston. Ouvrant la porte du cabinet médical, elle alluma.

— Je vous montre rapidement les lieux avant de rentrer chez moi pour me changer. Voilà la salle d'attente.

Quelques chaises et une table étaient posées contre un mur en face du comptoir de la réception.

— Voici votre bureau, dit-elle en ouvrant une porte.

Une simple pièce avec un large bureau en chêne au centre autour duquel elle adorait jouer quand elle était enfant et qu'elle venait voir le Dr Barden. Mais Paxton, probablement habitué au verre et au chrome, ne risquait pas d'être impressionné.

Elle ouvrit une autre porte à l'autre bout du hall d'entrée.

— Cette pièce est la salle d'examen, dit-elle avant de passer à la porte suivante. Nous abordons maintenant la partie habitation.

Ils pénétrèrent dans une petite cuisine. Sur le comptoir et sur la table, des sacs de nourriture, des plats cuisinés et des gâteaux avaient été déposés.

— Qu'est-ce que c'est que tout ça ? s'exclama Paxton.

Lauren rit.

— Apparemment, le comité d'accueil est passé vous

souhaiter la bienvenue. Quelques femmes de la ville ont cuisiné ces plats pour vous souhaiter la bienvenue et vous remercier. Je suis sûre que tout le monde est maintenant au courant de vos exploits, cette nuit.

D'un mouvement du bras, il montra l'étalage de nourriture, l'air incrédule.

— Il y a beaucoup plus de nourriture que je ne pourrai en manger.

Elle sourit.

— Bien plus. Même ma mère a déposé un plat quelque part.

Paxton avait l'air perplexe, comme s'il ne lui était jamais venu à l'esprit que la ville pourrait se réjouir de son arrivée.

— Personne ne vous a donc jamais accueilli avec des petits plats ?

— Jamais, dit-il en passant en revue les différentes casseroles, lisant les descriptifs attachés.

— Les choses se passent différemment par ici, comme vous pourrez le constater.

Lauren se dirigea vers une autre porte.

— Je commence à m'en rendre compte, commenta Paxton en lui emboîtant le pas.

— Voici votre chambre et le salon avec un poste de télévision.

Elle réalisait que ce n'était pas luxueux, mais suffisamment confortable pour les quelques semaines qu'il passerait ici.

— La salle de bains est par là, dit-elle en désignant une porte. Et je vois qu'on a déposé vos bagages.

— C'est parfait, merci.

Au grand soulagement de Lauren, il n'avait pas l'air déçu. Elle avait redouté qu'il soit contrarié d'être logé aussi chichement.

— Avez-vous besoin de quelque chose avant que je parte ? Sinon, je vais passer chez moi me changer et serai de retour dans une heure. Dieu merci, il s'agit encore de notre matinée de repos, mais les consultations reprendront cet après-midi, si vous vous sentez d'attaque.

— Je suis prêt, dit-il en la retenant par la main alors

qu'elle s'apprêtait à sortir. Je voudrais vous remercier d'abord de votre aide pendant l'accident et ensuite d'avoir veillé sur moi cette nuit. Je devrais peut-être vous donner quelques-uns de ces plats.

Lauren sourit, cherchant à dissimuler son trouble. Elle le connaissait depuis moins de vingt-quatre heures et sa réaction l'étonnait. Quoi qu'il en soit, elle devait se ressaisir : ils devaient travailler ensemble et Paxton n'était que de passage ici.

— Ce ne sera pas nécessaire, dit-elle en dégageant son bras. Prenez bien soin de vos mains pendant mon absence.

— Je n'y manquerai pas. Promis.

Elle se sentait coupable de l'abandonner dans cette maison un peu vide, mais elle avait besoin d'espace autant que de vêtements propres. Surtout, elle avait hâte de serrer son fils dans ses bras.

— Je dois y aller. Quelqu'un m'attend.

4.

Vers qui courait-elle ? se demanda une nouvelle fois Paxton.

Et pourquoi diable lui avait-il pris la main ? D'accord, ils avaient partagé la même chambre pendant une nuit, mais cela ne justifiait pas qu'il réagisse en sa présence de façon aussi primitive. Bon sang, il sortait à peine d'une histoire pénible ! Comment pouvait-il déjà ressentir du désir pour une autre femme ? Sa malheureuse expérience avec Gabriella témoignait pourtant de son piètre jugement en matière de relations amoureuses…

Assez naïf pour croire que l'affection qui les liait était sincère, il l'avait demandée en mariage. Or, elle s'était empressée de le tromper. Dire que ses propres parents estimaient qu'il devait lui pardonner et l'épouser quand même ! Tout cela pour sauver le nom de la famille. Son amour-propre était-il donc si blessé pour qu'il se jette ainsi à la tête de la première femme qui lui plaisait ? Lauren méritait mieux que cela. Lui-même valait mieux que cela. Pourtant, il était indéniable que sa présence ne le laissait pas indifférent.

Non sans mal, il parvint à ôter ses vêtements pour en enfiler des propres – tout en se souvenant de Lauren l'aidant à se déshabiller. Il fallait reconnaître que leur relation avait démarré de façon pour le moins inhabituelle.

Relation ?

Il n'y avait aucun lien entre eux. Elle serait son infirmière pendant les quatre prochaines semaines. Point final. Ils n'étaient que des collègues de travail. D'ailleurs, elle avait probablement un petit ami et il n'était pas dans ses habitudes d'empiéter sur le territoire d'un autre.

Il passa à la cuisine et examina les différents plats. Comment allait-il venir à bout de toute cette nourriture ? En tout cas, il lui était agréable de se sentir le bienvenu.

Il prit quelques biscuits dans une assiette et se dirigea vers son bureau. Il était temps pour lui de prendre possession de ce qui serait son domaine pendant les prochaines semaines.

Un domaine bien différent de l'environnement auquel il était habitué. Ici, pas d'acier inoxydable ou de verre, la plupart des meubles étaient vieux et disparates. La salle d'examen ne manquait apparemment de rien et se composait d'une petite salle d'eau avec un lavabo surmonté d'étagères pleines de fournitures et d'une table d'examen comme il n'en avait jamais vue, sinon dans les livres. Ancienne mais robuste.

Traversant la salle d'attente, il pénétra dans son espace privé. Un grand bureau en chêne et son fauteuil en cuir à haut dossier occupaient presque tout l'espace, avec deux confortables chaises recouvertes de tissu bleu marine disposées devant. Derrière le bureau, s'étalait une grande bibliothèque couverte de livres et de bocaux d'échantillons. Dans un coin, un classeur métallique contenant probablement les dossiers des patients.

Paxton sourit. Il travaillait habituellement avec des tablettes électroniques et des dossiers informatisés. Ce poste le ramenait à des temps beaucoup plus simples. Il n'avait pas vraiment d'idées sur le genre de problèmes qu'il rencontrerait ici, mais il n'allait pas tarder à en avoir un aperçu.

À cet instant, la sonnette de la porte d'entrée résonna. Il se dirigea vers l'accueil où un homme grand et mince, au visage buriné par le temps, venait d'entrer. Vêtu d'une lourde veste, d'un jean et de bottines, il tenait entre ses mains un chapeau.

— Vous êtes le nouveau docteur ? demanda-t-il d'un ton bourru.

— Oui. Je suis le Dr Samuels.

— Puis-je vous parler ? demanda-t-il en pétrissant son chapeau, l'air nerveux.

— Bien sûr… Pourriez-vous attendre quelques minutes ? Lauren ne devrait plus tarder. Je ne connais pas encore bien le cabinet.

Le visage de l'homme exprima son embarras et il jeta un coup d'œil vers la porte, comme s'il envisageait de repartir.

— Je préférerais autant que cela reste entre nous, avoua-t-il à voix basse.

Curieux maintenant, Paxton lui indiqua le couloir. Il pouvait au moins écouter ce que son patient avait à dire.

— Dans ce cas, allons dans la salle d'examen.

— J'ai entendu parler de l'accident, cette nuit, fit l'homme quand ils furent installés. Je vous remercie d'avoir secouru Lewis.

— C'est un de vos proches ?

Les nouvelles se répandaient vraiment vite, par ici. Il réprima un frisson. Si quelqu'un découvrait l'humiliation qu'il avait subie à Boston, tout le monde serait au courant.

— C'est mon petit-fils.

— Je vois, monsieur… ?

— Gerhart.

— Eh bien, monsieur Gerhart, en quoi puis-je vous aider ?

— Mes… Euh… Quand je vais uriner, je ressens une brûlure.

Paxton hocha la tête. Il comprenait mieux son besoin de discrétion.

— Dans ce cas, nous devons commencer par un test urinaire.

Paxton attrapa un petit flacon en plastique avec un couvercle bleu sur une étagère, heureux de ne pas avoir à fouiller partout.

— Les toilettes sont juste à côté, dit-il en le tendant à son patient.

Le vieil homme prit le flacon d'un air gêné et sortit de la salle. Quelques secondes plus tard, il revenait avec le flacon fermé, son visage creusé par la douleur. Il le déposa sur le comptoir.

— Je vais faire analyser le prélèvement, fit Paxton d'une voix rassurante. Je vous appelle dès que j'ai les résultats.

— Merci, doc. Et je compte sur votre discrétion.

— Je ferai de mon mieux.

L'homme hocha la tête, remit son chapeau et sortit. Quelques minutes plus tard, la sonnette retentit à nouveau. Cette fois, une jeune femme entra.

— Puis-je vous aider ? Je suis le Dr Samuels et vous êtes… ?

— Margie Michaels.

Elle montra sa main, enveloppée dans un linge.

— Je suis une des cuisinières du bar et j'ai brûlé ma main.

— Suivez-moi dans la salle d'examen que je regarde cela.

Une fois la femme assise sur la table, il lui demanda d'ôter le linge.

Ses propres bandages allaient devoir disparaître s'il voulait être capable de travailler. La vue de la peau rouge vif de la main de Margie lui arracha une grimace.

— Je vais laver la plaie avant de remettre un pansement. Il faudra veiller à garder le bandage propre et sec.

À cet instant, Lauren pénétra dans la salle, radieuse.

— Me revoilà, docteur Samuels. En quoi puis-je vous aider ? Bonjour Margie. Que t'est-il arrivé ?

Paxton était soulagé de la voir. Elle serait sans doute plus efficace que lui. Elle connaissait les patients, l'emplacement de chaque chose et, surtout, elle pouvait se servir de ses mains.

Elle avait tiré ses cheveux en arrière et enfilé un pull couleur corail qui mettait en valeur son hâle naturel et un jean qui soulignait ses formes de façon particulièrement flatteuse. Mais ce sont surtout ses bottines de cow-boy qui retinrent l'attention de Paxton.

Pas vraiment le genre de chaussures qu'il voyait aux pieds des infirmières dans les cabinets médicaux de la côte Est. Quant aux femmes qu'il côtoyait habituellement, elles ne portaient que des chaussures de marque avec des talons de dix centimètres.

— Lauren, nous avons besoin de sérum physiologique, de gaze et d'une cuvette.

Une minute plus tard, elle avait tout rassemblé et s'occupait de la brûlure.

— Revenez dans quelques jours pour me montrer votre main, dit Paxton à Margie, une fois que Lauren eut fini de bander sa main. Et prenez un antalgique si vous avez mal.

Sitôt la patiente partie, Paxton ôta ses propres bandages.

— Vous devez les garder encore un peu, protesta Lauren.

— Impossible. Ils m'empêchent de travailler.

Elle n'insista pas et, bientôt, fit entrer une mère accompagnée de ses deux petits enfants.

— Bonjour, lança-t-il avec un sourire rassurant. Je suis le Dr Samuels. Que se passe-t-il ?

— Ils ont mal à la gorge, répondit la mère de famille, l'air exténué.

— Montre-moi un peu cela, dit-il à la fillette qui se cachait derrière son grand frère. Je devrais pouvoir te soulager.

Le reste de l'après-midi se déroula de la même façon. Quand le soleil commença à baisser à l'horizon, Paxton fut soulagé de voir la salle d'attente enfin vide. Ses mains le faisaient souffrir, ce qu'il ne risquait pas d'avouer à Lauren, qui lui avait rappelé deux ou trois fois au cours des dernières heures de les protéger.

— Eh bien, c'était intéressant, déclara-t-il.

— Comment cela ? fit Lauren, l'air méfiant.

Redoutait-elle une critique ?

— Je n'avais pas revu ce genre de cas depuis mon passage dans les Peace Corps.

— Vraiment ? Vous avez fait partie des Peace Corps ?

— Oui. J'ai passé un an à travailler dans différents dispensaires en Afrique. Une expérience qui m'a donné à réfléchir.

Elle avait surtout été libératrice. Il avait passé une année loin de ses parents, au cours de laquelle il avait été maître de sa destinée. Comme c'était le cas aujourd'hui, à Last Stop.

— C'est gratifiant pour un médecin de se sentir utile, ajouta-t-il.

Lauren se mit à ranger la salle d'attente.

— Eh bien, vous avez pu constater que nous avons grand

besoin de vous ici ! Vous avez fait du très bon travail cet après-midi, malgré vos mains blessées.

Son compliment lui alla droit au cœur.

— Merci ! Est-ce tous les jours ainsi ? demanda-t-il.

— C'est variable. Mais le Dr Barden est parti depuis quatre jours maintenant et ils étaient nombreux à attendre votre arrivée. Certains doivent faire une heure de route pour venir jusqu'ici, alors quand ils se déplacent, ce n'est pas pour rien.

— Cela me rappelle que j'ai reçu un homme avant votre arrivée.

— Qui ? demanda-t-elle en relevant la tête.

— Je préférerais ne pas le dire. Il voulait que cela reste entre nous.

— Très bien, dit-elle, l'air un peu vexé.

— Quoi qu'il en soit, j'ai un flacon d'urine à faire analyser. Pouvez-vous l'ajouter à ce qui part pour le laboratoire ? Et à ce propos, comment cela se passe-t-il ?

— Nous envoyons les prélèvements à Lippscomb. Un coursier passera les prendre dans quelques minutes. Vous devriez recevoir les résultats de bonne heure demain matin. Quel nom dois-je faire figurer sur le flacon ?

— Je m'en occuperai. Au fait, y aurait-il ici un endroit où je pourrais installer un petit laboratoire ? Cela nous permettrait d'effectuer certaines analyses sur place et donc d'obtenir les résultats plus rapidement.

— Il y a une petite pièce à côté de la cuisine que nous utilisons pour stocker des fournitures. Je vais vous montrer.

Il la suivit le long du couloir. Elle ouvrit une petite porte dans le fond de la cuisine.

— Pourquoi le Dr Barden n'avait-il pas de laboratoire ?

— Il n'estimait pas cela nécessaire. La situation lui convenait ainsi. Les choses mettent du temps à changer par ici. C'était un bon médecin, installé à Last Stop depuis quarante ans, ajouta-t-elle d'une voix claire.

Depuis le seuil, Paxton examina le local bordé d'étagères de chaque côté avec un établi au fond. Il chercha l'interrupteur à tâtons.

— Il n'y a pas d'électricité là-dedans ?

Lauren s'approcha et posa sa main sur l'interrupteur dissimulé sous une étagère. La lumière illumina la pièce.

— C'est parfait, fit Paxton, ravi. Nous aurons besoin d'une ligne électrique indépendante pour alimenter la centrifugeuse et les autres équipements. Ce ne sera pas un laboratoire à part entière, mais il nous permettra au moins d'obtenir quelques réponses plus rapidement.

— Je connais une ou deux personnes qui seraient à même de rénover la pièce comme il se doit, dit Lauren en s'approchant de lui. Je les appellerai demain. Qu'en est-il pour les équipements ?

— Je me charge de cela.

Il allait se faire envoyer de Boston tout ce dont il avait besoin.

D'un même mouvement, ils se tournèrent pour sortir de la pièce et Paxton bouscula involontairement Lauren, qui trébucha. Comme il la rattrapait par le bras, les paumes de Lauren vinrent se poser sur sa poitrine, brûlant Paxton comme des charbons ardents. Soudain, il fut incapable de quitter des yeux ses lèvres pleines, légèrement entrouvertes.

Comment réagirait-elle, s'il l'embrassait ?

— Lauren ?

Une voix de femme venait de résonner dans le cabinet médical, l'arrachant à sa torpeur.

Comme prise en faute, Lauren le repoussa brusquement.

— Je suis là, maman ! cria Lauren en traversant précipitamment la pièce.

Elle avait parlé un peu trop vite. Avait-il imaginé le léger tremblement de sa voix ?

— Que fais-tu là-dedans ?

La mère de Lauren apparut sur le seuil.

— Nous envisageons de transformer cette pièce en un laboratoire, répondit Lauren qui semblait s'être ressaisie.

Paxton attendit quelques secondes avant de s'avancer vers une version plus âgée de Lauren avec des cheveux courts.

— Maman, je te présente le Dr Paxton Samuels. Ma mère, Sarah Tucker.

— Bonjour, docteur, dit Sarah avec un sourire. Je suis heureuse de faire votre connaissance. D'après ce que j'ai entendu, vous vous êtes comporté comme un héros la nuit dernière.

Il haussa les épaules.

— Je ne dirais pas cela. Votre fille a été d'un grand secours. En cas d'urgence, je n'hésiterais pas à faire appel à elle. Je suis ravi de vous connaître et je vous remercie d'avoir contribué à préparer la maison.

— Il n'y a pas de quoi. Je suis tellement désolée que votre arrivée à Last Stop ait été aussi difficile.

— Maman vous a apporté de la soupe pour votre dîner, dit Lauren sans le regarder. Elle est sur la cuisinière.

— Merci. Vous avez déjà tant fait pour moi, ajouta-t-il, son regard passant de la mère à la fille.

Encore de la nourriture. Juste ce qu'il me fallait…

— Nous sommes heureux que vous soyez là. Je m'en vais maintenant. Je crois qu'une bonne nuit de sommeil ne vous fera pas de mal, dit la mère de Lauren avant de tourner les talons pour regagner la sortie.

— À demain, lança Lauren en lui emboîtant le pas.

Paxton la regarda partir, regrettant l'interruption tout en étant soulagé. Même s'il mourait d'envie d'embrasser Lauren, il lui restait assez de bon sens pour deviner que ce serait une très mauvaise idée. Certes, Lauren était particulièrement attirante, mais entamer une aventure avec son infirmière serait faire preuve d'un manque de jugement avéré.

Lauren n'avait pas mieux dormi dans son lit que la nuit précédente, au motel. Durant des heures, elle avait pensé à Paxton. Comment nier l'effet qu'il lui faisait ? Il réveillait en elle une passion qu'elle avait cru éteinte…

Son attitude était irréprochable avec les patients. Il les écoutait, prenait le temps de noter leurs doléances, se montrait charmant avec les enfants. Rien à voir avec les manières qu'elle s'était attendue à trouver chez un ponte de la Côte Est.

Sa biographie officielle lui avait fourni bon nombre d'informations. Paxton était plus que qualifié pour le poste. Il portait le même nom que la clinique pour laquelle il travaillait à Boston – ce qui était impressionnant.

Elle avait également découvert que son mariage, événement de l'année à Boston, avait été annulé. Que s'était-il passé ? La mariée avait-elle reculé devant l'autel ? À moins que ce ne soit lui ?

Shawn avait interrompu sa lecture et elle n'avait pas eu l'occasion d'en lire plus, mais sa curiosité était piquée.

Pour compliquer encore un peu plus la situation, elle le trouvait vraiment très beau, d'une beauté sombre. Et ce baiser qu'ils avaient failli échanger… Elle ne s'y était pas attendue, mais ne l'aurait pas refusé. Le fait qu'ils se cognent avait été tout à fait fortuit, elle n'en doutait pas.

Quoi qu'il en soit, cela ne lui ressemblait pas de se jeter au cou d'une personne qu'elle connaissait à peine. Et qui plus est, un homme qui sortait apparemment d'une déception amoureuse. Elle devait aussi penser à son jeune fils. Pas question d'amener dans sa vie un homme qui repartirait bientôt. La réputation est une chose importante dans une petite ville. Depuis son retour, elle avait mené une vie exemplaire et entendait bien continuer ainsi pour le bien de son enfant.

Quand son futur mari avait débarqué en ville, elle avait soif d'aventure, et l'idée de quitter Last Stop l'avait séduite. Une passion juvénile les avait emportés avant que l'amour naisse entre eux. Mais les sensations qu'elle éprouvait auprès de Paxton étaient inédites, et intenses. Sa libido s'éveillait, ses sens étaient exacerbés… Un instinct primitif la poussait vers lui.

Que lui arrivait-il ? En aucun cas, elle ne devait oublier que Paxton n'était que de passage à Last Stop… Et puis, il serait son chef pendant son séjour. Tous deux venaient de mondes totalement différents. Pourquoi, alors que tout les séparait, se sentait-elle vivante sous son regard ? Personne ne devait deviner ses sentiments et surtout pas Paxton. Mais rien ne l'empêchait de profiter un peu de sa compagnie…

Après avoir déposé son fils chez sa mère, Lauren prit le chemin du cabinet médical. Elle trouva Paxton assis derrière son bureau, travaillant déjà sur son ordinateur.

— Bonjour, Lauren.

— Vous vous êtes levé aux aurores, on dirait, fit-elle remarquer, heureuse qu'il se comporte comme si rien ne s'était passé.

Pour lui, cela ne représentait probablement pas grand-chose.

— Je pourrais vous dire la même chose. Je voulais vérifier le résultat des analyses médicales. Mon patient va devoir revenir finalement.

— Votre client mystère ?

— Celui-là même. Mais j'ignore comment le contacter. Je n'ai que son nom.

Elle attendit, pleine d'espoir, tandis qu'il l'observait, l'air pensif.

— J'imagine que je n'ai pas d'autre choix que de tout vous dire. Il s'agit de M. Gerhart.

— Je n'arrive pas à croire qu'il soit venu ici ! Il n'a jamais mis un pied chez un médecin. Et je doute qu'il revienne…

— S'il ne revient pas, j'irai chez lui.

Sa détermination la stupéfia.

— Entendu. Mais avant cela, j'aimerais jeter un coup d'œil à vos mains.

— Elles vont beaucoup mieux, dit-il en se concentrant de nouveau sur l'écran de l'ordinateur.

— Je veux quand même les examiner, dit-elle du ton sans réplique qu'elle réservait à son fils lorsqu'il se rebiffait.

Paxton lui jeta un regard agacé.

— Mon avis professionnel ne vous paraît donc pas suffisant ?

— Pas quand il concerne votre propre bien-être. Quelque chose me dit que vous n'accordez pas à votre santé autant d'attentions qu'à celle de vos patients.

Paxton esquissa un sourire.

— Vous pensez donc me connaître après seulement quarante-huit heures ?

— Certaines choses sont évidentes.

Comme l'idée qu'il embrassait bien ?

— Laissez-moi regarder vos mains, ajouta-t-elle en approchant une chaise.

Elle avait parlé précipitamment, troublée par le cours que prenaient ses pensées.

— Je vois que vous avez remis des pansements, dit-elle. Bonne idée.

— Je reconnais qu'elles me font mal quand elles sont exposées à l'air. Et j'avais besoin de dormir, hier soir.

— Laissez-moi examiner votre main droite, dit-elle.

Paxton la lui présenta et elle ôta le bandage. Ses doigts étaient roses.

— Remuez-les un peu.

Paxton s'exécuta.

— Je crois que vous avez raison. Elles sont en voie de guérison. La gauche maintenant. On dirait que vous allez vous en sortir sans effets secondaires, conclut-elle quelques secondes plus tard. Mais il va falloir y faire bien attention et les garder couvertes quand vous sortez. Ici, on ne passe pas d'un immeuble chauffé à un autre comme chez vous.

— Je sais maintenant que j'aurais dû prendre le temps de mettre des gants, mais j'avais fait mes valises en vitesse et je ne savais plus où je les avais mis. Ma décision d'accepter ce poste a été un peu précipitée.

— Pourquoi cela ?

Allait-il lui parler de cette histoire de mariage ?

— Inutile de s'appesantir là-dessus. Alors, dites-moi comment se passe une semaine typique au cabinet médical de Last Stop ? Une qui n'inclut pas un accident de tracteur.

Apparemment pas. Que cherchait-il à cacher ? Lauren aurait bien aimé percer le mystère.

— En général, le cabinet est ouvert du lundi au vendredi, et fermé le mercredi après-midi.

— Donc j'en conclus que je pourrai faire quelques courses demain ?

— En effet.

— Parfait. Je vais devoir acheter des pantalons plus épais, des chaussettes et des gants bien chauds. J'imagine que je dois aller à Lippscomb pour cela ?

— En effet. Bon, je ferais mieux de me mettre au travail. Je dois remettre des fournitures dans la salle d'examen avant l'arrivée du premier patient.

— Je voulais vous demander : avec qui parliez-vous au téléphone, au motel ? demanda-t-il avant qu'elle ait atteint la porte.

Sa question l'arrêta net. Pourquoi s'intéressait-il à sa vie privée ? Cherchait-il à savoir si elle avait un petit ami ?

— Mon fils, Shawn.

Un léger clignement d'œil trahit seul son étonnement.

— Votre fils ? répéta-t-il comme s'il cherchait à comprendre.

Un coup de sonnette signala l'arrivée du premier patient, mettant fin à leur conversation. Ils se mirent tous deux au travail et, durant toute la matinée, un flot régulier de patients se succéda. Entre deux, Paxton rejoignait son bureau, tandis que Lauren s'occupait de l'administratif.

— Que faites-vous pour le déjeuner par ici ? demanda Paxton en fin de matinée.

— En général, nous mangeons, répondit-elle avec un sourire.

— Très drôle.

— D'ordinaire, j'apporte mon déjeuner et le mange dans la cuisine. Le Dr Barden rentrait toujours chez lui. Mais maintenant que la cuisine fait partie de votre appartement, je mangerai à mon bureau.

— Je ne vois pas pourquoi nous ne pourrions pas partager la table de la cuisine. D'ailleurs, inutile d'apporter votre repas. J'ai assez de nourriture pour tenir un siège. Allez, venez, ajouta-t-il en l'entraînant vers la cuisine.

Il ouvrit le réfrigérateur, qui était aussi garni que l'avait été le comptoir, la veille.

— Nous avons l'embarras du choix ! lança-t-il sans grand enthousiasme.

Alors que Lauren jetait un coup d'œil au garde-manger, leurs bouches se retrouvèrent soudain à quelques centimètres l'une de l'autre. La passion troubla le regard de Paxton, à laquelle s'ajouta un soupçon de défi.

Le moment était venu pour elle de reprendre ses esprits. Elle devait repousser la tentation. S'écarter de cet homme dont la proximité mettait tous ses sens en émoi.

Comme s'il devinait son trouble, Paxton s'écarta brusquement. L'air frais du réfrigérateur ne suffisait pas à calmer le courant de chaleur entre eux.

— Je… Euh, je ne sais pas ce que vous aviez prévu pour le déjeuner, bégaya Lauren, mais il y a là quelques plats que vous devriez goûter. Il suffit de les passer au micro-ondes.

— Vous déjeunez avec moi ?

Impossible pour elle d'admettre que ses nerfs avaient été mis à rude épreuve et qu'elle était incapable d'avaler quoi que ce soit.

— Entendu, dit-elle en attrapant deux assiettes dans un placard. Asseyez-vous pendant que je prépare tout.

— Merci, rétorqua Paxton d'un air gêné. Je promets de me rattraper une fois que j'aurai retrouvé l'usage de mes mains et que je connaîtrai l'emplacement de chaque chose ici.

— Ne vous inquiétez pas pour cela. Il faut toujours un peu de temps pour prendre ses marques.

Elle sortit un plat du réfrigérateur.

— Je vous propose la fricassée de poulet de Mme Clara, un de mes plats préférés.

Elle en remplit une assiette qu'elle plaça dans le micro-ondes. Bientôt, ils se mirent à table.

— Parlez-moi un peu des gens d'ici, demanda Paxton.

— Comme je vous le disais, la plupart sont fermiers depuis des générations et les autres travaillent pour l'industrie pétrolière. Les membres de ma famille appartiennent aux deux camps. Nous possédons plus de 400 hectares de terrain sur lesquels nous élevons du bétail et faisons pousser du blé et des céréales. Nous exploitons également quelques puits de gaz.

— J'ai vu les puits le long de la route à mon arrivée. C'est impressionnant. Nous n'avons pas ce genre de choses à Boston.

— J'imagine que non, dit-elle en souriant.

— Donc, j'en conclus que les gens d'ici sont plutôt riches.

Lauren gloussa en retirant son assiette du micro-ondes.

— Ce sont des puits de gaz, pas de pétrole. Les revenus de ces exploitations étaient conséquents à l'époque de mes arrière-grands-parents, mais aujourd'hui, ce n'est qu'un revenu complémentaire. Parfois, un nouveau puits est creusé, mais plus autant qu'avant. La plupart des gens vivent simplement.

— Les personnes que j'ai rencontrées ici m'ont beaucoup plu.

Lauren l'observa quelques instants en silence.

— Apparemment, vous leur avez également fait bonne impression. Ma mère vous a trouvé charmant.

Beau aussi. Elle était curieuse de savoir si vous étiez célibataire.

Lauren mourait d'envie d'interroger Paxton sur sa vie privée. Pourquoi était-il venu ici ? À quoi ressemblait sa vie à Boston ? Avait-il une petite amie ?

— Maintenant que vous savez tout sur moi, à votre tour, se contenta-t-elle de dire.

— Oh ! c'est tout simple. L'opportunité s'est présentée et comme je voulais faire quelque chose de différent, me voilà.

Paxton n'était pas prêt à reconnaître qu'il n'avait pas été assez bien pour la femme qu'il avait voulu épouser.

— Cela ne dérange pas votre femme ou votre petite amie que vous restiez loin d'elle pendant si longtemps ?

— Je n'ai pas de femme, ni de petite amie.

Et je n'en cherche pas.

— En fait, j'ai fait une petite recherche à votre sujet sur Internet.

— Une recherche ?

Que savait-elle exactement ? Était-elle au courant du fiasco de sa vie privée ? Pourvu que non.

— J'ai appris que vous n'êtes pas le seul médecin de votre famille.

Voilà une information qui n'avait rien de confidentiel.

— En effet, ma famille est dans le domaine médical, mais ce n'est pas pour cela que je suis devenu médecin. Je voulais aider les gens et la médecine m'intéressait.

Pouvait-elle comprendre quelle terrible pression il aurait subie, s'il avait refusé de devenir médecin ?

— Alors, combien de médecins dans la famille ?

— Mon père et son frère, plus deux cousins et leurs enfants qui travaillent également dans le milieu médical d'une façon ou d'une autre.

— La pomme ne tombe jamais loin de l'arbre.

— Non, en effet.

Paxton n'était pas certain de devoir considérer cela comme un compliment. En tout cas, il espérait être fondamentalement différent et s'y efforçait.

— Avez-vous toujours habité Boston ?

— Je suis comme vous. Je suis parti pendant quelque temps, mais suis toujours revenu.

Il ne pourrait pas se cacher ici bien longtemps, cette fois encore. Il finirait par rentrer à Boston. Il n'avait pas vraiment le choix, maintenant que les problèmes de cœur de son père s'aggravaient. On avait besoin de lui à la clinique. La pression allait encore s'intensifier pour qu'il prenne la succession de son père et sa place au conseil d'administration. Paxton pouvait voir son avenir tout tracé devant lui.

— Sans vouloir être indiscrète, vous avez dit ne pas avoir de femme ou de petite amie, mais j'ai lu quelque chose au sujet d'un mariage.

Il lui devait une explication. Elle avait répondu à ses questions, même les plus personnelles.

— Je ne suis plus fiancé. Le mariage n'a pas eu lieu.

— Je suis désolée.

— Pas moi. Avec le recul, je crois que cette union était principalement voulue par mes parents. Nous étions amis depuis très longtemps, mais il n'a jamais vraiment été question d'amour.

En tout cas, c'était ce qu'il avait conclu pendant son long voyage vers l'ouest.

Son téléphone sonna. Il jeta un œil à l'écran et soupira. C'était son père.

— Excusez-moi une seconde, dit-il. Je dois prendre cet appel.

Il décrocha en se dirigeant vers sa chambre.

— Bonjour, papa.

— Comment ça se passe là-bas ?

Pour une fois, son père avait l'air sincèrement intéressé.

Paxton lui parla des quelques cas médicaux qu'il avait traités.

— Tout cela est très bien, mais tu as des patients ici aussi, qui comptent sur toi.

Et c'était reparti…

— Pour l'instant, je suis à Last Stop.

— Mon garçon, tu dois réfléchir à ce que tu fais. Tes patients vont prendre un nouveau médecin, si tu t'absentes trop longtemps. Et puis, on a besoin de toi au conseil d'administration, la semaine prochaine. Le moins que tu puisses faire est de rentrer à la maison pour Noël. Ta mère…

Paxton en avait assez entendu.

— Papa, je dois te laisser. J'ai un patient à voir. Je te rappellerai. Au revoir.

Après avoir raccroché, il retourna à la cuisine.

— Tout va bien ? lui demanda Lauren.

— Oui. Juste mon père qui prenait de mes nouvelles.

Paxton regarda sa montre.

— Avant de reprendre le travail, pourriez-vous me trouver le numéro de M. Gerhart, s'il vous plaît ? Discrètement.

— Cela ne devrait pas poser de problèmes. J'espère que ce n'est pas trop grave ? questionna-t-elle, l'air inquiet.

Il pouvait la mettre au courant. Lauren était infirmière, soumise tout comme lui au secret professionnel.

— Apparemment, il ne s'agit pas d'une banale infection urinaire comme je l'ai d'abord cru. Je crains plutôt une hypertrophie de la prostate. À son âge… Il m'a paru être un homme très réservé et je ne veux pas que la nouvelle se répande qu'il est peut-être malade.

Lauren serra les lèvres.

— Vous avez raison. Il fait partie de ces hommes qui n'aiment pas montrer de faiblesse.

— Comme nous tous, je crois.

Ou du moins comme lui, avant que Gabriella ne mette à mal son ego.

— Je vais vous chercher ce numéro de téléphone, dit Lauren en achevant de ranger la cuisine.

Tandis qu'elle quittait la pièce, il observa le doux balancement de ses hanches moulées dans son jean serré. Ses cheveux étaient attachés en queue-de-cheval et il était tenté de les dénouer pour les voir cascader sur ses épaules. Pourquoi l'attirait-elle autant ? Peut-être parce qu'elle ne connaissait de lui que le médecin intérimaire et non la personnalité mondaine de Boston que sa fiancée avait abandonné au pied de l'autel.

Ses parents s'étaient fait fort de lui expliquer que sa récente décision de quitter la ville donnait une très mauvaise image de la famille. D'après eux, il aurait dû pardonner à Gabriella et oublier tout cela. Mais pour lui, la loyauté était à la base même d'une relation et il n'entendait pas renoncer à ses principes juste pour leur faire plaisir.

Il se dirigea vers son bureau dans le but de vérifier les derniers résultats d'examen reçus. Quelques minutes plus tard, Lauren le rejoignait.

— Voici le numéro de téléphone de M. Gerhart, dit-elle en lui tendant une feuille de papier.

Lorsque M. Gerhart décrocha à la deuxième sonnerie, Paxton lui expliqua la situation et lui demanda de repasser au cabinet, ce qu'il refusa. Paxton proposa alors de passer chez lui et de rester discret sur sa visite.

— Très bien, je serai chez vous dans un quart d'heure, dit-il après que le patient eut accepté.

Paxton alla trouver Lauren dans le petit local qu'il comptait transformer en laboratoire. Elle cherchait à atteindre une boîte en haut d'une étagère.

— Laissez-moi faire, dit-il.

Il saisit la boîte pour la poser sur une étagère plus basse. Quand il se tourna vers elle, leurs regards restèrent rivés l'un à l'autre.

Elle semblait prête à décamper. Redoutait-elle donc tant qu'il l'embrasse pour être aussi nerveuse ? Il n'avait jamais eu l'intention de l'effrayer.

— Qu'y a-t-il dans cette boîte ? interrogea-t-il d'un ton léger pour détendre l'atmosphère.

— Les décorations de Noël.

Il s'était attendu à tout, sauf à cela.

— Vous savez… Ces choses qui brillent et clignotent, que l'on sort une fois par an.

— Je vois, fit-il avec un sourire.

Ils regagnèrent la cuisine, où Lauren déposa la boîte sur une chaise.

— J'ai eu M. Gerhart, dit Paxton. Il a accepté que je passe chez lui. Si un patient se présente, je le verrai à mon retour. Pouvez-vous m'indiquer le chemin ?

— À la sortie de l'autoroute pour Lippscomb, prenez la seconde route et c'est la troisième ferme sur la gauche avec une grange rouge.

— Je ne devrais pas avoir trop de mal à trouver. À mon retour, j'ai envie d'aller à Lippscomb pour faire quelques courses. Je sais que c'est votre après-midi de congé, mais j'aimerais bien que vous m'accompagniez pour me montrer les lieux.

L'espace d'un instant, il eut peur qu'elle refuse.

— Pourquoi pas. Mais Shawn devra venir avec nous.

Paxton n'avait guère fréquenté les enfants, en dehors de son travail. Il les aimait bien en général, mais de là à passer un après-midi entier avec l'un d'eux…

— Bien sûr.

Elle l'observa un instant, comme si elle devinait son hésitation.

— Je vais aller le chercher et nous serons prêts à votre retour.

— Très bien. Souhaitez-moi bonne chance avec M. Gerhart, ajouta-t-il en se dirigeant vers la porte.

— Vous en aurez besoin, répondit-elle en riant.

— Merci pour les encouragements.

Il sortit, le sourire aux lèvres – une première pour lui. À Boston, chaque fois qu'il quittait Gabriella, c'était avec des soucis en tête. Son ex-fiancée se plaignait sans cesse ou lui parlait des événements mondains auxquels ils devaient absolument assister.

Pourquoi lui avait-il fallu si longtemps pour comprendre qu'elle n'était pas faite pour lui ?

5.

Paxton pénétra dans la cuisine par la porte de derrière. Assise à la table, Lauren décorait un petit arbre de Noël posé devant elle. Elle s'était changée et portait maintenant un pull en grosse laine verte à col évasé sur un jean et des bottines plus habillées que ses boots de cow-boy. Une tenue qui lui donnait une allure à la fois moderne et sexy.

— Victoire ! lança-t-il avec un grand sourire.

Elle releva la tête.

— Vraiment ? Comment avez-vous réussi à le convaincre ?

Il posa sa trousse sur une chaise et retira ses gants.

— Il m'est impossible de révéler tous mes secrets, déclara-t-il avec le plus grand sérieux, non sans une certaine fierté.

— Vous l'avez menacé de tout dire à sa femme ? De le raconter à toute la ville ?

— Disons simplement qu'entre hommes nous nous comprenons.

— Je suis impressionnée. Le Dr Barden n'est jamais parvenu à l'examiner, chez lui ou ailleurs. Vous êtes mon héros.

Son héros ? Voilà un rôle qui lui convenait parfaitement et mettait un peu de baume sur son ego blessé. Le sourire de Paxton s'élargit.

— Merci. Que faites-vous ?

— Je décore un arbre de Noël.

— Vous n'aviez pas à faire cela pour moi.

— En fait, à l'exception de cet arbre, les autres décorations du cabinet sont surtout destinées aux patients.

— Maman ?

Paxton tourna la tête vers la porte de sa chambre où un garçonnet aux cheveux noirs, vêtu d'une salopette bleu marine, venait d'apparaître.

— Je suis là, mon chéri.

Lauren se leva pour prendre Shawn dans ses bras, le serrant contre elle. Elle le couvait d'un regard doux.

— J'espère que cela ne vous ennuie pas, je l'avais installé dans votre chambre pour sa sieste.

— Bien sûr que non.

— Shawn, voici le Dr Samuels.

— Oh ! Appelle-moi Paxton.

Lauren le regarda comme s'il venait de prononcer des paroles magiques.

— Max, répéta Shawn.

— Pax, rectifia-t-il et Lauren secoua la tête en riant. Quel âge a-t-il ?

Ses sentiments avaient toujours été plutôt mitigés vis-à-vis des enfants, la famille dans laquelle il avait grandi ne lui ayant vraiment pas donné envie d'en avoir. Pas question d'imposer à son enfant la pression qu'il avait lui-même endurée.

— Il a deux ans et demi. Je change sa couche et nous pourrons partir pour Lippscomb, dit Lauren en passant dans la chambre.

Paxton s'appuya contre le chambranle de la porte pour la regarder changer la couche avec la même dextérité qu'elle mettait en toute chose. Tout en s'activant, elle parlait à son fils qui babillait de joie.

Une fois Shawn rhabillé, elle s'approcha de Paxton et le lui tendit.

— Pourriez-vous le tenir le temps que je prépare ses affaires ?

Paxton hésita, mais comme Shawn tendait les bras vers lui, il n'eut pas le choix. Il le prit donc en le tenant à bout de bras.

— Ce serait plus facile si vous le serriez contre vous, fit remarquer Lauren en fourrant quelques affaires dans un sac décoré de tracteurs.

— Max, répéta Shawn avec un sourire.

Lauren éclata de rire.

— On dirait qu'il vous a rebaptisé.

— Oui, je vois cela.

Il lui rendit son fils avec soulagement.

Dans la cuisine, Lauren emmitoufla Shawn dans une veste chaude et enfonça un bonnet sur sa tête. Puis elle attendit que Paxton ait enfilé sa veste pour lui tendre à nouveau l'enfant. Elle agissait comme si tenir un bébé était une chose naturelle pour tout le monde. Heureusement, elle le reprit aussitôt après avoir mis son propre manteau, et Paxton se sentit tout de suite mieux.

— Je vais conduire, annonça-t-elle avant de sortir. Le siège bébé de Shawn est déjà installé dans mon véhicule. Les voitures de sport ne sont pas conçues pour les bébés.

Pendant que Lauren sanglait Shawn à l'arrière, Paxton prit place sur le siège passager. Puis Lauren s'installa derrière le volant. Habituellement, c'était lui qui conduisait, lui qui prenait les décisions. Une nouvelle fois, il dépendait d'elle.

Ils atteignaient la périphérie de la ville quand il reprit la parole :

— Vous connaissez un magasin où je pourrais acheter quelques vêtements ? Je ne compte pas revenir tous les jours.

— Pourquoi ? Vous n'aimez pas le shopping ?

— Non. Généralement, je commande ce que je veux et mon concierge s'occupe des retours.

— Votre concierge, hein ? Pourquoi cela ne me surprend-il pas ?

— Que voulez-vous dire ?

Elle avait dit cela comme s'il s'agissait d'un acte criminel.

— Vous me donnez l'impression d'être habitué à vous débarrasser le plus simplement possible des tâches quotidiennes.

Autrement dit, il était trop fainéant pour le faire lui-même. Il l'observa. Ses cheveux lâchés, mais tirés sur le côté, ne cachaient rien de son visage nimbé par le soleil qui faisait ressortir sa peau hâlée. Rien à voir avec les femmes trop maquillées qu'il avait fréquentées jusque-là.

Shawn poussa un cri, le tirant de ses pensées.

— Nous sommes presque arrivés, mon cœur. Je sais que tu es impatient de sortir de ce siège.

Lauren tendit le bras en arrière et balança légèrement le siège bébé, ce qui ne calma Shawn qu'une minute avant qu'il recommence à protester.

— Pourriez-vous lui passer son jouet sur la banquette ? demanda Lauren.

Paxton se retourna sur son siège pour attraper le camion et le donner à l'enfant qui s'empressa de le jeter par terre.

Encore une bonne raison de tenir les gosses à distance de sa vie.

En se penchant plus loin pour ramasser le jouet, il frôla de l'épaule le bras de Lauren qui sursauta à son contact.

— Voilà ton jouet, dit-il au gamin.

Shawn rejeta aussitôt le camion par terre.

— Ça suffit, Shawn ! cria Lauren en lui jetant un regard sévère dans le rétroviseur.

Peu impressionné, le garçonnet continua son manège, éclatant de rire à chaque fois qu'il jetait le jouet. Finalement, Lauren se gara sur un parking, au grand soulagement de Paxton qui ne s'était pas amusé autant que Shawn à ce petit jeu.

Ils se trouvaient devant un grand magasin dans la rue principale de Lippscomb.

— Donnez-moi une minute pour installer Shawn dans sa poussette et je suis à vous.

— Je m'occupe de la poussette, proposa Paxton qui l'avait aperçue à l'arrière du pick-up.

Il se dirigea vers le hayon et récupéra la poussette, mais après l'avoir dépliée, fut incapable de la verrouiller.

— Pour la bloquer, vous devez relever le bouton rouge en même temps que vous tirez sur la poignée, expliqua Lauren.

Il essaya une nouvelle fois, toujours sans résultat. Bon sang, il avait assisté à des opérations chirurgicales bien moins compliquées que le mécanisme de cette poussette. Paxton se débattait toujours avec l'engin quand Lauren le rejoignit, Shawn dans les bras.

Il lui jeta un regard déconfit.

— Je reconnais que ce n'est pas facile, dit-elle en riant.

Lauren lui tendit Shawn que Paxton accepta cette fois, comme le moins mauvais des deux problèmes.

L'enfant s'empressa de caresser le visage de Paxton comme s'ils étaient amis de longue date.

En moins de trente secondes, Lauren avait déplié la poussette et installé Shawn dedans.

Elle se dirigea ensuite vers les portes en verre du magasin. Vaincu, Paxton lui emboîta le pas. Il s'était plusieurs fois posé la question de savoir s'il voulait des enfants ou pas. Ce petit déplacement avec Shawn venait de lui confirmer qu'il allait devoir y réfléchir sérieusement avant de franchir le pas.

— Vous n'êtes pas le premier à avoir des problèmes avec le mécanisme de cette poussette, le rassura-t-elle. Vous auriez dû me voir la première fois…

Ce qui remonta un peu le moral de Paxton.

— Vous trouverez tout ce dont vous avez besoin là-bas, dit-elle en désignant l'aile droite du magasin. Shawn et moi allons de l'autre côté. Je dois me trouver une tenue pour la soirée communale de Noël.

— De quoi s'agit-il ?

Elle le regarda d'un air bizarre.

— Vous savez bien, une fête où tous les habitants de la ville se réunissent pour dîner et danser.

— Je ne suis pas familier de ce genre d'événement, avoua-t-il avec un haussement d'épaules.

Il avait assisté à de nombreux dîners et galas au country club, mais jamais un qui réunissait toute la ville.

— C'est le plus grand événement de l'année. De la bonne nourriture, les enfants qui courent partout et quelques gars du coin qui forment un orchestre. On s'amuse beaucoup et cela vous met vraiment dans l'esprit de Noël.

Paxton n'était pas sûr que quelque chose puisse le mettre en phase avec l'esprit de Noël. Il n'avait jamais été fan des célébrations ou autres rassemblements familiaux. Et après son mariage avorté, il était moins que jamais enclin à faire la fête. D'ailleurs, rien ne le tentait ces derniers temps.

— Toute la ville est invitée. Ce serait un excellent moyen pour vous de rencontrer tout le monde.

Il secoua la tête.

— Je ne sais pas. Je n'aime pas trop les fêtes.

Il se dirigea vers le rayon homme. Des années de galas au country club et de soirées mondaines obligatoires l'avaient dégoûté à jamais de ce genre de manifestations. Au moins, s'il décidait d'y assister, ce serait parce qu'il en avait envie, pas parce qu'on l'obligerait à y aller.

Il choisit deux pantalons et quelques chemises en jean, mais évita le style cow-boy. Pas son genre. Il ajouta quelques paires de chaussettes épaisses. À côté, se trouvait le rayon cravates. Il en vit une rouge décorée de têtes de rennes qui lui plut, Dieu seul sait pourquoi. Il ne voyait vraiment pas en quelle occasion il pourrait la porter, mais comme c'était le genre de chose qui arracherait une grimace à sa mère, cela suffisait. Il avait porté toute sa vie des cravates et des costumes classiques. Le moment était venu de se diversifier.

Il attendait à la caisse lorsque Lauren le rejoignit, une robe rouge sur le bras et une tenue d'enfant accrochée à la poignée de la poussette.

— Je vois que vous avez trouvé votre bonheur, dit Paxton quand elle déposa ses emplettes sur le comptoir.

— Oui. Les occasions de s'habiller sont rares par ici, alors j'en profite.

Contrairement au monde d'où il venait dans lequel son smoking sur mesure attendait dans l'armoire.

— Tout le monde se met sur son trente et un pour l'occasion, ajouta-t-elle en souriant. Et puis, c'est Noël.

Ils regagnèrent la voiture. Pendant que Lauren réinstallait Shawn dans le siège bébé, Paxton prit sur lui de plier la poussette. En fait, elle était beaucoup plus facile à plier qu'à ouvrir. Tout fier, il reprit sa place côté passager.

— Vous m'avez l'air drôlement content de vous, dit Lauren, l'air amusé.

Il se redressa en gonflant la poitrine.

— Oui, madame.

Elle éclata de rire. Un vrai rire comme il n'en avait pas entendu depuis des années. Un rire franc et sincère. Les femmes qu'il fréquentait se contentaient de petits gloussements convenus, mais le rire de Lauren était synonyme d'une vraie joie. Un son qu'il espérait entendre souvent.

— Ça vous ennuie si je m'arrête au magasin d'aliments pour bétail ? demanda-t-elle en reculant la voiture. Mon père m'a demandé de lui ramener quelques sacs pour un veau.

— Pas du tout.

Lauren reprit la route qu'ils avaient empruntée pour venir et un peu avant la sortie de la ville, s'engagea sur un parking recouvert de graviers, en face d'un énorme entrepôt en retrait de la route. Des pick-up de toutes tailles étaient garés devant.

— C'est un des magasins les plus importants de la ville, expliqua Lauren en se garant. On y trouve de tout, que ce soit en matière de nourriture pour le bétail, d'habillement ou de produits d'entretien pour la maison.

— Pourquoi ne sommes-nous pas venus directement ici, dans ce cas ?

Elle l'examina de haut en bas en plissant le nez.

— Pas vraiment votre style vestimentaire. Et puis, j'avais repéré la robe que je voulais acheter.

— Ah, je vois. En fait, c'est surtout pour vous que nous sommes venus faire du shopping, plaisanta-t-il.

— Il y a un peu de cela, reconnut-elle avec un grand sourire.

Paxton appréciait ces badineries. Lauren avait l'esprit vif et manifestait à son égard une honnêteté rafraîchissante.

Contournant le véhicule, il descendit la poussette qu'il déplia sans souci.

— Êtes-vous déjà entré dans ce genre de magasin ? demanda Lauren en installant Shawn dans la poussette.

— Non.

— Vous allez adorer. C'était ma sortie préférée quand j'étais enfant, expliqua-t-elle. Shawn en est déjà fan.

Ils passèrent ensemble une large porte roulante, puis traversèrent le vaste entrepôt avant de franchir la double porte en verre qui permettait d'accéder au magasin proprement dit.

Lauren ne s'était pas trompée. Paxton n'avait jamais vu un magasin proposant autant de produits disparates : des tenues de travail, vêtements, bottes et chapeaux, des équipements de camping, mais aussi des mangeoires pour toutes sortes d'animaux, des harnachements pour chevaux ou des outils de jardinage. Il avait du mal à suivre Lauren tant il y avait à voir, des choses qu'il aurait été bien en peine de dénicher à Boston.

Elle remonta l'allée jusqu'au fond du magasin. Là, un homme barbu vêtu d'une chemise en flanelle se tenait derrière un comptoir. D'autres hommes étaient rassemblés par petits groupes, discutant, un mug à la main. Tous portaient des chapeaux de cow-boy, de lourdes vestes et des boots usés. Chacun d'eux salua ou toucha son chapeau au passage de Lauren.

— Bonjour, Joe, lança-t-elle à l'homme derrière le comptoir. Je voudrais deux sacs de cinquante kilos de ce mélange spécial pour les veaux que prend mon père.

— Je t'envoie ça, répondit Joe avec un sourire. Tu les récupéreras dehors.

— Mets-les sur la note de mon père.

Paxton qui examinait des couteaux sur une étagère releva la tête, surpris. De là où il venait, personne n'acceptait jamais d'ouvrir une ardoise à un client. Un tel degré de confiance n'existait plus.

Le temps qu'il regagne leur pick-up, deux jeunes hommes musclés apportaient chacun un sac sur leurs épaules.

— Mettez-les à l'arrière, leur dit Lauren en attachant Shawn dans le siège bébé.

Paxton replia la poussette avec dextérité et fierté.

— Merci, les gars, lança Lauren en mettant le contact.

— Avant de rentrer, si nous mangions quelque chose ? proposa Paxton. Je vous suis toujours redevable pour la pizza et le petit déjeuner de l'autre jour.

Mais Lauren s'engagea sur l'autoroute.

— Je vous remercie, mais je ne peux pas. Je passe trop

peu de temps avec Shawn et mercredi soir est notre soirée familiale. J'y tiens beaucoup.

Une soirée familiale ? Pour sa part, une soirée familiale se résumait à se dépêcher de monter en voiture pour se rendre à un quelconque événement mondain, sous la pression parentale. En fait, ses parents n'avaient jamais passé du temps avec lui pour simplement discuter et apprendre à le connaître. Mais peut-être n'avaient-ils aucune envie de le connaître ?

— Une autre fois, peut-être, conclut Lauren.

Pendant le trajet de retour, elle passa le temps à chanter et à parler à son fils. Elle était une bonne mère qui adorait son enfant. Peu avant Last Stop, Shawn s'endormit.

— Eh bien, vous aurez au moins gagné deux kilomètres de tranquillité, déclara Lauren en riant.

— Il ne m'a pas du tout ennuyé, protesta Paxton, tout étonné de constater que c'était vrai. C'est un gamin adorable.

— Oui. Je l'aime tellement.

Elle jeta un coup d'œil dans le rétroviseur, les yeux débordant d'amour.

Que ressentirait-il si une femme le regardait un jour avec autant d'amour et de dévotion ? Dieu sait qu'il n'avait jamais vu un tel regard chez Gabriella… Et dire qu'il avait envisagé de l'épouser ! Comment avait-il pu laisser ses parents diriger ainsi sa vie ? Il était adulte, avec un travail lourd de responsabilités et, pourtant, il avait permis aux autres de décider à sa place. Pourquoi ?

Parce qu'il avait été élevé dans l'idée qu'il devait honorer l'héritage familial, parce qu'il aimait ses parents et voulait les rendre heureux. Parce qu'il n'avait jamais vraiment réfléchi à ce qu'il voulait. À ce qui le rendrait heureux, lui. Au moins avait-il échappé à un mariage convenu.

En moins d'une semaine, il en avait plus appris sur lui-même que pendant toute sa vie. Et cela, en fréquentant Lauren et en vivant à Last Stop.

Quelques minutes plus tard, Lauren le déposait devant le cabinet médical. Resté seul, il fut gagné par une curieuse sensation de solitude.

6.

Les patients défilaient au cabinet, et la semaine s'acheva rapidement. Paxton reçut Lewis et M. Thompson pour un contrôle et fut ravi de constater que les deux hommes étaient remis de leur accident. Le vendredi soir, alors qu'il achevait ses comptes rendus, Lauren passa une tête dans son bureau.

— À lundi, lança-t-elle avec enthousiasme.

Mais Paxton n'avait pas envie qu'elle s'en aille. Que lui arrivait-il ? Il était pourtant venu à Last Stop afin de prendre du recul et réfléchir, seul. Il s'était enfui sur un coup de tête pour mettre de la distance entre lui et les ruines de sa vie à Boston, même s'il ne pourrait pas se cacher éternellement.

Son séjour dans ce petit cabinet médical était temporaire, un sursis qu'il s'offrait avant de renouer avec sa carrière et ses responsabilités. Sa famille possédait une clinique et il était membre de différentes commissions. On comptait sur lui, et d'autant plus aujourd'hui que son père était malade. Il lui faudrait bientôt décider quelle direction donner à sa vie.

Ce soir-là, il dîna devant la télévision. À quand remontait la dernière fois qu'il n'avait pas eu de plans pour le week-end ? Cette liberté nouvelle était aussi déroutante que salutaire.

Bien que le temps fût couvert et gris, samedi matin, il sortit, bien décidé à explorer les environs. En voiture, il arpenta chaque rue de la ville, ce qui ne lui prit pas longtemps vu qu'elle ne comptait que six blocs en longueur et quatre en largeur. Il n'avait aucune idée de l'adresse de Lauren, ce qui ne l'avait pas empêché d'espérer secrètement tomber sur elle.

Quand il eut fini de visiter les lieux, midi approchait et il s'arrêta au café de la rue principale.

— Bonjour, docteur Samuels.

Sa serveuse n'était autre que Margie, dont il avait soigné la main brûlée.

— Bonjour. Comment va votre main ?

— Bien. Je m'occupe du service en attendant qu'elle guérisse. Qu'est-ce que je vous sers ?

— Je vais prendre la soupe du jour et un sandwich, répondit-il en s'installant à une table.

Pendant son repas, plusieurs personnes s'arrêtèrent pour lui souhaiter la bienvenue en ville. S'il avait mangé dans un bar à Boston, personne ne lui aurait adressé la parole. Ici, il se sentait apprécié, un sentiment tout nouveau pour lui.

De retour au cabinet médical, il vérifia les résultats de laboratoire, mais il n'y avait là rien qui ne puisse attendre lundi. Au milieu de l'après-midi, l'ennui le gagna. Alors, impatient d'avoir son propre laboratoire, il se mit en quête d'outils qu'il trouva rangés sous l'évier de la cuisine et entreprit d'ôter quelques étagères dans le local.

La nuit tombait quand il sortit pour les déposer dans la cour. Il entendit alors de la musique qui semblait venir du collège. Des gens chaudement vêtus passaient dans la rue, se dirigeant vers le centre-ville.

Que se passait-il ?

Intrigué, il attrapa sa veste, ses gants et son bonnet et gagna la rue principale où une foule s'était rassemblée.

— Que se passe-t-il ? demanda-t-il à une femme qui tenait une enfant par la main.

— Le Père Noël arrive, répondit la fillette, son visage rose d'excitation.

— C'est la parade annuelle de Noël, expliqua la mère. Elle commence dans quelques minutes.

Paxton la remercia en se demandant s'il avait déjà assisté à une parade de Noël… Pour ses parents, ce genre d'amusement n'était qu'une perte de temps.

Lewis, souriant et accompagné de son grand-père, s'avançait vers lui.

— Bonsoir, doc.

— Bonsoir, Lewis. Ravi de vous revoir, M. Gerhart, ajouta Paxton en lui tendant la main.

— Vous connaissez mon grand-père ? s'étonna Lewis.

— Oh ! nous nous sommes croisés l'autre jour.

— Papy, je vais saluer une amie. À tout à l'heure.

Déjà, Lewis s'éloignait pour rejoindre une adolescente.

— Comment allez-vous, monsieur Gerhart ? demanda Paxton à voix basse.

— Mieux. Merci de n'avoir rien dit devant mon petit-fils.

— Pas de problème.

Le bruit d'une fanfare qui approchait emplit l'air de chants de Noël. Paxton se pencha pour mieux voir et aperçut Lauren avec Shawn sur sa hanche. Elle portait la même veste blanche que le soir de l'accident, la capuche bien serrée autour de son visage. Elle ressemblait à une nymphe des neiges, du moins à l'idée qu'il s'en faisait : petite et mince, vêtue de blanc avec des yeux vifs et expressifs. Elle le salua de sa main gantée.

Pressé de parler à la jolie infirmière, Paxton prit congé de M. Gerhart. La fanfare approchait quand il arriva à sa hauteur.

— Bonsoir, dit-elle.

En raison du bruit, Paxton se pencha pour parler à son oreille.

— Bonsoir Lauren. Pourquoi ne m'aviez-vous pas parlé de cette parade ?

— Comme vous n'aviez pas l'air intéressé par la soirée de Noël, j'ai pensé que cela ne vous amuserait pas.

— Je comprends.

— Je vous ai vu discuter avec votre nouveau meilleur ami, M. Gerhart. Y a-t-il quelque chose que vous aimeriez me dire ?

— Non. Secret professionnel.

— Vous savez, je suis capable de garder un secret.

— Moi aussi, chuchota-t-il dans son oreille.

— Très drôle.

Après cela, le bruit de la fanfare rendit toute conversation impossible. En tête du cortège, une dizaine de personnes saluaient, menées par deux adolescentes qui portaient une bannière annonçant « JOYEUX NOËL » en grandes lettres entourées d'étoiles. Suivaient ensuite un camion et sa remorque sur laquelle des majorettes agitaient leurs pompons. La foule les saluait par leurs prénoms. Venait ensuite une voiture décapotable avec un homme et une femme sur le siège arrière.

Paxton jeta un regard interrogateur à Lauren.

— Le maire et son épouse.

Ils étaient suivis d'un tracteur avec une remorque sur laquelle avait pris place un groupe de jeunes filles vêtues de chapeaux de cow-boy rouges, de chemises rouges également et de jupes blanches. Elles saluaient la foule et jetaient des bonbons aux enfants. De nouveau, Paxton interrogea Lauren du regard.

— La reine de Noël et sa cour.

— Oh.

— J'ai été reine, une année.

— Ça ne m'étonne pas. Vous êtes si belle…

Lauren eut l'air aussi choqué que lui par cette déclaration spontanée. Elle le remercia, les yeux brillants.

Deux autres chars défilèrent devant eux, et Lauren passa Shawn sur son autre hanche, le mettant entre eux. Enfin, un dernier tracteur avança, tirant une remorque sur laquelle se tenait le Père Noël, assis sur des bottes de foin et entouré de cadeaux.

La foule se rapprocha et Lauren souleva Shawn, mais il était évident qu'elle ne pourrait pas le tenir longtemps ainsi. Paxton prit donc l'enfant et le posa sur ses épaules.

Après un instant d'étonnement, Lauren hocha la tête. L'enfant s'agita un peu, puis se calma quand sa mère lui montra la remorque.

— Shawn, regarde. C'est le Père Noël, fit-elle, rayonnante.

Paxton n'avait jamais connu ce genre de moment familial, mais il lui procura un sentiment de bien-être inouï. Il avait soudain l'impression de faire partie de la petite communauté.

Il observa les gens autour de lui. Ils se connaissaient les uns, les autres, appréciaient les choses simples que la vie leur offrait et comprenaient la valeur de tels moments. Comme celui d'emmener son enfant voir le Père Noël.

De gros flocons de neige commencèrent à tomber, ajoutant à la magie de l'instant, même pour son cœur meurtri.

Paxton s'était attendu à ce que tout le monde se disperse, une fois la parade terminée, mais au lieu de cela, tous partirent dans la même direction.

— Où vont-ils ?

— À l'église pour boire un chocolat chaud. Vous voulez venir ?

Le sourire de Lauren rendit sa décision facile.

— Pourquoi pas ? dit-il en ôtant Shawn de ses épaules pour le prendre dans ses bras.

Mais l'enfant protesta et se pencha vers sa mère qui le récupéra. Ils suivirent la foule.

Quelqu'un entonna *We wish you a merry Christmas* et tout le monde chanta en avançant vers l'édifice en bardeaux blancs, surmonté d'un clocher.

Lauren et lui prirent leur place dans la queue devant la porte latérale de l'église. Dans l'antichambre, ils retirèrent leurs bonnets et leurs gants. Ils étaient sur le pas de la porte, attendant de pénétrer dans la nef quand une fillette d'une dizaine d'années arriva en courant devant eux.

— Ils sont sous le gui, cria-t-elle en montrant le plafond. Il faut qu'ils s'embrassent !

Tout le monde se tourna alors pour les regarder, chaque œil reflétant la même question : *alors, allez-vous l'embrasser ?*

Paxton avait été élevé pour faire ce qu'on attendait de lui et, pour une fois, il fut ravi de s'exécuter. Comme il se penchait vers elle, Lauren ferma les yeux.

Ses lèvres étaient fraîches après le grand air, mais pulpeuses et douces. Parfaites. Ce fut un baiser chaste, pourtant une onde de désir le traversa.

Shawn s'agita dans les bras de Lauren, mettant fin à leur étreinte. Quelques personnes pouffèrent, tandis que d'autres applaudissaient. Le moment fut vite oublié et tout le monde se mit en ligne pour recevoir son gobelet de chocolat chaud, servi par les matriarches de la ville.

Pour Paxton, en revanche, la frustration était intense, après ce baiser dont le goût fruité restait sur ses lèvres.

Ils se mêlèrent à la foule et Lauren lui présenta plusieurs personnes. Il reconnut également quelques-uns de ses patients.

Bientôt, Shawn bâilla et Lauren annonça que le moment était venu pour elle de rentrer. Ils remirent leurs bonnets et gants et sortirent dans la nuit enneigée.

— Puis-je vous raccompagner chez vous ou jusqu'à votre voiture ? fit-il avec une assurance qu'il était loin de ressentir.

L'idée qu'elle pourrait refuser le mettait mal à l'aise.

— J'ignore où vous vivez, ajouta-t-il très vite en prenant conscience qu'il avait vraiment envie de le découvrir.

— Merci, mais ce n'est pas nécessaire. Je n'habite pas loin. Je vous assure que tout ira bien.

— Allons, on m'a appris à me comporter en gentleman et à raccompagner une femme jusqu'à sa porte.

— Personne ne m'a jamais dit cela, déclara Lauren en riant.

— C'est bien dommage.

— Si vous insistez…, dit-elle finalement.

— J'insiste et j'insiste aussi pour porter Shawn. Il doit être lourd.

Elle ne protesta pas. Marcher ainsi près de Lauren lui procura un sentiment de bien-être et de paix.

— Voici ma maison, annonça-t-elle devant une petite maison en bardeaux, entourée d'un porche.

Une lumière brillait à l'intérieur.

— Je vais le prendre maintenant, dit-elle en tendant les bras vers Shawn.

— Non, montrez-moi où je dois le déposer.

Paxton monta les marches jusqu'à la porte que Lauren ouvrit pour lui permettre d'entrer. Il se retrouva dans un petit salon. Un canapé recouvert de tissu fleuri faisait face à la fenêtre, avec un fauteuil d'un côté et un poste de télévision de l'autre. Le sol était jonché de jouets.

— Par ici, signala Lauren en allumant le couloir.

Paxton la suivit jusqu'à une chambre décorée de cow-boys et de chevaux. Un petit lit se trouvait dans un coin. Il coucha Shawn dessus et recula, regardant Lauren ôter la veste et les chaussures de son fils.

— Pour une fois, il dormira habillé, chuchota-t-elle avant d'embrasser son fils sur le front.

Elle tira la porte derrière elle, la laissant entrebâillée, et ils regagnèrent le hall d'entrée.

— Merci de l'avoir porté jusqu'ici, dit-elle. Il commence à peser son poids.

— Je vous en prie.

Paxton l'observa un instant, dans l'espoir qu'elle l'inviterait à s'asseoir.

— Je ferais mieux d'y aller, finit-il par dire comme elle gardait le silence.

Il dut faire appel à toute sa volonté pour dissimuler sa déception.

Devant la porte d'entrée, il se retourna.

— Vous savez, j'ai repensé à ce baiser sous le gui et je crois que je pourrais faire beaucoup mieux que cela.

— Oh ?

Prenant son visage en coupe entre ses mains, il se pencha et posa ses lèvres sur les siennes. Après une hésitation tremblante, Lauren l'enlaça et ses doigts s'enfoncèrent dans ses cheveux. Les mains de Paxton descendirent jusqu'à sa taille et l'attirèrent contre lui tandis qu'il intensifiait son baiser. Elle ne fut pas en reste.

Quelques minutes plus tard, il recula, le souffle court.

— Je crois que c'était beaucoup mieux, déclara-t-il.

— Heu… Oui…

Les yeux de Lauren étaient troublés, ses lèvres roses et gonflées. La tentation de l'embrasser de nouveau revint, mais il comprit que s'il cédait, il serait incapable de se contenter de cela. Elle était beaucoup trop attirante. Et surtout, elle méritait mieux que le rôle de prix de consolation. Sa vie était un tel foutoir qu'il s'était enfui. Il n'avait pas le droit de la mêler à cela.

Il franchit le seuil et se retourna sous le porche.

— Bonne nuit, Lauren, dit-il, la voix rauque de désir.

Un désir si intense qu'il avait le sentiment de se noyer. Il n'avait jamais éprouvé ce genre de sensations avec Gabriella. Seule Lauren faisait naître en lui cette soif irrépressible, qui ne s'apaiserait que s'il la possédait.

Faisant de son mieux pour garder un semblant de contrôle sur son corps, Paxton la regarda refermer la porte. Le froid mordant de la nuit rafraîchit sa libido et l'empêcha de frapper de nouveau à sa porte.

Le lundi matin, le corps de Lauren vibrait toujours au souvenir du baiser échangé avec Paxton. Elle ne cessait de se répéter que cela ne signifiait rien, que c'était l'effet du gui et que Paxton n'avait cherché qu'à l'impressionner.

Mais son corps refusait de l'accepter. Pour elle, ce baiser représentait quelque chose et l'avait laissée sur sa faim. Paxton éprouvait le même désir qu'elle, Lauren l'avait lu dans son regard. Dès que ses lèvres s'étaient posées sur les siennes, elle avait perdu toute capacité de réfléchir. Ce qu'elle avait partagé avec Marc avait été agréable, mais simple, facile. Avec Paxton, elle ne savait pas où elle mettait les pieds. À son contact, elle ressentait une excitation érotique nouvelle et d'autant plus effrayante. C'était comme marcher au bord d'une falaise sans pouvoir se retenir de se pencher pour regarder dans le vide. Une sensation aussi grisante que terrifiante.

L'histoire se répétait-elle ? Allait-elle s'engager dans une aventure dont elle ne ressortirait pas indemne ? Bien qu'elle sache qu'il serait mieux pour elle comme pour Paxton qu'ils gardent leurs distances, elle n'était pas certaine d'en être capable. Néanmoins, la prudence restait de mise.

Après avoir déposé Shawn chez la nourrice, elle prit le chemin du cabinet médical, inquiète et impatiente. Paxton allait-il faire allusion au baiser ? Allait-il l'embrasser de nouveau ? En avait-elle envie ?

Elle entra par la porte principale pour respecter son espace personnel à l'arrière et fut surprise de ne pas le trouver dans son bureau, occupé à vérifier les résultats du laboratoire. Elle se débarrassa de son manteau et de son sac, toujours sans apercevoir Paxton. Dormait-il encore ?

— Paxton, appela-t-elle.

— Ici, répondit une voix à l'arrière.

Il se trouvait dans la petite pièce destinée à devenir leur laboratoire. Lauren hésita, pas prête à se retrouver avec lui dans un endroit confiné.

Il portait une chemise en flanelle, un jean et des chaussures en cuir – une tenue confortable qui lui donnait un air décontracté. Plus rien à voir avec le médecin coincé qu'elle avait rencontré une semaine plus tôt. Il devenait de plus en plus séduisant.

Elle fit un gros effort pour se concentrer sur les lieux et non sur lui.

— Eh, je vois que vous n'avez pas perdu de temps, dit-elle.

— En effet. J'ai profité du week-end pour avancer.

— Vous avez même repeint.

Avait-il pensé à leur baiser pendant qu'il travaillait ? Bon sang, voilà qu'elle réagissait comme une adolescente en proie à son premier coup de foudre. Ce baiser ne représentait sûrement pas grand-chose pour lui.

— Oui, j'ai fait cela hier. Tout est prêt pour installer les équipements qui devraient arriver aujourd'hui. Il ne manque plus que les branchements électriques. J'en ai parlé avec M. Gerhart hier, et il va nous envoyer un électricien.

À cet instant, la sonnerie de la porte d'entrée résonna.

— Je m'en occupe, dit-elle. C'est peut-être un patient.

— Merci, Lauren. Je suis ravi de vous revoir.

Il l'observait avec attention, si bien qu'elle fut gagnée par une chaleur aussi douce qu'un premier rayon de soleil après la neige.

— Il y a quelqu'un ? appela une voix grave à l'entrée.

— J'arrive, cria Lauren.

La voix appartenait à M. Adamson, l'électricien. Lauren l'envoya rejoindre Paxton pendant qu'elle accueillait le premier patient. Elle venait de l'installer en salle d'examen quand Paxton les rejoignit et se mit au travail.

Le reste de la journée se passa sans événement particulier, à soigner de petites affections et quelques bobos. Plus tard, dans l'après-midi, un camion livra plusieurs cartons qu'il déposa dans la salle d'attente. À leur vue, l'excitation de Paxton grandit et, sitôt le dernier patient parti, il entreprit de les ouvrir en commençant par le plus gros.

Quand l'heure de fermer arriva, Paxton s'aperçut à peine du départ de Lauren qui fut terriblement déçue après tous les espoirs qu'elle avait nourris.

Le jour suivant ressembla en tout point au précédent avec Paxton qui courait dans son nouveau laboratoire dès qu'il avait une minute. Lauren comprit alors que leur baiser n'avait été qu'amical et que Paxton n'y avait attaché aucune importance. D'ailleurs, c'est tout juste s'il s'apercevait de sa présence.

Néanmoins, elle devait reconnaître qu'il se donnait beaucoup de mal pour installer le laboratoire, alors même qu'il ne lui restait que quelques semaines à passer à Last Stop. Et Dieu sait que ce laboratoire allait faire une grande différence dans la vie des habitants de la ville. Il lui avait déjà permis de faire quelques diagnostics précieux. Paxton était un homme bien.

Mercredi, à midi, quand l'heure du déjeuner arriva, Lauren se prépara à passer l'après-midi avec son fils et à oublier les émotions que Paxton avait fait naître en elle. Elle avait prévu de décorer leur arbre de Noël et alla rejoindre Paxton pour le prévenir de son départ.

— Non, maman. Je ne serai pas rentré pour le nouvel an.

La voix de Paxton venait du laboratoire. Il était au téléphone. Elle allait attendre qu'il termine son appel.

— Je sais que papa a besoin de moi et je serai à la maison dans deux semaines. Je me suis engagé ici et je dois respecter mon contrat. Je ne peux pas partir du jour au lendemain.

Lauren n'aurait pas dû écouter, mais elle était incapable de bouger.

— Non, il n'y a pas d'autres médecins pour prendre la relève. Je rentrerai dès que possible. Si tu as autre chose à me dire, je t'écoute, sinon, je dois raccrocher.

À ces mots, croyant la conversation terminée, Lauren entra dans le laboratoire.

— Oui, mère. Je sais où est ma place. Je sais que papa est malade. J'ai compris le message. S'il te plaît, dis-lui de prendre bien soin de lui. À bientôt.

Paxton raccrocha et laissa tomber son téléphone sur le banc.

— Tout va bien ? demanda Lauren.

Paxton se retourna d'un bond.

— Euh, oui. Vous savez ce que c'est. Toujours le même drame familial.

Lauren l'observa. Pourquoi avait-elle le sentiment qu'il ne lui disait pas tout ? Qu'y avait-il exactement entre lui et ses parents ?

— C'est la même chose dans toutes les familles, dit-elle, conciliante. Je voulais juste vous prévenir que je partais.

— Où allez-vous ?

Pas de doute. Il avait l'esprit ailleurs.

— C'est mercredi. Le cabinet est fermé cet après-midi.

— Ah, oui. C'est vrai. À plus tard, ajouta-t-il en retournant à sa tâche.

Elle fut tentée de l'interroger sur l'appel qu'il avait reçu, mais la tension qu'elle détecta à la crispation de ses épaules lui fit comprendre que le moment était mal choisi.

Deux heures plus tard, alors qu'elle commençait la décoration de l'arbre, la sonnette de la porte d'entrée résonna et elle se retrouva face à Paxton, un plat à la main.

— Bonjour. Je me suis dit que si j'apportais le repas, vous accepteriez peut-être de le partager avec moi.

— Vous ne déjeunez donc pas dans votre nouveau laboratoire ?

Il eut un sourire en coin.

— Je reconnais que lorsque je m'implique dans un

nouveau projet, j'oublie tout le reste. Mais je suis fatigué de manger seul. Alors je tente ma chance en espérant que vous aurez pitié de moi.

— Cela dépend du plat que vous avez apporté, répliqua-t-elle sur le ton de la plaisanterie, tout excitée de le trouver sur le pas de sa porte.

Il fronça les sourcils.

— Je crois que c'est du poulet avec du riz.

— Très bien. Cela semble prometteur. Entrez, ajouta-t-elle en lui prenant le plat des mains.

Paxton la suivit le long du couloir aux murs recouverts de photos de personnes souriantes. Probablement les membres de sa famille.

Elle l'entraîna jusqu'au fond de l'appartement où se trouvait la cuisine peinte en jaune avec quelques touches d'orange. Bien que petite, la maison était chaleureuse et accueillante.

Elle glissa le plat dans le four.

— Où est Shawn ?

— Il fait la sieste, répondit-elle avec un sourire.

L'enfant n'avait pas l'air de beaucoup l'apprécier, mais de toute façon il ne resterait pas assez longtemps pour que cela ait de l'importance. En vérité, il était attiré par la mère sans être certain pour autant de vouloir tout le lot. Un enfant n'avait jamais fait partie de ses projets de vie.

— D'ailleurs, je ne vais pas tarder à aller le réveiller. Nous devons décorer l'arbre de Noël. Mais je dois d'abord poser les guirlandes lumineuses. Même si Shawn n'a que deux ans, je tiens à perpétuer la tradition familiale et à lui fabriquer de beaux souvenirs.

Paxton sourit. Lauren parlait décidément beaucoup. Peut-être sa présence la rendait-elle nerveuse ?

Au salon, un arbre de Noël artificiel se dressait au milieu de la pièce. Paxton n'avait guère de souvenirs familiaux, de bons en tout cas. Il s'était toujours senti comme un étranger chez lui, même dans les rares occasions où sa famille avait organisé quelque chose. L'attitude de ses parents lui avait toujours donné l'impression qu'il ne serait jamais à la hauteur de leurs attentes, et la contrainte de toujours devoir obéir à leurs desiderata avait pesé lourdement sur ses épaules.

Lauren lui tendit une guirlande.

— Commencez avec cela.

Paxton prit la guirlande de petites lumières et l'examina.

— Il y a un problème ? demanda Lauren.

— Non. C'est juste que je n'ai jamais fait cela auparavant, reconnut Paxton à contrecœur.

— Vous n'avez jamais posé une guirlande lumineuse sur un arbre de Noël ? fit-elle, l'air incrédule.

— J'ai bien peur que non. La gouvernante s'en chargeait généralement.

— Dans ce cas, vous aurez appris quelque chose ce soir, déclara Lauren d'une voix joyeuse. Accrochez le bout en haut de l'arbre, puis sur les branches tout autour en descendant.

Paxton suivit ses instructions et disposa la guirlande.

— Nous décorions l'arbre ensemble, mes parents, mes frères et moi, expliqua Lauren, le visage illuminé tandis qu'ils s'activaient côte à côte. Je veux que Shawn garde les mêmes souvenirs.

Une fois les lumières posées, Lauren prit une autre boîte qu'elle ouvrit.

— J'adore ces décorations. Chacune d'elles me rappelle un moment heureux. Je suppose que vous n'avez jamais accroché de décorations non plus ?

Il secoua la tête avec une grimace.

— Dans ce cas, en plus d'apprendre quelque chose, vous allez vous créer un bon souvenir. Mais si vous ne décoriez pas l'arbre ensemble, quelles traditions familiales partagiez-vous à Noël ?

— Pour le réveillon de Noël, nous dînions toujours au country club. Puis au retour, à 22 heures précises, nous ouvrions nos cadeaux.

— C'est tout ? demanda-t-elle d'une voix déçue.

— Ensuite, j'allais dans ma chambre pour jouer avec le jouet que j'avais reçu. Mon père retournait souvent à la clinique et ma mère se reposait dans sa chambre. Les fêtes se passaient toujours dans le calme chez nous.

— Maman ? appela une petite voix au bout du couloir.

— Maintenant, la fête commence.

Un sourire illumina le visage de Lauren qui quitta la pièce d'un pas léger pour revenir quelques secondes plus tard, son fils dans les bras.

— Shawn, regarde qui est là ?

L'enfant jeta un regard grave à Paxton avant de frotter ses yeux.

— Bonjour, Shawn, dit Paxton.

— Es-tu prêt à décorer l'arbre ? demanda Lauren avec enthousiasme en l'embrassant sur la joue avant de le poser par terre.

Elle sortit ensuite un gros Père Noël en bois de la boîte de décorations.

— Tu veux l'accrocher sur l'arbre ? demanda-t-elle.

Guidant sa main, elle aida son fils à suspendre la figurine.

Elle attrapa ensuite une clochette qu'ils accrochèrent de la même façon. Son tintement fit rire Shawn, arrachant un sourire à Paxton qui envia presque l'enfant d'avoir une mère aussi aimante, prête à tout pour qu'il grandisse avec de joyeux souvenirs.

Le regard de Lauren sur lui le tira de ses pensées.

— Pourriez-vous accrocher celles qui vont en haut ?

— Bien sûr.

Lauren lui tendit une figurine. Paxton fut surpris du plaisir que lui procura cette tâche toute simple.

Une fois l'arbre complètement décoré, Lauren prit Shawn dans ses bras et alla éteindre la lumière. Puis elle revint se placer à côté de Paxton et ils restèrent ainsi quelques minutes, à contempler en silence les lumières clignotantes.

— C'est beau, n'est-ce pas ? chuchota-t-elle.

Bien qu'il n'ait pas l'élégance coûteuse des arbres de Noël décorés par les gouvernantes de son enfance, c'était sans conteste le plus bel arbre qu'il ait jamais vu. Et partager ce moment avec cette petite famille le comblait de joie, lui donnant un sentiment d'appartenance qui lui avait toujours fait défaut sans qu'il en ait conscience.

— Il ne manque plus que quelques cadeaux sous l'arbre, dit Lauren à son fils. Mais pour cela, nous devons attendre le Père Noël. C'est lui qui les apportera, n'est-ce pas ?

— Le Père Noël, répéta l'enfant, impressionné, en regardant Paxton qui éclata de rire en même temps que Lauren.

— Qui a faim ? demanda-t-elle.

— Moi, je l'avoue, dit Paxton, la main levée.

— Alors suivez-moi dans la cuisine, dit-elle en prenant son fils sur la hanche.

Pendant les minutes suivantes, ils travaillèrent côte à côte, mettant la table, préparant une salade et sortant le plat du four. Finalement, Paxton versa le vin dans leurs verres.

— Je pensais que vous alliez rester dans votre laboratoire toute la nuit, dit Lauren après quelques bouchées.

— Mes nouveaux amis me manquaient, répondit-il en rivant son regard au sien.

— Vraiment ?

— Vraiment.

Quelques minutes plus tard, il surprit Lauren à l'observer d'un air pensif. Elle mordillait ses lèvres, que lui rêvait d'embrasser.

— D'accord. À quoi pensez-vous ?

— Je me disais juste que vous en savez beaucoup plus sur moi que moi sur vous.

La conversation prenait un cours qui ne lui plaisait guère.

— Il n'y a pas grand-chose à dire, je le crains…

— Je n'en crois pas un mot.

Paxton la fixa quelques instants en silence.

— Je croyais que vous aviez fait des recherches à mon sujet sur Internet ?

— En effet, mais je préférerais entendre l'histoire de votre bouche.

Paxton recula sa chaise, tendu. Le moment était venu pour lui d'affronter ce qui s'était passé. Raconter ses échecs à Lauren serait un premier pas pour aller de l'avant.

— Comme tous les membres de ma famille depuis quatre générations, je suis docteur, commença-t-il doucement. J'adore mon métier. C'est ce que j'ai toujours voulu faire. Mais en dehors de la médecine, je n'ai guère en commun avec mes proches.

— Vraiment ?

— Mon grand-père et ses frères ont ouvert une clinique, puis un hôpital, de sorte que le nom de Samuels est synonyme de réussite dans la bonne société bostonienne. En conséquence, toute ma vie, je me suis senti obligé d'honorer les miens. Or dès le départ, j'ai été le vilain petit canard de la famille. Il n'est jamais venu à l'esprit de mes parents que je puisse désirer être autre chose qu'un Samuels de Boston. Si vous aviez vu leur réaction quand j'ai annoncé que je m'étais engagé dans les Peace Corps ! Un véritable cataclysme. À croire que je leur avais demandé de partir avec moi. J'ai bien cru que ma mère ne s'en remettrait jamais…

— Mais vous êtes parti quand même, fit-elle remarquer comme si elle était fière de lui.

— C'est vrai. J'avais déjà signé les papiers de toute façon. Ils ne pouvaient plus rien faire. Un peu comme quand je suis venu ici…

— Ils ont dû être heureux quand vous avez terminé votre engagement dans les Peace Corps ?

— Oh ! oui, mais rien n'avait changé. Au contraire même. Ce fut comme s'ils attendaient davantage de moi. J'avais cru qu'en mettant un peu de distance entre nous, les choses seraient différentes. Qu'ils me verraient sous un autre jour et comprendraient mes aspirations.

— Du coup, quand l'occasion s'est présentée de faire quelque chose de différent, vous avez sauté dessus. Et vous voilà.

— C'est un peu cela. J'avais besoin de m'éloigner de Boston et cet engagement m'a offert une porte de sortie.

— Pourquoi ?

Ils étaient de retour à la case mariage. Il ne lui restait plus qu'à reconnaître les faits.

— J'étais fiancé. Nos familles se connaissaient depuis toujours. Nous étions ensemble depuis l'adolescence et nous marier semblait la conclusion naturelle. Je ne sais même pas pourquoi j'ai accepté. J'imagine que j'avais tellement envie de faire plaisir à mes parents que j'avais fini par me rallier à cette idée.

— Que s'est-il passé ?

S'il le disait très vite, ce serait peut-être moins douloureux et moins humiliant.

— Deux semaines avant le mariage, on m'a montré des photos très explicites de Gabriella en compagnie d'un autre homme, postées sur Internet. Elle me trompait.

Lauren laissa échapper un petit cri.

— Je suis désolée, Paxton, dit-elle d'un air outré. C'est tellement moche.

Elle avait raison.

— Je n'aurais pas dû vous demander d'en parler.

— Ne vous inquiétez pas. Cela me fait du bien d'en parler.

Lauren posa sa main sur la sienne au-dessus de la table.

— Vous avez conscience, j'espère, que son infidélité ne faisait que refléter sa médiocrité. Cela n'a rien à voir avec vous. Vous êtes un homme bien, Paxton Samuels. Un excellent médecin et un homme généreux. Elle a fait une grosse erreur en vous perdant.

Venant de Lauren, ces mots sonnaient juste.

— En plus d'être humilié de me retrouver dans une telle situation, j'ai dû supporter la trahison de mes parents qui me poussaient à lui pardonner et à l'épouser quand même. J'ai refusé et, en lisant l'annonce pour ce remplacement, j'ai postulé, bien décidé à m'éloigner le temps nécessaire pour que les remous de cette histoire s'apaisent.

— Mon mari me trompait également, déclara soudain Lauren. Je ne l'ai jamais avoué à personne… Jusqu'ici.

Paxton avait la gorge nouée, à présent. Il lamentait sur son sort, alors que Lauren avait enduré bien des souffrances.

— Vous voulez m'en parler ? demanda-t-il.

Elle haussa les épaules.

— Il n'y a pas grand-chose à raconter. Mark a débarqué en ville pour occuper un poste dans la compagnie pétrolière et je suis tombée amoureuse de lui. Je cherchais depuis longtemps un moyen de partir d'ici pour voir le monde et Mark a été mon ticket de sortie. Nous nous sommes mariés et avons vécu dans cinq villes différentes en l'espace d'une année. Il m'a trompée dans chacune d'elles. Je venais de lui apprendre que j'étais enceinte le jour où il a trouvé la mort dans l'explosion d'un derrick. Alors, je suis revenue ici pour reconstruire ma vie. Je veux offrir une belle vie à Shawn.

— On dirait que nous avons plus en commun que nous le pensions.

— Oui. Mais pas vraiment de bonnes choses.

Paxton reconnut en riant qu'elle avait raison.

À ce moment-là, Shawn laissa tomber son camion par terre et, sans réfléchir, Paxton se baissa pour le ramasser avant de le lui rendre avec un sourire. Finalement, il semblait s'habituer à ce petit jeu.

— C'est l'heure du bain pour Shawn, puis je le mettrai au lit, dit Lauren en prenant son fils dans ses bras.

— J'imagine que c'est une façon polie de me dire que le temps est venu pour moi de partir, déclara Paxton en se levant à son tour.

— Absolument pas. Je voulais juste vous expliquer que j'allais être très occupée jusqu'à ce que Shawn soit endormi.

— Je comprends. Je me suis déjà assez imposé chez vous. De toute façon, j'ai encore pas mal de choses à installer au laboratoire.

— Je vous assure que je ne voulais pas vous mettre à la porte, affirma Lauren en le raccompagnant.

En fait, Paxton était soulagé d'avoir une excuse pour prendre congé. Plus il fréquentait Lauren et son fils, plus il s'impliquait dans leurs vies. Son séjour à Last Stop serait court et il n'était certainement pas l'homme qu'il fallait à Lauren. S'ils partageaient des blessures du passé, leur avenir empruntait des routes bien différentes.

Pourtant, l'attirance était forte entre eux et il ne put se retenir… Il se pencha pour l'embrasser.

Elle recula aussitôt, agitant la main entre eux.

— Paxton, je ne crois pas que ce soit une bonne idée. Vous allez repartir et moi, je resterai ici. Vous avez été blessé récemment. Quant à moi, je suis tombée amoureuse d'un homme de passage et voyez où cela m'a menée. Il vaudrait mieux nous montrer prudents.

— Vous avez tout à fait raison, mais vous me plaisez. Et je crois que c'est réciproque. Il ne s'agit pas de se mettre un fil à la patte. Seulement d'une aventure agréable entre deux personnes qui s'apprécient.

Malgré le fait qu'il n'y avait aucun avenir possible entre eux, il ressentait une terrible envie de lui faire l'amour.

— Je ne sais pas comment cela se passe là d'où vous venez, mais un baiser comme celui que nous avons échangé signifie quelque chose par ici. Je dois penser à Shawn et à ma réputation également.

— Ce baiser signifiait également quelque chose pour moi, dit-il d'un ton sérieux. Nous sommes tous les deux adultes, alors pourquoi ne pas en profiter tant que nous le pouvons ?

Pourquoi tenait-il tant à la convaincre d'accepter cette petite aventure ? Peut-être parce qu'il savait déjà qu'une seule nuit ne suffirait pas à le combler.

Elle l'observa un instant, puis l'attira vers elle et l'embrassa. Le corps de Paxton s'embrasa aussitôt, mais tout aussi rapidement elle recula et ouvrit la porte.

Il sortit comme dans un brouillard, et le froid de la nuit le saisit, contraste saisissant avec son sang bouillonnant.

7.

Pourquoi avait-elle embrassé Paxton ? Deux jours durant, Lauren avait attendu qu'il prenne l'initiative, chaque fibre de son corps aspirant à ce baiser. Dès qu'elle se retrouvait en sa présence, des frissons d'anticipation la parcouraient, tandis qu'elle guettait le moindre de ses gestes. Pourtant, à sa grande déception, Paxton n'avait rien tenté, ce qui avait mis ses nerfs à rude épreuve.

Cela faisait des années qu'elle n'avait pas éprouvé un tel désir pour un homme – cette excitation à fleur de peau. Être mère la comblait, mais se sentir désirée par un homme était une sensation extraordinaire. Et Paxton n'avait pas fait mystère de son attirance.

Leurs confessions mutuelles les avaient rapprochés. Tristement, les périodes difficiles de leurs vies avaient créé un lien entre eux. Bien qu'ils viennent de mondes très différents, leurs vies présentaient de nombreuses similitudes.

Vendredi soir, elle quitta le cabinet sans que Paxton ait mentionné une quelconque intention d'aller dîner avec elle ou de la voir pendant le week-end. À regret, elle abandonna l'espoir d'un rapprochement intime entre eux. C'était mieux ainsi. Ils avaient déjà suffisamment souffert comme ça.

Noël approchait et, avec lui, la soirée dansante de la ville, prévue pour le lendemain. Lauren décida d'en profiter pour bien s'amuser sans lui.

Samedi, elle se prépara donc pour la soirée, chassant Paxton de ses pensées. Shawn était adorable dans sa tenue et elle adorait sa nouvelle robe rouge, consciente qu'elle la mettait en valeur. Cette soirée annuelle était sa préférée.

La salle des fêtes n'avait jamais été aussi bien décorée. Les femmes de la ville s'étaient surpassées. Un grand arbre avait été dressé dans un coin de la pièce, ses branches couvertes de guirlandes colorées. En dessous, des cadeaux de toutes tailles pour les plus jeunes. Lauren les montra à son fils qui contemplait tout cela les yeux écarquillés et s'accrochait à sa main comme si elle était sur le point de se volatiliser.

Sur les tables, des nappes vert émeraude, coupées de chemins de table rouges. Des bougies disposées à intervalles réguliers procuraient une lueur dansante. Serviettes et couverts délimitaient chaque place. Sur un côté de la salle, de grandes tables recouvertes des mêmes nappes avaient été rassemblées pour former le buffet qui croulait sous l'amoncellement de plats. Les femmes redoublaient d'efforts dans une féroce compétition pour confectionner les meilleurs mets.

Tout le monde s'était mis sur son trente et un. Une petite piste de danse avait été dégagée au milieu de la pièce, près d'une estrade de taille modeste. Les plafonniers ne diffusaient qu'une lumière tamisée, cédant la place pour l'occasion aux guirlandes accrochées au plafond et sur tous les murs qui scintillaient de mille feux.

L'attention de Lauren fut attirée vers l'entrée de la salle et son cœur se mit à battre la chamade. Paxton. Qu'est-ce qui avait bien pu le décider à venir ? Elle sentit ses joues s'empourprer. Quelle importance ? Elle était heureuse de le voir. Il était magnifique dans son costume sombre agrémenté d'une cravate rouge.

Il se dirigea aussitôt vers elle, comme si cela allait de soi.

— Bonsoir. Je suis surprise de vous voir.

— Le défilé m'a tellement plu l'autre jour que je me suis laissé tenter par cette petite fête, répondit-il avec un haussement d'épaules nonchalant. Vous êtes splendide, ajouta-t-il avec un regard appréciateur.

Lauren était certaine que ses joues avaient pris la même teinte écarlate que sa robe. Son compliment lui était allé droit au cœur. Elle avait accordé beaucoup de soins à sa coiffure et remonté ses cheveux sur le haut de sa tête, laissant retomber quelques boucles souples autour de son visage. Sa robe lui allait à la perfection, soulignant chaque courbe de son corps. Et il était grisant d'être admirée par un homme tel que Paxton.

— Merci. Vous n'êtes pas mal non plus. J'aime beaucoup cette cravate avec des rennes.

— Je l'ai achetée l'autre jour, à Lippscomb. Je la trouve de circonstance..., fit-il avec un sourire malicieux.

— Pour un homme qui n'aime pas Noël, c'est un accessoire inattendu.

— J'ai peut-être changé d'avis.

Parlait-il de la cravate ou d'elle ? Quoi qu'il en soit, elle était ravie de sa présence.

À ce moment, le maire de la ville prit le micro.

— Rassurez-vous, je n'ai pas l'intention de faire un discours, commença-t-il, ce qui déclencha une salve de cris et de sifflements joyeux. Mais je tiens à vous dire que cette salle est magnifique, sans parler de tous ces plats appétissants. Merci à tous ceux qui ont travaillé dur pour préparer cette soirée. N'oubliez pas de vous faire prendre en photo ce soir. Nous voulons un cliché de tous les participants pour le grand livre de souvenirs que nous prépare Mme Elise. Maintenant, Révérend Bishop, voulez-vous bénir notre repas ? Oh ! et joyeux Noël à tous !

La bénédiction fut rapide et, quelques minutes plus tard, la foule se rassemblait autour du buffet.

— Si vous voulez, je tiens Shawn pendant que vous vous servez, fit Paxton. Je m'occuperai de mon assiette ensuite.

Lauren le remercia de sa proposition. S'il n'était pas particulièrement à l'aise avec les enfants, il se comportait en parfait gentleman avec elle. C'était agréable d'avoir un homme qui prenait, soin d'elle. Et puis, elle appréciait son regard admiratif posé sur elle.

Elle alla remplir une assiette pour Shawn et elle, puis chercha Paxton des yeux dans la grande salle.

— Il est là-bas près de l'arbre, ma chérie, dit une des vieilles femmes. On dirait que Shawn l'aime beaucoup.

Lauren sourit. Quand elle les rejoignit, Paxton montrait une décoration à Shawn, leurs têtes proches l'une de l'autre. Il semblait écouter les babillages de Shawn et le cœur de Lauren se serra devant ce tableau. Serait-elle assez folle pour espérer… ?

Elle et son fils avaient survécu à la mort de Mark et formaient tous deux une joyeuse petite famille. Ses parents et ses frères l'aidaient, bien sûr, mais il lui manquait quelque chose. Shawn avait besoin d'un père et elle… Elle avait besoin de se sentir femme. Avait-elle un avenir avec Paxton ? Accepterait-il de rester ? L'avait-il seulement envisagé ?

Le visage de Paxton s'illumina à sa vue et il glissa quelques mots à l'oreille de Shawn.

— Je vais chercher une chaise haute, proposa-t-il. Je reviens tout de suite.

— Eh ! Ça fait un moment que j'essaye d'attirer ton attention, lança une voix féminine derrière Lauren.

— Bonsoir, maman.

— Je t'avais gardé une place, mais j'ai dû la laisser finalement. Cela étant, je vois que tu en as trouvé une bonne.

Elle jeta un coup d'œil en direction de Paxton et sourit.

— Ne commence pas à te faire des idées, maman.

— Je n'ai rien dit, mais c'est agréable de te voir si gaie…

— Bonsoir, madame Tucker. Comment allez-vous ? demanda Paxton en déposant la chaise près de la table.

— Bonsoir, docteur Samuels.

— Appelez-moi Paxton, je vous en prie.

— Vous vous amusez bien ? demanda-t-elle tout sourire.

— Oui, beaucoup. La parade m'avait beaucoup plu, alors j'ai eu envie d'assister à la fête.

Il attrapa Shawn et l'installa sur la chaise comme si c'était la chose la plus naturelle du monde.

— On dirait que vous avez fait cela toute votre vie, s'exclama la mère de Lauren avec un coup d'œil entendu en direction de sa fille.

Ce qui lui valut un haussement de sourcils d'avertissement.

— Maman, ton assiette va refroidir. La nôtre aussi d'ailleurs. Je te verrai tout à l'heure.

— Désolée, dit Lauren à Paxton, une fois que sa mère se fut éloignée. Elle est animée de bonnes intentions, mais elle peut se montrer un peu insistante parfois.

Paxton se mit à rire, amusé.

— Croyez-moi, elle n'arrive pas à la cheville de ma mère à ce petit jeu-là.

Shawn poussa un cri d'impatience et Lauren soupira.

— Oui, mon cœur. Je sais que tu as faim.

Ils s'installèrent pour manger. Autour d'eux, toutes les tables étaient pleines de convives qui parlaient et riaient.

Cette soirée n'avait rien à voir avec les dîners soporifiques et autres événements convenables auxquels Paxton avait assisté toute sa vie. De grands éclats de rire résonnaient aux quatre coins de la pièce, chacun ici appréciant la compagnie des autres. Personne ne se sentait obligé de parler à ses voisins par politesse tout en s'ennuyant à mourir et en jetant des coups d'œil discrets à sa montre pour voir si le moment était enfin venu de s'éclipser discrètement. Il aurait dû se sentir déplacé dans cet environnement, pourtant il s'y sentait bien.

Lauren essuya la bouche de Shawn.

— Mon cœur, nous devons aller voir Nannie et Papy.

Elle attrapa son fils pour le sortir de la chaise, mais les petites jambes restèrent bloquées. Paxton se leva d'un bond.

— Laissez-moi faire, dit-il.

Quelques secondes plus tard, Shawn était dans ses bras.

— Vous êtes fait pour être père, fit remarquer une femme assise à la table voisine.

— Merci, répondit-il, tout fier.

— Je le prends, proposa Lauren, un peu trop vite au goût de Paxton.

Le fait qu'il soit maintenant plus à l'aise avec Shawn lui posait-il problème ? Il avait peut-être été un peu distant avec l'enfant au début, mais apparemment Shawn commençait à s'habituer à lui.

— J'aimerais vous accompagner pour rencontrer votre père.

Lauren lui jeta un coup d'œil sceptique.

— Très bien, c'est vous qui l'aurez voulu.

Ils se faufilèrent parmi la foule pour traverser la salle. Comme ils passaient devant le stand de photographie, Lauren s'arrêta.

— Profitons-en, il n'y a personne pour le moment, dit-elle. Monsieur John, Shawn et moi sommes prêts, ajouta-t-elle à l'attention du photographe.

— Bien sûr. Asseyez-vous là.

Il plaça un tabouret devant une toile de fond représentant des arbres aux branches recouvertes de neige. Une couverture blanche simulait la neige sur le sol et un lapin observait la scène, caché derrière un arbre.

Lauren s'assit, Shawn sur ses genoux. Il se tortilla un peu, puis se calma. Le photographe passa derrière l'appareil.

— Relevez un peu le menton, demanda M. John. Parfait.

Il se tourna ensuite vers Paxton.

— Pourquoi ne pas vous mettre derrière eux ? proposa-t-il.

— Mais nous ne sommes…, commença Lauren, sans terminer sa phrase.

Ensemble ? Était-ce ce qu'elle s'était retenue de dire ? Certes, ils ne formaient pas un couple. Une famille. Mais quelle importance pour quelques photos qui se retrouveraient dans un livre de souvenirs que personne ne regarderait jamais ?

Finalement, Lauren lui fit signe de les rejoindre.

— Mettez-vous derrière Lauren, jeune homme, et posez la main sur son épaule. Maintenant, souriez.

Clic.

— Nous allons devoir recommencer, dit M. John. Shawn a tourné la tête. Docteur Samuels, prenez Shawn dans vos bras.

Paxton échangea un regard avec Lauren avant d'obtempérer. Il appréciait la chaleur qui émanait du corps de la jeune femme près de lui.

— Ne bougez plus. Ce ne sera pas long.

Paxton fit une grimace à Shawn qui éclata de rire.

— Parfait, lança le photographe qui actionna l'appareil avec zèle.

Le cœur battant, Lauren tourna la tête vers Paxton. Était-ce du désir qu'elle voyait briller dans son regard ?

— Merci, dit M. John, brisant la magie de l'instant.

Ni Lauren ni Paxton ne bougea.

Quelques ricanements retentirent autour d'eux.

La queue s'était formée pendant leur séance photo. Placés comme ils l'étaient, avec Shawn dans les bras de Paxton, ils donnaient sûrement l'image d'une belle petite famille. Une famille dont il ne ferait jamais partie, songea Paxton, la gorge nouée. Que lui arrivait-il, bon sang ? Il n'était pas question pour lui de sortir d'une relation difficile pour plonger aussitôt dans une autre. D'autant que Lauren et lui n'envisageaient pas l'avenir de la même façon. Surtout, ses obligations l'appelaient à des centaines de kilomètres de Last Stop.

Soudain, comme prise en faute, Lauren se leva d'un bond, attrapa son fils et s'éloigna. Était-elle gênée d'avoir été avec lui la cible de tous les regards ?

— Eh, attendez, lança Paxton derrière elle.

Elle ne ralentit pas, se faufilant prestement au milieu des petits groupes joyeux comme si elle avait le diable aux trousses. Finalement, elle s'arrêta devant une table où les convives finissaient de dîner en écoutant un homme imposant raconter une histoire. Lauren posa alors la main sur l'épaule de sa mère, qui lui sourit en retour.

Troublé par ce tableau, Paxton se plaça à côté de Lauren.

— Il y en a encore pour quelques minutes, chuchota-t-elle en lui jetant un regard. Les histoires de mon père peuvent durer longtemps.

Paxton hocha la tête. Donc, cet homme immense à la voix grave était le père de Lauren. Maintenant qu'il l'avait vu, il n'était plus aussi impatient de le rencontrer. Le personnage était pour le moins intimidant.

Paxton n'était pourtant pas du genre à se laisser impressionner. En tant que personnalité en vue de Boston, il bénéficiait d'une certaine confiance en lui. À Last Stop, toutefois, il n'était qu'un étranger, de passage qui plus est. Pire encore, il devinait que, par ici, les pères se montraient très protecteurs, notamment vis-à-vis de leurs filles.

Quelques minutes plus tard, l'histoire se termina et toute la tablée éclata de rire. Une fois le calme revenu, le père de Lauren se tourna vers Paxton.

— Bonsoir, papa, dit Lauren. Je voulais te présenter le Dr Samuels.

— Appelez-moi Paxton, monsieur, dit-il en tendant la main.

M. Tucker serra sa main en le regardant droit dans les yeux. Le message était clair : *ne faites pas de mal à ma fille.*

Paxton se dégagea de la poigne ferme de l'homme. Il ne pouvait rien promettre, hélas. Sa vie présentait trop d'incertitudes.

À ce moment-là, Shawn tendit les bras vers Paxton, qui le prit contre lui, malgré l'air réticent de Lauren.

— Je vois que vous êtes devenu ami avec mon petit-fils, fit remarquer le père de Lauren d'une voix aimable.

— On dirait, dit-il en regardant Lauren, puis Shawn.

Il commençait à s'attacher à eux bien plus qu'il n'était prêt à l'admettre.

Comme l'orchestre entamait un chant de Noël, Mme Tucker se leva.

— Donnez-moi Shawn et invitez donc Lauren à danser, proposa-t-elle, une lueur malicieuse au fond des yeux.

— Maman ! protesta Lauren, rouge de honte.

Paxton la regarda, sourcils froncés.

— Vous croyez que je ne sais pas danser ?

— Au contraire, je suis certaine que vous êtes un bon danseur, déclara Lauren d'un air furieux.

— Viens avec Nannie, dit sa mère en tendant les bras à son petit-fils.

Avant qu'elle puisse protester, Paxton attrapa la main de Lauren et l'entraîna sur la piste de danse. Là, il la fit tournoyer pour l'attirer dans ses bras, où son corps épousa le sien à la perfection. Ils évoluèrent ensuite sur la piste. Lauren le suivait sans effort, sa robe s'enroulant gracieusement autour de ses jambes. La danse finie, Paxton ne s'arrêta pas, enchaînant avec la suivante, un rock endiablé. Il la guidait adroitement et fermement, la faisant virevolter. Lauren suivait avec aisance et confiance et leur association fonctionnait à merveille. En serait-il de même partout ? Au lit par exemple ?

— Vous êtes un danseur incroyable, dit-elle en rivant son regard au sien.

— Merci. Dans mon monde, les leçons sont obligatoires. Les faux pas ne sont pas tolérés.

— À ce point-là ?

— Oh oui ! Laissez-moi vous montrer quelques passes que je garde pour les grandes occasions, dit-il avec un sourire.

Lauren rit de bon cœur, un rire qui le traversa comme une onde délicieuse. Auprès d'elle, il oubliait toute la laideur du monde, celle qu'il avait apportée à Last Stop.

— Quelle belle soirée ! s'exclama Lauren d'une voix joyeuse. Il y a longtemps que je ne m'étais pas autant amusée. J'aimerais enfermer ce moment dans une bouteille et le conserver pour toujours.

Aucune autre femme ne lui avait jamais donné le sentiment d'être un homme spécial.

L'orchestre se lança dans une musique endiablée et ils se séparèrent, au grand regret de Lauren. Paxton garda pourtant sa main dans la sienne, tandis qu'ils rejoignaient leur table.

— Paxton, vous venez de commettre une grosse erreur, fit remarquer la mère de Lauren.

— Qu'est-ce que j'ai fait ?

— Maintenant, vous allez devoir danser avec toutes les femmes de la ville ou donner des leçons de danse aux hommes !

Tout le monde éclata de rire autour d'eux.

— J'aimerais bien danser, lança une vieille dame de quatre-vingts ans.

— Peut-être la prochaine fois. J'ai réservé ma soirée à une personne très spéciale, répondit-il avec un regard appuyé en direction de Lauren.

Lauren sentit les battements de son cœur s'accélérer. Après

avoir savouré le contact de ses bras autour d'elle, elle voulait plus. Était-il aussi doué pour faire l'amour que pour danser ?

— Il est temps pour Shawn d'aller se coucher, dit-elle avec un sourire timide.

Mais sa mère s'interposa alors qu'elle s'apprêtait à récupérer son fils dans les bras de son père.

— Ton père, Shawn et moi avons discuté pendant que vous dansiez et Shawn a décidé qu'il voulait dormir chez nous. Nous te le ramènerons demain soir. Comme ça, vous pouvez continuer à vous amuser.

Lauren eut l'impression d'être tombée dans un traquenard. Elle avait dansé avec Paxton. Il l'avait choisie, mais dans quelques semaines il repartirait pour Boston et trouverait une nouvelle cavalière. Elle ne pouvait pas continuer ainsi.

— Mais maman…, commença-t-elle.

— Chérie, tu as besoin de t'amuser un peu, coupa sa mère à voix basse. Cela fait trop longtemps que cela ne t'est pas arrivé. Shawn mérite une mère heureuse.

Difficile de la contredire sur ce point.

— Très bien, capitula-t-elle. On dirait que vous avez tout prévu. Bonne nuit, mon ange, ajouta-t-elle en embrassant son fils. À demain.

— Bonsoir, Shawn, dit Paxton en caressant la joue de l'enfant du bout du doigt.

Le cœur de Lauren se serra, de nouveau gagné par l'espoir. Et si… ?

Elle accompagna ses parents jusqu'au vestiaire où elle aida sa mère à emmitoufler son fils. Puis elle les suivit des yeux, tandis qu'ils s'éloignaient tous les trois. Quand elle se retourna, Paxton se trouvait derrière elle.

— J'en conclus que Shawn ne dort pas souvent hors de chez vous, dit-il en l'observant d'un air pensif.

— En effet, c'est très rare.

— Donc la nuit à l'hôtel était une exception ?

Elle hocha la tête.

— C'était notre première séparation de nuit. Et je n'ai pas pu m'empêcher de l'appeler plusieurs fois.

— J'aurais sans doute été moins jaloux si j'avais connu la situation…

— Jaloux ? fit-elle, incrédule.

Paxton sourit.

— Comment aurais-je pu deviner qu'il s'agissait de votre fils ? Venez, dansons encore un peu avant que je me ridiculise tout à fait.

Elle accepta sa main chaude et douce. Il ne s'agissait que d'une danse, après tout. Un plaisir sans conséquences. Rassérénée, elle le laissa l'entraîner sur la piste où ils évoluèrent jusqu'à ce que le nombre de participants diminue.

Durant la dernière chanson, Paxton la tint très près de lui – un contact rassurant. Lauren souhaitait se blottir dans ce refuge. Last Stop leur en avait offert un quand elle était revenue avec son fils, mais les bras de Paxton étaient un sanctuaire merveilleux. S'il le lui demandait, serait-elle capable de quitter Last Stop ? Non. Elle ne pouvait pas prendre un tel risque. Quoi qu'il se passe entre eux, elle devait le savourer pour ce que c'était – une aventure sans lendemain. Shawn avait besoin de ce que Last Stop lui offrait, un cocon sécurisant, l'affection d'une communauté soudée.

— Eh, dit Paxton à son oreille, nous devrions partir. Ils sont en train de fermer.

Lauren jeta un coup d'œil autour d'eux. Des hommes rassemblaient les chaises.

— Allons admirer les étoiles, ajouta-t-il.

Le cœur de Lauren bondit. À quand remontait la dernière fois qu'elle avait contemplé le ciel en compagnie d'un homme ? Trop longtemps pour qu'elle s'en souvienne.

Ils enfilèrent leurs vestes chaudes et sortirent dans la nuit claire et glaciale.

Paxton prit sa main et ils se dirigèrent vers la maison de Lauren. Sans rien dire, elle l'entraîna à l'arrière où la plaine s'étendait à l'infini. On apercevait au loin quelques maisons isolées, mais rien qui puisse faire de l'ombre à la voûte céleste, immense et lumineuse. Ils s'assirent à la table de pique-nique près de la balançoire de Shawn.

Paxton passa un bras autour de ses épaules et l'attira contre lui. Elle posa la tête sur son épaule. Le moment était magique.

— Vous n'avez pas ça dans les villes.

Il embrassa le haut de sa tête.

— Vous avez beaucoup de choses ici que je ne trouve pas en ville. De belles choses. Des plaisirs simples.

— Comme quoi ?

— Je crois que vous cherchez à gagner du temps. Vous savez que vous devez prendre une décision, n'est-ce pas ?

— J'en ai conscience, murmura-t-elle.

Elle savait ce dont elle avait envie, mais prendrait-elle le risque de souffrir ? Saurait-elle protéger son cœur pour savourer les moments nécessairement éphémères qu'elle passerait avec Paxton ?

— J'aimerais rester avec vous, cette nuit, murmura-t-il.

Son souffle formait de petits nuages dans l'air froid.

Lauren n'avait qu'une certitude : elle voulait rester avec lui, même si ce temps leur était compté. Ainsi, elle se fabriquerait de beaux souvenirs qu'elle garderait jusqu'à la fin de sa vie.

— Rentrons, dit-elle en lui tendant la main. Vous devez être gelé.

8.

À la suite de Lauren, Paxton grimpa les trois marches qui menaient à la porte de la cuisine. Une lampe restée allumée au salon éclairait la pénombre. Incapable d'attendre plus longtemps, il attira Lauren dans ses bras. Comme elle ne résistait pas, le cœur de Paxton s'emballa dans sa poitrine. Il devinait les courbes de son corps sous ses vêtements chauds. Des courbes qu'il mourait d'envie de caresser.

Les bras de Lauren s'enroulèrent autour de ses épaules, puis ses mains glissèrent le long de son visage pour repousser son bonnet en laine. Les lèvres de Paxton se posèrent sur les siennes, encore fraîches de l'air de la nuit. Mais il voulait plus, tellement plus. Elle écarta les lèvres et leurs langues se mêlèrent, son désir montant en flèche.

Lauren ôta ensuite les gants de Paxton. Puis elle s'attaqua au premier bouton de sa veste qu'elle défit ainsi que les suivants jusqu'à ce qu'elle puisse se blottir contre lui.

— Je me sens si bien ici, dit-elle.

Gagné par l'excitation, il la serra fort contre lui.

— Je connais d'autres moyens de te faire sentir mieux encore, chuchota-t-il.

Lauren recula, et Paxton eut un instant de panique. Avait-il mal interprété son attitude ? Peut-être n'avait-elle pas encore pris sa décision ? Avait-il confondu rêves et réalité ?

Comme une réponse à ses doutes, elle prit sa main tremblante pour l'entraîner vers la chambre. Il se pencha vers l'interrupteur de la lampe de chevet.

— Je veux te voir autant que te toucher. Rien ne doit se glisser entre nous, même pas l'obscurité.

Les yeux de Lauren brillaient d'émotion. Elle commença à défaire les boutons de sa veste, mais il l'arrêta.

— Laisse-moi faire.

Elle hocha la tête. Alors il retira son bonnet et ne put retenir un petit rire quand la chevelure de Lauren se dressa sur sa tête sous l'effet de l'électricité statique. Tendrement, il passa la main dedans pour la lisser.

— J'adore tes cheveux, dit-il. On dirait de la soie sauvage.

Il fit ensuite glisser ses mains le long des manches de son manteau avant d'ôter ses gants, un doigt après l'autre. Les deux gants atterrirent par terre.

Sans jamais le quitter des yeux, elle dénoua son écharpe et la laissa glisser sur le sol. Puis des deux mains, elle repoussa sa veste qui tomba à son tour avec un bruit sourd. Paxton croisa son regard embué par le désir. Avait-elle lu un défi dans ses yeux ? Il l'espérait.

Prenant son magnifique visage entre ses mains, il l'embrassa avec toute la ferveur qui l'habitait. Sa réaction le rassura et son ego, mis à mal après l'humiliation infligée par Gabriella, se restaura rapidement sous les soins de Lauren. Il n'aurait jamais cru pouvoir un jour accorder à nouveau sa confiance. Pourtant, il n'avait fallu que quelques semaines à Lauren pour lui redonner le respect de lui-même. Pour qu'il retrouve cette joie de vivre qu'il cherchait désespérément.

Tout en l'embrassant, il finit de lui enlever ses vêtements chauds. Contrôler son désir devenait de plus en plus difficile. Il voulait la posséder, s'imprégner d'elle, maintenant. Il voulait qu'elle s'enroule autour de lui, le serre contre elle et l'aime.

— Assieds-toi sur le lit, dit-il.

Comme elle hésitait, il l'embrassa dans le cou. Le frisson qui secoua son corps le rassura.

Une fois qu'elle fut assise, il souleva son pied et enleva son escarpin rouge. Le posant par terre, il fit de même avec l'autre. Puis il plaça son pied sur sa cuisse et sa main remonta lentement le long de sa jambe avant de glisser sous sa robe où elle… s'immobilisa tandis que la respiration de Paxton s'accélérait dangereusement.

Rêvait-il ?

— Qu'avons-nous donc là ? demanda-t-il d'un ton badin.

— Mon porte-jarretelles, répondit-elle avec un sourire mystérieux.

Le cœur de Paxton se mit à cogner dans sa poitrine et il se sentit devenir dur comme la pierre. Aucune femme de sa connaissance ne mettait de porte-jarretelles. s serrés et bottines pendant la journée, bas noirs et porte-jarretelles le soir, Lauren avait l'art de surprendre, alliant mystère et séduction. Quelles autres merveilleuses surprises lui réservait-elle ? Il était impatient de le découvrir.

Ses doigts se posèrent sur la boucle du porte-jarretelles.

— Puis-je ? demanda-t-il comme un chevalier réclamant une faveur à sa reine.

S'il ne pouvait pas le faire, il en mourrait. Elle tenait sa vie entre ses mains.

— Défais juste les petites attaches.

— D'accord.

Malgré son inexpérience, il parvint à ouvrir toutes les attaches et ses mains tremblèrent quand il fit glisser le premier bas le long de la jambe de Lauren. Il embrassa la plante de ses pieds avant de poser le bas sur le sol.

— Hum, vraiment très agréable. Je crois que je vais le refaire.

Il fut récompensé par ce petit gloussement qu'il adorait. Quelques secondes plus tard, l'autre jambe de Lauren était nue. S'il ne pouvait pas la posséder très vite, il craignait de perdre tout contrôle. Se redressant, il tendit les bras pour l'aider à se relever.

Les mains de Lauren se posèrent sur sa poitrine et remontèrent jusqu'à sa cravate qu'elle ôta très, très lentement, prolongeant le supplice. Ses lèvres couvrirent les siennes pendant qu'elle repoussait la veste de son costume qui s'ajouta au tas de vêtements par terre. Comme Paxton s'apprêtait à faire de même avec sa robe, elle arrêta sa main avec autorité avant de s'attaquer à sa chemise. Puis ses doigts atteignirent la boucle de son pantalon.

— Oh ! non, dit-il en bloquant son poignet. À mon tour, maintenant.

Avec délicatesse, il la fit pivoter dos à lui, et descendit la fermeture Éclair. Il embrassa ensuite la peau nue de sa nuque. Quand il fit glisser la robe, sa peau frissonna.

— Je n'avais encore jamais vu une femme aussi belle et sexy dans une robe, murmura-t-il la bouche contre sa peau.

Elle se retourna et, prenant son visage entre ses mains douces, elle l'embrassa. Au lieu du tendre baiser de remerciement auquel il s'attendait, ce baiser-là fit bouillir son sang dans ses veines, augmentant son désir. Les bras de Lauren glissèrent autour de son cou, et sa bouche s'ouvrit plus largement pour l'accueillir, l'excitant de sa langue, embrasant son corps au-delà du supportable.

Paxton la fit reculer vers le lit.

— Pas encore, dit-elle en le repoussant, une main sur sa poitrine. Tu as encore trop de vêtements.

Paxton sourit. Déjà, elle enlevait son T-shirt avant de picorer sa poitrine de petits baisers. L'érection de Paxton s'intensifia encore. Quand elle eut défait son pantalon, il s'empressa de se débarrasser de ses chaussures et chaussettes. Enfin, il s'avança vers Lauren.

— Assez joué, déclara-t-il d'une voix basse avec un petit grognement.

Il appréciait vraiment ce moment de plaisir simple, sans contraintes ni conséquences. Avec sa fiancée, les relations sexuelles étaient devenues tellement mécaniques, programmées, qu'il avait complètement oublié ce que c'était, de désirer vraiment une femme.

— J'adore cette robe rouge, mais elle doit disparaître, déclara-t-il, et Lauren éclata de rire.

Paxton fit descendre les bretelles le long de ses bras. Puis le tissu tomba sur le sol dans un bruissement joyeux. Lauren se retrouva seulement vêtue d'un petit soutien-gorge rouge assorti à son slip et de son porte-jarretelles en dentelle noire.

Sa beauté lui coupa le souffle.

— Bon sang, Lauren. Je suis content de ne pas avoir su ce que tu portais, ce soir, sinon mon état nous aurait embarrassés.

Sérieuse soudain, elle baissa les yeux comme si elle ne savait pas comment interpréter cette remarque.

— Eh, regarde-moi. Tu es la femme la plus sexy que j'aie jamais vue.

Un sourire timide étira ses lèvres gonflées par les baisers.

— Il n'y a qu'une seule chose qui me gêne, dit-elle.

Elle marqua un petit silence.

— J'aimerais te voir complètement nu.

Il la souleva et se laissa tomber sur le lit.

— Ça viendra, murmura-t-il à son oreille.

Sa main se posa sur sa taille fine. Bien qu'elle ait eu un enfant, sa silhouette était toujours mince, sa peau aussi douce qu'il en avait rêvée. Parfaite.

Quand sa main se referma sur un de ses seins, Lauren émit un petit gémissement qui électrisa Paxton. Sous la dentelle, il sentit le mamelon durcir sous sa paume. Sa bouche se posa sur celle de Lauren tandis que sa main passait dans son dos pour détacher le soutien-gorge. Puis, incapable d'attendre plus longtemps, il le remonta et s'empara de ses seins, appréciant leur fermeté souple sous ses mains.

Lauren poussa un soupir.

Paxton posa sa bouche sur un de ses mamelons, titillant le bout entre ses lèvres. Les doigts de Lauren s'enfoncèrent dans ses cheveux, lui arrachant un gémissement, avant de descendre et de pétrir doucement son dos comme s'ils le suppliaient de lui donner plus. Paxton accorda alors toute son attention au deuxième sein.

Un peu plus tard, après avoir couvert son visage, ses épaules et son cou de tendres baisers, il enleva complètement le soutien-gorge. Il l'allongea sur le lit et ses mains explorèrent tout ce qu'elle avait à offrir jusqu'à ce qu'un de ses doigts passe sous le mince élastique autour de ses hanches.

— Tu es pleine de surprises, dit-il en l'admirant, offerte sur le lit. Et si sexy. Cette dentelle me rend fou…

Elle lui lança un regard aguicheur.

— Tu pensais à moi, avant ce soir ?

— Ouais, grogna-t-il. Pourquoi crois-tu que je passais autant de temps dans ce foutu laboratoire ?

— À quoi pensais-tu exactement ? demanda-t-elle d'une voix enjôleuse, caressant son bras du bout du doigt.

— Je voulais te voir dans cette position exactement. Couchée sur ton lit juste pour moi. Le clair de lune soulignant les courbes de ton corps, tout ce que j'avais envie de caresser.

Lauren embrassa le bout de ses doigts et les posa sur la bouche de Paxton. Sa virilité s'enflamma d'anticipation. Il fallait qu'il la possède bientôt. Mais elle méritait mieux qu'un taureau enragé qui la monterait.

La main de Lauren approcha du bord de son slip, mais il l'arrêta aussitôt. Si elle le touchait, il ne répondait plus de rien. Il se pencha et l'embrassa, changeant le cours de ses pensées. Sa main se posa sur son ventre parfait, lui arrachant un gémissement. Paxton adorait sa réaction à ses caresses.

De l'index, il suivit le bord de son slip et glissa quatre doigts dessous pour caresser son sexe. Lauren se tortilla et écarta les jambes. Il n'attendait que cela. Il tira sur le slip qui disparut lorsqu'elle souleva les hanches.

Le regard de Paxton croisa le sien tandis qu'il caressait son nombril. Il vit ses yeux s'écarquiller, puis se fermer lentement quand sa main descendit entre ses cuisses. Posant ses lèvres sur les siennes, il glissa son index en elle qui l'accueillit, chaude et humide. Elle se cambra, son corps acceptant la caresse. Paxton retira alors son doigt avant de l'enfoncer à nouveau, avec le même rythme qu'il imposait à sa langue dans sa bouche. Il augmenta la vitesse et Lauren gémit, puis grogna et s'agita pour l'accueillir plus encore. Le désir de Paxton grandissait, mais il se concentrait essentiellement sur le plaisir de Lauren.

Avec une dernière poussée, il la fit jouir. Se relevant, il l'observa. Les yeux fermés de Lauren s'ouvrirent grand tandis qu'elle s'abandonnait. Pouvait-il exister quelque chose de plus beau ?

Il n'avait encore jamais expérimenté cela. Le sexe jusque-là avait toujours été un exercice qu'il appréciait, mais sans qu'il ait jamais atteint un tel niveau d'extase. Pour une fois dans sa vie, peut-être pour la première fois de sa vie, il donnait tout ce qu'il avait.

Lauren reprit ses esprits et vit Paxton qui cherchait quelque chose dans la poche de son pantalon. Il glissa ensuite le préservatif sur son membre dressé et la rejoignit.

— Tu es la plus incroyable femme que je connaisse, dit-il. Je ne peux plus attendre…

À l'expression passionnée de son visage, à l'éclat brillant de sincérité de ses yeux verts, elle sut qu'il pensait chacune de ses paroles. Jamais encore un homme ne lui avait fait de tels compliments.

Tout lui plaisait chez Paxton. Depuis leur rencontre, son attirance n'avait fait que grandir. Au travail, elle enregistrait chacun de ses gestes avec une intensité inhabituelle. S'interroger sur ce qu'il faisait pendant leurs jours de repos l'empêchait d'en profiter pleinement.

Avec Mark, l'amour avait été un acte sexuel frénétique, terminé avant même d'avoir commencé. Elle n'avait pas encore vraiment fait l'amour avec Paxton, mais elle ressentait déjà tant de choses. Et le meilleur restait à venir. Elle lui ouvrit les bras.

Sans hésitation, Paxton se glissa en elle. La taille de son membre la surprit l'espace d'un instant, mais quand il commença à aller et venir en elle, elle s'éveilla. Ses jambes entourèrent sa taille, l'attirant plus près encore. Il les remonta plus haut, pesant sur elles. Lauren avait déjà perdu le contrôle auparavant, mais jamais avec une telle intensité. Son excitation augmenta, l'entraînant vers des sommets. Bien au-delà que tout ce qu'elle avait connu.

Paxton la chevaucha plus vite et plus fort jusqu'à la rejoindre à l'extrême limite du supportable avant d'exploser dans un feu d'artifice de sensations. Après un long moment de bonheur intense tandis que l'excitation retombait, ils se séparèrent, respirant fort. Paxton tira une couverture au pied du lit et les en recouvrit avant d'attirer Lauren contre lui, lui procurant un merveilleux sentiment de sécurité.

Un peu avant l'aube, Lauren se réveilla. L'espace d'une seconde, elle resta pétrifiée. Il y avait un homme dans son lit. Cela faisait maintenant trois ans qu'elle dormait seule et avait presque oublié ce que cela faisait. Paxton était tellement différent de Mark. Avec Paxton, ses émotions étaient plus profondes, plus sensuelles, amplifiées. Après son départ, elle regretterait cette sensation qui faisait toute la différence entre exister et être vivante.

Pour autant, elle ne se berçait pas d'illusions. Paxton repartirait bientôt. Des responsabilités l'appelaient ailleurs. Même s'il installait un laboratoire comme s'il avait l'intention de rester, il n'avait jamais rien dit qui puisse le laisser croire.

Mais cela n'avait pas d'importance pour le moment. Elle avait besoin de cette aventure pour réveiller sa féminité endormie. Depuis la naissance de son fils, elle était une mère pleinement dévouée à Shawn. Cette nuit n'avait été que pour elle.

— Bonjour, dit Paxton avec ce petit accent qu'elle adorait.

— Bonjour, répondit-elle en lui faisant face.

— À quoi pensais-tu ?

— Comment sais-tu que je pensais à quelque chose ?

Était-elle si transparente ?

— Je ne sais pas… Peut-être parce que je commence à bien te connaître. Cela fait quinze jours que je travaille avec toi. J'ai passé une soirée ici et même cette nuit avec toi. J'ai observé comment tu te comportais avec Shawn et les habitants de cette ville.

Pas de doute, il l'avait cernée. Elle voulait quelqu'un comme lui dans sa vie. Ou plutôt, elle le voulait, *lui*. Pourrait-il un jour envisager de vivre à Last Stop ?

— Nous avons vraiment besoin d'un médecin ici. De façon permanente. Sans chaînes au cou, je le jure.

D'un bond, il la domina.

— Ah, mais ces chaînes constituent justement l'argument clé de la vente.

Les lèvres de Paxton se posèrent sur les siennes. Puis sa bouche descendit le long du cou de Lauren, et il prit un de ses seins dans sa main.

— Avec quelques autres avantages, murmura-t-il.

Lauren gloussa. Elle pourrait vraiment s'habituer à tout ça. Pouvait-elle se permettre d'espérer que, cette fois, tout serait différent ?

Le lendemain soir, Paxton quitta la maison de Lauren d'un pas léger. Il ne s'était jamais senti aussi heureux et libre. Il devenait évident qu'il s'attachait de plus en plus à Lauren et même à Shawn… tout en ayant conscience que cela ne pouvait pas durer. Il partirait bientôt et ce n'était pas juste pour eux. Pourtant, impossible pour lui de garder ses distances. Plus il passait du temps avec eux et plus difficile devenait son prochain retour à Boston. Si la situation était différente avec son père, pourrait-il envisager de rester à Last Stop ?

Il eut du mal à trouver le sommeil. Il ne pensait qu'à revoir Lauren, le lendemain. Comment réagirait-elle ? Y aurait-il un malaise entre eux ? Jusque-là, il n'avait jamais eu de problèmes pour s'entretenir avec elle de tout et de rien. Y compris de son fiasco avec Gabriella. Comment avait-il pu lui raconter cette histoire sordide ?

Dans son bureau, Paxton attendait avec impatience l'arrivée de Lauren. C'était son moment préféré de la journée. Elle semblait toujours heureuse de le voir, contrairement à Gabriella qui attendait de lui qu'il soit à sa disposition. Pour son ex-fiancée, il n'avait été qu'un second choix, alors que Lauren l'appréciait vraiment. Parce qu'elle croyait en lui, il avait retrouvé confiance. Elle lui donnait l'impression que sa journée ne commençait que lorsqu'elle l'avait vu.

Elle hésita sur le pas de la porte comme tous les jours.

Paxton leva les yeux un instant avant de les reporter sur l'écran de son ordinateur. Il était certain qu'elle ne résisterait pas à la curiosité de voir sur quoi il travaillait. Il attendit qu'elle contourne le bureau avant de refermer le capot de l'ordinateur et de se lever. Glissant son bras autour de sa taille, il l'attira contre lui.

— Je croyais que tu n'arriverais jamais, murmura-t-il en l'embrassant fougueusement.

Puis il la souleva et l'assit sur le bureau.

Elle éclata de rire.

Il s'était inquiété à tort. Il n'y avait aucun malaise entre eux.

— Quelque chose ne va pas ? demanda-t-il d'un air innocent.

— Quand j'étais petite, je jouais sous ce bureau, expliqua-t-elle.

Il haussa les sourcils, l'air malicieux.

— Et aujourd'hui, tu joues dessus.

Elle l'attira vers elle pour s'emparer de sa bouche. Les doigts de Paxton glissèrent aussitôt sous son pull à la recherche de sa peau douce et chaude, et Lauren roucoula de plaisir. Une merveilleuse façon de commencer la journée.

La sonnette de la porte les sépara, leur arrachant un petit rire nerveux.

— Tu as failli te faire surprendre, murmura-t-il dans son oreille, comme si elle était seule coupable.

Lauren lui donna une tape sur l'épaule. Après un rapide baiser, elle descendit du bureau.

— J'arrive, cria-t-elle en rajustant sa tenue.

— Je vous rejoins dès que je suis en état, confia-t-il à voix basse en la regardant droit dans les yeux.

Lauren baissa les yeux vers son entrejambe et sourit.

— Bien sûr, docteur, dit-elle d'une voix sirupeuse, comme une infirmière dans une mauvaise série télé.

Paxton la suivit du regard, appréciant le léger balancement de ses hanches, ce qui ne le soulagea pas. À Boston, il n'aurait jamais osé, ni même pensé voler un baiser pendant le travail. Un Samuels n'agit pas ainsi. Pourtant, quel plaisir de se comporter comme un mauvais garçon…

Une fois la patiente repartie, Lauren se tourna vers lui.

— Nous avons de la chance que Mme Betts soit maintenant à moitié sourde, parce qu'elle est la pire commère de la ville.

Il rit et l'attira dans ses bras.

— Quelle importance si les gens parlent de nous, fit-il, étonné de s'entendre dire cela.

Après avoir passé sa vie à se soucier du qu'en-dira-t-on, voilà qu'il s'en moquait complètement.

— Ce ne serait pas la première fois, reconnut Lauren. Et nous ne faisons rien de mal.

— Exactement.

Pourquoi avait-il accordé autant d'importance aux ragots à Boston après l'échec de son mariage ? Sa seule erreur avait été de choisir la mauvaise candidate.

Au fond, cela ne le gênait pas que les gens soient au courant de sa relation avec Lauren. En fait, il avait envie de l'annoncer à tous ceux qu'il rencontrerait aujourd'hui. Mais il ne le ferait pas, parce que son séjour à Last Stop toucherait bientôt à sa fin et qu'il ne voulait pas mettre Lauren dans l'embarras.

Le reste de la journée se déroula normalement, sinon qu'il souriait plus que d'habitude. Après que Lauren fut partie, le calme du cabinet lui pesa. Elle lui manquait déjà. Comment allait-il faire, une fois de retour à Boston ? Pouvait-il lui demander de tout quitter pour le suivre avec Shawn ? Ce serait un grand bouleversement pour eux.

L'idée de les abandonner lui déchirait le cœur. Heureusement, il lui restait encore deux semaines avant son départ et, jusque-là, il comptait bien en profiter au maximum. Il s'inquiéterait de l'avenir le moment venu.

Lauren n'avait pas suggéré qu'ils dînent ensemble. Toutefois, sortant un plat du réfrigérateur, il prit le chemin de sa maison. Il y alla à pied de façon que sa voiture n'attire pas l'attention et les ragots. Les vieilles habitudes ont la vie dure.

Quand il frappa à la porte, il n'eut pas à attendre longtemps. Lauren arriva, un grand sourire aux lèvres.

— Qu'est-ce qui t'a retenu ? demanda-t-elle.

— Tu m'attendais ? répliqua-t-il, lui aussi tout sourire.

— Depuis une demi-heure au moins.

Ravi, il entra et prit le chemin de la cuisine.

— Je crois que c'est le dernier plat, dit-il en le glissant au four.

— Dans ce cas, tu vas devoir te mettre à cuisiner.

Il l'embrassa.

— En fait, j'espérais que tu aurais pitié de moi et m'inviterais à manger.

— Si je comprends bien, tu es avec moi pour mes talents culinaires.

Paxton posa les mains sur ses fesses et l'embrassa de nouveau.

— Entre autres choses.

Assis par terre, Shawn jouait avec une cuillère en bois et un seau. Paxton le prit dans ses bras, arrachant un rire à l'enfant. Il se sentait tellement bien avec eux. Comme s'il était à sa place.

— Pourrais-tu surveiller Shawn pendant que je range un peu ?

— Bien sûr.

Quelques jours plus tôt, il aurait hésité. Lauren lui avait-elle jeté un sort ? Ce sentiment de faire partie d'une famille était tout nouveau pour lui.

Après le dîner, Paxton se chargea de la vaisselle pendant que Lauren donnait le bain à Shawn. Paxton n'était pas trop confiant dans ses compétences pour les tâches ménagères – il possédait un lave-vaisselle et quelqu'un venait nettoyer son appartement chaque semaine – mais il tenait à aider. Lauren avait suffisamment à faire.

Une fois la cuisine propre, il attendit à la porte de la chambre de Shawn que Lauren ait fini de lui lire une histoire. Les yeux de l'enfant se fermaient lentement et Paxton éprouva un sentiment de paix incroyable. Cet instant était précieux et il en faisait partie.

— Bonne nuit mon chéri, dit Lauren en refermant le livre et en embrassant son fils.

Comme elle rejoignait Paxton, il la prit dans ses bras.

— C'est un enfant merveilleux.

— Oui, c'est vrai.

Ils le contemplèrent un instant, puis Lauren tira la porte derrière elle, la laissant légèrement entrouverte.

Pourrait-il être père ? En avait-il envie ? Il aurait répondu non sans hésiter avant de venir, mais depuis qu'il connaissait Lauren…

— Qu'as-tu envie de faire ? demanda-t-elle. Je peux te proposer de regarder la télé ou un film, de jouer aux cartes, de faire un puzzle.

Paxton avait bien quelques idées pour occuper leur soirée, mais il appréciait autant sa compagnie hors du lit et il voulait qu'elle le comprenne.

— Pourquoi pas un puzzle ?

— Allons dans le salon, dit Lauren.

Bientôt, elle ouvrit une porte derrière laquelle se trouvaient trois étagères remplies de boîtes de jeux.

— Impressionnant !

Lauren haussa les épaules.

— Les soirées sont longues pendant l'hiver. Alors qu'est-ce qui te tente ? Un puzzle de cent, cinq cents ou mille pièces ?

— Pourquoi pas cent pour commencer. Je n'ai pas fait de puzzle depuis l'école primaire.

— Vraiment ? Quel dommage.

Il était d'accord.

— Alors pourquoi voulais-tu en faire un ?

— Disons que j'apprends à m'amuser.

Elle ne s'en rendait pas compte mais, grâce à elle, il apprenait à se détendre.

— Celui-ci est un de mes préférés.

Il reconnut la photo du Grand Canal à Venise.

— Pourquoi le préfères-tu ?

— Parce que j'ai toujours voulu y aller un jour, répondit-elle en posant la boîte sur la table.

— J'y suis allé. C'est aussi beau que sur la photo.

Ses parents lui avaient donné la chance de voir le monde. Toute la famille accompagnait son père lorsqu'il se déplaçait pour assister à des conférences médicales. Peut-être ses parents n'étaient-ils pas aussi mauvais qu'il l'estimait ? En tout cas, ils lui avaient procuré d'énormes opportunités.

— J'espère y aller aussi. J'ai reçu ce puzzle quand j'étais enfant.

Elle rêvait donc de ce voyage depuis longtemps. Il adorerait lui faire visiter cette ville, même si cela s'avérait impossible. Il ne leur restait que quelques jours à passer ensemble.

Lauren ne parvenait pas à croire que Paxton voulait vraiment terminer ce puzzle. Ils jouèrent ensemble, riant quand l'un essayait à tout prix de faire entrer une pièce là où l'autre voulait mettre la sienne. Ils firent une pause pour boire une boisson chaude.

— J'espère que tu ne m'en voudras pas de poser la question, mais j'ai accidentellement surpris une partie de ta conversation avec ta mère, l'autre jour. Il y a un problème, entre vous ?

Une ombre traversa le regard de Paxton qui but une gorgée de sa boisson avant de répondre :

— Mon père est malade et son état empire. Ma mère insiste pour que je retourne au plus vite à Boston.

Lauren prit sa main et entrelaça ses doigts avec les siens.

— Si tu dois partir, pars. Nous nous débrouillerons jusqu'à l'arrivée d'un nouveau remplaçant.

Paxton secoua la tête.

— Je tiens à remplir mon contrat. J'ai promis de rester ici jusqu'à la fin du mois et je ne partirai pas avant.

Il était si déterminé à honorer ses engagements... Émue, Lauren l'embrassa. Jusqu'à ce que leur baiser passionné les conduise au lit.

Un peu avant le lever du jour, Paxton se glissa hors du lit pour rentrer chez lui, et Lauren regretta aussitôt la chaleur de son corps.

Mercredi, à l'heure de fermer le cabinet, Lauren était impatiente de retrouver son fils. Aussi heureuse qu'elle fût avec Paxton, elle n'en négligerait jamais Shawn.

— Tu t'en vas ? lui demanda Paxton, comme elle le rejoignait dans le laboratoire.

— Tu sais, je pourrais être jalouse de ce maudit laboratoire où tu passes beaucoup de temps à examiner des tas de choses.

Il l'attira contre lui et l'embrassa.

— Je serais tout à fait d'accord pour t'examiner, toi.

— C'est tentant, mais je dois aller chercher Shawn.

— Que comptes-tu faire cet après-midi ?

— Je dois me rendre à Lippscomb pour mes derniers achats de Noël.

— Encore du shopping, grommela-t-il.

Brusquement, son visage s'éclaira.

— Lauren, je sais que tu aimes passer du temps avec ton fils, mais que dirais-tu si c'était moi qui allais le chercher ? Je m'occuperais de lui jusqu'à ton retour. Comme cela, il pourrait faire sa sieste et j'en profiterais pour préparer le dîner.

— Tu es sûr ? Il peut se montrer difficile.

— Oui, je suis sûr de moi. Cela te permettra de faire tes courses plus vite et, du coup, de passer plus de temps avec moi.

Elle hésita, pas certaine que ce soit une bonne idée.

Il n'y a pas si longtemps, Paxton hésitait même à prendre Shawn dans ses bras. D'un autre côté, il avait raison. Elle irait beaucoup plus vite sans un enfant de deux ans dans les pattes. Sa mère la dépannait déjà beaucoup et elle ne voulait pas abuser de sa gentillesse.

Finalement, elle capitula.

— C'est d'accord. Je vais appeler ma mère pour la prévenir de ton arrivée.

Un quart d'heure plus tard, elle était en route pour

Lippscomb, inquiète de sa décision. Pourvu que Paxton n'ait pas surestimé ses capacités. Le fait qu'elle s'était déjà beaucoup trop attachée à lui renforçait encore son malaise. Elle ne voulait pas que son fils souffre lorsque Paxton partirait. Mais elle était heureuse qu'il ait proposé de le surveiller. Pas de doute : il savait s'y prendre pour gagner le cœur d'une mère.

Mais s'il l'avait bel et bien séduite, tous deux n'avaient pas d'avenir. Paxton repartirait bientôt à Boston, tandis que Lauren et son fils resteraient à Last Stop.

9.

Quelques heures plus tard, Lauren se garait devant chez elle, un peu inquiète. Au moins, la maison était toujours debout. Qu'en était-il de l'intérieur ? Elle entra par la porte de derrière. Tout était calme. À son grand étonnement, une bonne odeur s'échappait du four. Encore un des plats offerts à Paxton, à n'en pas douter. Elle remonta le couloir. Toujours rien. Paxton devait pourtant être là, puisque sa voiture était garée dans l'allée.

Parvenue sur le seuil de la chambre, elle risqua un coup d'œil à l'intérieur. Paxton était étendu sur le lit, Shawn blotti contre lui, tous les deux profondément endormis. Pétrifiée devant cette scène touchante, elle sentit son cœur se gonfler. Bon sang, elle était amoureuse. Les larmes lui montèrent aux yeux. Elle regagna sans bruit la cuisine.

Une lame du plancher craqua derrière elle. Une seconde plus tard, deux bras musclés encerclaient sa taille. Paxton l'embrassa dans le cou.

— Tu as trouvé tout ce que tu voulais ? interrogea-t-il.

Se frottant les yeux pour dissimuler ses larmes, elle se tourna pour lui faire face, le sourire aux lèvres.

— Oui. Comment ça s'est passé ici ?

— Très bien. Shawn et moi sommes maintenant copains.

— Vraiment ?

— J'ai peut-être été un peu maladroit au début, mais entre hommes, nous nous comprenons, déclara-t-il comme s'il avait réussi un exploit. Nous pourrons dîner dès que Shawn se réveillera.

— Parfait.

— Une suggestion quant à ce que nous pourrions faire en attendant ? demanda-t-il en caressant son dos.

— Regarder la télévision ?

Lauren évita son regard de peur qu'il ne lise l'émotion qui gonflait sa poitrine. Bientôt, il partirait en emportant son cœur.

— J'ai une idée. Tu regardes la télé pendant que je t'embrasse partout, proposa-t-il avec un baiser passionné qu'elle lui retourna avec enthousiasme.

Une demi-heure plus tard, Shawn se réveillait. Il manifesta sa joie de voir sa mère, mais après lui avoir réclamé un câlin, il se précipita vers Paxton pour lequel il semblait s'être pris d'affection, ce qui confirmait les craintes de Lauren. Ils seraient deux à souffrir, lorsque l'heure du départ sonnerait.

Paxton l'obligea à s'asseoir pendant qu'il servait le repas. Avec force démonstrations, il sortit un grand plat du four – du bœuf braisé accompagné de pommes de terre et de petits légumes – et apporta une corbeille de petits pains.

— Comment as-tu deviné que j'adorais le bœuf braisé du Café ? demanda Lauren en riant.

Paxton haussa les épaules.

— Comment dire ? Ça aide de connaître la cuisinière.

Quand il s'assit près d'elle, elle se pencha pour l'embrasser.

— Merci pour tout cela. C'est une très bonne surprise.

— Il n'y a pas de quoi, répondit-il, l'air ravi.

— Ta mère m'a invité à déjeuner samedi, annonça Paxton à la fin du repas.

Le cœur de Lauren bondit. L'idée de l'inviter chez ses parents lui avait traversé l'esprit, mais elle l'avait repoussée, de peur de le mettre mal à l'aise. Après avoir écouté la description des fêtes de Noël dans sa famille, pas sûr qu'il apprécie la simplicité des leurs.

— As-tu accepté ?

— Bien sûr. Mais je me suis demandé pourquoi tu ne m'avais pas invité, toi.

Elle posa la main sur la sienne.

— Parce que je n'étais pas certaine que tu accepterais. Chez nous, les réunions de famille sont bruyantes, pour ne pas dire plus. Rien à voir avec ce à quoi tu es habitué.

— Ne t'inquiète pas pour cela. Je m'en sortirai.

Il releva la tête, très sûr de lui.

Comme Lauren se garait devant chez ses parents, Paxton en profita pour lui poser quelques questions.

— Qui sera là aujourd'hui ? demanda-t-il, curieux.

— Mes frères avec leurs femmes et leurs enfants, mes grands-parents, quelques cousins et voisins. La bande habituelle.

— Vous vous réunissez toujours ici ?

— Oui. C'est la demeure familiale, depuis plusieurs générations.

À leur entrée, sa mère sortit de la cuisine pour les accueillir en essuyant ses mains sur son tablier.

— Merci de m'avoir invité, dit Paxton.

Mme Tucker l'embrassa.

— Nous sommes heureux de vous avoir parmi nous. Lauren, présente Paxton à tout le monde, s'il te plaît.

Sa propre mère n'avait jamais manifesté autant d'émotion quand il pénétrait dans une pièce.

Lauren lui présenta donc ses frères et leurs familles qui vivaient tous à proximité et exploitaient des fermes. Bien que chacun d'eux l'ait salué avec une lueur d'avertissement dans le regard, Paxton les trouva d'emblée très sympathiques. Leur poignée de main était franche et ils adoraient de toute évidence leur famille.

Les comptoirs de la cuisine débordaient de nourriture. Une très longue table avait été dressée avec apparemment la plus belle vaisselle de Mme Tucker. Une autre table plus petite à côté était sans doute réservée aux enfants.

Le père de Lauren invita tout le monde à prendre place autour de la table. Paxton se tenait près de Lauren qui portait Shawn. Comme son grand-père parlait, Shawn commença à s'agiter. Paxton se pencha pour prendre l'enfant qui se calma aussitôt. Relevant la tête, il remarqua plusieurs paires d'yeux braqués sur lui. Les expressions allaient de la surprise aux sourires approbateurs des femmes. Il venait de franchir une nouvelle limite qui rendrait son départ encore plus difficile.

M. Tucker dit les grâces et chacun se mit en rang pour remplir son assiette. Lauren servit celle de Paxton qui portait toujours Shawn. Puis elle les conduisit vers le coin de la table où se trouvait la chaise haute dans laquelle Paxton glissa l'enfant.

— Vous vous débrouillez drôlement bien, fit remarquer un des frères de Lauren.

— Je commence à m'habituer. Vous auriez dû me voir batailler avec la poussette.

— Attendez d'habiller un enfant pour la première fois, intervint un autre frère. Lors de mon premier essai, Emily s'est retrouvée avec sa robe à l'envers.

Tout le monde rit.

— Dites-moi, Paxton, vous vous intéressez au football ? interrogea M. Tucker.

— Oui. Je soutiens l'équipe du Boston College et les Patriots de Nouvelle-Angleterre.

À partir de là, la conversation s'orienta sur le sport et s'anima très rapidement.

Le déjeuner terminé, la famille se rassembla autour de l'arbre de Noël.

— Je n'ai pas apporté de cadeaux, chuchota Paxton à l'oreille de Lauren.

— Ne t'inquiète pas. Nous tirons le nom d'une seule personne et apportons les cadeaux uniquement pour les enfants. Je m'en suis occupée.

Il n'en doutait pas. Dans sa famille, les fêtes de Noël se passaient dans une ambiance feutrée et compassée. Ici, tout le monde criait et s'embrassait. Paxton était fasciné. Il ne s'attendait pas à recevoir un cadeau, pourtant il y en avait un pour lui sous l'arbre, offert par les parents de Lauren. C'était une couverture tricotée, représentant les principaux sites de

Last Stop comme la raffinerie de pétrole, la rue principale, l'église et d'autres encore. Il se tourna vers la mère de Lauren, presque trop ému pour parler.

— Merci, dit-il, reconnaissant.

— Comme ça, vous pourrez vous souvenir de nous quand vous retournerez chez vous.

Paxton regarda Lauren. Comment pourrait-il jamais les oublier ? Grâce à cette famille, il venait de vivre le plus beau Noël de sa vie.

Lauren se glissa hors du lit, quittant à regret la chaleur du corps de Paxton afin de vérifier que tout était prêt pour Shawn. Malgré son jeune âge, elle tenait à ce qu'il vive pleinement ce matin de Noël. Elle sortait les cadeaux du placard quand les bras de Paxton l'enlacèrent. Elle adorait sentir ses bras autour d'elle.

— Tu me manquais, dit-il d'une voix ensommeillée, rauque et sensuelle.

Elle pivota pour lui faire face. Il ne portait qu'un jean et elle se blottit contre sa poitrine brûlante.

— Joyeux Noël, dit-elle.

— Le meilleur que j'aie jamais vécu. Cela me plaît beaucoup de voir un petit elfe sexy se promener dans la chambre.

Il l'embrassa, et Lauren ne put retenir un petit rire.

— Puisque tu es debout, tu vas m'aider, dit-elle en lui tendant un sac. Shawn ne va pas tarder à se réveiller.

Ensemble, ils déposèrent les cadeaux sous l'arbre. Ils venaient juste de terminer quand la petite voix de son fils l'appela. Après un dernier regard à l'arbre, elle courut le chercher. À son retour, un grand sourire illuminait son visage.

— Regarde, mon ange, le Père Noël est passé chez nous cette nuit.

L'enfant frotta ses yeux endormis, émerveillé.

Paxton se tenait à l'écart comme s'il ne voulait pas gâcher cet instant, comme s'il se sentait de trop. Les yeux brillants, Lauren lui fit signe d'approcher. Paxton sourit en passant un bras autour de sa taille. Quelques secondes plus tard, Shawn était par terre, Lauren et Paxton à ses côtés pendant qu'il ouvrait son premier cadeau.

Lauren attrapa un autre paquet sous l'arbre et le tendit à Paxton.

— C'est pour toi.

Il eut l'air à la fois surpris et content. À l'intérieur, il découvrit un livre sur l'histoire de la ville.

— J'ai pensé que ça pourrait t'intéresser.

— Je suis impatient de le lire, répondit-il. Après avoir passé quelques semaines ici, je reconnaîtrai les lieux cités. J'ai aussi un cadeau pour toi.

Glissant le livre sous son bras, il se pencha pour récupérer un gros paquet fermé par un ruban, qu'il lui tendit.

Incapable d'articuler un mot, Lauren prit le paquet. Comment s'y était-il pris pour déposer le cadeau sans qu'elle le remarque ? Elle s'assit sur le canapé, le paquet sur ses genoux, et entreprit d'ôter le ruban, savourant l'instant.

— Tu ouvres toujours tes cadeaux aussi lentement ? demanda Paxton d'une voix impatiente.

— Seulement quand il s'agit d'un cadeau spécial.

Elle releva le haut de la boîte et découvrit à l'intérieur un service à thé orange vif – théière, tasses et soucoupes – enveloppé dans du papier de soie jaune. Elle souleva la théière pour l'admirer. Elle était magnifique. Paxton avait choisi la teinte idéale pour sa cuisine.

— Je l'adore, déclara-t-elle en le voyant guetter sa réaction.

Reposant le pot dans la boîte, elle tapota le canapé à côté d'elle. Quand il l'eut rejointe, elle l'embrassa, espérant par ce baiser lui transmettre tout l'amour qu'elle ressentait.

Quelques heures plus tard, ils s'apprêtaient à sortir lorsque le téléphone de Paxton sonna. Lorsqu'il découvrit le nom affiché sur l'écran, son visage s'assombrit.

— C'est ma mère. Je dois répondre.

— Bien sûr. J'emmène Shawn dans la cuisine.

— Non. Reste.

Elle eut l'impression qu'il se raccrochait à elle comme à une bouée. Elle se rassit donc, Shawn jouant à ses pieds.

— Joyeux Noël, maman, papa, dit-il en décrochant.

— Bonjour, fils, lança une voix mâle et grave, assez forte pour être entendue par Lauren.

— Bonjour, Paxton, dit une voix féminine.

— Qu'as-tu prévu pour cette journée ? demanda son père.

— Je suis avec Lauren et son fils, Shawn.

— Ne me dis pas que tu as noué une relation avec une femme, là-bas, s'exclama sa mère.

Lauren sursauta malgré elle.

— Lauren et moi sommes amis. Elle est mon infirmière et a été assez aimable pour m'inviter à passer Noël dans sa famille.

La main de Paxton serra celle de Lauren.

Une amie ?

Évidemment. C'est tout ce qu'ils étaient et seraient jamais.

— Quand reviens-tu ? demanda son père.

— Dans une semaine.

— Pourrais-tu avancer la date de ton retour ? Tu sais qu'il va y avoir une grande fête au club pour le réveillon du nouvel an, intervint sa mère.

— Paxton, j'ai vraiment besoin de toi ici, renchérit son père. D'ailleurs, tu n'aurais jamais dû partir.

Lauren l'observait. Comment réagirait-elle, si son père était malade et qu'elle se trouvait loin de lui ?

— Je reviendrai à la fin de mon contrat. Merci d'avoir appelé. Joyeux Noël.

Il raccrocha, l'air tendu.

— Ils voulaient juste me souhaiter un joyeux Noël, dit-il avec une nonchalance affectée qui ne la trompa pas.

Elle ne les avait pas entendus lui souhaiter un joyeux Noël ou dire qu'il leur manquait.

— Tout le monde ici comprendrait que tu doives rentrer chez toi. Je n'hésiterais pas à ta place : tes parents ont besoin de toi.

— Ne parlons plus de cela aujourd'hui, déclara-t-il d'un ton catégorique.

Ils finirent de s'habiller ; et quand elle déposa Shawn dans le siège bébé à l'arrière de la voiture, la nature joyeuse de Paxton avait repris le dessus.

La journée se passa agréablement. Après avoir assisté à la messe, ils rendirent visite aux parents de Lauren, puis à des amis. Finalement, Shawn endormi dans son lit, Lauren et Paxton s'installèrent sur le canapé dans le salon, éclairé par les guirlandes lumineuses de l'arbre de Noël.

Pour Lauren, ces fêtes de Noël, entourée de sa famille et de Paxton, avaient été magiques.

10.

Le lendemain matin, un peu avant le lever du jour, Lauren fut réveillée par la main de Paxton glissée entre ses cuisses. De délicieux frissons la parcoururent et son corps s'embrasa. Sous sa caresse légère, tout son être frémit. Déjà, elle était prête à l'accueillir.

Plus tard, elle le regarda s'habiller, éblouie. Si seulement, toutes les journées pouvaient commencer ainsi. Son cœur bondit soudain. Mais que cherchait-elle exactement ? À répéter l'histoire ? Et pas une jolie histoire. Le genre qui vous brise le cœur. Un autre homme beau et intelligent s'était arrêté dans sa ville et l'avait séduite. Maintenant, il allait repartir, laissant dans son sillage cœur brisé et dévastation.

Lauren se leva. Elle tenait à être habillée pour avoir cette conversation avec Paxton. Enfilant sa robe de chambre comme un bouclier, elle serra le col autour de son cou.

Elle avait permis à Paxton de s'immiscer dans sa vie. D'être invité chez ses parents pendant les fêtes comme s'ils formaient un couple et, pire encore, de s'approcher de son fils adoré.

Ses yeux s'emplirent de larmes. Elle savait ce qu'il lui restait à faire. Mais en serait-elle capable ? Elle voulait profiter de chaque minute qu'elle passait avec lui, pourtant l'heure était venue de mettre un terme à leur relation… S'il n'était pas déjà trop tard. Ils ne pouvaient pas continuer ainsi, à s'embrasser, à se toucher. Cela ne ferait que rendre les choses plus difficiles encore.

— Je vais devoir partir juste après le réveillon du nouvel

an, dit soudain Paxton. Alors, je me disais : pourquoi ne pas le fêter vendredi ?

Il avait posé sa question d'un ton léger, comme s'il ne se rendait pas compte de l'impact de ses paroles sur elle.

— Je ne crois pas, répondit-elle après un long moment. Mon frère m'invite depuis longtemps à aller passer quelques jours chez lui avec Shawn et le moment me semble bien choisi ; puisque tu seras là pour t'occuper du cabinet médical. Ne t'inquiète pas, c'est très calme pendant cette période.

Paxton la fixa d'un air incrédule, sa chemise à moitié boutonnée.

Elle adorait sa poitrine. *Stop. Reste concentrée.* Si elle voulait survivre à ce moment, elle devait se concentrer.

— Tu réalises que je m'en irai samedi ? Je dois reprendre le travail à Boston le 2 janvier. J'avais espéré que nous profiterions au maximum des quelques jours qui nous restent.

— Dans quel but ?

Il la regarda comme si elle l'avait frappé.

— Je ne sais pas quoi répondre à cela.

— Écoute. Tout s'est passé vite entre nous, mais nous savions que cela ne durerait pas. J'habite à Last Stop et toi à Boston. Cela a été merveilleux et je ne t'oublierai jamais. Tu es un homme formidable.

Elle était loin d'être aussi détendue que le ton de sa voix le laissait croire.

— Eh bien, on dirait que tu as beaucoup réfléchi. Je suis heureux d'avoir pu me rendre utile ce matin, avant que tu ne lâches cette bombe sur moi.

Les choses se présentaient mal. Elle déglutit, non sans peine.

— Je suis désolée que tu réagisses ainsi. Nous avons passé un moment formidable cette nuit, et je garderai tous ces précieux souvenirs au fond de mon cœur.

En inondant mon oreiller.

— Lauren…, commença Paxton.

Elle secoua la tête.

— N'insiste pas. Cela ne ferait que compliquer les choses.

Tu es attendu à Boston. Ton père a besoin de toi et tu n'es pas le genre d'homme à te dérober à tes obligations.

— Je ne veux pas te quitter. Tu pourrais venir me voir à Boston ? Et je viendrai ici. Ou nous pourrions nous rencontrer à mi-chemin.

— Je ne pourrais pas imposer cela à Shawn. Il mérite mieux qu'une mère qui l'abandonnerait chez sa grand-mère pour aller passer un week-end de sexe.

— Voyons, Lauren. Tu sais bien qu'il n'y a pas que cela.

— Comment le saurais-je ? Je ne me souviens pas t'avoir entendu dire que tu voulais plus.

Le visage de Paxton exprima son désarroi. Il passa la main dans ses cheveux, les ébouriffant un peu plus. En d'autres circonstances, elle les aurait sûrement lissés.

— Le moment est venu de mettre un terme à cette aventure, reprit-elle. Et il serait plus facile de nous dire au revoir maintenant, plutôt que d'attendre la fin de la semaine.

— Tu fuis, Lauren.

Elle sursauta comme s'il l'avait frappée. Elle fuyait, c'est vrai, mais c'était la seule solution pour ne pas se jeter à ses pieds et le supplier de rester.

— Toi aussi, tu as fui, répliqua-t-elle.

Il grimaça. Son visage exprimait tant de douleur qu'elle dut se retenir de ne pas le prendre dans ses bras. Avait-elle laissé cette histoire durer trop longtemps ?

— Tu as raison. Je me suis enfui de Boston. Tout comme tu as quitté Last Stop autrefois. Tu es parti avec le premier venu, avant de revenir ici en courant.

— Je devais penser à Shawn.

— Une excuse. Tu es une femme intelligente et pleine de ressources. Tu pourrais vivre n'importe où. Mais tu es revenue te cacher ici, parce que c'est plus facile. Plus sûr. Tu n'as aucun droit de me critiquer.

La colère monta en elle. Comment osait-il juger sa vie, alors qu'il n'était même pas capable de prendre la sienne en main ?

— Quant à toi, tu as laissé tes obligations envers ton père et ta famille diriger ta vie. Je comprends que tu aimes tes parents. J'aime les miens. Mais tu es un excellent médecin qui pourrait exercer n'importe où. Tu mérites de travailler dans un environnement qui te rende heureux – or il ne s'agit pas de Boston ! Sais-tu ce que tu veux, au moins ? Tu ne pourras pas être heureux tant que tu n'auras pas répondu à cette question.

Paxton n'en croyait pas ses oreilles. Était-ce vraiment son problème ? Est-ce ainsi qu'elle le voyait ? Comme un homme incapable de prendre ses décisions, de savoir ce qu'il voulait ? Peut-être avait-elle raison ? Cela expliquait peut-être pourquoi il ne s'épanouissait pas dans son travail à Boston.

Le besoin de passer à l'offensive l'envahit.

— La loyauté est une qualité importante pour moi. On m'a élevé dans l'idée que cela compte plus que tout le reste.

Même avant ses propres désirs.

— Apparemment, tu n'as aucun problème à me juger, reprit-il. Pourtant, le monde est vaste et tu te terres à Last Stop de peur d'être blessée à nouveau. Tu devrais te demander si tu restes ici parce que c'est ici que tu veux vivre ou parce que tu as trop peur de quitter cet environnement que tu as connu toute ta vie.

Lauren se redressa.

— On dirait que nous avons tous les deux nos problèmes, lança-t-elle d'une voix sarcastique. Puisque tu partiras dans quatre jours pour affronter les tiens…

Elle marqua une pause avant de reprendre :

— Au revoir, Paxton. Je te souhaite d'être heureux. J'ai été contente de te connaître.

Lauren sortit de la pièce, l'abandonnant avec le sentiment qu'elle avait emporté avec elle sa seule chance de bonheur dans la vie.

Quelques jours plus tard, Paxton quittait Last Stop, le cœur lourd, sans avoir revu Lauren depuis leur dispute. Il avait le sentiment d'abandonner derrière lui quelque chose de vital.

Last Stop lui avait permis de découvrir que la vie pouvait

être amusante. Maintenant qu'il l'avait expérimenté, il ne souhaitait pas que cela s'arrête. Tous les événements des dernières semaines s'étaient combinés pour rendre l'expérience formidable – un accident, une nuit d'hôtel, une quantité incroyable de plats cuisinés offerts, le secret de M. Gerhart, la découverte qu'il pouvait être jaloux d'un enfant de deux ans, une parade pour Noël, un baiser sous le gui et tous les dîners partagés avec Lauren et Shawn, sans oublier leurs nuits ensemble.

Pour la première fois de sa vie, il avait connu un vrai bonheur.

Les fêtes de Noël avec Lauren l'avaient comblé au-delà des mots. Cette période avait été parfaite sous tous les angles – à l'exception de l'appel de ses parents qui avait jeté un voile sombre, mais passager, sur la journée.

Aujourd'hui, il abandonnait tout cela derrière lui.

Au lieu de fêter la Nouvelle Année dans les bras de Lauren, il avait entendu les échos du feu d'artifice depuis son laboratoire, sans éprouver la moindre joie. Lui qui avait trouvé la vie déprimante après le fiasco de sa relation avec Gabriella prenait brusquement conscience que ce malaise n'était rien comparé à ce qu'il ressentait maintenant.

De gros nuages noirs s'amoncelaient à l'ouest, précurseurs de nouvelles chutes de neige, quand il rejoignit l'autoroute. Il appuya sur l'accélérateur et la petite voiture de sport bondit en avant. Paxton comptait rouler à tombeau ouvert pour se laisser griser par la vitesse et oublier que ce départ brisait son cœur.

Il atteignit Boston, exténué, mais sa décision prise. Il avait examiné et soupesé tout ce que Lauren lui avait dit et avait finalement reconnu, même s'il lui en coûtait, qu'elle avait raison. Il s'accrochait à une situation qui ne lui correspondait pas et pour de mauvaises raisons.

D'après Lauren, il ne savait pas ce qu'il voulait. Maintenant, si. Il devait faire comprendre à ses parents que la route qu'ils avaient choisie pour lui ne lui convenait pas. Son père recevait d'excellents soins. Il était entouré d'une grande famille et le fait que Paxton soit près de lui ne ferait pas disparaître sa maladie. Il ne souhaitait pas travailler à la clinique Samuels. On avait besoin de lui ailleurs.

Lauren lui avait donné plus d'affection et de soutien qu'il n'en avait jamais reçus dans sa famille. Et il voulait que cela continue. La vie l'avait contraint à changer et il comptait bien accepter tous ces changements pour retrouver le bonheur qu'il avait connu, l'espace de quelques jours. Son premier travail allait être de clore le chapitre de sa vie à Boston.

Le lendemain, en arrivant à la clinique qui portait le nom de sa famille au-dessus de la porte, la première tâche de Paxton fut d'écrire sa lettre de démission. Puis il rédigea une lettre qui serait envoyée à tous ses patients, dans laquelle il expliquait qu'il quittait Boston et qu'ils devaient donc se trouver un nouveau médecin.

L'étape suivante sur sa liste était d'annoncer la nouvelle à ses parents. Sachant qu'il les trouverait au club, ce soir-là, et qu'ils insisteraient pour qu'il les rejoigne pour discuter, il enfila un costume, ce qui lui rappela sa première nuit d'amour avec Lauren. Serait-elle prête à l'écouter quand il retournerait à Last Stop ?

Paxton franchit le seuil du club, la tête haute. Il n'avait pas à avoir honte. Il repéra aussitôt ses parents dans la salle à manger. Son père se leva à son approche et serra sa main. Il lui parut plus fragile, mais Paxton ne pouvait pas laisser sa santé influer sur son bonheur. Il se pencha pour embrasser sa mère.

— Je ne m'attendais pas à te voir ce soir, déclara cette dernière. Je suis heureuse que tu sois de retour. Nous devons très vite nous atteler à organiser la collecte de fonds.

— Je ne m'occuperai pas de cela. Je ne suis revenu que le temps de faire mes bagages.

— Quoi ? s'exclama son père d'une voix inquiète.

— J'ai donné ma démission ce matin. Je quitte Boston.

Paxton n'aurait jamais cru que prononcer ces paroles lui procurerait un tel soulagement.

— Tu ne peux pas faire cela, s'écria sa mère d'une voix suraiguë. Ta place est ici. Ton père a besoin de toi.

— C'est déjà fait. Je partirai d'ici deux semaines.

Paxton refusa de se laisser attendrir par le visage bouleversé de sa mère.

— Comment peux-tu nous infliger cela ? demanda-t-elle, tordant sa serviette entre ses mains.

— Je ne vous inflige rien, mère. J'ai trouvé l'endroit où je veux vivre.

Il avait décidé de s'installer à Last Stop et si cela ne fonctionnait pas, il irait ailleurs. Qu'importe l'endroit, du moment qu'il était son propre patron. Quoi qu'il se passe entre lui et Lauren, le moment était venu pour lui de prendre son envol.

— Je ne t'ai jamais compris, mon garçon, geignit sa mère.

— Je sais, maman. Mais j'espère que tu approuveras ma décision, car j'ai découvert ce qui me rendait heureux.

— Et c'est quoi ? demanda son père, l'air sincèrement intéressé par sa réponse.

— Je veux ouvrir un petit cabinet où je connaîtrai chacun de mes patients par leurs prénoms. Où je verrai grandir les enfants. Où je serai intégré dans la communauté pour ce que je suis et non pas pour mon nom. Je veux qu'on ait besoin de moi.

Son père hocha la tête.

— Et tu ne peux pas trouver cela ici ? Pourtant, ta position dans le conseil d'administration te donnerait le pouvoir de faire ce que tu veux.

— Non, je ne peux pas, répondit Paxton en regardant autour de lui. Je suis désolé de te laisser tomber, papa. Je t'aime, mais je ne peux pas te remplacer. Prends ta retraite, profite de la vie.

— Nous t'avons toujours aimé et soutenu, coupa sa mère. Et c'est ainsi que tu nous remercies ? Si seulement toi et Gabriella vous étiez réconciliés…

— Cela n'arrivera jamais.

— Où comptes-tu aller ? demanda son père.

— À Last Stop, si c'est possible. Sinon, dans une ville qui lui ressemble.

— Tu quitterais tout ce que tu as ici pour aller vivre dans ce trou perdu au milieu de nulle part ? s'étonna sa mère.

— Oui, dit-il en se levant. Je m'en vais. J'ai encore beaucoup de choses à préparer. Je passerai vous dire au revoir avant mon départ.

Paxton sortit du club, le pas léger. Un fardeau énorme venait d'être retiré de ses épaules.

Lauren avait le cœur brisé. Ses journées se déroulaient dans un brouillard. Elle ne retrouvait un peu d'énergie que pour s'occuper de son fils.

Le séjour chez son frère ne lui avait pas apporté la distraction attendue. Bien qu'heureuse de se retrouver en famille, elle n'avait eu qu'une envie : partir se jeter dans les bras de Paxton. Le jour de son départ, elle était restée cloîtrée chez elle à pleurer toutes les larmes de son corps. Son frère et sa belle-sœur avaient accueilli Shawn pour qu'elle soit tranquille. Paxton lui manquait tellement qu'elle avait du mal à respirer. Seule la pensée de son fils lui permettait de survivre.

Ils s'étaient dit des choses horribles, certaines pourtant que Paxton devait entendre. Et il n'avait pas été en reste. Sur le coup, elle n'y avait pas accordé d'importance, persuadée qu'il se trompait. Mais elle commençait à s'interroger. Se cachait-elle à Last Stop ou était-ce vraiment là qu'elle voulait vivre ?

Pendant des années, elle n'avait rêvé que de s'enfuir et elle avait sauté sur la première chance qui s'était présentée pour découvrir finalement que le monde extérieur n'était pas aussi idyllique que cela. Elle était donc rentrée chez elle. Sa situation était-elle si différente de celle de Paxton ? Peut-être pas. Peut-être laissait-elle le passé dicter sa conduite ?

*
* *

Paxton était parti depuis deux jours quand Lauren se rendit chez ses parents.

Après l'avoir regardée, sa mère prit Shawn et le posa par terre pour jouer. Puis elle embrassa sa fille.

— Assieds-toi, dit-elle. Je vais nous préparer une boisson chaude et tu me raconteras ce qui ne va pas.

Sa mère devinait toujours quand elle avait le cœur gros. Même lorsque Lauren avait annoncé à ses parents son intention d'épouser Mark et de partir avec lui, ils l'avaient soutenue. Elle savait qu'elle pourrait toujours compter sur eux, une chose que Paxton n'avait jamais connue, ce qui était triste et malheureux.

Quelques minutes plus tard, sa mère déposa un mug devant Lauren et s'assit en face d'elle.

— Maman, tu crois que je me cache à Last Stop ? demanda Lauren tout de go. Que j'ai trop peur de prendre des risques ?

Sa mère la considéra d'un air pensif.

— Un peu, oui.

Lauren en resta bouche bée. Elle ne s'était pas attendue à cette réponse.

— Tu as passé la plus grande partie de ta vie à vouloir quitter Last Stop. Tu ne parlais que de cela et je n'ai pas été surprise quand tu t'es amourachée de Mark. Ton père et moi ne l'aimions pas beaucoup, mais tu semblais amoureuse, alors nous avons accepté ta décision. C'était normal que tu reviennes ici après son décès, à cause de Shawn. Tu avais besoin d'aide. Mais tu n'as plus jamais reparlé de partir. J'ai trouvé curieux que tu n'envisages pas d'aller t'installer ailleurs, ne serait-ce qu'à Lippscomb. Mais comme je suis ravie d'avoir ma fille et mon petit-fils près de moi, je ne t'ai jamais posé de question.

» Le temps a passé et j'ai constaté que tu t'isolais de plus en plus. Ta vie tournait seulement autour de Shawn. Tu ne sortais pas avec des garçons. Pourtant je sais que tu as reçu des invitations. C'est une petite ville, ajouta-t-elle en riant. Je commençais à croire que tu avais renoncé à te lancer dans une nouvelle aventure. Et Paxton est arrivé.

— Tu savais ?

— Ma chérie, c'était écrit sur ton visage à chaque fois que tu posais les yeux sur lui. Tu l'aimes, n'est-ce pas ?

— Oui.

— Alors, où est le problème ? Va le retrouver. L'endroit où vous vivrez n'a aucune importance, du moment que vous êtes ensemble. Repars explorer le monde. Cette fois, je parierais que le véritable amour t'attend au détour du chemin.

— Et s'il ne veut pas de moi ? Je lui ai dit des choses horribles.

— Comment le savoir, si tu ne lui demandes pas ?

— Je ne peux pas juste prendre ma valise et partir à Boston, dit Lauren en regardant son fils.

— Pourquoi pas ?

— Il y a Shawn, le cabinet médical…

Le cœur de Lauren battait la chamade à l'idée de revoir Paxton.

— Ton père et moi veillerons sur Shawn. Quant au cabinet, les gens par ici se débrouillaient bien avant qu'il soit ouvert.

Et si Paxton refusait de lui parler ? Et si elle n'aimait pas Boston ? Prenait-elle la bonne décision ? Que se passerait-il si elle renonçait ? Son cœur n'y résisterait pas. Voilà qui répondait à toutes ses questions.

Lauren serra sa mère dans ses bras.

— Je dois aller acheter un billet d'avion.

Paxton terminait ses derniers cartons quand la sonnerie de la porte d'entrée retentit. Il eut un grognement de dépit : c'était probablement sa mère. Elle l'appelait tous les jours pour lui demander de réfléchir encore et son insistance lui tapait sur les nerfs. Cela faisait des années qu'elle n'avait pas concentré ainsi toute son attention sur lui. Avait-elle choisi de porter l'estocade finale face à face cette fois ?

Vêtu d'une chemise et d'un jean, sa nouvelle tenue favorite, il se dirigea vers la porte d'entrée, prêt au combat. Mais au lieu de sa mère, il découvrit Lauren sur le seuil.

Plus belle que jamais, elle avait le regard empli de doutes. Ses beaux cheveux recouvraient ses épaules.

— Bonjour, Paxton.

Son petit accent du sud charma ses oreilles. Elle avait prononcé ces mots comme s'ils s'étaient quittés la veille.

L'espace d'un instant, il resta muet, ne parvenant pas à croire qu'elle était bien là. Il avait rêvé d'elle toutes les nuits.

— Je ne m'attendais pas à te voir, parvint-il à articuler.

— J'ai eu peur que tu refuses de me recevoir si j'appelais avant. Je suis venue pour m'excuser.

Paxton réalisa soudain qu'ils se trouvaient toujours sur le pas de la porte. Il tendit la main pour la toucher, mais se retint. Si sa main se posait sur elle, il ne répondait de rien.

— Entre.

Il referma la porte derrière eux, la main tremblante. Il n'avait pas été aussi nerveux depuis le jour où il avait reçu son premier patient. La chance lui était offerte d'obtenir ce qu'il voulait le plus dans la vie. Il ne fallait pas la laisser passer.

— Tu pars ? demanda Lauren en regardant tous les cartons.

— Oui.

La question de sa destination resta suspendue en l'air, la réponse dépendant d'elle.

— Paxton, je suis désolée de toutes ces horribles choses que je t'ai dites. Tu avais raison. Je n'avais aucun droit de juger tes choix de vie, alors que j'avais moi-même des problèmes. Tu es un excellent médecin, qui n'a pas besoin de moi pour lui dire ce qu'il doit faire.

Pourtant, c'était grâce à elle qu'il s'était posé les bonnes questions.

— Tu as fait tout ce chemin pour me dire cela ?

— Oui. Et aussi, pour sortir un peu de Last Stop. J'avais envie de voir si j'en étais capable, même pour quelques jours.

— Et comment cela se passe-t-il ?

Ils étaient très près l'un de l'autre, mais il ne l'avait toujours pas touchée. Ses mains tremblaient à cette idée, la peur le paralysait.

— Mieux que je ne pensais. J'ai pris conscience que je

devrais partir plus souvent. M'éloigner de Last Stop. Il y a peut-être des endroits qui nous conviendraient mieux, à Shawn et à moi.

Paxton la voulait à Last Stop, mais si elle voulait partir, il lui demanderait la permission de l'accompagner.

— Où par exemple ? demanda-t-il.

Elle haussa les épaules d'un air décontracté.

— Pourquoi pas Boston ?

C'était tout ce qu'il voulait entendre. Il sourit et se rapprocha d'elle. Lauren ne recula pas. Son regard était doux et bienveillant.

— Pourquoi cela ?

— Parce que c'est là que tu vis, répondit-elle à voix basse.

— Et cela compte pour toi ?

Les mains de Paxton se posèrent sous ses coudes. Il perçut son frisson.

— Oui, beaucoup.

— Pourquoi ?

Il voulait qu'elle le dise, qu'elle prononce ces paroles. Avec son passé, il avait besoin d'entendre qu'elle tenait vraiment à lui.

Les mains de Lauren se posèrent sur sa poitrine.

— Parce que je t'aime. Je veux vivre avec toi. Ici ou ailleurs.

Alors, Paxton l'attira contre lui et l'embrassa avec toute la passion qui l'habitait. Quand il relâcha son étreinte, Lauren le contemplait comme s'il était la personne la plus merveilleuse au monde. Il ferait tout son possible pour qu'elle continue à le regarder ainsi, toute leur vie durant.

— Je t'aime, Lauren. Je promets de toujours vous aimer, toi et Shawn.

— C'est tout ce que j'ai besoin de savoir. Où tu iras, j'irai, ajouta-t-elle en se mettant sur la pointe des pieds pour l'embrasser. Alors, vas-tu me dire où tu comptes déménager tous ces cartons ?

Il ne put retenir un éclat de rire.

— En fait, j'envisage de m'installer dans une petite ville

de l'Oklahoma. J'attendais de savoir si l'infirmière là-bas accepterait de me pardonner d'avoir été assez stupide…

Il la regarda dans les yeux.

— … Pour ne pas lui avouer mon amour.

La joie qui pétilla dans ses yeux lui apporta toutes les réponses qu'il attendait.

— Ainsi, tu retournes à Last Stop ? fit-elle, les larmes aux yeux.

— Seulement si tu acceptes de m'épouser et de partir en lune de miel à Venise. De me laisser devenir le père de Shawn et des autres enfants que nous pourrions avoir.

— Je ne pourrais pas imaginer un avenir plus merveilleux, mon amour.

Et ils s'embrassèrent tendrement, scellant ainsi la promesse de bonheur qu'ils venaient d'échanger.

TINA BECKETT

Une infirmière irrésistible

Traduction française de
ANNE DAUTUN

Blanche

HARLEQUIN

Titre original :
A FAMILY TO HEAL HIS HEART

1.

Lindy Franklin se dépêcha d'arrêter la sonnerie du réveil et retomba sur l'oreiller, soulagée.

6 heures. Comme d'habitude. Mais elle n'était plus obligée de bondir hors du lit avant que sa fille Daisy ne se mette à pleurer. Elle n'avait plus à apprêter une omelette et des toasts pour son mari. Seulement, elle devait se lever, car elle commençait aujourd'hui son nouveau travail.

Un vrai travail, rémunéré !

Elle avait bien fait de revenir à Savannah. Même si admettre son erreur avait été l'une des choses les plus difficiles qu'elle ait eue à accomplir.

C'était un nouveau départ !

Elle sortit du lit, se répétant ce mantra comme chaque matin depuis que le juge lui avait annoncé qu'elle était libre de quitter Fresno et de laisser derrière elle son ancienne vie.

Son mariage lui avait fermé bien des portes. Depuis qu'elle en était libérée, celles-ci se rouvraient petit à petit. Aujourd'hui, pour la première fois depuis son déménagement en Californie, elle reprenait l'exercice de la médecine. C'était réellement un nouveau départ.

Elle se doucha, s'habilla et prépara le petit déjeuner de Daisy. Lorsque la sonnette d'entrée retentit, elle se figea un bref instant, anxieuse, puis elle se détendit.

Ce n'était que sa mère qui venait chercher la petite, voyons !

Elle ouvrit grand la porte, et Rachel Anderson, grande et élégante, s'encadra sur le seuil.

— Tu es en avance, dit-elle en embrassant sa mère. J'allais réveiller Daisy.

— Je voulais être sûre d'avoir tout le temps qu'il faut.

— Comme d'habitude, observa-t-elle en souriant. Je parie que tu n'as jamais été en retard. Pas une fois dans ta vie.

Contrairement à elle-même, qui avait tendance à être chahutée par le manque de temps. Un des manques qui lui avaient été reprochés.

— Je n'en suis pas aussi sûre que toi, ma chérie, dit Rachel.

Lindy en aurait juré, au contraire. Quoi qu'il en soit, le parler du Sud doux et chantant de sa mère lui rappelait, plus que tout, son retour dans sa Géorgie natale.

Sa mère l'avait beaucoup aidée à retrouver ses marques, tout d'abord en gardant Daisy pendant qu'elle-même était bénévole au centre d'aide de femmes en difficulté, puis en la poussant à se présenter pour le poste d'infirmière disponible au Mid Savannah Medical Center.

Elle la serra fort.

— Quelle étreinte ! En quel honneur ?

— Juste pour te remercier d'être toi… Je vais chercher Daisy. Je viens de préparer le petit déjeuner. Tu prends quelque chose ?

— Non, merci. Et je te répète que Daisy peut très bien prendre son breakfast chez moi.

— Je sais. Mais je tiens à préserver autant que possible un rythme de vie normal pour la petite. Je serai absente de la maison beaucoup plus qu'avant.

« Normal », quel mot divin ! Elle en avait pris conscience récemment.

— En effet, dit sa mère en la scrutant. Comment te sens-tu ?

— Bien, maman. Très bien, même si l'adaptation à la nouvelle maison a été un peu chaotique. Et je ne m'attendais pas à recevoir si vite une réponse pour le job.

Son mari lui avait laissé une assurance-vie qui l'avait aidée à tenir le coup. Elle avait accepté cet argent à contrecœur, mais cela lui avait permis de payer les soins thérapeutiques et d'autres choses.

Quand, au Mid Savannah Medical Center, on l'avait questionnée sur l'interruption de trois années qui avait suivi son dernier poste en Géorgie, elle avait justifié ce laps de temps par un congé pour s'occuper de sa fille, ce qui n'était pas un vrai mensonge. Dès le lendemain, elle avait eu la surprise de recevoir un appel téléphonique lui annonçant qu'elle obtenait le poste de ses rêves : infirmière en bloc opératoire dans le service de pédiatrie.

— Je t'avais dit que ça ne traînerait pas, dit Rachel. Tu aurais pu attendre encore un peu avant de reprendre le boulot. Désolée de t'avoir poussée à poser ta candidature.

Lindy serra la main de sa mère pour la rassurer.

— Ne le sois pas. J'ai besoin de m'occuper, et c'est l'occasion idéale.

Rachel Anderson enseignait la musique dans un collège local. Elle s'était inquiétée lorsque Luke avait annoncé que sa jeune épouse ne reprendrait pas le travail après leur mariage et qu'il avait voulu presque aussitôt déménager à Fresno, en Californie, coupant Lindy de tout ce qu'elle avait connu. Mais depuis, de l'eau avait coulé sous les ponts. Lindy était de retour dans sa ville natale, et elle entendait y rester. Rien ni personne ne pourrait changer ça à nouveau !

— Si tu me laissais m'occuper de Daisy ? suggéra sa mère. Je te promets de bien verrouiller la porte en partant.

Lindy hésita.

La fermeture des portes et des fenêtres était son petit rituel personnel, et elle n'était pas vraiment prête à y renoncer. Mais il faudrait bien qu'elle y consente un jour. D'ailleurs, elle ne voulait pas donner à sa mère d'autres causes d'inquiétude.

— Tu es sûre que ça ne te dérange pas ? demanda-t-elle.

— Pas du tout. Comme ça, je pourrai me rapprocher un peu plus de ma petite-fille avant de partir.

Elle sentit son cœur se serrer.

Comme ils vivaient à l'autre bout des États-Unis, sa mère n'avait pas connu Daisy avant ce retour en Géorgie. Ce n'était pourtant pas faute d'avoir essayé ! Mais Luke avait avancé tous les prétextes possibles et imaginables pour justifier que ses parents ne leur rendent pas visite : la maison était trop petite, le voyage serait trop éprouvant pour eux, il était trop pris par son travail…

Cette époque était révolue. Depuis deux ans, ses parents avaient appris à connaître leur petite-fille. Daisy s'était vite adaptée à sa nouvelle vie. Elle n'avait pas une fois parlé de son père, au grand soulagement de Lindy.

— L'entente a été immédiate dès qu'elle vous a vus, papa et toi. Mais merci quand même, dit-elle à sa mère.

Elle consulta sa montre.

Elle disposait de vingt-cinq minutes pour arriver à son lieu de travail, mais le trafic à Savannah était imprévisible.

— Je serai peut-être à l'heure pour une fois dans ma vie, dit-elle. Et peut-être que je leur plairai.

— Contente-toi d'être toi-même, ma chérie, et ils t'aimeront tous. Comment en serait-il autrement ?

Ce fut sur ces mots encourageants qu'elle embrassa sa mère et se hâta de franchir le seuil.

Zeke Bruen retint un soupir d'agacement.

Quelque chose clochait avec la nouvelle infirmière de l'équipe chirurgicale. Elle n'avait jusqu'ici commis aucune faute et devançait pratiquement chacune de ses requêtes, mais elle levait souvent les yeux vers l'horloge murale. Comptait-elle les heures qui la séparaient de ses retrouvailles avec son mari ? Son petit ami ?

Il refoula cette pensée.

Certaines personnes avaient une vie en dehors de l'hôpital. Il n'attendait certes pas que chaque membre de son équipe lui ressemble. Mais au travail, il voulait qu'ils soient présents à cent pour cent. Surtout un premier jour !

Les choses avaient été précipitées à l'arrivée au bloc chirurgical, et il n'avait pas eu l'opportunité de se présenter, il savait juste le nom de la nouvelle infirmière : Lindolynn Franklin. Peut-être l'avait-on informée du nom qu'il portait ?

En tout cas, il ferait bien d'avoir un petit entretien avec elle une fois qu'ils en auraient terminé en salle d'opération.

Pour quoi faire ? Pour lui reprocher d'avoir regardé l'horloge ?

Il leva lui aussi les yeux vers le cadran, mais c'était pour s'assurer que tout se déroulait comme prévu.

L'infirmière Franklin obéissait peut-être au même motif. Cependant, il pensait que non. En le surprenant à la regarder jeter vers l'horloge un coup d'œil furtif, elle avait rougi – du moins, la portion de son visage visible au-dessus du masque de chirurgie s'était empourprée, et il en avait été tout retourné – ce qui n'avait rien arrangé.

Il concentra son attention sur les points de suture à effectuer sur l'artère pulmonaire de sa petite patiente.

Il n'était pas question que, la cage thoracique une fois refermée, une hémorragie interne se déclare.

C'était pour lui une opération de routine, mais chaque fois qu'il écartait les côtes d'un enfant, il avait un instant de doute presque paralysant. Il l'avait toujours surmonté, sa routine gestuelle prenant le dessus jusqu'à ce qu'il recouvre une totale concentration. C'était peut-être le cas pour la nouvelle infirmière ?

Décidé à la sonder pour savoir ce qu'elle avait dans le ventre, il se campa dans le couloir au sortir du bloc, guettant l'apparition d'un nouveau visage tandis que la plupart des membres de l'équipe chirurgicale lui adressaient des félicitations.

La nouvelle venue croisa son regard un instant et esquissa un timide signe de tête dans sa direction avant de prendre la tangente.

Bien joué. Mais il lui emboîta le pas.

— Désolé, je n'ai pas eu l'occasion de me présenter tout à l'heure, dit-il en lui tendant la main. Dr Ezekiel Bruen.

— Oh ! euh, Lindy Franklin, infirmière. Je suis nouvelle ici.

L'ossature délicate de son visage et la courbe subtile de ses lèvres lui conféraient quelque chose de spécial qui suscita en lui un émoi immédiat, il n'aurait su dire pourquoi.

— Oui, je suis au courant, dit-il.

Il crut un instant qu'elle allait ignorer sa main tendue, mais elle cessa de marcher et plaça sa paume contre la sienne et lui imprima une pression légère.

Peut-être valait-il mieux qu'il ne dise rien ?

Et s'il s'était agi d'un autre membre de son équipe ? Il raffermit sa résolution, déterminé à être professionnel.

— J'ai remarqué que vous étiez pressée de quitter le bloc. Êtes-vous déçue du poste auquel on vous a affectée ?

— Pardon ? Oh… Oui. Je veux dire non !

La rougeur qu'il lui avait vue dans la salle d'opération se renouvela, mais cette fois il put voir la coloration se répandre sur ses joues.

— Pourquoi supposez-vous que j'étais pressée de partir ?

— Vous regardiez très souvent l'horloge.

De nouveau, elle s'empourpra, et il entrevit un éclair de dents blanches alors qu'elle se mordait la lèvre inférieure. Elle parut chercher comment s'expliquer, puis lâcha :

— Je n'en avais pas conscience. Et je suis tout à fait contente de mon poste.

Elle n'allait donc pas dire ce qui l'avait tant préoccupée. Ma foi, si c'était ainsi qu'elle voulait jouer sa partie…

— Du moment que vous êtes à la hauteur des exigences du travail en équipe chirurgicale…

Elle se raidit, et ses yeux noisette frangés de cils bruns se posèrent franchement sur lui.

— Je suis parfaitement à la hauteur. Mais je vous remercie de votre sollicitude.

Cette preuve de caractère le fit sourire.

Ce remerciement n'en était pas vraiment un, et ils le savaient tous deux. Mais il avait pigé le message. Il était temps de revenir à la normale, d'être tel qu'en lui-même, amical. Si toutefois ce Zeke-là existait encore.

— Il y a longtemps que vous êtes ici ?

— Je suis née à Savannah et j'y ai grandi.

Il sut, à un rien dans son regard, qu'elle ne disait pas tout.

— Moi aussi, dit-il. Venez-vous d'un autre hôpital ?

— Non.

L'attitude amicale ne menait à rien, apparemment. Mais, après tout, l'endroit d'où elle venait ne le regardait pas. Elle pouvait tout aussi bien avoir récemment obtenu son diplôme d'infirmière. Mais la manière dont elle lui avait passé les instruments révélait qu'elle était à son affaire dans une salle d'opération. Ce genre d'assurance ne vient qu'avec l'expérience. Si Lindy ne venait pas d'un hôpital local, où avait-elle acquis ce savoir-faire ? Avait-elle quelque chose à cacher, une faute professionnelle qui n'apparaissait pas sur son CV ?

Il n'avait pas envie de creuser son passé ni d'appeler son ancien employeur, mais peut-être le devait-il. Histoire d'être informé d'éventuels problèmes avant qu'ils ne surgissent ici.

— Où avez-vous pratiqué le métier, alors ?

Elle nomma un hôpital du centre de Savannah.

— Je croyais que vous ne veniez pas d'un autre hôpital de la ville.

— Ce n'est effectivement pas une mutation, dit-elle avec un léger haussement d'épaules. J'ai arrêté pendant quelques années, puis j'ai décidé de reprendre mon métier d'infirmière qui me manquait beaucoup.

Elle avait pris un congé de quelques années…

Un coup d'œil sur l'annulaire de sa main gauche lui confirma ce qu'il pensait : il était nu, mais il aurait juré qu'il portait encore l'empreinte d'une alliance. Donc, elle avait été mariée mais ne l'était plus à présent. Elle avait dû prendre un congé pendant cette union, et il croyait deviner ce qui provoquait son intérêt excessif pour l'heure.

— Je suppose que vous avez un enfant ?

Elle en resta bouche bée.

— Comment le savez-vous ? demanda-t-elle enfin.

— Une intuition. Vous aviez forcément une raison de regarder l'horloge, et vous avez arrêté quelques années, me dites-vous. Je ne cherchais pas à être indiscret…

— Pas de problème. Ma fille a trois ans. C'est la première fois que je la confie à quelqu'un d'autre pendant si longtemps.

Y compris au père de la petite ?

Il eut un léger frisson à cette pensée, ce qui était ridicule. Ce type avait peut-être été souvent en voyage, si bien qu'elle n'avait jamais eu la possibilité de laisser l'enfant avec lui. Ou alors, l'empreinte d'alliance qu'il avait cru voir à son doigt était issue de son imagination ?

Lindy secoua la tête comme si elle lisait dans ses pensées.

— J'ai eu plaisir à vous assister, docteur Bruen.

— Appelez-moi donc Zeke comme tout le monde.

— Soit…

Elle laissa le mot en suspens, comme si l'idée la mettait mal à l'aise.

Supposait-elle qu'il lui faisait du rentre-dedans ?

Bon sang ! Rien n'était plus éloigné de ses intentions, en dépit du frémissement de ses sens lorsqu'il avait vu son visage sans masque pour la première fois. Il n'avait pas ressenti ça depuis… Ma foi, depuis un sacré bout de temps.

— Nous ne sommes pas très formalistes, à Mid Savannah, dit-il pour la tranquilliser.

— Je n'y suis pas habituée. Mais vous pouvez m'appeler Lindy.

— Quel est le prénom de votre fille ?

Pourquoi cette question ? Il n'encourageait guère ses collègues à parler de leurs enfants, et la plupart des anciens de Mid Savannah savaient pourquoi. S'il se montrait curieux, c'était à cause de la réticence de Lindy à se livrer.

— Elle s'appelle Daisy.

Daisy. Cela lui plaisait. Sa propre fille s'était appelée Marina. Une brève douleur le transperça à cette pensée.

— Joli prénom.

— Merci.

Nancy, une des infirmières en bloc opératoire, arrivait dans le couloir. Elle toucha Lindy à l'épaule. Celle-ci esquissa un haut-le-corps et se retourna vivement, le visage livide, les yeux écarquillés. Puis ses épaules s'affaissèrent lorsqu'elle vit à qui elle avait affaire.

— Désolée, je ne voulais pas te faire peur, dit sa collègue, un peu interloquée, en lui tendant un mobile. C'est à toi ? Il était resté sur le bureau.

— Oh ! Oui, c'est le mien. Merci… Mais tu ne m'as pas fait peur, ajouta Lindy.

Elle sourit, des fossettes se dessinant sur ses joues. Son visage en fut illuminé, et il eut un nouveau pincement au cœur, ce qui l'irrita.

Il n'était pas certain de la croire, mais il lui avait déjà manifesté assez d'intérêt comme ça. Inutile que la nouvelle infirmière se fasse des idées erronées sur lui. Le moment était venu de clore l'entrevue.

— Bien, j'ai des patients à visiter. Si vous voulez bien m'excuser toutes les deux…

— Bien sûr, fit Nancy, lui adressant un sourire.

Lindy, elle, prit le temps de le jauger du regard. Puis de nouveau, comme si c'était plus fort qu'elle, ses lèvres s'incurvèrent et les fossettes reparurent.

— J'essaierai de moins regarder l'heure la prochaine fois, dit-elle.

Il déglutit.

— Pas de souci. Si vous avez des questions sur le service ou sur nos manières de procéder, moi-même ou tout autre membre de l'équipe vous indiquerons la voie à suivre.

— Merci.

Là-dessus, il adressa un signe de main au duo avant de prendre la direction opposée.

Une part de lui avait envie de résoudre le mystère que représentait la nouvelle venue, mais une autre part renâclait à se prêter aux devinettes au sujet de quelqu'un qui avait une fille et avait récemment rompu avec son époux. Du moment que Lindy Franklin faisait son travail, il avait intérêt à ne pas trop prêter attention à ses faits et gestes. Et s'il avait des critiques à formuler, il les garderait pour lui.

Pour leur bien à tous deux.

2.

Lindy hésitait à déjeuner à l'hôpital avec sa mère et Daisy. Surtout après ce qui s'était passé avec le Dr Bruen. Penserait-il encore qu'elle se laissait distraire ?

Puisqu'elle n'était pas de service, cela ne le regardait en rien. De plus, elle avait été très attentive à ce qu'elle faisait et à ce qu'on attendait d'elle. Et rien de tout cela n'impliquait ce beau gosse de chirurgien.

Elle leva mentalement les yeux au ciel.

« Beau gosse » ? Allons ! Sa mère voulait visiter l'hôpital, et elle ne voyait aucune bonne raison de le lui refuser. Quant à Daisy, elle semblait tout excitée à l'idée de manger ailleurs qu'à la maison.

— C'est de la nourriture d'hôpital, maman, ne te fais pas trop d'illusions.

Rachel se mit à rire.

— Du moment que je n'ai pas à cuisiner, ce sera forcément bon !

— Pauvre papa. Il se débrouille tout seul aujourd'hui ?

— Non. Il a pris la route pour voir des copains. Ce qui me laisse libre de passer du temps avec ma fille préférée.

— Je suis ta *seule* fille, maman, fit Lindy avec un bref sourire. Mais je passerai volontiers un moment avec toi.

D'autant qu'elle n'avait pas vu ses parents pendant toute la durée de son mariage, Luke ayant obtenu un job « fabuleux » à l'autre bout du pays dès la fin de la cérémonie ou presque.

Avec le recul, elle se demandait si sa démission de son travail à Savannah avait fait partie du plan. Il y avait eu un certain nombre de signaux alarmants qu'elle n'avait pas su voir. Tout ça parce qu'elle était amoureuse. Elle n'avait pris aucune précaution, et quand elle s'était rendu compte qu'elle était enceinte, elle avait été prompte à répondre « oui » lorsqu'il lui avait demandé de l'épouser.

Mais c'était fini ! Si elle nouait une nouvelle relation, elle veillerait à ce que sa raison mène l'attelage. Elle n'avait aucune envie de replonger dans ces eaux-là. Elle attendrait peut-être que Daisy soit grande avant de sortir avec quelqu'un. Vu ce qui aurait pu arriver la dernière nuit qu'elle avait passée avec Luke…

Elle déglutit et porta la main à sa gorge alors qu'une douleur fantôme menaçait de lui couper la respiration.

Stop. Elle allait bien, et Daisy allait bien.

En franchissant la porte de la cafétéria, elle fronça les sourcils en apercevant le « beau gosse ».

Bon sang, il ne manquait plus que ça ! Elle n'avait pas eu à travailler avec lui ces derniers jours, Dieu merci. Mais elle ne s'était pas attendue à le voir maintenant. Pourquoi diable ? Il fallait bien qu'il se nourrisse, comme tout le monde !

Alors qu'elle s'apprêtait à entraîner sa mère et sa fille en sens inverse sous le premier prétexte venu, le regard de Zeke croisa le sien, et il plissa légèrement les yeux avant de le reporter sur sa mère puis sur Daisy.

Il se rembrunit alors au point qu'elle en eut le frisson.

Elle redressa le menton. Elle ne battrait pas en retraite !

Changeant d'avis, elle poussa sa mère et Daisy vers la file d'attente, et une fois là prit sa fille dans ses bras.

— Que veux-tu manger, ma chérie ?

— Un burger au fromaze.

— Un burger au fromage ? Combien en as-tu mangé ces temps-ci ?

— Ne me regarde pas comme ça, protesta Rachel. Le burger d'hier était accompagné de fruits et légumes.

Le père de Lindy adorait cuisiner au gril, et ses repas étaient toujours délicieux.

— Je plaisantais, fit Lindy.

Malgré elle, elle laissa errer son regard du côté de Zeke Bruen qui l'observait toujours depuis le bar. Il n'avait plus son expression maussade. À la place… Elle eut un nouveau frisson, pour une raison très différente. Lorsqu'il eut rabattu le couvercle du gobelet qu'il venait de remplir, au lieu de s'éloigner comme elle l'espérait, il se dirigea vers elles.

L'émoi naissant de Lindy se dissipa aussitôt.

Elle ne désirait nullement que sa fille rencontre un de ses collègues masculins. Et surtout pas Zeke Bruen ! Elle voulait que Daisy connaisse une longue période de stabilité, afin de contrebalancer tout ce qu'elle avait pu percevoir ou entendre pendant le désastreux mariage de ses parents.

Zeke fut soudain dans la file avec elles.

— Salut. Vous n'êtes pas de service, j'imagine.

Ce fut elle, cette fois, qui fronça les sourcils. Puis elle se rappela qu'elle ne portait pas sa blouse d'infirmière.

— En effet, dit-elle. J'ai pensé montrer les lieux à ma mère et à Daisy.

— Bonne idée.

Il y eut un temps de silence gêné, que sa mère fut prompte à combler.

— Je suis Rachel Anderson. Vous connaissez ma fille, si je comprends bien ? dit-elle en lançant à Zeke un regard empreint de curiosité.

Ah, non, sa mère n'allait pas s'y mettre aussi !

— Le Dr Bruen est un des chirurgiens du service pédiatrique, précisa Lindy, d'un ton plus bourru qu'elle ne l'aurait voulu.

Le trouble passager qu'elle avait éprouvé un instant plus tôt l'avait désarçonnée, et elle n'aimait pas ça. Luke aussi l'avait désarçonnée… Et à quoi cela l'avait-il menée ?

— Si vous vous joigniez à nous ? suggéra sa mère au chirurgien alors qu'elle restait plantée là à fixer Zeke.

Bon sang ! Zeke allait penser qu'il avait raison de la croire portée à la distraction. Car elle *était* distraite. Et cette fois pas parce qu'elle pensait à sa fille, mais à Zeke lui-même.

— C'est à Lindy de décider, dit-il.

Pourquoi elle ? Elle ne voulait pas avoir à trancher !

— Pas de problème, lâcha-t-elle, remontant Daisy sur sa hanche pour mieux la tenir.

Heureusement, Zeke ne manifestait pas grand intérêt pour sa fille. Et il serait bon que ça continue comme ça.

Quand ils parvinrent au bout de la file, elle n'avait plus grand appétit. Elle voulut délester sa mère d'un des deux plateaux avec lesquels elle se débattait, mais Zeke s'en empara avant elle.

— Je ne prends pas grand-chose, alors je mettrai mon repas sur votre plateau, si vous permettez, dit-il.

— Bien sûr. Pas d'opération aujourd'hui ?

— J'en ai eu une au milieu de la nuit, et j'ai fini par rester. Dès que j'aurai mangé, je rentrerai faire un somme.

Une opération en pleine nuit ? Ce n'était jamais bon signe.

— C'était dur ?

Il hocha la tête, mâchoires serrées.

— Très. Une adolescente qui s'était pendue.

— Seigneur !

Heureusement que Rachel les avait devancés, car soudain les poumons de Lindy se contractaient, les sensations gravées dans sa mémoire l'envahissaient – la crispation de ses muscles privés d'oxygène, sa vision obscurcie, la conscience que si elle s'évanouissait, ce serait la fin.

Elle réussit tant bien que mal à se ressaisir et déglutit à plusieurs reprises.

Elle s'éclaircit la gorge, incapable de ne pas demander :

— S'en est-elle tirée ?

— Oui. Elle avait subi une section partielle de la trachée, et nous avons dû pratiquer une trachéotomie puis réparer les dégâts. Physiquement, elle se remettra. Espérons qu'elle aura l'aide psychologique nécessaire pour ce qui l'a poussée à un tel acte.

— C'est affreux.

Elle avait eu la chance de ne pas souffrir de lésions permanentes de la gorge. Il n'y avait eu à réparer que son cœur. Et le contrecoup se faisait encore sentir. Comme lorsque

Nancy l'avait touchée à l'épaule l'autre jour. Même après deux ans de liberté, elle prenait facilement peur. Et elle avait tendance à marcher sur des œufs avec les autres, redoutant de provoquer leur colère même si elle était consciente du caractère irrationnel de sa crainte.

Elle choisit un sandwich aux œufs et à la salade, une petite coupe de fruits, tandis que sa mère posait sur son propre plateau les choix de Daisy.

Il y avait bel et bien un burger au fromage !

Elle sourit malgré elle.

Elle avait toujours sa fille. Il n'y avait pas eu de lutte pour la garde, pas de procès interminable. Au bout du compte, il n'y avait eu besoin de rien, sauf d'un cercueil. Leur fille ne connaîtrait jamais son père, et elle ne pouvait pas s'empêcher de penser que cela valait mieux.

Quelques instants plus tard, ils étaient installés autour d'une des tables.

Zeke bâilla et avala une lampée de café.

— Désolé, fit-il. J'essaierai de ne pas m'endormir.

Elle le regarda avec compassion et nota les marques de fatigue autour de ses yeux et de sa bouche.

Voilà pourquoi il lui avait paru si farouche tout à l'heure !

Ceux qui trouvent glamour et flatteur le métier de chirurgien n'ont aucune idée du stress qu'il implique. Zeke avait dû être arraché à son sommeil pour venir réaliser à l'hôpital l'opération nécessaire. Ensuite, il avait sans doute effectué sa tournée matinale auprès de son lot de patients.

— Vous étiez de service aujourd'hui ? demanda-t-elle.

— Oui. Mais pas avant 7 heures, en principe.

— Et l'opération a eu lieu quand ?

— À 2 heures.

— Vous devez être épuisé. Vous êtes de relâche demain ?

Elle ne savait pas très bien pourquoi elle s'en souciait. Beaucoup de professionnels de santé ont ce genre de routine quotidienne.

— Oui, je suis en congé.

Sa mère avait placé la nourriture de Daisy sur une serviette et mis une paille dans son gobelet de jus de fruits.

— Je me rappelle l'époque où tu avais ce genre d'horaires, avant de…, lâcha-t-elle, laissant sa phrase en suspens.

Heureusement, elle s'était reprise !

Lindy se força à sourire.

— Je suis sûre que tu as eu ton lot de nuits blanches quand j'étais petite, dit-elle.

— Bien sûr. Mais tu étais en bonne santé, comme Daisy. C'était différent de ce que vous faites, le Dr Bruen et toi.

— Appelez-moi Zeke, s'il vous plaît.

Lindy haussa les sourcils, surprise.

Ainsi, non seulement les membres de l'équipe étaient autorisés à l'appeler par son prénom, mais ce privilège s'étendait à leurs proches parents !

Zeke avala encore une gorgée de café, posa brièvement sur elle ses yeux rougis et les reporta sur Daisy. Puis il ferma les paupières et se pinça l'arête du nez, comme s'il éprouvait un violent mal de tête.

— Vous n'êtes pas obligé de nous tenir compagnie. Si vous rentriez chez vous dormir un peu ? lui suggéra-t-elle, souriant avec plus d'aisance. D'ailleurs, si vous buvez un peu trop de ce truc-là, vous finirez par fixer le plafond sans arriver à fermer l'œil.

— On dirait que vous parlez d'expérience.

— En effet.

Cela remontait à l'époque où son mariage était au plus bas, où elle se tourmentait pour l'avenir de Daisy et au sujet de la difficile décision qu'il lui fallait prendre. Quelques jours plus tard, elle avait été dispensée de trancher.

— Je vous prends au mot, dit Zeke, repoussant son gobelet. Un bon somme, ce serait le paradis. C'est ce que je vais essayer de faire, ajouta-t-il en se levant. Merci de m'avoir accepté parmi vous.

— De rien.

Daisy leva son burger au fromage et l'agita vers lui.

— Au voi', fit-elle.

Il parut ne pas savoir comment réagir puis lui adressa un demi-sourire.

— Au revoir à toi aussi. C'était un plaisir de vous connaître, madame Anderson.

— Appelez-moi Rachel, puisque je vous appelle Zeke.

— Entendu. C'était un plaisir de vous connaître… Rachel.

— Le plaisir a été réciproque.

Une fois qu'il fut parti, Rachel leva son verre avec un large sourire.

— Les médecins sont drôlement séduisants, ici !

— Maman, tu ne vas pas t'y mettre ! protesta Lindy.

Certes, elle avait remarqué le physique avantageux de Zeke. Il ne lui arrivait pas souvent de penser « beau gosse » à propos d'un homme. Mais elle n'avait nul besoin de fantasmer sur un homme. Seigneur, non ! Pas de rêvasseries, sur aucun homme !

— Inutile de t'indigner, fit sa mère. Tu ne vas pas te détourner de l'amour à cause d'une mauvaise expérience.

— Ça allait au-delà d'une mauvaise expérience, maman.

Lindy formulait les choses avec prudence. Même si Daisy ne savait pas précisément ce qui s'était produit, il était possible qu'elle comprenne plus de choses qu'on ne pensait.

— Certes, mais tous les hommes ne sont pas comme Luke. Regarde ton père, fit valoir Rachel.

— Je sais, mais je ne suis pas prête à sortir avec quelqu'un. Franchement, je ne suis pas sûre de le vouloir un jour.

Même le beau gosse en personne aurait du mal à l'en dissuader. S'il le voulait. Ce qui n'était pas le cas.

Rachel allongea le bras pour lui presser la main.

— Je comprends, je t'assure. Mais le moment venu, tu changeras d'avis.

Cette fois, Lindy laissa faire le commentaire.

Il ne servait à rien de discuter. Sa mère avait beau dire qu'elle comprenait, comment aurait-elle la moindre idée de ce qu'était la vie avec un homme tel que Luke ? Une bonne part de l'assurance-vie avait servi à payer les factures des cartes de crédit qu'il avait prises à son nom à elle. C'était parce qu'elle avait découvert l'utilisation de ces cartes qu'il avait pété les plombs, la dernière fois. Comment ne serait-elle pas réticente maintenant à sortir avec un homme ? De toute façon, Daisy avait la priorité.

— Si je change d'avis, dit-elle avec lassitude, tu en seras la première avertie.

Sur une dernière pression de main, Rachel observa :

— Bref, je dois changer de sujet. Est-ce que tu t'habitues à vivre seule ?

Elle hocha la tête.

Leur petit cottage était à quelques minutes à pied de l'hôpital, ce qui était agréable. Il donnait sur un parc, ce qui était encore plus sympa. Elle s'y était déjà promenée plusieurs fois avec Daisy.

— Oui. Merci de m'avoir aidée à trouver la maison. Nous y sommes chez nous. N'est-ce pas, Daisy ? Cette petite demoiselle adore les autocollants de princesse que tu as apportés pour les murs de sa chambre, maman. Nous l'en avons déjà décorée.

— Princesse ! s'écria Daisy, tout fort.

— Voici ma petite princesse, pas vrai ? dit Lindy en pinçant gentiment le bout du nez de sa fille.

La gamine répéta le mot tel un cri de guerre, écartant tout grand les bras comme pour montrer à sa grand-mère qu'elle était la reine des princesses.

Elles se mirent à rire, et Lindy se sentit soudain follement heureuse d'être revenue à Savannah. Elle était de retour dans un environnement familier, auprès de gens qu'elle aimait. S'il lui était impossible de changer le passé, elle pouvait envisager sans crainte l'avenir de sa fille. Daisy en valait la peine !

La peine ? Elle-même n'avait pas mérité ce qui lui était arrivé, mais elle aimait sa fille plus que tout. Et elle était heureuse que quelque chose de bon soit tout de même sorti de ce mariage malheureux.

— Je devine déjà le déguisement que la petite voudra pour Halloween, dit Rachel.

Lindy l'enveloppa du regard, le cœur gonflé d'amour.

Sa mère n'avait pas déversé sur elle un flot de récriminations et d'accusations. Elle s'était réjouie de la voir de retour. Si elle s'était doutée de la façon dont se terminerait le mariage, elle avait gardé ça pour elle. Tout comme son père. Ses parents aimaient Daisy et tenaient à s'occuper de celle-ci pendant la journée, refusant que Lindy la place en crèche. Et Daisy s'épanouissait. Enfin.

Son propre sentiment de culpabilité n'en était que plus grand. Elle avait voulu protéger sa fille des pires aspects de son mariage et pensait y être parvenue. Mais, même bébé, Daisy n'avait-elle pas capté des émotions subtiles que Lindy avait cru lui cacher ?

Sans doute ne le saurait-elle jamais. Elle devait se tourner vers l'avenir. *Un nouveau départ.*

Mais si son regard s'égarait dans une direction qu'il ne devrait pas prendre ? Sur Zeke Bruen, par exemple ?

Soit, elle était capable d'admettre qu'il avait capté son attention. Mais si elle était avisée, elle veillerait à ce que ça n'aille pas plus loin, même si cela s'avérait difficile.

Zeke aperçut devant le bureau des infirmières Lindy qui consultait le tableau des patients.

Leur bref repas de l'autre jour n'était dans son souvenir qu'un mélange confus d'épuisement et d'émotions en berne. Les tentatives de suicide représentaient toujours une épreuve. Cependant, cette fois, ils avaient sauvé une vie. Pour combien de temps ? Ces adolescents étaient convaincus de vouloir mourir, là était le problème. Sa fille à lui, elle, voulait vivre. Mais elle n'avait pas eu le droit de choisir.

Il jeta un coup d'œil sur le tableau.

Deux de ses patients figuraient au sommet de la liste, et Lindy ferait partie de l'équipe chirurgicale. Il l'avait demandée sans savoir très bien pourquoi. Le fait d'avoir vu de près la petite fille qui l'avait poussée à guetter l'heure n'y était sans doute pas pour rien. Toute petite et tout sourire, la fille de Lindy était le portrait miniature de sa mère, mais son sourire semblait éclore plus facilement… Si, bien sûr, il savait pourquoi il avait demandé Lindy Franklin : il voulait la voir à l'œuvre maintenant qu'il en savait un peu plus à son sujet. Il préférait éviter de travailler avec certaines infirmières en chirurgie qui avaient tendance à se braquer ou ne passaient pas assez vite les instruments. Il avait conscience qu'il pouvait être très exigeant, et tout le monde ne s'adaptait pas à cette exigence.

Il ferait bien de repartir en sens inverse avant d'être happé dans une situation où il ne voulait pas être impliqué. Mais s'il faisait volte-face, Lindy penserait que c'était à cause d'elle… Et elle aurait raison. Mieux valait lui parler, comme à n'importe quel membre de l'équipe.

— Déjà dans les starting-blocks ? lança-t-il en approchant.

Elle pivota sur elle-même en portant la main à son cœur, le visage livide. Quand elle le reconnut, elle eut un rire nerveux.

— Oh ! mon Dieu ! Désolée. Vous m'avez fait peur.

C'était la deuxième fois qu'il la voyait réagir ainsi.

— Ce n'était pas mon intention. Pensiez-vous avoir affaire à l'administrateur ou à quelqu'un dans ce genre-là ?

— Non. J'étais juste perdue dans mes pensées. On ne vous a jamais dit qu'il ne fallait pas prendre les gens par surprise ?

— Il ne m'a pas semblé que je vous abordais en traître !

— Non, bien sûr que non. Désolée… Au fait, avez-vous pu rattraper votre sommeil en retard ?

— Oui, merci. Je venais vérifier quelles sont les opérations à mon programme. Vous êtes prévue pour les deux ? s'enquit-il – question de pure forme, puisqu'il savait qu'elle était incluse dans son équipe.

L'hôpital utilisait des numéros de code pour constituer les équipes. Les chirurgiens composaient parfois les leurs, mais le choix se faisait le plus souvent au hasard, en fonction de la planification.

Lindy jeta un coup d'œil sur le planning.

— Ledbetter et Brewster ? Oui. Y a-t-il des choses à savoir ?

— Pour Ledbetter, il y a déjà eu un souci à l'anesthésie, alors ils modifient légèrement les dosages.

— Bien, c'est noté. Et Brewster ?

— Première intervention. Pneumothorax. La routine.

Lindy déglutit et releva les yeux vers le tableau qui n'indiquait rien de plus que les noms et âges des patients.

— Elle n'a que cinq ans ! Depuis quand une atélectasie pulmonaire chez une fillette de cet âge est-elle considérée comme de la routine ?

— Quand la fillette en question a reçu un coup de pied de son père. Et j'ai eu un mot malheureux, avoua-t-il. Ce n'est jamais de la routine…

Quel monstre fallait-il être pour faire du mal à son propre enfant ? À un enfant, quel qu'il soit ?

— C'est horrible, souffla Lindy.

— Oui. Je pensais que vous aviez vu les dossiers.

— Je viens d'arriver, dit-elle en agrippant le rebord du comptoir de réception. Je comptais les consulter une fois que je saurais à quels cas j'étais affectée.

Il hocha la tête.

— Ce genre de cas est toujours difficile.

— Oui, en effet.

La note de résignation qui avait percé dans la voix de Lindy donnait à penser. Aurait-elle vu dans son ancien hôpital plus de cas impliquant la violence conjugale et familiale qu'on n'en traitait à Mid Savannah ? Même si un seul cas de ce genre était toujours de trop.

— Nous allons la remettre sur pied, dit-il, et il faut espérer que la protection de l'enfance remplira son office et la tiendra à l'abri. Je crois savoir que le père est en prison.

— Comme il le mérite. Et la mère ?

— Elle prétend qu'elle était au travail lorsque l'incident a eu lieu.

— L'incident. Drôle de façon de parler, observa Lindy d'une voix tendue… Désolée, je ne voulais pas être cassante, ajouta-t-elle après un soupir. Les rouages de la justice sont toujours si lents à se mettre en branle.

Lindy avait sursauté lorsqu'il était arrivé derrière elle. Et maintenant, ça. S'était-elle levée du pied gauche, ou y avait-il autre chose ?

— Je ne vous ai pas trouvée cassante, répondit-il. La justice ne se met jamais en branle toute seule. Il faut d'abord donner le coup de pouce nécessaire.

— Ces situations sont toujours très dures, reprit-elle. J'ai été bénévole dans un foyer d'aide aux victimes de violence conjugale, alors cela me touche de près.

— Intéressant. J'ai participé à une réunion des chefs de service, il y a une quinzaine de jours. L'hôpital envisage la création d'un centre pour les victimes de violence conjugale et de maltraitance. Un donneur privé a déjà fourni une subvention, mais ils cherchent des bénévoles pour démarrer l'affaire. Jusqu'ici, personne ne s'est porté volontaire.

Lindy dressa la tête.

— Vraiment ? J'aimerais beaucoup m'impliquer.

— N'êtes-vous pas déjà bénévole quelque part ?

— Pas pour le moment. Je me suis mise en congé pour me concentrer sur mon job.

Un bip d'appel résonna dans l'une des chambres, et une lumière clignota sur le panneau de contrôle derrière Lindy.

— Allez-y, dit-il. Je vous verrai au bloc dès que notre patiente sera prête. Si vous voulez donner un coup de main pour le centre, faites-le savoir à l'administrateur. Quelqu'un qui connaît déjà les ficelles leur serait utile, j'en suis sûr.

— Merci. Je suivrai peut-être le conseil.

Là-dessus, Lindy s'éloigna vers la chambre proche, et il se retrouva avec plus de questions que de réponses.

Il était en général plutôt doué pour cerner les gens. Mais Lindy Franklin s'avérait une énigme. Une part de lui-même avait l'impression que quelque chose lui échappait. Quelque chose d'évident, de surcroît. Mais quoi, il n'en avait pas la moindre idée. Et il n'allait pas la mitrailler de questions.

Il devrait mettre au courant l'administrateur de l'hôpital de l'expérience qu'elle avait acquise. Tout le monde n'a pas le cran nécessaire pour gérer les drames qui se déroulent dans le secret des portes closes. Comment en vient-on à se porter volontaire pour une telle tâche sans expérience directe de ces situations ?

Une pensée le traversa : Lindy n’avait pas fait mention d’un mari. À la cafétéria, il n’y avait eu que Daisy et Rachel, et rien n’indiquait qu’elle avait un homme dans sa vie. Ce n’était pas forcément signifiant, mais si ça l’était ?

Dans ce cas, une contribution de Lindy au projet de centre serait tout indiquée. Si les étranges sensations qu’il éprouvait étaient fondées, cela pourrait lui faire du bien.

3.

Cinq jours après avoir contribué à restaurer la capacité du poumon lésé de la petite Meredith Brewster, Lindy alla voir l'administrateur et lui proposa son aide.

Au cours de cette démarche, elle mentionna son passé, incluant la vérité sur la mort de Luke, et elle eut le sentiment de se délester d'un grand poids. L'administrateur lui demanda si elle accepterait d'intervenir lors d'une réunion d'information informelle ouverte au public sur le projet à l'étude. S'ils suscitaient de l'intérêt, ils iraient plus loin. Sinon, ils s'abstiendraient. Il la laissait libre de décider de ce qu'elle livrerait lors de sa prise de parole.

Pouvait-elle y consentir ?

Il était trop tard pour se poser la question, puisqu'elle avait offert sa collaboration. Elle devait seulement déterminer la teneur de son propos.

En taisant son passé à ses collègues, elle contribuait en quelque sorte à perpétuer la culture du silence qui encourage les gens à tout dissimuler sous une apparence de normalité. Elle avait évité de se confier à Zeke lorsqu'ils avaient parlé des blessures de la fillette. S'il assistait à la réunion, il serait bientôt au courant, et cela lui faisait terriblement peur. Elle ne savait pas pourquoi elle y attachait de l'importance, mais cela en avait.

La verrait-il d'un autre œil ? La prendrait-il en pitié ?

Si douloureux que ce soit de revenir sur le passé, les propos de Zeke sur la nécessité de donner un coup de pouce pour mettre en branle les rouages de la justice avaient eu sur elle une profonde portée. En fait, elle n'avait cessé d'y repenser pendant tout le week-end. Même si elle se contentait de tenir une ligne d'assistance téléphonique une ou deux heures par jour après son service, elle pouvait contribuer à modifier le cours de la vie de quelqu'un, l'orienter dans le bon sens. Cela cadrait parfaitement avec sa devise d'un nouveau départ. Sans être une psychologue aguerrie, elle était professionnelle, dotée d'une formation médicale. Elle avait aussi une expérience directe des prétextes qui empêchent de mettre fin à une relation conjugale déplorable. Elle y avait eu recours elle-même !

La dépendance au jeu de Luke – qu'elle ignorait à l'époque où ils sortaient ensemble – et les problèmes que cela engendrait avaient pris au fil des mois des proportions démesurées. C'était sans doute en partie pour cette raison qu'il avait accepté un autre travail tout de suite après leur mariage, même si elle n'en avait pas la certitude. Il n'avait reculé devant aucune extrémité pour lui dissimuler la vérité, et son comportement était devenu de plus en plus instable et menaçant. Au moment où elle avait découvert qu'il avait pris des cartes de crédit à son nom à elle, c'était la fin. Elle avait failli y perdre la vie. Mais au bout du compte, c'était Luke qui avait payé le prix ultime.

Elle faisait toujours des cauchemars au sujet de leur dernier jour de vie commune. En fait, la veille du jour où Zeke avait surgi inopinément derrière elle, elle s'était réveillée en nage et n'avait pas réussi à se rendormir. Alors, lorsque la voix de Zeke avait résonné à ses oreilles, comme venue de nulle part, elle avait sursauté et serré les poings d'instinct. Pourtant, elle n'avait rien à redouter de Zeke.

Cet incident l'avait amenée à mesurer le changement opéré en elle depuis l'époque où la police était venue arrêter son mari. À certains égards, elle avait abaissé sa garde. À d'autres, les murs protecteurs qu'elle avait érigés étaient plus élevés que jamais. Si le temps écoulé avait émoussé sa peur, il ne l'avait pas effacée.

Peut-être était-ce une bonne chose. Ainsi, elle restait sur

le qui-vive, attentive à ce qui pouvait se produire. Elle s'était juré de ne jamais replacer sa fille dans la situation qu'elle avait vécue.

Au fait, Zeke serait-il candidat au bénévolat, si le projet hospitalier se concrétisait ?

Pourquoi diable se posait-elle cette question ?

Sans doute à cause de la manière dont il avait opéré cette petite Meredith de cinq ans. Il avait été la compassion incarnée, au point qu'elle en avait été émue. Il s'était inquiété d'une lésion possible à la rate – un phénomène insidieux, souvent dépourvu de symptômes, où cet organe se remplit lentement de sang. Si elle vient à éclater, les conséquences peuvent être catastrophiques. Heureusement, tout s'était avéré normal, en dehors de l'affaissement des poumons et d'une côte cassée.

Normal ? Rien de tout cela ne l'était ! Mais elle pouvait commencer par un changement. Et solliciter l'aide de Zeke pouvait peut-être faire partie du « coup de pouce » initial.

Au demeurant, elle était curieuse de savoir quelle serait sa réponse.

Ses parents garderaient volontiers Daisy pendant sa collaboration d'une heure avec le groupe. Si elle s'y prêtait, il lui faudrait exposer des blessures encore mal cicatrisées... Mais si elle ne le faisait pas aujourd'hui, alors quand ?

Telle était la question, et elle n'en connaissait pas la réponse. Autant y aller et qu'il sorte quelque chose de bon de cette terrible période de sa vie. Même si cela impliquait qu'elle voie Zeke beaucoup plus souvent.

Zeke était satisfait : Lindy ne surveillait plus l'heure. Elle était parvenue à s'abstraire de sa fille pour endosser son rôle d'infirmière en chirurgie. Il ne distinguait pas grand-chose de son visage sous le masque et la calotte chirurgicale, mais ses yeux noisette étaient bien présents. Et ils persistaient à le mettre en émoi.

Ils se posèrent soudain sur lui, surprenant son regard.

Bon sang ! Il ferait mieux de se concentrer sur ce qu'il était en train de faire au lieu de se préoccuper de l'effet que Lindy Franklin avait sur lui ! Même s'il s'agissait d'une endoscopie de routine, sa petite patiente méritait toute son attention.

Il leva les yeux vers l'anesthésiste qui se tenait à hauteur de la tête de la fillette.

— Elle est prête, dit celui-ci.

L'anesthésie locale permettrait à l'enfant de déglutir et de suivre des instructions, mais elle ne conserverait que peu ou pas de souvenirs lorsque l'examen serait terminé.

Zeke abaissa devant ses yeux les loupes binoculaires.

— Très bien, Tessa. Ouvre la bouche.

Il était toujours sidéré qu'une part du cerveau demeure en éveil et capable d'exécuter des commandes simples, même lorsque le moi conscient du patient évoluait dans un brouillard.

Il mit en place l'endoscope.

— Avale bien fort.

Tessa s'exécuta, eut un léger hoquet lors de l'introduction de l'appareil, puis ce fut la routine professionnelle.

Un micro suspendu au-dessus de sa tête captait les observations qu'il livrait, ce qui permettrait de les transcrire ensuite.

— Pas d'anomalies de la muqueuse. J'avance vers le sphincter cardial.

Il glissa l'endoscope au-delà du sphincter, dans la cavité principale de l'estomac de Tessa. À ce stade, il devait prendre son temps.

— Comment est notre patiente, Steve ?

— Tout va bien.

Il ajusta la focale et examina la surface de l'estomac.

— Fundus d'apparence normale, de même que la petite courbure…

Mais lorsqu'il fit tourner l'endoscope vers l'autre face, il s'arrêta net. Il y avait une érosion de la paroi sur une grande section, et une grosseur de la taille d'une balle de golf.

— Je vois un nodule aux bords irréguliers au milieu de la grande courbure. Il y a une érosion modérée des tissus environnants. Je vais tenter une biopsie de la tumeur.

Il se rapprocha et changea le réglage, prenant plusieurs

clichés, puis il saisit une partie des tissus avec les pinces. Il effectua le prélèvement et cautérisa en un même mouvement fluide.

— Je l'ai. Le saignement est négligeable.

Il examina le reste de l'estomac sans trouver d'autre anomalie puis retira l'endoscope, le cœur serré.

Il n'avait vu qu'une fois une tumeur de cette taille, et l'issue n'avait pas été bonne. Pourvu que les résultats soient différents et que la petite puisse vivre comme avant !

Les yeux de Lindy se fixèrent sur lui, le rapprochement de ses sourcils indiquant qu'elle avait les mêmes soupçons que lui. Mais ce n'était pas le moment de s'attarder là-dessus. Il devait terminer l'examen et s'assurer que Tessa allait bien. Ensuite, il se soucierait du reste.

Quinze minutes plus tard, la fillette revenait à la conscience en battant des cils.

— Je vais bien ? demanda-t-elle d'une voix râpeuse – ce qui était normal.

— Tu as très bien réagi, dit-il, même si cela ne répondait pas précisément à la question posée. Ce n'était pas si terrible que ça, hein ? continua-t-il avec un sourire, en ôtant son masque pour qu'elle puisse voir son visage.

Mais l'avenir le serait peut-être bel et bien.

— Oui, je n'ai rien senti.

— Ça fait plaisir à entendre. Le Dr Barr est très bon dans son job.

Zeke leva les yeux vers Steve, dont le visage était aussi solennel que les autres.

— Je fais de mon mieux, dit le médecin anesthésiste en posant la main sur la tête de la petite par-dessus le bonnet chirurgical. Tu as été très bien, ma puce.

Oh oui ! pensa Zeke. Et elle s'était montrée stoïque chaque fois qu'il l'avait rencontrée, même si ses parents avaient indiqué que les douleurs qu'elle ressentait variaient, de modérées à éprouvantes. Il devait aller leur parler, à présent. La procédure en elle-même s'était déroulée de façon impeccable. Pour ce qui était du reste… Ils le sauraient bien assez tôt.

— Je vais prévenir ta maman et ton papa que tu es réveillée, d'accord ? Ils pourront te voir dès qu'on t'aura ramenée dans ta chambre.

Il fit signe à Lindy de le suivre hors de la salle d'opération. Elle lui avait fait part de son désir de le voir après l'examen.

— Vous vouliez me parler ?

— Cela peut attendre, dit-elle.

C'était possible, mais vu la tournure que prenait sa journée, il n'aurait peut-être pas l'occasion de la voir plus tard.

— Accompagnez-moi à la salle d'attente. Nous pourrons discuter ensuite.

— Ce n'est rien d'important, je vous assure. Pas comme…

Elle n'acheva pas sa phrase, mais il avait compris ce qu'elle voulait dire.

— Peut-être, mais je voudrais pouvoir penser à autre chose lorsque nous en aurons terminé avec ceci.

— C'est un cas difficile.

— Oui, en effet.

Elle ne savait pas à quel point. Ce n'était pas à la légère qu'il avait dit avoir besoin d'un dérivatif. Le cas de Tessa ravivait en lui des souvenirs toujours aigus, même au bout de cinq ans. Il ne se rappelait que trop la douleur du diagnostic, les symptômes qu'il s'était reproché de ne pas avoir vus. Et la peur qui l'avait poursuivi jusqu'à l'issue amère.

Est-ce que Lindy pensait parfois à Daisy lorsqu'elle entrait au bloc ? Pensait-elle à ce qu'elle ressentirait si elle venait à la perdre ?

Il déglutit pour maîtriser son émotion, se forçant à revenir au présent.

En marchant vers la salle d'attente, Lindy sortit son mobile et s'attarda légèrement en arrière. Envoyait-elle un message pour savoir comment allait sa fille ? À sa place, c'était exactement ce qu'il aurait fait. Mais là, il poussait la porte de la salle d'attente pour s'adresser aux parents de Tessa. Ceux-ci avaient encore leur fille pour le moment. Et ils méritaient toute son attention. Il était content d'avoir enlevé sa blouse et sa calotte de chirurgien. Normalement, il gardait sa tenue pour prévenir la famille le plus rapidement possible. Mais cette fois, il tenait à affronter les proches en être humain d'abord, et comme médecin ensuite.

La mère et le père de Tessa s'étaient placés à l'écart d'un groupe agglutiné au fond de la salle.

— Monsieur et madame Williams ?

M. Williams serra la main de sa femme.

— Comment va-t-elle ?

— L'examen s'est très bien déroulé. Tessa est déjà réveillée et sera contente de vous voir, même si elle doit avoir mal à la gorge et peut être encore un peu sonnée. Puis-je vous parler une minute ?

Il les dirigea vers une rangée de fauteuils un peu à l'écart, sachant qu'ils préféreraient entendre les détails en privé. Il décocha un coup d'œil à Lindy, lui indiquant d'un léger hochement de tête qu'elle pouvait se joindre à eux si elle le désirait.

Il désirait qu'elle le fasse, en réalité.

— Voici Lindy Franklin, l'infirmière en chirurgie qui m'a assisté.

— Tessa est une très gentille petite, dit Lindy.

Mme Williams avait déjà les joues inondées de larmes, pressentant peut-être ce qui allait suivre.

— L'un de vous a-t-il des enfants ? demanda-t-elle.

Zeke se figea comme chaque fois qu'on lui posait cette question.

Que dire ? S'il répondait qu'il avait eu une fille, morte d'une maladie insidieuse, cela ne rassurerait guère les personnes qui lui faisaient face.

Lindy lui épargna d'avoir à réagir.

— J'ai une petite fille. Elle a trois ans. Elle s'appelle Daisy.

La mère de Tessa hocha la tête puis se tourna vers lui.

— C'est grave, n'est-ce pas ?

— Nous avons découvert un nodule dans son estomac. Nous avons effectué une biopsie, mais nous ne saurons à quoi nous avons affaire exactement qu'avec les résultats des analyses.

M. Williams entoura de son bras les épaules de sa femme.

— De quoi s'agit-il, à votre avis ?

— Je ne veux pas émettre d'hypothèses. Cela peut être grave comme bénin, dit Zeke, penché en avant, coudes sur les genoux. Chaque chose en son temps, d'accord ?

Le père de Tessa se passa une main dans les cheveux et ferma brièvement les yeux. Puis il posa sur lui un regard ferme. Plus ferme que celui de Zeke à l'affreuse nouvelle.

— Combien de temps faudra-t-il attendre les résultats ?

— Nous les aurons lundi, je pense. Je vous appellerai dès que nous aurons un retour.

M. Williams étreignit plus fort sa femme, qui pleurait en silence.

— Merci pour tout, dit-il à Zeke, avant de se tourner vers Lindy. Et à vous aussi.

— J'ai eu plaisir à vous rencontrer, dit-elle.

Zeke fut frappé par la sincérité de son intonation, et un élan de fierté lui gonfla le cœur.

Ils avaient une équipe formidable, ici, à Mid Savannah. Et cela incluait Lindy Franklin. Deux semaines plus tôt, il n'était même pas certain qu'elle lui inspire la moindre sympathie, et voici qu'il était heureux qu'elle l'ait accompagné pour prévenir les parents, heureux qu'elle l'ait secondé en salle d'opération. Il y avait chez elle quelque chose qui…

Il considéra son profil tandis qu'elle parlait doucement avec Mme Williams du bonheur d'avoir une fille. Il avait connu cette joie-là, lui aussi, autrefois. Et il y a également de la joie dans les souvenirs, n'est-ce pas ?

Oui, il y en avait, mais pas au point que parcourir de nouveau ce chemin-là. Il avait vu trop de malheurs dans sa vie de médecin pour ne pas savoir que la vie est fragile, que bien des choses peuvent mal tourner. Et il n'était pas sûr de pouvoir affronter à nouveau dans la vie ce genre de drame.

Si content qu'il soit d'avoir le soutien moral de Lindy, il ferait bien de veiller à maintenir leurs relations sur un plan professionnel. Déjeuner avec la mère et la fillette de Lindy, la semaine précédente, avait été plus dur qu'il ne l'aurait cru.

Il s'occupait chaque jour d'enfants, et il était la plupart du temps capable de compartimenter les choses. Mais il en allait autrement dans les interactions sociales. À la fin du repas, il s'était surpris à éviter le regard de la petite Daisy afin de tenir le coup. Il espérait avoir assez bien caché son malaise.

Ils achevèrent la conversation. Les parents de Tessa semblèrent impatients.

— Vous pouvez aller la voir. Et dès que les documents administratifs de sortie seront prêts, vous pourrez la ramener à la maison, leur dit-il en se forçant à sourire. Nous reprendrons contact avec vous au début de la semaine prochaine.

Ils le remercièrent et rejoignirent leurs proches. La mère de Tessa fut étreinte par une femme plus âgée. Sa mère, peut-être. C'était bien que cette famille se soutienne dans les mauvais moments comme dans les bons – chose à laquelle il n'avait pas eu droit.

Lindy le rejoignit au-delà des portes.

— Est-ce que ça va ? lui demanda-t-elle.

Avait-elle remarqué quelque chose dans son expression, tout à l'heure ? Bon sang, il espérait que non !

Il s'adossa au mur et la fixa.

— Oui, très bien. Alors, que vouliez-vous me dire ?

Il n'avait pas voulu être brusque, mais lorsqu'elle cilla et détourna les yeux, il mesura la rudesse de son intonation.

Seigneur ! Pourquoi était-il toujours comme ça ?

Se penchant vers Lindy, il lui effleura les doigts en guise d'excuse.

La tiédeur de sa peau, lors de ce bref contact, éveilla en lui une onde de chaleur qui gagna l'ensemble de son corps.

Ce geste était une erreur. Une erreur colossale.

— Désolé, Lindy. La journée a été longue et dure.

— Je sais, et je ne veux pas en rajouter. Comme je l'ai dit tout à l'heure, ça peut attendre.

La sensation de chaleur se dissipa, et un frisson le prit alors qu'une pensée soudaine le traversait.

— Vous ne démissionnez pas, tout de même ?

— Quoi ? Non !

Elle portait une combinaison de travail colorée, d'une gaieté presque déplacée après l'examen qui venait d'avoir lieu. Le pire, c'était que, en la touchant, il ne lui avait apparemment pas bouleversé les sens comme cela s'était produit pour lui. Cependant, en la regardant mieux, il nota ses pupilles dilatées, ce qui le rendit rêveur.

— *Vous* voudriez que je démissionne ? rétorqua Lindy.

— Non, bien sûr que non ! Vous vous êtes admirablement bien tirée de l'entretien avec les parents de Tessa. Mieux que moi, en fait.

Elle sourit, l'air soulagé.

— Les médecins n'ont pas toujours la meilleure réputation sur ce plan.

Accueillant avec gratitude cette note plus légère, il fit mine d'être offusqué.

— Vraiment ?

Cette fois, elle rit.

— Vous le savez bien.

— Bon, passons à quelque chose de plus léger, alors.

— Soit. Bon, j'ai pris une initiative, dit-elle en fouillant dans sa poche pour en sortir un feuillet imprimé. J'ai suivi votre conseil. Je suis allée voir l'administrateur.

Il regarda la feuille, ou plutôt la main qui la tenait.

Elle tremblait.

Pour ce qui était de la note plus légère, c'était raté ! Il s'apprêta à questionner Lindy, mais un groupe passa en riant.

— Allons dans mon bureau. Nous y serons mieux pour parler.

Là, Lindy se laissa tomber sur un des fauteuils en cuir tandis que lui-même contournait le bureau pour s'asseoir.

— Vous avez parlé à l'administrateur du centre de soutien pour femmes en difficulté, c'est ça ? s'enquit-il.

— Oui. Je me suis souvenue de ce que vous aviez dit au sujet du coup de pouce nécessaire pour mettre les rouages en branle…

— J'ai dit ça, moi ?

— Mais oui, dit-elle en se penchant en avant, soudain plus à l'aise. Je suis donc allée le voir et je l'ai donné, ce coup de pouce. Je me suis portée volontaire pour les aider.

Cela le secoua. Il ne s'était pas réellement attendu à ce qu'elle franchisse le pas, même si la suggestion était venue de lui. Ni à ce que ses paroles la poussent à agir. Il ne savait pas très bien s'il devait s'en réjouir ou se sentir coupable.

— Et ? fit-il.

— Il a prévu une réunion publique informelle, vendredi. Il voudrait que j'y intervienne.

Un exposé ? Lindy ? Elle avait été bénévole pendant un certain temps, il le savait. Mais il semblait soudain que son expérience ne se limitait pas à cela.

— Waouh ! fit-il. Formidable. De quoi allez-vous parler ?

— Des raisons pour lesquelles une telle initiative est nécessaire et utile à la communauté.

— Elle l'est, bien sûr, approuva-t-il, tout en se demandant où il mettait les pieds. Le plus difficile, apparemment, est de convaincre les femmes concernées de quitter leur compagnon ou conjoint, de s'extraire de leur situation.

— Je sais, dit Lindy, secouant la tête alors qu'il allait objecter. Si, Zeke. Je sais *vraiment* ce que c'est.

À l'accent qu'elle mit sur ces derniers mots, il écarquilla les yeux.

— Oh ! bon sang, Lindy. Vous aussi ?

— Oui, hélas. C'est de cela que Neil voudrait que je parle. Je suis l'une de celles qui n'ont pas réussi à partir. Jusqu'au moment où j'ai mesuré qu'il ne s'agissait plus seulement de moi, mais aussi de ma fille.

Il serra les mâchoires.

Décidément, il ne comprendrait jamais ça. Quel homme fallait-il être pour faire du mal à ceux qu'on était censé aimer ?

Mais il pourrait tout aussi bien se pointer lui-même du doigt. N'avait-il pas fait du mal à Janice en refusant de prendre en compte ses requêtes alors qu'elle voulait échanger ? En restant inébranlable lorsqu'elle lui avait demandé de réorienter sa carrière dans un domaine qui n'implique pas des enfants ? Cependant, jamais il n'avait levé la main sur elle ni sur aucune autre femme. Pour lui, la brutalité était insensée. Et quelle femme fallait-il être pour rester en de telles circonstances ?

Lindy l'avait fait, de toute évidence.

Il sentit son cœur se serrer à l'idée qu'elle avait pu se recroqueviller dans un coin pendant qu'une ordure la menaçait, jouissant de l'avoir réduite à cela. Il avait envie d'amocher pour de bon le sale type.

— Et s'il n'y avait pas eu Daisy ? demanda-t-il.

— Je pense que j'aurais fini par partir. Du moins, je l'espère.

— Il est en prison ?

— Non.

Il fut secoué. Elle n'avait pas porté plainte ?

— Il est toujours dans la nature ? Ils n'ont pas entamé de poursuites ?

— Il n'est plus dans la nature.

— Mais vous disiez…

— Oui, je l'ai dit, coupa-t-elle, fermant brièvement les yeux puis levant sur lui un regard glaçant. Il est mort. Et avant que vous posiez la question, non, je n'ai pas pressé la gâchette. C'est la police qui l'a fait.

Il ne s'était pas attendu à cela. Mais à vrai dire, il ne s'était pas attendu non plus à ce que Lindy admette avoir fait autrefois partie de celles que Mid Savannah espérait aider.

— Seigneur. Je suis navré.

— Ne le soyez pas. J'ai surtout de la peine pour sa famille. Ses parents ne se doutaient absolument pas de ce qui se passait. Et moi, je me suis tue. Je sais parfaitement ce que c'est que d'appliquer une bonne couche de maquillage et de présenter un visage souriant pour dissimuler le désastre.

— Combien de temps avez-vous vécu avec lui ?

— Un an. Je l'ai quitté il y a deux ans.

Daisy devait alors avoir un an. Trop jeune pour se rappeler quoi que ce soit, c'était à espérer.

— Je répète tout de même que je regrette. Non qu'il soit mort, mais que vous ayez dû traverser ça.

— Je m'en veux de ne pas être partie plus tôt. Mais à un moment donné, je n'avais plus le choix. J'ai compris que je devais partir tout de suite ou y passer.

Elle avait failli mourir ! Bon sang ! Que lui avait donc fait cet homme ?

Il allongea le bras, recouvrant de sa main celle de Lindy qui tenait le feuillet imprimé.

— Je suis heureux que vous soyez partie.

— Et moi donc ! Le hic, c'est qu'il est mort avant que j'aie obtenu le divorce. Donc, aux yeux de la loi, je suis veuve et non divorcée.

L'ironie macabre de la situation n'échappa pas à Zeke.

— Du moins, il est sorti de votre vie, dit-il.

— Pas entièrement, j'en ai peur. Luke était accro au jeu. Certaines dettes qu'il avait contractées ont affecté mon crédit, bien que je les aie épongées.

C'était l'une des choses auxquelles les gens ne pensent pas : les conséquences d'un départ, et le moyen de survivre dans ces eaux-là. Il ne s'étonnait plus que Neil ait demandé à Lindy de prendre la parole.

— Avez-vous un avocat ?

— Oui. Il m'a aidée à négocier avec les organismes de crédit pour effacer certaines dettes de Luke. Mais je n'ai pas pu prouver qu'il avait contracté la totalité.

— Avez-vous besoin d'aide ?

— Pardon ? fit Lindy, le regard surpris, puis flamboyant de colère. Non. Je me débrouille très bien toute seule !

Comprenant qu'il l'avait offensée, il nuança son propos :

— Je n'ai pas voulu insinuer que vous n'arriviez pas à vous en tirer. Désolé d'avoir mal formulé les choses.

— Il n'y a pas de souci, dit-elle avec un sourire. Il faut croire que je n'ai pas accompli autant de progrès que je le croyais. Il m'arrive encore d'être sur la défensive. Et de sursauter quand quelqu'un survient derrière moi.

Il avait été témoin de ce fait une fois ou deux.

Il lâcha la main de Lindy puis contourna le bureau, se perchant sur le bord.

— C'est pour ça que vous avez arrêté de travailler pendant quelques années, dit-il. Pas seulement à cause de Daisy.

Cela ne le regardait pas, mais sa curiosité était éveillée.

— Oui. Luke ne voulait pas que je travaille… Il voulait me trouver à la maison en arrivant. Au début, je me suis convaincue que c'était adorable, et que je serais parfaitement heureuse dans mon rôle d'épouse et de mère. Des tas de femmes le sont, et c'est le chemin qui leur convient. Mais moi, j'ai toujours aimé mon métier. Je suis heureuse de l'avoir pleinement repris.

— Et nous sommes heureux de vous avoir.

Cela la fit rire.

— Vraiment ? Sacré revirement depuis mon premier jour !

Une petite fossette supplémentaire se dessinait sur sa joue gauche lorsqu'elle souriait. Pas véritablement une fossette, plutôt un léger creux provoqué par la légère asymétrie de son sourire, plus accentué d'un côté que de l'autre. En tout cas, c'était diablement séduisant.

Du calme. Qu'est-ce qui lui prenait de remarquer ces choses-là ? Surtout chez une femme qu'un autre avait fait si terriblement souffrir.

— C'est une sorte de revirement, je l'admets, dit-il.

Et il ne savait pas très bien ce qui l'avait suscité. Ce sourire, peut-être, vu sa manie de remarquer tout ce qui la concernait… Non, c'était absurde, cela n'avait rien à voir. Mieux valait l'attribuer au dévouement qu'il avait constaté chez elle après ce premier départ bancal.

Et il ne pouvait pas lui reprocher de s'être inquiétée ni d'avoir fixé l'horloge ce jour-là. N'y avait-il pas des jours où lui-même était étreint par le chagrin d'une disparition qu'il aurait peut-être pu prévenir s'il avait reconnu les signes ? Et plus souvent qu'il ne voulait l'admettre ?

C'était étrange que la mort oscille ainsi entre deux pôles opposés. Pour un être, c'était une libération de la maltraitance. Pour un autre, la perte irréparable de quelque chose d'infiniment précieux. Telle que sa fille. Et la confiance de son ex-femme.

— Donc, reprit Lindy, le moment est venu pour moi de vous poser une question.

— Quelle question ? Je croyais que vous vouliez seulement m'informer de votre démarche.

— Oui, ça aussi. Mais j'aimerais savoir si ça vous intéresserait de vous porter volontaire.

Il écarquilla les yeux.

— Vous voulez que je fasse du bénévolat dans le futur centre ? Il me semble que c'est à vous que j'ai suggéré ça, non ?

— Certes. Mais vous êtes le chef du service de chirurgie pédiatrique. Vous pouvez apporter une autre vision des choses. Beaucoup de femmes se trouvent dans la situation que j'ai connue. Des femmes qui restent malgré la présence des enfants…

Elle prit une profonde inspiration.

— Vous vous rappelez Meredith Brewster ?

— La fillette qui a subi un pneumothorax ?

— Oui. Des Meredith Brewster, il y en a des milliers qui souffrent parce que leur mère s'englue dans une relation terrible. Vous pourriez en parler. Dire à celles qui restent et qui subissent ce que vous avez vu au fil des ans. Vous pourriez peut-être faire changer d'avis certaines d'entre elles.

Il se rembrunit.

— Je n'en suis pas sûr. Vous aurais-je fait changer d'avis ?

La réponse revêtait soudain une grande importance pour lui. Surtout à la lumière de ce qu'il venait d'apprendre sur Lindy.

Elle chercha son regard et le fixa pendant quelques secondes.

— Oui. Je pense que oui, dit-elle en lui effleurant la main à son tour. Je me sens bien, Zeke. Je suis contente d'être ici.

Contente d'être à Mid Savannah… Ou d'être dans son bureau et de lui tenir pratiquement la main ?

Il eut de nouveau une sorte de vertige en réaction à ce qu'elle venait de dire. Ou peut-être aux légers effluves qui venaient jusqu'à lui quand elle bougeait. En tout cas, cela lui donnait envie de commettre une folie. D'aller au-delà de leur relation professionnelle.

— Moi aussi, je suis content que vous soyez là, dit-il,

glissant à bas du bureau et lui prenant la main pour l'amener à se lever. C'est une bonne chose. Une très, très bonne chose.

Elle soutint son regard, et il vit au fond de ses yeux une lueur chaleureuse qu'il n'y avait pas encore remarquée.

Il resserra son étreinte, et attira plus près la main de Lindy. Mais cette main ne fut pas la seule à réagir à sa requête silencieuse. Tout le corps de Lindy se porta vers lui.

Ils se retrouvaient debout à quelques centimètres l'un de d'autre. Il s'intima de la libérer et réussit à lui lâcher la main, mais ses doigts, comme mus par une volonté propre, s'élevèrent et lui enveloppèrent la joue.

— Oui. Je crois que vous auriez pu me convaincre de n'importe quoi, dit-elle.

Dès qu'elle eut prononcé ces mots, il fut perdu. Sa bouche se porta à la rencontre de la sienne, trouva ses lèvres, plus douces encore qu'il ne l'avait anticipé. Lorsqu'elle lui rendit son baiser, son univers familier explosa, se dispersant en une infinité de fragments. Et pour une fois dans sa vie, il lui était égal de savoir quels étaient ceux qu'il saurait retrouver et quels étaient ceux qui seraient perdus à jamais.

4.

Lindy ferma les yeux.

Seigneur ! Dire qu'elle avait cru ne plus jamais avoir du plaisir à embrasser un homme ! Mais lorsque Zeke lui avait demandé s'il aurait eu le pouvoir de la faire changer d'avis, elle s'était sentie fondre. Il s'était comporté comme si cela comptait pour lui. Il avait dit que son engagement à Mid Savannah était une bonne chose.

La présence de Zeke aussi était une bonne chose ! L'ardeur brûlante de sa bouche dominait les sensations qui la traversaient, elle avait envie de savourer longuement ce glissement doux, peau contre peau. Ce mélange grisant qui s'incrustait en elle. Lorsque Zeke avait contourné le bureau, elle s'était demandé ce qu'elle éprouverait s'il la touchait. Et c'était tellement plus étourdissant que ce qu'elle avait imaginé !

C'était peut-être pour cela qu'elle lui avait touché la main à son tour. Par curiosité. Elle ne s'était pas attendue à la montée du désir qui avait ébranlé son monde familier, lui avait presque arraché un cri. Elle ne pensait pas avoir jamais éprouvé cela.

Puis Zeke avait osé l'impensable, il lui avait enveloppé la main avec la sienne. Ce contact avait submergé ses sens, tel un tsunami déferlant sur le rivage et bouleversant tout sur son passage. Elle en était toujours prisonnière, incapable de toute pensée rationnelle. Les pointes de ses seins étaient dures. Elle désirait Zeke de tout son corps et de toute son âme.

Il avait forcément été emporté aussi par la déferlante, non ?

Cette incertitude la poussa à franchir un nouveau pas pour

voir jusqu'où allait la résolution de Zeke, quel était l'impact de ce baiser sur lui. Elle se mit au défi de se blottir contre lui, elle qui n'avait jamais seulement osé y penser.

Avec un léger bruit de gorge, elle se porta tout contre lui, ses seins effleurant son torse ferme.

Les mains viriles qui lui avaient enveloppé le visage vinrent se placer sur ses hanches, et elle crut qu'il allait la hisser contre lui. Il n'en fit rien, mais il la maintint fermement, comme pour la garder immobile.

Était-ce pour mieux la ravager de désir ?

Cette pensée ressuscita une part rationnelle de son esprit, et elle se figea.

Que faisait-elle ? Ne s'était-elle pas mise en garde contre le danger de se précipiter impulsivement vers ce qu'elle devait éviter ?

Possible. Rien qu'un instant encore, puis elle s'écarterait. Mais en attendant…

Elle soupira, consciente que le moment était fugitif.

Comme s'il avait perçu ses pensées, Zeke accentua son emprise sur ses hanches, mais au lieu de la rapprocher de lui, il la repoussa, supprimant tout contact entre eux, et son regard noyé révélait qu'il ne lui avait pas été facile de s'interrompre.

Bienvenue au club, pensa-t-elle.

Mais au bout du compte, il s'était montré plus fort qu'elle.

Il fut le premier à reprendre la parole.

— Bon sang, lâcha-t-il avec un soupir audible. Je suis navré, Lindy. Je ne sais vraiment pas ce qui m'a pris.

Pour sa part, elle le savait, mais elle n'allait certes pas endosser seule le blâme. Ouvertement, du moins. En son for intérieur, elle s'avouait que c'était elle qui s'était engagée sur ce chemin, sans vraiment savoir pourquoi. Peut-être parce qu'elle avait eu conscience de ne pas avoir peur de Zeke physiquement.

Mais émotionnellement ?

Seigneur ! Cet homme avait le pouvoir de la détruire si elle le laissait faire. Elle devait s'assurer qu'un tel incident ne se reproduise pas. Elle avait été si fière de sa résolution, persuadée qu'elle refuserait toutes les propositions de sortir avec un homme, qui ne s'étaient d'ailleurs pas présentées.

« Vous aurais-je fait changer d'avis ? »

Les mots qu'il avait prononcés vibrèrent dans son esprit comme un murmure insidieux, et soudain elle ne fut pas certaine qu'elle aurait été aussi forte qu'elle l'avait cru. Si Zeke l'avait invitée à sortir avec lui, aurait-elle refusé ?

Le baiser répondait à cette question : non, elle n'aurait pas refusé. Et cela lui faisait peur.

Elle lâcha la première chose qui lui vint à l'esprit :

— La violence conjugale est un sujet sensible. Vous ignoriez tout de mon passé et, franchement, je n'avais pas l'intention d'en parler avant cette réunion publique. La dernière chose dont j'aie besoin, c'est qu'on me prenne en pitié.

Zeke sursauta.

— Bon sang, à votre avis, c'est pour cela que je vous ai embrassée ? Parce que j'ai de la peine pour vous ?

La saisissant de nouveau par les hanches, il l'attira tout contre lui, lui faisant parfaitement sentir la nature précise de leur échange sensuel.

— Cela n'a rien à voir avec la pitié, dit-il.

Puis il fut de retour derrière son bureau, à l'abri, la laissant là debout, électrisée, n'ayant pas encore recouvré son souffle, espérant qu'il vienne l'enflammer de nouveau.

Elle pouvait toujours attendre ! Il fallait qu'elle sorte d'ici avant de prononcer des mots qu'elle regretterait.

— Je dois y aller, dit-elle.

Zeke poussa vers elle le feuillet imprimé sur le bureau.

— Si vous voulez toujours que je sois là vendredi, je viendrai. Combien de temps mon exposé doit-il durer ?

Elle fut tentée de lui dire de ne pas venir. Mais d'ici la fin de la semaine, elle aurait sûrement étouffé les braises d'aujourd'hui, non ?

En tout cas, si elle n'y parvenait pas, elle serait dans un sacré pétrin. Et si c'était en elle qu'il amenait le changement ?

Eh bien, si cela arrivait, elle gérerait ça en temps et en heure.

— Environ dix minutes. Vous voulez que je vous inscrive ?

Elle retint son souffle tandis que Zeke pianotait du bout des doigts sur la surface du bureau. Malgré sa peur, elle savait qu'il apporterait beaucoup au projet.

— Oui. Inscrivez-moi.

— Entendu. Et merci.

Elle ne précisa pas de quoi. Elle se contenta de pivoter sur elle-même et de s'esquiver, espérant qu'elle aurait la force, le lendemain, de laisser tout cela derrière elle. Elle n'avait nul besoin de nouer une relation avec quelqu'un, moins encore avec un collègue. Car si les choses dérapaient…

Allons, de qui se moquait-elle ? Elles avaient déjà dérapé tellement loin qu'elles avaient atteint le bout du monde !

Eh bien alors, c'était à elle de les ramener sur les rails. Au diable les tsunamis et l'électricité dans l'air. Plus question d'embrasser ce beau gosse de chirurgien !

Mais en réalité, elle savait qu'elle revivrait ce baiser en rêve. Cette nuit. La nuit prochaine. Celle d'après, et toutes celles qui suivraient. Vendredi semblait encore loin, mais il n'arriverait que trop vite. D'ici là, elle pouvait seulement tenter de se ressaisir, espérer qu'elle saurait faire semblant de s'être rèmise de cet échange. Mais ce serait un mensonge total.

Le résultat des examens de Tessa était là.

Zeke compta jusqu'à cinq avant d'ouvrir le fichier électronique.

De deux choses l'une : ou il dirigerait les parents vers un oncologue, ou il programmerait une opération pour ôter une tumeur bénigne. Ce qu'il espérait. Mais les espoirs ne se réalisaient pas toujours.

Il cliqua sur le fichier pour l'ouvrir, parcourut en pointillé l'ensemble du rapport médical :

« … *cellules atypiques… non invasives…* »

Il faillit s'écrouler de soulagement.

Ce n'était pas tout à fait bénin, mais ce n'était pas cancéreux non plus, et probablement circonscrit à la zone où il avait localisé la tumeur. C'était une bonne nouvelle. Une nouvelle formidable, en fait !

Il faudrait tout de même pratiquer l'ablation de la tumeur, et il devrait en nettoyer l'environnement pour que le nodule ne se reforme pas. Mais ni une radiothérapie ni une chimiothérapie ne seraient nécessaires.

Sa main se porta vers le téléphone pour annoncer la bonne nouvelle à Lindy puis s'immobilisa.

Il ne passait pas habituellement d'appels individuels pour transmettre des résultats de tests aux membres de son équipe chirurgicale. Ils en étaient informés la plupart du temps à cause d'une chirurgie ou d'un traitement consécutifs.

En vérité, il avait envie d'entendre la voix de Lindy. Peut-être pour s'assurer qu'elle allait bien. En tant que médecin, il avait prêté serment, jurant de ne faire aucun mal à quiconque. Et sur ce plan, il n'était pas tout à fait sûr d'être à la hauteur.

Il hésitait toujours sur la raison du baiser de l'autre jour, même s'il avait finement analysé à plusieurs reprises ce qui l'avait amené. Au point d'en rester éveillé la nuit, et même d'avoir dû prendre une ou deux douches froides.

Il n'était pas plus près d'avoir la réponse aujourd'hui qu'il ne l'avait été sur le moment même. Cela avait cependant modifié la programmation de ses opérations chirurgicales. S'il avait auparavant demandé que Lindy fasse partie de son équipe, il répugnait maintenant à la mêler à son travail. Elle l'avait sûrement remarqué, mais si elle était intelligente, elle en serait soulagée.

Bien entendu, il y avait la question de sa requête pour qu'il apporte sa contribution à la réunion publique de vendredi et au fonctionnement du futur centre, mais ça ne les obligerait sans doute pas à passer beaucoup de temps ensemble.

De nouveau, il prit son mobile. Mais cette fois, ce fut parce qu'il se rappelait que Lindy désirait être tenue au courant du résultat des examens de Tessa. Cependant, plutôt que de passer un appel, mieux valait lui envoyer un message.

Il tapa le texte le plus rapidement possible, comme si c'était une façon de limiter le contact :

Les résultats de Tessa sont là. Cellules atypiques, mais pas de malignité. Chirurgie suivra à une date ultérieure.

Il appuya sur « envoi » et reposa l'appareil, se forçant à se remettre au travail sans se soucier de savoir si Lindy recevrait le message et y répondrait.

Il y était presque parvenu lorsqu'un *ding* lui apprit qu'il venait de recevoir un SMS.

De Lindy ?

Malgré sa réticence, son regard s'était déjà reporté sur l'écran. Le message était bien de Lindy, bref et laconique :

Quelle joie !

Rien de plus. Sauf que, aussitôt après, le mobile sonna.

Il déglutit en voyant que l'appel venait d'elle, mais cette fois, son subconscient ne suscita aucun conflit avec son moi conscient : il saisit le mobile et prit la communication.

— Ici Bruen.

Comme si elle pouvait ignorer qui était au bout du fil !

— Salut, euh… Je voulais juste savoir si la date de l'opération est déjà fixée.

— Pas encore. Je viens seulement d'avoir le rapport.

— Oh ! Bon…

Elle eut une hésitation, puis :

— J'aimerais faire partie de l'équipe chirurgicale, si possible.

— Bien sûr.

Il ne savait pas très bien pourquoi elle se sentait tenue de lui soumettre cette requête… Si, évidemment, parce qu'il avait évité de la mettre sur son planning.

Son cœur se serra.

Cela avait sans doute donné à un incident somme toute anodin plus d'importance qu'il n'en avait en réalité…

Sauf que pour lui, ça comptait énormément.

— C'était mon intention, ajouta-t-il.

— J'avais cru que…, commença-t-elle.

Il eut presque l'impression de la voir hausser les épaules

à l'autre bout du fil. Ne souhaitant pas lui confirmer qu'il cherchait à l'éviter, il la contra en achevant la phrase dans un tout autre sens.

— … Que les plannings étaient modifiés ? C'est le cas. Il m'a semblé avoir surchargé de travail certaines infirmières, et j'ai essayé de rendre les choses plus équitables. De répartir le fardeau sur un plus grand nombre.

Cela valait mieux que de dire qu'il ne voulait plus travailler avec elle. D'autant qu'il en avait envie, même s'il n'était pas sûr que ce soit une bonne idée.

— OK, dit Lindy. Il m'aurait déplu que ce qui s'est produit l'autre jour altère notre relation de travail.

Parlait-elle d'un endroit où elle pouvait être entendue ? Était-elle à l'hôpital aujourd'hui ?

— Ce ne sera pas le cas tant que nous n'y consentirons pas.

Pieux mensonge. N'y avait-il pas déjà consenti, au fond ?

— Merci. Je, euh… Je vous jure que je ne me jetais pas à votre tête.

Ça, c'était la dernière chose qu'il aurait attendue d'elle !

— Je sais. Et je vous jure que je ne me jetais pas non plus à votre tête, dit-il sans pouvoir réprimer un sourire. Comme vous l'avez observé, Lindy, nous abordions un sujet sensible. Je crois que ça nous a désarçonnés tous les deux. Mais je suis content que vous m'ayez parlé. Je pense réellement que vous serez un atout de choix pour le futur centre.

— Vous aussi. Vous êtes toujours décidé à venir à la réunion, n'est-ce pas ?

Hum… Sans doute dirait-il oui pour plus d'une raison. Mais il n'allait pas aller par là.

— Oui. Et comme je le disais, vous êtes la personne idéale pour parler de la violence conjugale et de la survie à cette violence. Tout le monde n'a pas subi ce que vous avez subi.

— Je m'en réjouis. Et j'apprécierais que tout cela reste entre nous.

Parlait-elle du baiser ou de son passé ?

Sans importance. Il n'était pas du genre à se prêter aux

commérages au travail – ni aux relations sentimentales, d'ailleurs. Il n'allait pas commencer maintenant.

— Ne vous inquiétez pas. Je n'en ai parlé à personne. Cela ne regarde que vous.

— Merci. Je vais aborder le sujet à la réunion, mais je préfère décider par moi-même de ce que je consens à dire.

— C'est tout à fait compréhensible.

Il saisit un stylo et le mania entre ses doigts, surpris d'être aussi à l'aise pour parler avec elle, après ce qui s'était produit. Il s'était attendu à des silences gênés aux deux extrémités de la ligne. Or la conversation était agréable. Tout comme d'entendre à nouveau la voix de Lindy.

Un peu *trop* agréable.

— Bon, je vous laisse, dit-elle.

Le stylo se figea entre ses doigts.

— Entendu. Je vous ferai savoir quand aura lieu l'opération de Tessa.

Ils se dirent au revoir, puis il se retrouva seul avec ses pensées, se demandant si leur prochain face-à-face serait aussi aisé que cette conversation téléphonique.

Il en doutait un peu. Mais s'ils avaient pu le faire une fois, ils pourraient récidiver. Du moins, il l'espérait, car cela rendrait le travail – et sa vie – infiniment plus facile.

Pourquoi avait-il cru que ce serait facile ?

Zeke avait programmé Lindy pour sa journée au bloc du lendemain, mais dès qu'il vit ses yeux noisette le regarder par-dessus le masque, il sut qu'il aurait dû attendre plusieurs jours encore. Car il se remémora avec précision la forme de ses lèvres. Leur contact. Leur goût.

Bon sang ! Il n'avait d'autre recours que de s'en tenir à sa résolution de surmonter ce souvenir. Avec le temps, cela s'arrangerait.

De son côté, Lindy paraissait en forme. Ses yeux pétillèrent quand elle le vit, et il sut qu'elle souriait sous son masque, que les plis légers se fronçaient de cette adorable façon qui l'atteignait au tréfonds de son être.

— Cela promet d'être intéressant, dit-elle.

Certes. Mais ce n'était pas au cas médical qu'il pensait.

— L'infection ne cède pas aux antibiotiques comme nous l'espérions.

Les cas d'infection pulmonaire étaient en effet intéressants, mais aussi éprouvants pour les nerfs. Le risque de répandre une bactérie dans d'autres parties de l'organe était réel. Cette fois, cependant, la poche d'infection était circonscrite, et on pouvait espérer l'ôter ou procéder à l'ablation du lobe pulmonaire en cas de complications.

Ce n'était pas pour cette seule raison que ces cas étaient stressants. Pour lui, ils étaient aussi porteurs d'un lot de souvenirs indésirables. Raison pour laquelle son ex-femme avait voulu qu'il change de spécialité. Après les opérations pulmonaires, il était toujours sonné. Il rentrait à la maison dans un état de stupeur qui n'était pas dû à une consommation de drogue ou d'alcool.

La première année avait été la pire. Il restait mutique pendant des semaines entières, ou il explosait de colère si Janice tentait de lui parler. Il n'avait jamais exercé de violence physique, mais il lui avait nettement signifié qu'il refusait les échanges. En faisant défaut à sa fille, il avait aussi fait défaut à sa femme. Elle avait besoin de lui, et il n'avait pas été là pour elle. Elle avait à juste titre demandé le divorce le jour anniversaire de la mort de Marina.

— Zeke ?

Lindy venait de lui poser une question. Mais laquelle ?

— Pardon, vous disiez ?

— Combien d'opérations de ce genre avez-vous réalisées ?

— Trop, répondit-il avec franchise.

Il avait sauvé beaucoup de vies, mais il avait aussi perdu l'être qu'il aurait voulu sauver par-dessus tout. Sa fille était morte de pneumopathie interstitielle infantile, une affection pulmonaire rare caractérisée par une inflammation du tissu de soutien. Hélas, il n'avait pas identifié la maladie au début. Pas avant qu'il ne soit beaucoup trop tard.

Son sentiment de culpabilité avait failli le tuer. Il était, prétendait-on, l'un des meilleurs chirurgiens dans son domaine, et pourtant le diagnostic lui avait échappé.

Il se rappela les fois où la toux de Marina s'aggravait, les poussées récurrentes de bronchite et les pneumonies à répétition. Quand ils avaient compris à quoi ils avaient affaire, ils n'avaient pas pu stopper le mal. Le fluide dans ses poumons était virulent et agressif, et son petit corps épuisé n'avait pas pu combattre plus longtemps les ravages de la maladie. Marina était morte, et il en avait eu le cœur brisé. Son couple avait implosé un an plus tard, lorsqu'il avait refusé de changer de spécialité.

Sa femme s'était opposée à sa décision en disant : « Cela ne ramènera pas Marina. » Cela n'avait pas ramené sa fille, certes. Mais cela avait bel et bien anéanti leur mariage.

À l'époque, il avait eu le sentiment de ne pas avoir le choix. Comme si sa pénitence et son expiation étaient de sauver les enfants des autres, ou du moins de le tenter. Même si cette tâche achevait de lui déchirer le cœur.

Lindy changea de place à côté de lui, lui rappelant le travail à accomplir.

Il prit une profonde inspiration.

— Prêts, vous ? Alors, au travail.

Et c'est ce qu'ils firent.

La zone d'infection avait la taille d'une balle de base-ball, plus vaste qu'il ne l'avait d'abord pensé, et il dut enlever plus de tissu qu'il n'avait anticipé. Il fallait tout nettoyer, sinon l'infection reviendrait, et il ne voulait pas de ça.

Lindy était juste à côté de lui, lui présentant les instruments pour ainsi dire avant qu'il ne les demande.

Cela signait la différence entre une bonne infirmière en chirurgie et une infirmière exceptionnelle. Pourtant, Lindy avait arrêté pendant… Combien de temps avait-elle dit ? Un peu plus de trois ans ?

— On dirait que nous avons tout enlevé. Nous allons expédier les prélèvements au labo de biologie et faire faire une culture.

— Ça semble bien. Vraiment net, murmura Lindy par-dessus son épaule.

À cet éloge, une onde de chaleur l'inonda, qui n'avait rien à voir avec la satisfaction du travail bien fait et surtout avec le baiser insensé qu'ils avaient partagé.

Il serait bien inspiré de mettre un terme à ce genre de pensée !

Une fois l'incision recousue, il poussa un soupir de soulagement.

Le traitement postopératoire comportait l'administration d'antibiotiques par intraveineuse. La culture les aiderait à déterminer lesquels pourraient éradiquer cette souche microbienne particulière, même s'ils avaient déjà essayé la plupart des antibiotiques à large spectre. La grosseur infectieuse avait persisté, quoi qu'ils aient tenté. Avec un peu de chance, grâce à l'ablation, tout microbe résiduel restant perdrait son emprise sur la petite malade.

Une infirmière prit le récipient de l'échantillon, y inscrivit le nom et la date de naissance de la patiente et le porta au laboratoire. Elle revint en annonçant qu'ils traitaient ça en urgence pour communiquer au plus vite les résultats.

— Remerciez-les. Ils peuvent me biper dès qu'ils les auront.

— Entendu, je transmets.

Zeke attendit que sa patiente reprenne connaissance tandis que les autres membres de l'équipe emballaient leurs instruments en vue de la stérilisation. Quand ils eurent terminé, il se tourna vers Lindy.

— Un café me ferait du bien. Et vous ?

En la voyant froncer légèrement les sourcils, il se rendit compte qu'il n'aurait sans doute pas dû lui faire cette proposition, étant donné les circonstances. Mais il avait réagi par habitude. Combien de fois n'avait-il pas suggéré à celui ou celle qui se trouvait près de lui de prendre un café en sa compagnie ? Cela n'avait pas de signification particulière, mais Lindy n'avait sans doute pas tort de voir les choses différemment. Si elle préférait refuser, très bien.

— Volontiers, dit-elle.

Il fut surpris par sa réponse, mais sûrement pas déçu. Il aimait avoir de la compagnie après une opération difficile. Personne n'avait jamais accordé à ces invitations un sens différent de celui qu'elles avaient : la camaraderie du travail commun. Il y avait parfois sept membres de l'équipe réunis à la cafétéria de l'hôpital, parfois deux. Il regarda autour de lui, mais la pièce étant pratiquement vide maintenant que la fillette avait été emmenée en salle de réanimation, il n'avait personne d'autre à inviter.

Il pouvait se permettre ça, non ? Ils étaient tous deux adultes, capables de dépasser une petite erreur.

Petite ? Pas tant que ça, à en juger par les rêves qui l'avaient encore hanté la nuit dernière.

Il n'avait pas très envie qu'une ribambelle de gens le voient prendre un café avec la nouvelle infirmière, après ce qui s'était produit entre eux. S'ils allaient quelque part ailleurs, cela susciterait peut-être moins de commérages.

— Je connais un café au bas de la rue. Cela nous fera prendre un peu l'air, si vous avez le temps.

— J'ai droit à ma demi-heure de pause, alors pas de problème, dit Lindy.

Mais elle semblait moins sûre d'elle qu'un instant plus tôt. Supposait-elle que cette invitation était une sorte de rendez-vous ? Il n'allait tout de même pas la détromper et la mettre dans l'embarras, même s'il devinait qu'elle ne se faisait pas ce genre d'illusion.

— Cela ne vous ennuie pas de marcher un peu ?

— Je suis bien équipée, affirma-t-elle. On va chez Mulroney's ?

— Oui. J'oubliais que vous êtes du coin.

Lorsqu'ils sortirent, ils furent brutalement assaillis par la chaleur torride de Savannah à cette heure de la journée.

— Le véritable risque, c'est la liquéfaction, lâcha Lindy en riant.

— J'en déduis que vous préférez éviter de prendre le café en terrasse ?

— J'aime autant avoir l'air conditionné, si ça ne vous ennuie pas. Plus il fait frais, mieux je me porte.

Cette fois, ce fut lui qui se mit à rire.

— Je reconnais que je n'ai pas fait preuve de prudence en suggérant cette sortie.

Heureusement, il ne leur fallut pas longtemps pour atteindre leur destination, et l'intérieur du café était d'une fraîcheur délicieuse. Il trouva une table dans un coin à l'écart, et invita Lindy à y prendre place. Un serveur se présenta presque aussitôt pour prendre leur commande.

— À vous l'honneur, dit Zeke à Lindy.

— Un café frappé, s'il vous plaît. Avec double dose de sucre.

Zeke haussa les sourcils mais ne dit rien. Il commanda un café noir et attendit que le serveur se soit éloigné pour parler.

— Auriez-vous commandé ça à la cafétéria de l'hôpital ?

Elle sourit.

— Y avez-vous déjà pris un café frappé ?

— Et vous ? répliqua-t-il.

— Non. J'ai supposé qu'il n'était pas meilleur que celui de la plupart des cafétérias. Je suis venue ici les deux dernières fois que j'ai pris ma pause. J'y ai même amené Daisy à une occasion, et je lui ai commandé un chocolat glacé.

— Le chocolat de Mulroney's a-t-il l'approbation de Daisy ?

— Elle adore. Ma mère l'avait amenée ici pour me voir ce jour-là, en fait. Maman est formidable, elle insiste pour garder la petite. Je ne le lui reproche pas, elle a manqué beaucoup de choses.

— Votre mari n'a jamais… ?

Elle ne lui demanda pas de préciser et répondit aussitôt :

— Non, jamais.

Elle avait les lèvres serrées, ce qui le retint de pousser le bouchon trop loin.

Tout comme la mère de Janice, sa propre mère adorait Marina, elle raffolait de tous les instants passés avec elle. Mais à la suite du diagnostic, le changement avait été radical. Ils n'avaient tout simplement plus eu la possibilité de laisser leur fille chez ses grands-parents pendant toute une journée. La vie avait été dévorée par la lutte contre un ennemi qui refusait de lâcher prise. Pour finir, cet ennemi avait emporté la partie, et il avait tout perdu. Ses parents avaient été dévastés par la disparition de leur petite-fille et de surcroît par l'éloignement de leur belle-fille. Janice en était navrée, mais ça la faisait trop souffrir de rester en contact avec eux. Elle était entièrement sortie de leur vie, déménageant à l'ouest des États-Unis.

Sa mère n'abordait jamais directement le sujet, mais elle insinuait de temps à autre qu'il devrait se remarier. Son rêve le plus cher était sans doute d'avoir à nouveau des petits-enfants, d'autant qu'elle vivait seule après la mort de son père, survenue un an plus tôt. Elle n'était toujours pas remise de ce deuil.

Quant au mariage, Zeke ne le voyait certes pas pointer à l'horizon ! Après s'être fermé comme il l'avait fait avec Janice, il s'était gardé de toute relation féminine. Il n'aimait pas ce qu'il était devenu. Il avait été égoïste, ne s'était montré d'aucun soutien, avait sombré dans un gouffre émotionnel ténébreux où il n'y avait de place que pour un occupant : lui. Il n'avait pas admis sa femme à bord. C'était moche, c'était mal, et il n'était pas certain de se comporter différemment s'il était de nouveau confronté à une crise semblable. Alors, il ne tentait rien. Il ne voulait pas compromettre le bonheur d'un autre être.

Et ce baiser avec Lindy, hein ?

Cela n'avait été qu'une poussée de désir passagère. Rien de plus, rien de moins. Il avait déjà étouffé ça dans l'œuf.

— Et vous ? fit Lindy. C'est toujours de ma vie personnelle que nous discutons. Que faites-vous lorsque vous n'êtes pas à l'hôpital ? Vous n'êtes pas marié, n'est-ce pas ?

Elle allait à la pêche aux informations !

Cela le fit sourire.

— Ne vous inquiétez pas, Lindy. Vous n'avez pas brisé mon couple en vous prêtant à ce baiser. J'ai fait ça tout seul il y a un bout de temps déjà.

— Alors, vous étiez marié ?

— Oui.

Il savait ce qui l'attendait, et il s'arc-bouta pour y faire face, même s'il était surpris que Lindy ne soit pas déjà au courant. Il y avait encore à l'hôpital un certain nombre des gens qui y avaient exercé lors de la maladie de sa fille.

— Des enfants ?

Elle avait un regard curieux, et rien ne laissait supposer qu'elle savait quoi que ce soit au sujet de Marina. Qu'allait-il lui dire ?

La vérité. Après tout, que n'avait-elle pas partagé avec lui !

— J'avais une fille. Elle est morte il y a cinq ans.

— Oh ! Zeke, je suis navrée ! Que s'est-il passé, si vous me permettez cette question ?

— Il n'y a pas de souci. Elle avait une maladie du poumon incurable. Elle est morte lorsqu'elle avait trois ans et demi.

La main de Lindy se posa sur la sienne, mais cette fois c'était uniquement par empathie.

— Je ne savais pas.

— Ce n'est pas un sujet qu'on aborde dans la plupart des conversations ordinaires.

Voulait-il dire par là que cette conversation-ci n'en était pas une ? Peut-être. De deux choses l'une : ou il commençait à devenir gâteux, ou Lindy avait le don d'inviter aux confidences.

Avant qu'il ait pu ajouter quoi que ce soit, on apporta leurs cafés, et la discussion revint sur le cas de Tessa.

— Vous savez quand l'opération aura lieu ?

— Très bientôt. L'hôpital s'efforce d'établir les plannings en fonction des créneaux encore libres. Ce sera dans le courant de la semaine prochaine, je suppose, après les portes ouvertes sur le centre d'aide aux femmes.

— Tessa est une charmante petite.

— Oui. Elle me rappelle un peu Marina.

Sans l'avoir voulu, voici qu'il en revenait à sa fille.

— Parlez-moi d'elle. Comment était-elle ?

— C'était un bébé adorable. Janice et moi nous sommes connus au collège et sommes tombés amoureux l'un de l'autre.

Ensuite, il y a eu la fac de médecine avec toutes les pressions que cela implique. Quand j'en suis sorti et que nous étions prêts à avoir un enfant, rien ne semblait marcher. Nous avons fini par recourir à un traitement contre l'infertilité, et Marina est arrivée. Tout semblait aller bien au début.

— Vous avez dit qu'elle souffrait d'une maladie pulmonaire. De l'asthme ?

— Non, une pneumopathie interstitielle infantile. Un truc aussi affreux que ça en a l'air. Des infections pulmonaires à répétition. Elles ont fini par avoir le dessus.

— C'est ce qui vous a séparés, votre femme et vous ?

— Oui, environ un an après la mort de Marina. Je n'étais pas très vivable à cette époque.

— Comment ça ? s'enquit Lindy en inclinant la tête de côté.

— J'ai réagi assez mal à cette crise. Je me suis fermé. Ce n'est pas le genre de réaction qu'une femme a envie de voir chez son compagnon.

— Il y a pire.

En considérant les choses du point de vue de Lindy, il supposait que oui.

— Peut-être, mais en l'occurrence cela a signifié la fin de notre couple.

— Est-ce que ça ne vous fait pas mal ? Soigner les enfants des autres, je veux dire.

Le cas d'aujourd'hui avait été dur pour lui, il l'admettait.

— Quelquefois. Surtout quand le patient a le même âge que Marina, ou une maladie comparable.

— J'imagine. Je suis surprise que vous ayez décidé de continuer à traiter ce genre de patients.

Il haussa les épaules.

— Serait-il loyal de refuser de soigner un malade parce que ça m'attriste ou me met mal à l'aise ?

— Je comprends…, dit Lindy, marquant un arrêt comme pour réfléchir. Mais ça ne doit pas faciliter les choses.

— En effet.

Ils restèrent silencieux une minute ou deux, puis Lindy ferma les yeux en soupirant.

— Ils font vraiment du bon café, ici.

Plus de confessions ? Elle avait peut-être raison. Il y avait eu assez d'épanchements pour une seule pause-café. Et il était probablement temps de retourner au boulot.

— Je ne suis pas sûr qu'un café frappé compte pour un vrai « petit noir », dit-il avec un sourire, pour indiquer que ce n'était pas réellement une critique.

La porte s'ouvrit, et deux infirmières de l'hôpital entrèrent. Lindy leur fit signe, et cela marqua la fin des conversations intimes.

Heureusement, elle avait retiré sa main de la sienne. Il n'aurait plus manqué que le réseau pipelettes des entremetteuses de l'hôpital fonde là-dessus des suppositions erronées de rapprochement amoureux !

Parler de Marina avait ramené à la surface des souvenirs qu'il aurait mieux fait de laisser enterrer. Quant à se lier avec une femme dont la fille avait presque le même âge que la sienne lorsqu'elle était morte, cela ne pouvait être une bonne chose. Cela risquerait de l'amener à se demander au fil des ans comment aurait été Marina si elle avait vécu…

Certes, il s'était déjà posé la question. Sa fille aurait presque neuf ans, aujourd'hui. Il avait bel et bien utilisé un logiciel permettant de « vieillir » le sujet d'une photographie. Il l'avait fait avec la photo de sa fille, pour voir à quoi elle aurait ressemblé aux divers stades de sa vie. Il avait imprimé les images obtenues, mais c'était une erreur. Ces reconstitutions l'avaient ensuite hanté pendant des mois. Il préférait se remémorer la fillette vivante plutôt qu'une sorte de fantôme brumeux qui ne prendrait jamais corps. Il avait finalement enseveli ces tirages au fond d'un tiroir. Il ferait probablement mieux de les détruire, même s'il avait l'impression d'anéantir une fois de plus ce qui aurait pu être.

Il y avait des mois qu'il n'avait pas pensé à ces photos, et il ferait bien de ne pas y penser à présent.

— Ma mère veut venir aux portes ouvertes, dit Lindy, même si je lui ai expliqué que ce n'était pas une affaire.

— Je ne le lui reproche pas. Elle doit être fière du chemin que vous avez parcouru.

— Je n'en parle que parce qu'elle veut amener Daisy. Allez-vous montrer des choses difficiles à supporter ?

— Je n'ai pas encore réfléchi à ce que je dirai, mais non, sûrement pas. Pas de clichés de blessures ni quoi que ce soit de choquant.

Mais la nécessité d'un centre de soutien était choquante en soi.

— Il y a une garderie pour les enfants des employés, à l'hôpital, vous êtes au courant ? Je suppose qu'elle fonctionnera aussi pour les portes ouvertes, votre mère pourrait y déposer Daisy.

— C'est une super idée ! Cela lui permettrait aussi d'avoir un peu de liberté s'ils acceptent les enfants à temps partiel. Bon, je ferais bien d'y aller, ma pause se termine.

— Et moi, je dois faire le point sur le patient qu'on opère ensuite. Je vous tiendrai au courant lorsque la date d'opération de Tessa sera fixée.

— Merci, dit Lindy, souriante. Et merci de m'avoir invitée à prendre un café. C'était sympa de sortir de l'hôpital, ne serait-ce que pour quelques minutes.

— Oui, c'était sympa, reconnut-il, en la couvant des yeux malgré lui.

5.

Comme Lindy s'en doutait, sa mère avait tenu à venir aux portes ouvertes, promettant de déposer Daisy à la garderie dès que la réunion commencerait, pour le cas où les propos ne seraient pas adaptés aux oreilles enfantines.

Elle n'avait pas l'intention de communiquer le pire, mais elle était tout de même nerveuse de savoir sa mère présente.

— Tu n'as qu'à faire comme si je n'étais pas là, dit Rachel.

— Ben voyons, fit Lindy en lissant sa jupe.

Rachel était du genre à adresser de grands signes à la cantonade, ce qui ne permettait guère de l'ignorer.

— Et si tu veux sortir ensuite avec des amis, je peux garder Daisy cette nuit.

Elle connaissait à peine ces gens. Des amis ? Sa mère parlait-elle sérieusement ?

Euh… N'avait-elle pas embrassé l'un d'eux ?

Cela ne comptait pas. D'ailleurs, elle ne connaissait pas plus Zeke Bruen que les autres.

Vraiment ? Elle lui avait dit des choses que tout le monde ignorait à part ses parents, et Zeke lui avait confié sur sa fille des choses qui, disait-il, ne surgissaient pas dans les conversations ordinaires.

Pourtant, tout à l'heure, les personnes présentes dans la salle sauraient dans les grandes lignes ce qui lui était arrivé. Mais elle n'allait sûrement pas le proclamer sur une pancarte.

Elle regarda l'horloge et vit qu'elle n'avait plus que dix minutes avant de prendre la parole.

— Bon, maman, il faut que j'y aille.

— Je t'aime, ma fille. J'emmènerai notre petit bout de chou dans dix minutes.

Rachel embrassa Lindy sur la joue, puis s'installa dans un fauteuil, Daisy sur les genoux.

Quand Lindy parvint à l'avant de la salle, Zeke était déjà à côté de l'estrade, en conversation dans un groupe où se trouvait Neil, l'administrateur. Ce dernier lui fit signe de venir.

Prenant une profonde inspiration, elle les rejoignit.

Ces gens étaient-ils d'anciens volontaires ou des nouveaux comme elle ?

Vêtu d'un pantalon de treillis et d'un polo noir qui adhérait à son corps musclé, Zeke paraissait sûr de lui et calme. Tout le contraire d'elle, une vraie pelote de nerfs.

— Vous êtes belle comme ça, murmura-t-il.

Elle s'empourpra.

Génial. Il ne manquait plus que ça.

— Vous êtes bien aussi.

Sa mère, comme à point nommé, souleva Daisy dans ses bras et lui fit lever sa menotte, l'agitant comme pour un salut.

Pour ce qui était de paraître professionnelle, c'était réussi ! gémit Lindy intérieurement. Puis elle se ressaisit.

Ce n'était pas de professionnalisme qu'il s'agissait. Mais d'aider les femmes. Des femmes qui se trouvaient dans la situation terrible qu'elle avait vécue.

Neil désigna l'estrade.

— Quand tout le monde sera assis, je ferai une introduction, puis ce sera à vous, d'accord ?

Seigneur ! Pourquoi avait-elle pensé que ce serait une bonne chose que sa mère soit là ?

Minute, elle n'avait jamais pensé ça. Pas une seule seconde !

Pour comble, Rachel fut soudain près d'eux, se mêlant aux employés de l'hôpital.

— Regarde, Daisy, le monsieur avec qui tu as mangé l'autre jour est là ! Lindy, il ne s'appelle pas Zeke ou un truc dans ce genre-là ?

— Oui, mais…

Zeke s'était écarté de quelques pas pour s'entretenir avec quelqu'un.

— Allons le saluer. Tu pourras lui parler de ton château de princesse.

— Princesse ! cria Daisy.

Lindy intervint avant que l'excitation croissante de sa fille ne devienne ingérable.

— Je ne pense pas que ce soit une bonne idée. Il est occupé.

— Allons donc ! Je suis sûre qu'il sera content de revoir Daisy.

Et avant que Lindy ait pu ajouter quoi que ce soit, le duo s'éloigna.

— C'est bien les mères, n'est-ce pas ? approuva quelqu'un à côté d'elle.

C'était Nancy, qui tenait un verre rempli de Coca, et sourit à son air catastrophé.

— Elles vous rendent chèvre, continua-t-elle, mais on n'en changerait pour rien au monde.

— Je n'en suis pas si sûre aujourd'hui, répliqua Lindy. Je ferais bien un troc.

Elles éclatèrent de rire en chœur, et Lindy glissa un coup d'œil vers sa collègue.

— Tu serais intéressée pour être volontaire, si le centre ouvre réellement ? lui demanda-t-elle.

— Oui. J'y ai un intérêt tout particulier, car ma petite sœur est dans une relation de couple toxique et ne veut pas quitter son compagnon.

— Je suis vraiment navrée, dit Lindy en se mordant la lèvre avec gêne.

Elle avait été un jour comme la sœur de Nancy, et cette dernière l'apprendrait bien assez tôt.

— J'espère qu'elle prendra conscience de ce qu'il faut faire, ajouta-t-elle.

Elle leva les yeux et vit que Zeke la fixait. Elle n'avait jamais vu quelqu'un d'aussi mal à l'aise, et elle se rendit compte soudain qu'il tenait Daisy dans ses bras…

Oh ! mon Dieu ! Il n'avait plus de fille qu'il puisse tenir

dans ses bras, et Rachel lui avait refilé Daisy comme ça, sans crier gare…

Sa mère ne se doutait de rien, elle parlait à toute vitesse. Quant à Daisy, elle avait noué ses petits bras autour du cou de Zeke et l'étreignait.

Le moment était venu d'intervenir.

— Tu veux bien m'excuser une seconde ? Je dois aller secourir le Dr Bruen avant qu'il ne fasse un malaise.

Nancy pouffa.

— Oui, il a l'air un peu bizarre. Il est rouge comme une betterave.

— En effet.

Lindy se fraya un chemin parmi les groupes qui bavardaient, espérant rejoindre Zeke avant qu'il ne décide de bannir les enfants de toute future rencontre ou quelque chose dans ce genre-là – même si elle n'avait pas son mot à dire dans ce domaine.

Parvenue devant lui, elle tendit les bras.

— Désolée, Zeke. Je vais la prendre.

— Il n'y a pas de problème. Votre mère me parlait de votre nouvelle maison. C'est apparemment un endroit charmant.

— Certes, dit Lindy en décochant un regard sévère à Rachel. Mais je suis sûre que vous avez mieux à faire que de parler de mes conditions de vie.

— Au contraire. Je ne dois pas intervenir avant un bon moment, alors j'ai du temps à tuer. D'ailleurs, Rachel et Daisy m'empêchent de devenir trop nerveux.

C'était la chose la plus comique qu'elle ait entendue ce jour-là. Chirurgien respecté, Zeke Bruen dirigeait le bloc chirurgical avec l'assurance d'un capitaine de vaisseau. Il était peu crédible qu'il ait peur d'affronter des gens et de leur parler de ce qu'il faisait quotidiennement !

— Là-dessus, j'ai des doutes, dit-elle.

Il eut un large sourire.

— Daisy veut que je m'habille en princesse comme elle. Ça, ça me rend vraiment nerveux.

Lindy pouffa de rire.

Bonté divine, elle aurait dû s'en douter ! Combien de fois avait-elle dû mettre une de ses plus jolies robes de cocktail pour prendre le thé avec son bout de chou de fille ?

— Le spectacle promet d'être intéressant ! lança-t-elle.

Elle sourit à Zeke, reprenant son calme.

Peut-être que le regard qu'il lui avait lancé n'avait pas été horrifié, après tout. Elle lui avait proposé de le délivrer de Daisy, et il n'avait pas saisi l'occasion. Mais il était vrai qu'elle devait faire son exposé avant qu'il intervienne à son tour.

Rachel glissa son grain de sel.

— Il faudra qu'on vous invite à dîner un de ces soirs. Je suis sûre que Daisy et Lindy en seraient ravies.

Décidément, sans s'en douter, sa mère l'enfonçait de plus en plus profondément dans un bourbier à chaque mot prononcé.

— Daisy serait sûrement enchantée, mais je ne réponds pas de Lindy, se contenta de dire Zeke, qui lui adressa un bref sourire.

— Bon, je crois que la princesse ferait bien de prendre le chemin de la garderie, glissa Rachel, qui tendit les bras. Je chargerai Lindy de s'entendre avec vous pour la date du dîner.

— C'est entendu, dit Zeke.

Lindy se mordit la langue.

Bon sang, pourquoi fallait-il que sa mère possède à un tel degré le sens de l'hospitalité du Sud ? Pour comble, celle-ci insistait si gentiment que rares étaient ceux qui y échappaient. C'était sa façon d'être. Elle-même appréciait ce trait de caractère en général, même si elle se gardait de l'adopter.

Alors que sa mère partait, Neil pria chacun de prendre place. Il présenta dans les grandes lignes le projet de l'hôpital, les fonds déjà réunis, puis il passa à la liste des intervenants, qui incluait Lindy, deux psychiatres de l'hôpital et Zeke. Lorsqu'ils auraient fini de parler, les membres de l'assistance pourraient poser leurs questions.

Rachel revint dans la salle et y prit place au fond à l'instant où Neil achevait sa présentation.

— Il y aura une feuille d'inscription au fond de la salle pour ceux et celles qui seraient disposés à consacrer quelques heures au bénévolat. La concrétisation de ce projet est entre les mains de tous. Et maintenant, je passe la parole à Lindy Franklin, qui est nouvelle à Mid Savannah mais rompue à ce genre d'entreprise.

La nervosité que Lindy était parvenue jusque-là à dompter lui noua soudain la gorge presque à l'étouffer.

Zeke avait peut-être perçu sa panique, car il se rapprocha d'elle, tout en restant cependant assez loin pour que ceux qui se trouvaient dans les parages supposent qu'il attendait son tour.

Le simple fait de sentir sa présence derrière elle l'aida à surmonter ce moment difficile, et elle commença en s'éclaircissant la gorge.

— Bonjour à tous !

Son salut suscita plusieurs réponses qui la firent sourire, et elle se sentit mieux.

— Comme l'a précisé Neil, je m'appelle Lindy Franklin et je suis nouvelle ici. Mais ce qu'il ne vous a pas dit, c'est que j'ai été victime de violences conjugales.

Elle vit que les gens se déplaçaient sur leur siège tandis qu'ils se pénétraient du sens de ses mots. Nancy parut choquée, tout comme d'autres infirmières avec lesquelles elle travaillait.

— La plupart d'entre vous l'ignorent, et c'est au cœur du problème. La majorité des victimes ne parlent jamais de ce qui leur arrive. Elles quêtent rarement de l'aide. Mais leur faire savoir qu'une aide est à leur portée revient à leur tendre une bouée de sauvetage. La bouée dont ces femmes, dont j'ai fait partie, ont si désespérément besoin.

Elle parla de certains éléments qu'elle aurait aimé connaître lorsqu'elle vivait avec Luke, et des moyens de réussir à parler aux autres de ce qu'on subissait. Elle termina ainsi :

— Nous voulons que Savannah sache qu'une aide est disponible. Gratuite. Respectueuse de la confidentialité. Et nous pouvons vous aider à vous en sortir. Merci.

Des applaudissements s'élevèrent. Nancy lui adressa un signe d'approbation, pouce levé, tandis que sa mère se tamponnait les yeux avec un mouchoir.

Les deux psychiatres de l'hôpital la remplacèrent. Se

référant à plusieurs choses qu'elle avait dites, ils entamèrent entre eux un dialogue éclairant sur les aspects psychologiques de la maltraitance.

— Bon boulot, Lind, lui murmura à voix basse Zeke avec une pointe d'admiration. À en juger par ce dont j'ai été témoin jusqu'ici, ce projet va décoller. Je serais surpris qu'on n'ait pas cinquante bénévoles tout de suite.

Elle avait laissé parler son cœur. Cela avait-il pu changer à ce point le cours des choses ?

« Il faut donner le coup de pouce nécessaire pour mettre les rouages en branle. »

Ce fut ensuite Zeke qui prit la parole.

Il conta les tourments de Meredith Brewster, prenant soin d'éviter tout élément qui aurait permis d'identifier la fillette. En l'écoutant, Lindy se remémora l'horreur qu'elle avait éprouvée en apprenant qu'une petite fille de cinq ans avait subi une atteinte physique aussi terrible en étant frappée par un de ses parents. Quand elle regarda autour d'elle, tout le monde n'avait d'yeux que pour Zeke, personne ne bougeait. Même sa mère était totalement captivée.

Fidèle à sa promesse, il ne donna pas de détails sanglants, mais cela ne l'empêcha pas de faire passer le message. Lorsqu'il eut fini, des applaudissements assourdissants éclatèrent.

Quelle intervention !

Neil fit quelques pas en avant, serra la main de Zeke et lui murmura quelques mots avant de se tourner vers le public.

— Merci aux membres de nos équipes qui ont pris sur leur emploi du temps surchargé pour nous parler. Et merci à vous tous d'être venus. Nous aimerions entendre vos questions ou vos commentaires. Si ce que vous avez entendu vous a intéressés, vous trouverez près de l'entrée des documents avec tous les numéros utiles. Et comme je l'ai mentionné tout à l'heure, il y a également une feuille d'inscription si vous avez envie d'aider ce projet à démarrer.

Il ajouta en lançant un coup d'œil du côté de Lindy.

— Une dernière chose : si vous avez le sentiment que la

vie de quelqu'un est en danger immédiat, je vous incite à appeler les secours d'urgence sans attendre.

Les intervenants se répartirent le traitement des questions, et Lindy en eut plus que sa part. Elle répondit de son mieux, constatant avec gratitude le respect des gens, qui ne cherchaient pas à entrer dans le détail de ce qu'elle avait vécu.

Vingt minutes plus tard, plus aucune main ne se levait.

— D'autres choses à aborder ? demanda Neil, embrassant du regard le groupe d'intervenants.

Lindy garda les mains sur les genoux, même s'il l'englobait dans ce survol.

— Bon, eh bien, j'imagine que c'est tout, fit-il. Il y a des rafraîchissements au fond de la salle. Servez-vous, et merci encore de nous avoir accordé un peu de votre temps. Si vous devez rejoindre le public, c'est par là.

Et ce fut vraiment terminé.

Zeke donna un petit coup d'épaule à Lindy et lui sourit.

— Merci de m'avoir invité à venir. Je crois que l'hôpital va faire de grandes choses avec ce projet.

— Je le crois aussi, dit-elle.

Cette petite poussée décontractée lui faisait chaud au cœur. C'était comme s'ils revenaient au début de leur rencontre, avant ce fichu baiser qui avait tout faussé.

Elle repéra sa mère, qui avait déjà récupéré Daisy à la garderie et qui franchissait la porte.

— Je vais dire au revoir à votre mère et à Daisy, dit Zeke.

— Je suis sûre que ça leur fera plaisir, dit-elle en souriant.

Apparemment, ce fut le cas.

— J'allais inviter Lindy et Daisy à venir regarder un film chez moi ce soir, annonça Rachel. Vous êtes le bienvenu aussi !

Lindy se raidit malgré elle.

C'était plutôt cavalier de la part de sa mère d'inviter un tiers, d'autant qu'elle ne lui laissait pas à elle-même la possibilité d'accepter ou de refuser la proposition.

— Ce soir, je ne peux pas, désolé, dit Zeke. J'ai d'autres projets. Mais on peut remettre ça à plus tard, avec l'invitation à dîner dont vous parliez tout à l'heure.

— Cela va de soi. Donc, il va falloir que nous regardions *Princess Bride* sans vous, si je comprends bien.

— L'héroïne est une princesse ? Je vais manquer quelque chose, on dirait ! À propos, une petite fille m'a donné des tas de gommettes de princesse qui seraient plus utiles à Daisy qu'à moi.

— Princesse ! cria Daisy.

— Vivement qu'elle passe aux arts martiaux, marmonna Lindy.

— Les arts martiaux ? fit Zeke, redressant la tête.

Elle se mit à rire.

— N'importe quoi, pourvu que ça nous change des princesses ! Mais je suis sûre qu'elle adorera les gommettes. Merci d'avoir pensé à elle.

Une ombre fugitive passa dans le regard de Zeke.

— Je n'ai personne d'autre à qui les donner.

Lindy eut un coup au cœur.

Il se remémorerait sa fille !

Elle ne savait vraiment pas ce qu'elle deviendrait si elle perdait Daisy. Elle ne voulait même pas envisager une telle éventualité. Elle n'était pourtant pas à l'abri d'une tragédie, le passé le prouvait. Mais elle avait sûrement traversé la pire épreuve que la vie lui gardait en réserve, n'est-ce pas ?

Rien ne pouvait garantir qu'elles étaient désormais à l'abri, mais elle aurait juré que la plupart des parents échangeraient leur place avec celle de leur enfant sans hésiter si cela permettait d'éviter que celui-ci souffre. Dans ses prières, Zeke avait sans doute offert sa propre vie en échange de celle de sa fille…

Soudain, elle ne put plus imaginer un monde sans Zeke, même si elle ne le connaissait que depuis quelques semaines.

Avait-il toujours des contacts avec son ex-femme ? Avaient-ils partagé les affaires ou les photos de Marina pour en avoir des souvenirs ? Ce devait être un crève-cœur pendant un divorce… S'étaient-ils disputés au sujet de ce que l'un et l'autre voulaient garder pour eux ?

Elle n'avait pas eu à traverser cela. Et même si Luke avait

vécu, il aurait échoué en prison. Les tribunaux auraient veillé à ce qu'il n'ait plus jamais de contact avec sa fille.

— Daisy sera ravie, merci, dit-elle à Zeke. Je vais lui acheter un album pour qu'elle puisse les y coller.

— J'avais oublié qu'il existait des albums. J'aimerais lui en offrir un, si possible.

Des larmes lui picotèrent les yeux. Elle les refoula d'un battement de cils, mais quand elle réussit à parler, elle fut horrifiée de constater que sa voix tremblait.

— Vous n'êtes pas obligé de faire ça.

Elle ne voulait pas ranimer chez Zeke de douloureux souvenirs. Ses parents avaient évité d'aborder le sujet de Luke depuis qu'elle était revenue. Ils savaient plus ou moins ce qui s'était passé, mais elle ne leur avait jamais avoué qu'il avait tenté de l'étrangler. Les policiers étaient les seuls à être au courant. Et les professionnels de santé qui avaient examiné sa trachée pour évaluer les lésions et les contusions… Elle avait attendu que celles-ci soient résorbées avant de rentrer dans sa ville natale. Ses parents ne l'auraient pas supporté. Son père se serait reproché de ne pas être venu la chercher plus tôt, ce qui aurait pu le mettre aussi en danger. Et rien ne disait qu'elle serait partie.

— J'aimerais m'en charger, dit Zeke. Si vous voulez bien.

— Bien sûr.

Du regard, elle tenta de lui faire comprendre que rien ne l'y obligeait, mais il se contenta de sourire. Sa mère leur lança un bref regard et annonça qu'elle allait faire un saut en magasin afin d'acheter du pop-corn pour leur soirée cinéma.

— Je peux m'en charger, maman.

— Je suis sûre que tu as des choses à terminer ici. Si vous changez d'avis, dit-elle en regardant Zeke, demandez l'adresse à Lindy. Si vous n'avez jamais vu *Princess Bride*, vous ratez quelque chose, je vous assure. C'est très amusant, même pour des adultes.

— J'y penserai. Et encore merci pour l'invitation.

Zeke ne parlait plus d'un autre projet. Curieux.

— On se retrouve d'ici une heure, Lindy, ajouta Rachel.

Sachant qu'il ne servait à rien de discuter, Lindy acquiesça.

Une fois que Rachel et Daisy furent hors de portée d'oreille, elle regarda Zeke d'un air contrit.

— Je suis vraiment désolée. Elle ne se rend pas compte que tout le monde n'a pas forcément envie de regarder un film avec sa petite-fille.

— Elle est fière d'elle, c'est bien naturel.

Zeke avait raison, bien sûr.

— En tout cas, je suis désolée qu'elle ait essayé de vous forcer la main. Elle ne sera pas offensée que vous ne venez pas, d'autant que vous avez des projets.

— J'avais prévu quelque chose, mais j'ai changé d'avis.

Zeke ne donna pas d'autre explication.

Ce projet avait-il inclus une autre personne ? Était-ce un rendez-vous féminin ?

Cette pensée lui serra le cœur, tandis que des images affluaient sur son écran mental : Zeke embrassant une autre femme, promenant les mains sur son corps…

Stop ! Il sortait avec des femmes, bien sûr. Il aurait été fou de s'en abstenir… Mais pour sa part, elle ne sortait avec personne. Était-elle folle pour autant ?

Avant qu'elle ait pu réagir, Zeke continua :

— Si la proposition tient toujours, je crois que je verrais bien ce fameux film.

— V-vraiment ? balbutia-t-elle.

Elle avait eu l'impression qu'il n'avait guère envie de la voir en dehors du travail, alors qu'y avait-t-il de changé ? Et pour sa part, voulait-elle ce changement ?

En tout cas, elle ne pouvait guère se rétracter sans raison plausible, et elle n'en voyait aucune.

— Bon, très bien. Daisy sera folle de joie. Si elle parvient à rester éveillée. Elle a tendance à piquer du nez au beau milieu.

Il lui décocha un regard bref.

— Et vous, est-ce que vous allez bien ? Je ne veux pas être indiscret, mais ces réunions sont toujours pénibles. Ce que ces personnes traversent est tellement dur…

Il s'arrêta abruptement, comme s'il réalisait à qui il parlait, puis il marmonna :

— Je suis heureux que vous vous en soyez sortie.

— Merci. Moi aussi. Mais je me suis juré d'éviter toute relation amoureuse d'ici longtemps.

— Je me suis fait la même promesse, alors nous sommes à égalité. Donc, c'est d'accord, une séance de ciné en amis ?

Amis ? Waouh ! Elle avait beau s'en défendre, elle devait avouer que ça lui plaisait beaucoup. Un peu trop.

6.

Zeke savait précisément pourquoi il avait accepté l'invitation de Rachel : son projet pour la soirée avait tourné autour de la résolution qu'il avait prise pendant qu'il tenait Daisy avant le début des portes ouvertes.

Il avait d'abord été horrifié quand la mère de Lindy lui avait mis la petite dans les bras, mais rien ne l'avait préparé à la joie qui l'avait envahi quand la fillette s'était pendue à son cou.

Comme Lindy était venue à pied au travail, il les emmena acheter du pop-corn en voiture. Le plan était qu'il la dépose chez elle avec Daisy une fois le film terminé. C'était sur son chemin, de toute façon. Et Lindy avait précisé que s'il devait partir à cause d'une urgence, elle pouvait passer la nuit chez ses parents, qui la raccompagneraient le lendemain.

— Rachel est dans la cuisine, dit l'homme qui leur ouvrit la porte.

Lindy fit rapidement les présentations, et Harold, son père, serra la main de Zeke.

— Enchanté de vous connaître.

Laissant Lindy ouvrir la marche, Zeke entra dans la maison.

Ce n'était pas seulement une habitation, comme l'avait été celle où il avait vécu avec Janice après la naissance de Marina, mais un véritable foyer, chaleureux, avec des photos, des souvenirs de Lindy lorsqu'elle était enfant. Un endroit qui ressemblait beaucoup à celui où il avait grandi.

Pourquoi Janice et lui avaient-ils tiré si peu parti de leur foyer ?

Il ne le savait pas très bien, mais cela l'amenait à se demander s'il n'y avait pas eu une faille dans leur relation dès avant la naissance de Marina. La mort de leur fille avait tout simplement élargi cette faille et l'avait révélée.

Avec le recul, il se disait qu'il aurait dû suivre le conseil de son ex-femme et conserver quelques effets de sa fille. Il n'avait que quelques photos écornées, et les tirages qui évoquaient ce qu'elle aurait pu devenir. Son projet pour la soirée portait là-dessus à l'origine : il avait eu l'intention de les ressortir pour les réduire en charpie, car la pensée de ce qui aurait pu être ne cessait de le ronger depuis cinq ans.

En fait, la principale raison de venir chez les Franklin ce soir était d'éviter de faire ce qu'il aurait dû faire depuis longtemps !

Et pourtant, il était là, à passer du temps avec une famille qui mettait en évidence tout ce qu'il avait perdu. Cela ne torturerait-il pas encore plus ?

Il n'en savait rien, mais c'était trop tard pour reculer. Il pourrait simuler une urgence à l'hôpital, mais Rachel avait paru si contente qu'il ait changé d'avis qu'il n'avait pas envie de lui renvoyer son invitation à la figure.

Tout de même, il lui semblait absurde d'être assis sur un canapé avec une famille qu'il ne connaissait pas vraiment, à regarder un film en mâchant du pop-corn.

Il en prit un peu, et puis encore, et regarda les folies que les personnages commettaient sur l'écran.

Daisy, qui était à présent en vêtements de nuit, s'étira de tout son long et appuya ses pieds nus contre le bras du canapé, contraignant Lindy à se pousser jusqu'à ce que sa jambe se retrouve contre celle de Zeke.

— Désolée, murmura-t-elle en essayant de s'écarter.

Mais elle ne pouvait pas. Et il était coincé contre l'autre extrémité du canapé sans possibilité d'aller ailleurs.

Il céda à la tentation de passer un bras autour d'elle, ce qui ne suscita aucun incident. Mais ce ne fut pas de la part de Lindy sans un léger trouble qui ne lui passa pas inaperçu.

Lindy était peut-être contrariée, mais pas lui. Pour le

moment, il savourait la satisfaction sourde qui affleurait à sa conscience, n'attendant qu'un encouragement pour se faire plus hardie. Il n'avait aucune intention d'écouter cet encouragement, mais c'était agréable d'imaginer ce qui se passerait s'il osait.

Une scène très vive entre deux personnages provoqua les gloussements sonores de Daisy. Lindy ne put s'empêcher de pouffer à son tour.

— Désolée, murmura-t-elle encore. Elle adore ce film, surtout le duel à l'épée.

Il ne put réprimer un sourire. Et soudain, la satisfaction prit plus d'intensité, éperonnée par ces mots chuchotés rien que pour lui. Bien qu'ils soient au milieu du salon de ses parents, on aurait dit qu'ils étaient dans le cocon de leur petit monde intime. Rachel et Harold, attentifs au film dans leurs fauteuils, ne représentaient qu'une sorte de toile de fond. Tout comme Daisy, malgré son rire.

Était-il le seul à éprouver ça, ou Lindy le ressentait-elle aussi ?

Il espéra que oui, parce qu'il allait se sentir extrêmement stupide s'il s'avérait qu'il était le seul à tirer une excitation émotionnelle de leur proximité.

Soudain, un léger bruit sonore s'éleva à côté de lui. Il coula un regard vers Lindy, se demandant si elle s'était endormie. Mais ce n'était pas elle. Daisy était à moitié renversée sur les genoux de sa mère, endormie, bouche ouverte, émettant de petits gargouillis.

Il pouffa, car quelques secondes plus tôt la petite fille était tout à fait réveillée !

— Je vous avais prévenu, lui souffla Lindy.

Et l'émoi de Zeke s'accrut d'un cran.

— En effet, répondit-il sur le même ton.

Pourvu que ses parents ne les voient pas ainsi, têtes rapprochées, murmurant entre eux. Dieu seul savait quelles idées ils pourraient en tirer !

Et quelles idées il en tirerait lui-même.

La pression continue de la cuisse de Lindy contre la

sienne n'arrangeait rien. S'il n'y prenait garde, il allait leur fournir une preuve concrète qu'il n'avait pas envie de révéler. L'attirance physique était là, sans aucun doute. Mais il n'avait pas l'intention de lui laisser libre cours. Car, juste à côté de cette si douce pression contre sa cuisse, il y avait Daisy : la réalité qui ravivait son manque, l'absence de Marina dont il souffrirait sans doute pendant des années.

Un jour, il devrait affronter la nécessité de jeter les photos de reconstitution qu'il avait faites. Mais aujourd'hui n'était pas le bon, c'était clair.

— Combien de temps dure le film ? demanda-t-il.

— Nous sommes à peu près à la moitié… Tout va bien ?

Elle tenta de nouveau de déplacer sa jambe, mais les petits pieds de Daisy étaient toujours fermement plantés contre le bras du canapé. On aurait dit qu'elle ne voulait pas céder.

— Tout va très bien, assura-t-il. Et n'essayez pas de la bouger.

— Vous ne commencez pas à vous sentir en cage ?

— Pas du tout.

Ce qu'il ressentait n'était certes pas de la claustrophobie. L'autre face de l'attirance, c'était le sentiment qu'il était naturel et bon d'être contre Lindy. Et il ne voulait pas de ça. Car rien de tout cela n'était naturel et bon ! L'illusion se dissiperait comme un tourbillon de fumée dès qu'ils seraient de retour dans leurs foyers respectifs.

C'était du moins ce qu'il voulait croire. Pour le moment, il n'avait pas d'autre moyen de préserver sa santé mentale.

Il devait se concentrer sur le film…

Il se rendit compte que la tête d'Harold s'était fortement inclinée sur le côté, et un ronflement plus sonore que celui de Daisy lui monta aux oreilles. Il adressa un regard à Lindy, qui hocha la tête.

— Oui. Il s'endort toujours. Je crois que Daisy tient ça de lui.

Le sort en fut jeté : Zeke entoura Lindy de son bras, et elle se lova contre lui comme si elle n'avait attendu que ça.

Le moment où le couple cinématographique eut droit à son

étrange mais heureuse fin n'arriva que trop vite, et il retira son bras, le ramenant contre lui avant qu'on ne les surprenne.

Nul ne remarqua rien. Rachel était trop occupée à réveiller Harold, qui grommela et se comporta comme s'il n'avait pas cessé un instant de regarder le film.

Lindy pouffa.

— Ça aussi, ça arrive tout le temps.

Le moment était venu de se lever. Dans une seconde. Sa jambe gauche s'était engourdie à cause de la position qu'il avait dû conserver, mais il n'avait pas eu envie que Lindy se déplace. Il ne le désirait toujours pas.

La mère de Lindy s'étira.

— Si vous restiez tous dormir ici ?

Il eut comme une crampe à l'estomac.

Quoi ? Rachel voulait qu'il passe la nuit avec Lindy et toute la smala ? Dans cette pièce ?

— Maman, Zeke a une maison, dit Lindy, souriant pour adoucir le propos. Et moi aussi.

— Oui, enchaîna-t-il, je vais raccompagner Lindy et Daisy, et rentrer chez moi ensuite.

— Vous en êtes sûr ? insista Rachel.

Lindy lui épargna la nécessité de répondre.

— Nous en sommes tout à fait sûrs.

— Oui, la maison de Lindy est sur mon chemin. Mais merci pour votre hospitalité. Et pour le pop-corn, dit-il en levant son bol presque vide. Où puis-je poser ça ?

— Je m'en charge, dit Rachel, tendant la main. Et merci d'être venu. Nous sommes très contents que vous ayez changé d'avis.

Il se leva, tirant sur son pantalon de treillis pour le rajuster. Harold hocha la tête et lui serra la main, la poigne ferme même après avoir dormi.

— Revenez quand vous voulez.

— Merci, monsieur. Je n'y manquerai pas.

Lindy était toujours assise, immobilisée sous la petite silhouette de Daisy. Rachel fit un pas pour l'aider, mais il la devança.

— Laissez-moi la prendre.

Il souleva la fillette dans ses bras, surpris que quelqu'un d'aussi petit donne une telle impression de solidité. C'était bon…

De nouveau ce mot-là. Un mot qu'il devait bannir de son vocabulaire !

Lindy se leva et s'étira.

— J'ai le côté droit tout engourdi, dit-elle.

Comme lui. Cela le fit sourire.

— Cette petite chose a coupé votre circulation ?

— Essayez un peu de la tenir pendant deux heures de rang, pour voir. Même si je n'échangerais ma place pour rien au monde.

Il se souvenait d'instants comme ça. En fait, ce souvenir-là l'avait aidé à traverser la pire période de son deuil.

— Vous êtes certain de vouloir nous raccompagner ? Un de mes parents pourrait s'en charger, j'en suis sûre.

— C'est sur mon chemin, je vous l'ai déjà dit. Et ça évitera à votre mère un aller-retour inutile.

Lindy prit le siège de bébé dans la voiture de Rachel puis l'installa dans celle de Zeke pendant qu'il tenait Daisy dans ses bras.

— Je le lui rendrai demain quand elle viendra nous chercher.

Il déposa Daisy sur son siège bébé et prit soin de boucler la ceinture : malgré le passage des ans, il savait encore le faire.

— Encore merci, Zeke, dit Lindy quand ils furent en chemin. J'espère que vous ne vous êtes pas trop ennuyé. Vos soirées du vendredi sont sûrement bien plus excitantes en général.

— Pas vraiment. Je n'avais pas projeté de voir des amis, juste d'être tranquille. J'avais des choses à rattraper. Mais je pourrai le faire une autre fois. Le film était charmant.

— C'est un classique. L'humour est un peu loufoque, mais on s'y laisse prendre.

Un peu comme il s'était laissé prendre au fait d'avoir Lindy près de lui. Un peu beaucoup, en fait.

Elle se renversa en arrière et s'étira, le mouvement faisant saillir ses seins.

— J'ai l'impression d'avoir le dos tout noué, dit-elle.

Il déglutit, aux prises avec un trouble indésirable.

Il avait été à la torture lorsqu'il avait tenu Lindy contre lui. Une très agréable torture. Il n'en était pas tout à fait remis. L'excitation ne se dissiperait que quand elle aurait quitté la voiture.

— Vous avez travaillé debout presque toute la journée, puis il y a eu la réunion, et ensuite le film. Ça n'a rien d'étonnant.

— Ah, parce que votre journée a été beaucoup moins fatigante ? fit-elle avec un sourire, en haussant les sourcils.

— J'admets que nous avons eu tous les deux une journée bien remplie.

— Du moins, je ne suis pas en service demain. Et vous ?

— Moi non plus. J'évite d'être de garde le dimanche, si la nécessité ne s'en fait pas sentir.

— Vous allez à l'église ? lui demanda-t-elle en se tournant vers lui.

— Quelquefois. Mais si je préserve mes dimanches, ce n'est pas pour des raisons religieuses. C'est plus personnel.

Elle dressa la tête, et il comprit qu'il allait lui parler, sans bien savoir pourquoi. C'était peut-être amené par les heures passées chez ses parents. Ou ce moment d'intimité, bras autour des épaules. Il avait le sentiment d'avoir avec Lindy un lien qui le poussait à la confidence.

— Marina est morte un dimanche. C'était il y a longtemps, et je pourrais sans doute maintenant travailler ce jour-là, mais ne pas le faire est devenu une habitude. Alors, je la reconduis.

Le soulagement l'envahit lorsqu'il constata que Lindy ne réagissait pas comme si elle le trouvait ridicule. Elle couvrit de la sienne sa main posée sur le levier de vitesses.

— C'est une excellente raison. Nous avons tous besoin de paix. C'est une façon de sacraliser ce jour et de garantir qu'on se souvient d'elle. Je pense qu'elle aimerait ça.

— Merci, dit-il, la gorge nouée, ému par sa compassion.

Lindy avait subi une tragédie personnelle, mais elle était

capable de la dépasser pour voir les souffrances des autres. Il devrait essayer de lui ressembler un peu plus.

Elle jeta un coup d'œil vers le siège arrière.

— Je n'en reviens pas que Daisy dorme encore. J'espère qu'elle ne sera pas réveillée dès l'aube. Ça ne me déplairait pas de faire la grasse matinée pour une fois.

Il eut une vision de Lindy au réveil : des yeux noisette qui s'entrouvraient, un lent sourire sur son visage alors que, d'un air ensommeillé, elle… Elle le regardait.

Et voilà, c'était encore là ! Cette absurde émotion qu'il n'arrivait pas à refouler. Elle semblait au contraire s'incruster dans son esprit, devenir de plus en plus difficile à chasser.

Bon sang, il était chirurgien ! N'aurait-il pas dû être capable de l'exciser, tout comme il allait enlever la tumeur dans l'estomac de Tessa ?

C'était visiblement hors de sa portée. Il pouvait réaliser une opération sur les autres, pas sur lui-même.

Il se rendit compte que Lindy le regardait, attendant une réaction à sa remarque.

— Daisy a eu une sacrée journée elle aussi, dit-il. Comme nous tous.

Ils arrivèrent devant chez Lindy quelques minutes plus tard. Quand il voulut descendre de voiture, elle affirma :

— Je peux prendre la petite.

— Je n'en doute pas, mais si je vous aide, ce sera plus facile. Et puis, il y a le siège bébé.

— Oh ! Oui, c'est juste.

Il descendit de voiture, ouvrit la portière côté passager et défit les courroies du siège de Daisy.

— Vous voulez que je porte la petite ou le siège ?

Elle hésita.

— Allez déverrouiller la porte, trancha-t-il. Je la porterai, et je reviendrai chercher le siège bébé ensuite.

— Vous êtes sûr ?

Il soulevait déjà dans ses bras la fillette endormie.

Lindy le considéra pendant quelques secondes, puis pivota

soudain sur elle-même pour s'engager dans l'allée en fouillant dans son sac à la recherche de ses clés.

— C'est par ici.

Il la suivit à l'intérieur, puis dans un couloir. Elle allumait les lumières sur leur passage. Puis elle ouvrit une porte et appuya sur un interrupteur. L'éclairage était sans doute préréglé, car il n'y eut pas un jaillissement de lumière dans la pièce, juste un épanchement diffus. Il vit un petit lit sur la droite et s'en approcha tandis que Lindy rabattait les draps.

Il coucha doucement Daisy dans le petit lit.

S'il s'était agi de Marina, il l'aurait embrassée pour lui dire bonne nuit. Mais ce n'était pas sa fille, et ce n'était pas à lui de border l'enfant. Il s'écarta, laissant à Lindy ce privilège. Comme il s'y était attendu, elle se pencha pour déposer un baiser sur le front de sa fille avant de rentrer les couvertures. Elle mit un doigt sur ses lèvres. Puis elle sortit sur la pointe des pieds et referma la porte derrière elle.

— Elle a le sommeil léger ? s'enquit-il.

Elle sourit.

— Pas du tout. Je crois bien qu'elle serait capable de dormir au beau milieu d'un ouragan.

— C'est une bonne chose pour vous.

— Oui. Elle a toujours fait ses nuits, même tout bébé.

Elle ferma soudain les yeux, comme lorsqu'on s'en veut d'avoir parlé.

— Désolée. Vous n'avez pas besoin d'entendre ça.

— C'est-à-dire ?

— Rien. Vous voulez un café ? Un verre de vin ?

— Pas de vin, non. Je préférerais une bière, si vous en avez.

— Oui, mais de la *light*. Est-ce que ça ira ?

— C'est parfait car je reprends le volant pour rentrer chez moi.

— Installez-vous donc dans le salon en attendant. Un verre de vin ne me fera pas de mal, j'ai besoin de me détendre.

Au lieu de passer dans l'autre pièce comme elle le lui suggérait, il la suivit dans la cuisine, où elle sortit du réfrigérateur une bouteille de bière et du vin.

— Vous préférez que je vous la serve dans un verre ?

— Non. Je boirai au goulot.

Il attendit qu'elle sorte un verre du grand vaisselier vitré, puis saisit le décapsuleur qu'elle lui tendait. Il fit sauter la capsule, et le contenu de la bouteille émit un sifflement réjouissant alors que la pression gazeuse se libérait. Il avala une longue gorgée, et suivit Lindy dans le salon.

— Je n'ai pas encore fini de meubler, dit-elle.

En effet, il n'y avait dans le salon qu'un canapé, une table basse et un poste de télévision. Il allait donc devoir s'asseoir à côté d'elle. De nouveau. Mais cette fois, il n'y aurait pas d'enfant pour les pousser l'un contre l'autre. Et il s'était rendu insensible à sa présence pendant le film, n'est-ce pas ?

Quelque chose lui soufflait que non. Mais plutôt que de rester debout comme un lâche pendant qu'elle était assise, il prit place sur le canapé et posa sa boisson devant lui.

— Bel endroit.

— Mes parents m'ont aidée à le dénicher, dit-elle, sirotant une gorgée de vin et se débarrassant de ses chaussures pour ramener les jambes sous elle. En fait, ils m'aident pour pas mal de choses. Ils m'ont proposé de m'héberger chez eux en attendant que je me remette. L'ennui, c'est que leur maison est petite, ils m'auraient eu tout le temps dans les pattes avec Daisy. Ils adorent leur petite-fille, mais il me semble qu'ils ont besoin d'un semblant d'intimité, même si elle tient une grande place dans leur vie.

Zeke prit sa bière et avala une gorgée. Le goût en était agréable.

— Alors, votre travail à l'hôpital vous plaît ?

— Je l'aime plus que vous ne pouvez vous en douter.

— Oh ! je crois en avoir une idée, au contraire ! Si cela approche de ce que je ressens pour la chirurgie, c'est quelque chose d'incomparable. Il y a les mauvais côtés et les chagrins, mais dans l'ensemble je ne voudrais pas d'une autre vie.

Il y avait sur le haut de la télé une photo de Lindy et de Daisy. Lindy, en blouse d'infirmière, tenait la fillette dans ses bras. Pas de mari sur le cliché. C'était peut-être Luke qui l'avait pris, même si Zeke concevait mal que Lindy ait tenu à conserver la photo en ce cas.

Il revoyait son ex avec Marina dans les bras, du temps où la vie était encore simple et pleine de bonheur. Mais pour finir, ils n'avaient pas été capables d'affronter leur deuil en tant que couple.

Traversé par une pensée soudaine, il se tourna vers Lindy.

— Pendant les portes ouvertes, j'ai reçu un message au sujet de l'opération de Tessa. Elle est programmée pour mardi. Vous voulez toujours être sur le tableau de service ?

— Oui. S'il vous plaît, dit Lindy, repliant les doigts sur ses pieds nus pour les ramener plus près d'elle.

Ses ongles étaient recouverts d'un vernis à paillettes argentées qu'il n'avait pas remarqué tout d'abord. Ce n'était pas le genre de couleur qu'il se serait attendu à lui voir porter, et il se surprit à être fasciné par la manière dont les petits éclats de couleur captaient la lumière.

Elle baissa les yeux et sourit.

— Il m'arrive d'avoir un petit coup de folie. Juste parce que c'est possible.

Il avait failli oublier. Il y avait eu un temps, visiblement, où elle ne pouvait pas s'exprimer sans crainte de s'exposer à des récriminations, ou pire. Mais tout de même ! Pour quelque chose d'aussi simple que du vernis à ongles ?

— Il contrôlait ça aussi ?

— Non, pas vraiment. Mais il ridiculisait mes choix quand ils ne correspondaient pas à l'idée qu'il se faisait de ce que je devais être.

— Et que deviez-vous être, selon lui ?

— Je n'en ai jamais été très sûre. La parfaite petite épouse, peut-être. Mais dans ce cas, je n'étais pas celle qu'il aurait dû choisir, parce que je suis loin d'être parfaite.

— Ça, je n'en jurerais pas ! Je ne crois pas que vous soyez si éloignée de l'être.

Zut ! Avait-il vraiment eu l'intention de dire ça ?

Lindy leva les yeux, et il vit passer dans son regard une série d'émotions rapides. Puis elle sourit.

— Si vous le dites, c'est que vous me connaissez mal. D'ailleurs, vous craigniez que je ne sois pas à la hauteur du service de chirurgie. Je ne l'ai pas oublié.

— Mais je ne vous connaissais pas. Vous vous en tirez très bien, en réalité.

— Vous ne me connaissiez pas avant, mais maintenant si ?

Il y eut une sorte d'attente étrange. Il ne savait pas très bien ce qu'elle attendait qu'il dise. Ou même si elle voulait qu'il dise quelque chose. Il se sentait tiraillé. Il avait bel et bien le sentiment d'avoir appris qui elle était ces dernières semaines. Et cela faisait partie du problème. De ce qui le ramenait toujours vers Lindy, même lorsqu'il n'avait qu'une envie, fuir très loin.

— Il me semble que je commence à vous connaître, dit-il.

— Je crois que je commence peut-être à vous connaître aussi. Vous n'êtes pas l'ogre que j'ai cru au début.

Il haussa les sourcils.

— Vous me considériez comme un ogre ?

— Eh bien… Le mot « ogre » est peut-être exagéré. Mais vous m'intimidiez.

Comme son mari l'avait intimidée ? Il n'aimait pas ça.

Il allongea le bras sur le dossier du canapé.

— Je ne fais pas cet effet-là aux gens, en général. Du moins, je l'espère.

Même dans ses pires moments, il n'avait pas suscité de peur chez Janice.

— Cela venait de moi, dit Lindy en se penchant vers lui. Vous avez été super, et j'apprécie.

La chaleur de son corps se communiqua à lui, provoquant tour à tour le relâchement puis la contraction de ses muscles. Il crut un instant qu'elle allait appuyer la tête contre son épaule, et il déglutit, désirant qu'elle accomplisse ce geste.

C'était peut-être le signe qu'il ferait bien de partir.

Mais Lindy choisit cet instant pour renverser la tête et le regarder dans les yeux.

Ce qu'il lut dans ses prunelles le figea sur place, peinant à retrouver son souffle. Il inspira avec force, saturant son cerveau d'oxygène et d'endorphines. Au bord de la griserie, il était prêt à oser l'impensable. Ses doigts posés sur le canapé glissèrent sur l'épaule de Lindy.

Il devait rompre l'enchantement !

— Dites-moi qu'il est temps de m'en aller.

— Est-ce que vous voulez partir ? lui demanda-t-elle.

Une question piège, c'était le moins qu'on puisse dire.

Il inclina sa bouteille, indécis.

— Ma bouteille est vide.

— Mon verre aussi. Vous voulez une autre bière ?

— Non, merci.

— Que voulez-vous alors ?

Question délicate. Ce qu'il voulait ne se trouvait ni dans une bouteille ni dans un verre. Il aurait dû réaffirmer sa volonté de partir, mais il ne parvint pas à prononcer les mots. Posant le doigt sur le vernis d'un orteil de Lindy, il dit :

— Je veux être comme ce vernis à ongles.

— Je ne comprends pas.

— « Je peux avoir un petit coup de folie. Juste parce que c'est possible. » C'est ce que vous avez dit, non ?

— Oui, souffla-t-elle. C'est ça.

— Donc, si j'étais ce petit coup de folie... Que feriez-vous ?

— Tout dépend de ce dont il s'agit.

Sa raison lui intimait d'arrêter tout de suite, mais une force obscure le poussa à continuer :

— Je vous embrasserais.

Lindy lui octroya un lent sourire.

— Dans ce cas, je vous rendrais le baiser.

— C'est la réponse que j'espérais, chérie.

Et là-dessus, il fit ce qu'il avait eu envie de faire depuis ce fameux jour, au bureau. Il attira Lindy à lui et écrasa sa bouche sur la sienne.

7.

Lindy avait trouvé divin leur premier baiser, mais rien n'aurait pu la préparer au déferlement de sensations, à la griserie de cette nouvelle rencontre de leurs lèvres. Comment avait-elle pu décider d'éviter une telle expérience ?

Alors que Zeke l'attirait contre lui, elle se pendit à son cou et s'abandonna entièrement à la caresse. C'était ce qu'elle voulait. Ce dont elle avait besoin. Ce « coup de folie » lui allait à merveille. Elle méritait une nuit d'amour sans frein, d'un total abandon. Un échange sexuel offert à bras ouverts, et accepté librement.

Elle gémit lorsque la langue de Zeke s'insinua dans sa bouche, éveillant de petits frissons tout le long de son corps. Comme cette langue semblait vouloir se retirer, elle glissa une main sur la nuque de Zeke pour le retenir. Il aventura de nouveau sa langue plus avant, et une explosion de plaisir presque intolérable l'irradia tout entière.

C'était Zeke qu'elle voulait, rien que lui.

Elle agrippa ses cheveux et le sentit sourire contre ses lèvres. Comme il s'écartait, elle ouvrit les yeux, redoutant qu'il veuille finalement partir. Au lieu de cela, il effleura du pouce sa lèvre inférieure, plus sensible que jamais à présent.

— Ton coup de folie irait-il jusqu'à accepter que je reste, rien que pour cette nuit ?

— Oui.

Il abattit sa bouche contre la sienne pour un autre baiser rapide puis se mit debout et la cueillit au creux de ses bras.

— Où ?

— Ça m'est égal. Choisis.

— Je dirais bien ici, mais je tiens à ce que notre intimité soit garantie. Il ne faudrait pas qu'une petite visiteuse nous surprenne.

Il avait raison. Elle ne le voulait pas non plus.

— Ma chambre est au bout du couloir à gauche.

Zeke n'avait pas besoin d'autre explication. Il traversa le couloir d'un pas assuré, rapide mais sans précipitation.

Était-ce à cela que ressemblerait sa façon de faire l'amour ? Elle n'était pas sûre de savoir attendre.

Quand ils furent dans la pièce, il ferma la porte du bout du pied puis pivota de façon à faire face au battant.

— Ferme, Lindy.

Elle mit le verrou, les doigts un peu tremblants.

Zeke gagna le lit, et la laissa tomber dessus sans prévenir. Elle rebondit à une ou deux reprises, laissant échapper un rire. Mais ce rire mourut sur ses lèvres lorsqu'il se pencha sur elle, les mains posées de part et d'autre de son corps.

Mon Dieu !

Un rappel soudain de sa mémoire, dont ses muscles gardaient aussi le souvenir, la figea. Mais son esprit et son cœur remirent vite les choses en place.

Elle n'était plus prisonnière. Si elle demandait à Zeke de se lever, il le ferait. Il était sexy, fort, intense. Mais c'était aussi un homme bon et doux. Il avait quêté son autorisation à chaque étape, il n'avait rien tenu pour acquis. Il était ce dont elle avait besoin. Ce qu'elle voulait. Elle ne comprenait pas pourquoi il était résolu à passer la nuit avec elle, mais elle en était follement heureuse.

Il s'abaissa, prenant appui sur ses coudes, et l'embrassa de nouveau, ranimant avec vigueur les sensations étourdissantes qu'il avait éveillées en elle un peu plus tôt… Pour un instant seulement, car il se redressa et s'écarta d'elle.

Comme elle allait protester, elle le vit saisir le bord de son T-shirt et le passer par-dessus sa tête, révélant un torse ferme et hâlé, magnifique.

Elle n'avait pas envie que l'échange soit à sens unique.

Elle déboutonna les deux premiers boutons de son chemisier et tâtonna un peu avec le troisième, mais Zeke vint à sa rescousse, il les défit l'un après l'autre, fit glisser le chemisier de ses épaules, puis déglutit.

— Tu es belle, Lind. Tellement belle.

Ne s'y étant pas attendue, elle eut les larmes aux yeux.

Zeke lui effleura la joue du pouce pour chasser la larme qui y avait roulé.

— Qu'est-ce qui ne va pas ? demanda-t-il, rembruni.

— Rien. Tout va bien, je t'assure, dit-elle, levant les mains pour lui en envelopper le visage.

Elle huma sa senteur, la laissant s'infiltrer dans sa mémoire, désireuse de ne jamais oublier cet instant. Puis elle se délivra du chemisier qu'elle expédia quelque part vers le bout du lit.

— Fais-moi l'amour, murmura-t-elle.

Il déboucla sa ceinture, sortit son portefeuille de sa poche et en tira un préservatif qu'il posa sur le drap près d'elle.

Elle n'avait pas eu à demander. Il avait veillé au nécessaire. Seigneur ! Elle devait faire très attention, car il ne faudrait pas grand-chose pour qu'elle tombe amoureuse de cet homme. Or, c'était la dernière chose dont elle avait besoin, alors qu'elle commençait enfin à se trouver.

Mais, pour un soir, elle pouvait se repaître de Zeke sans sentiment de culpabilité, jouir de ce qu'il lui accorderait.

Il se débarrassa de son pantalon d'un coup de pied et se tint devant elle en boxer noir, le tissu moulant ne dissimulant rien de l'effet qu'elle lui faisait.

Elle avait envie de l'explorer, de le savourer, de prendre tout ce qu'il avait à offrir.

Elle posa les mains sur ses hanches étroites, les laissa s'aventurer sur sa peau au ras du boxer. Elle sentit frémir ses muscles et sourit.

— Ça chatouille ?

— Hum, oui, délicieusement.

Sa voix grave, légèrement rocailleuse, la rendit toute chose. Savourant l'impact qu'elle avait sur lui, elle glissa les doigts sous l'élastique du boxer et empoigna ses fesses dures.

Il laissa échapper un murmure de gorge grave et bas indiquant qu'il aimait ça.

Zeke la grisait, il la portait à dépasser ses inhibitions.

Elle rabattit le tissu vers le bas en l'écartant pour faciliter le passage sur son pénis tendu, qui jaillit à l'air libre.

Elle ne put s'empêcher de le contempler fixement. Puis, l'attirant par les hanches, elle promena ses lèvres sur lui, arrachant à Zeke un juron sourd. Cela ne la retint pas, au contraire. Elle avait envie de lui donner du plaisir en laissant parler ce qu'elle était au plus profond d'elle. Et il y avait aussi une sorte d'avidité dans son élan : elle voulait qu'il la désire comme il n'avait jamais désiré une autre femme.

— Lindy…

Elle eut un coup au cœur de l'entendre prononcer ainsi son prénom, en un long gémissement rauque.

Comme elle s'écartait, se pourléchant les lèvres avec un sourire, il la renversa et la délivra de son pantalon avec une efficacité qui ne laissait aucun doute sur ses intentions. Son soutien-gorge et son slip en dentelle rejoignirent celui-ci, et il fut bientôt sur elle, l'embrassant à pleine bouche, laissant errer ses lèvres le long de sa mâchoire, lui mordillant le lobe de l'oreille, lui agaçant le creux du cou, atteignant enfin la pointe d'un sein, la suçant fort.

Elle se cambra, secouée par une tempête de sensations, chaque pouce de sa chair aspirant à ses caresses. C'était incroyable, elle se sentait basculer vers le point de non-retour. Mais lorsqu'elle sombrerait dans l'orgasme, elle voulait que Zeke soit en elle.

— Zeke, souffla-t-elle en explorant à tâtons la zone où il avait déposé le préservatif.

Il la devança, déchira le mince emballage et, d'un mouvement fluide, déroula le préservatif sur son pénis.

La vision était excitante, et elle aurait volontiers prolongé le jeu. Mais pour le moment…

Il lui écarta les genoux, puis, lui glissant les mains sous les hanches, il l'attira vers lui. Mais il laissa le geste en suspens.

Elle n'avait pas envie qu'il réfléchisse, elle voulait des

actes ! Lui enveloppant les fesses de ses jambes repliées, elle lui signifia sans ambiguïté ce qu'elle attendait.

Et, soudain, il fut là, s'enfonçant en elle d'un mouvement rapide qui lui coupa le souffle. Il la fit retomber sur les draps, l'accompagna dans sa chute et prit sa bouche tout en entamant un mouvement de va-et-vient.

Elle ferma les yeux, savourant les sensations qui déferlaient en elle. Il n'avait pas pris le temps de la caresser, mais elle savait déjà qu'il n'aurait pas à le faire. La friction de leurs corps excités était une stimulation suffisante alors qu'elle se portait vers lui, quêtant d'autres poussées, encore et encore.

Lorsqu'il modifia légèrement l'angle de pénétration, elle hoqueta de plaisir, rouvrit les yeux pour chercher son regard, et découvrit qu'il la contemplait.

— Oh ! mon Dieu ! Zeke, je n'ai jamais…

— Dis encore mon nom, fit-il, le regard ardent, en s'enfonçant avec vigueur en elle. Dis-le.

— Zeke. Zeke, Zeke…

Alors qu'elle continuait de murmurer son prénom, il accéléra le rythme, éveillant en elle à chaque poussée des sensations aiguës. Et soudain, tout se précipita. Elle se contracta autour de son pénis, et sa voix mua en un cri. Le tempo s'accentua encore de façon inouïe, Zeke se tendit fortement, les muscles du visage contractés. Puis il s'effondra sur elle, l'entraînant dans un léger balancement, tandis que des éclats de volupté crépitaient encore en elle.

Puis ce fut fini. La joue de Zeke glissa contre la sienne, il roula sur lui-même, l'entraînant avec lui, et il l'embrassa.

— Que vient-il de se passer, bon sang ?

Cette question la déconcerta, puis elle comprit qu'il n'attendait pas réellement de réponse. Il avait seulement formulé à voix haute la question qu'elle se posait elle-même.

C'était tant mieux, car elle n'avait aucune réponse à y apporter. Mais l'interrogation fit écho dans son esprit : que venait-il de se produire, exactement ?

Et, tout comme elle avait fini par crier le prénom de Zeke

dans l'intensité de la passion, la question prit de plus en plus de force, à en devenir assourdissante.

Elle devrait aller au travail et faire face à cet homme le surlendemain…

Et soudain, elle ne fut pas certaine d'en être capable. Pas sans qu'il puisse lire la vérité sur son visage. Elle avait voulu que cette nuit soit seule en son genre, elle l'avait vue comme un moyen de se sortir cet homme de la tête. Or, ce plan avait échoué, car à présent elle ne pensait plus qu'à lui. La normalité qu'elle avait conquise ne lui paraissait plus si normale que ça. Elle était nerveuse, rongée d'incertitude, et commençait à croire que ça n'avait pas été une très bonne idée. Elle aurait été incapable de se donner une explication, et à Zeke moins encore.

— Pour lundi…, commença-t-elle.

Aucun mot ne lui vint qui aurait pu exprimer ce qu'elle ressentait. D'autant qu'elle était allongée sur Zeke, savourant encore le plaisir d'être reliée à lui.

Il fronça les sourcils.

— Quoi, lundi ?

Elle perçut aussitôt dans sa voix une circonspection qui faisait écho à la sienne, et cela la mit en un rien de temps debout loin de lui.

Il ne tenta pas de se lever ni de se couvrir, mais pour sa part, elle gagna la salle de bains et passa son peignoir.

Lorsqu'elle retourna dans la chambre, il était assis, les cheveux ébouriffés comme un adolescent. Mais son regard était celui d'un homme mûr et prudent, il exprimait une austérité qu'elle n'avait jamais vue chez lui. Elle voulait apaiser ses craintes, lui assurer qu'elle ne voulait pas que les choses changent entre eux au travail, mais il la devança :

— Je sais que ceci n'était prévu ni de ma part ni de la tienne, mais cela a eu lieu. Si grand que soit le plaisir que j'y ai pris, cela ne doit pas modifier ce qui se passe en salle d'opération. Parce que si ça arrivait, si ça rejaillissait sur nos patients…

Il ne voulait pas qu'elle soit là ? Qu'elle l'assiste en chirurgie ou à l'hôpital même ?

Elle prit une profonde inspiration.

— Je ne suis pas sûre de te comprendre.

Il lui saisit la main et la retint avant qu'elle puisse la retirer.

— Les gens remettent leurs vies entre nos mains, Lindy. Ils nous font confiance pour qu'on se concentre pleinement sur ce qui doit être fait. Si ceci modifie cet engagement pour toi ou moi, alors nous ne pouvons plus travailler ensemble.

Une douleur vive la transperça.

Elle s'apprêtait à dire à Zeke qu'elle voulait rester sur le terrain professionnel comme d'habitude, et il ne voulait plus travailler avec elle !

— Est-ce que…

Sa voix flancha, car la peur surpassait la douleur.

Elle allait lui demander s'il voulait qu'elle démissionne, mais c'était là la réaction d'une femme acculée. La nouvelle Lindy devait se montrer forte.

Elle transforma sa question en constat.

— Je ne vais pas démissionner, si c'est ce que tu penses.

Zeke la dévisagea.

— Bon sang, non ! D'où te vient cette idée ?

— J'avais cru… Tu as dit que nous ne pourrions plus travailler ensemble.

— Je ne parlais pas de l'hôpital dans son ensemble, dit-il, passant une main dans ses cheveux. Une minute, je reviens.

Il gagna la salle de bains, emportant son boxer, qu'il avait remis lorsqu'il revint.

— J'ignore d'où tu tires cette idée, mais je ne te demanderais jamais de démissionner. Je veux juste que ce qui s'est passé cette nuit n'ait pas d'incidence sur nos patients. Personnellement, je crois pouvoir mettre cette expérience dans une case à part et l'y garder pendant le travail au bloc. Toi aussi, j'espère ?

— Absolument, dit-elle, soulagée et consciente qu'il avait formulé les choses mieux qu'elle ne l'aurait fait. Ce n'est pas susceptible de se reproduire, alors je vote pour qu'on laisse ça derrière nous.

— J'approuve.

Zeke paraissait plus sûr de lui qu'elle ne l'était au fond d'elle, mais s'il montrait une telle assurance, alors elle aussi.

À vrai dire, elle devrait le remercier. C'était bien qu'elle ait eu sa première expérience sexuelle post-maritale avec quelqu'un comme Zeke en qui elle avait instinctivement confiance.

À la pensée de ce prénom, elle frissonna de plaisir.

Cela l'avait excitée qu'il aime l'entendre dire son prénom. Et elle aimait qu'il l'appelle Lind. Peu de gens lui donnaient ce diminutif. Luke n'y avait jamais eu recours, il n'avait pas eu de mots doux pour elle…

Elle aimait un peu trop cette nouveauté. Elle devait éviter de se faire des idées car, c'était vrai, elle pourrait s'éprendre de Zeke. Mais il était visiblement sur une autre longueur d'onde. Il n'envisageait pas un avenir durable pour eux. Ils ne formaient pas un couple, et il était improbable qu'ils le deviennent un jour. Alors, elle avait intérêt à s'ôter ça de la tête. Inutile de languir après lui et de se demander s'il ressentait la même chose. C'était non. Il venait de dire qu'il pouvait enfermer ce qu'il venait de se passer entre eux dans une boîte et l'y garder scellé hermétiquement.

Pourvu qu'elle ait la force d'en faire autant !

Elle n'était pas stupide. Elle avait conscience que les sentiments qu'il faisait surgir en elle pouvaient, si elle n'y prenait garde, virer à l'engouement sensuel, à la toquade basée sur des sensations agréables.

« Des sensations agréables » ? Les mots étaient faibles pour traduire ce qu'elle avait éprouvé ! Et cela faisait partie du problème. Elle ne voulait pas chercher de mots plus forts.

Elle se secoua, s'arrachant à l'errance de ses pensées, et vit Zeke posté devant elle torse nu, mains sur les hanches.

Son cœur fit un bond dans sa poitrine.

C'était l'un des hommes les plus séduisants qu'elle ait jamais côtoyés. Il fallait qu'il s'habille avant qu'elle ne commette quelque idiotie, comme lui enlever son boxer et le traîner au lit. Si cela arrivait, elle aurait encore plus de mal à le laisser partir.

— Je suis contente qu'on soit d'accord sur la ligne à suivre, dit-elle.

Elle n'était pas sûre qu'ils le soient, mais elle ne voyait rien d'autre à dire pour qu'il sorte de sa chambre et de sa maison.

Comme s'il avait lu en elle, il prit son pantalon de treillis et l'enfila. Se rendant compte qu'elle le contemplait, elle se détourna, et retapa le lit. Mais cela lui rappela la façon dont elle l'avait attiré à elle pour glisser sa bouche sur…

Seigneur ! Y avait-il une boîte assez grande pour tout y enfermer ? Elle devait en trouver une à tout prix !

Du moins, Zeke était maintenant rhabillé, et il avait relogé le portefeuille dans sa poche. Il n'y avait pas à craindre que ce qui s'était passé se répète. Pas cette nuit, du moins, et aucune autre nuit à suivre sans doute. Il l'avait avertie. Si elle voulait continuer de travailler avec lui, elle avait intérêt à se ressaisir !

Elle lui sourit donc et l'accompagna jusqu'au seuil, continuant de sourire tandis qu'il gagnait sa voiture et démarrait, la laissant en proie au doute.

Car si Zeke n'avait aucune peine à effacer de sa mémoire les événements de la soirée, elle n'était pas sûre de pouvoir suivre son exemple. Mais si elle en était incapable, elle devrait jouer diablement bien la comédie pour éviter qu'il ne voie au travers d'elle ce qui se passait dans son cœur.

8.

Le lundi matin, Zeke fut soulagé de retrouver Lindy dans la salle d'opération, déjà en tenue. Même si elle avait dit vouloir suivre le cas de Tessa, il n'était pas tout à fait sûr qu'elle serait là. Surtout après s'être montré aussi pontifiant au sujet de ce qui était mieux pour leurs patients.

Comme si elle n'était pas du même sentiment que lui à ce sujet ! Si elle ne s'était pas présentée et avait refusé de travailler avec lui, il ne le lui aurait pas reproché. Non pas à cause de ce qui s'était produit l'avant-veille, mais parce qu'il s'était comporté en patron et non en collègue.

Elle était infirmière et lui chirurgien, mais cela ne signifiait pas qu'il lui était supérieur. Certes, il dirigeait le bloc opératoire, mais il n'avait pas à dire à une infirmière à quel endroit elle pouvait travailler ou non. Pas sans une bonne raison.

Et il n'allait dire à personne ce qui s'était passé entre eux. Il espérait seulement que Lindy serait aussi secrète que lui. Pas parce qu'il en était gêné ou honteux, pas du tout, mais le lieu de travail n'était pas l'endroit indiqué pour se prêter à ce genre de confidence. La nouvelle serait déformée, et si par malheur quelque chose tournait mal…

Et voilà, il recommençait. Il réagissait comme s'il était le seul à savoir se contenir !

Lindy avait autant à perdre que lui, et même plus. Elle était nouvelle à l'hôpital. Elle ne voudrait en aucun cas qu'on sache qu'elle avait couché avec lui. Donc, ils feraient comme ils avaient dit et garderaient le secret.

Heureux de la voir, il lui octroya un sourire plus chaleureux qu'il n'aurait dû.

— Tout va bien ?

— Oui, merci.

Elle avait répondu avec raideur, de façon formelle.

Il comprenait. Il n'avait pas voulu lui donner l'impression que son job était menacé, il avait mesuré après coup seulement le sens qu'elle avait attribué à ses propos. Il espérait avoir éclairci ce point, mais peut-être n'y avait-il pas tout à fait réussi. En tout cas, à ce stade, il ne voyait pas comment rendre les choses plus claires.

Croyait-il vraiment pouvoir lui-même maintenir une séparation entre sa vie personnelle et sa vie professionnelle ?

En fait, non. Lorsqu'il était reparti de chez elle, en la regardant dans le rétroviseur, il avait soudain douté d'être capable de maintenir cette séparation. Et cela l'avait terrifié.

Il avait trouvé chez elle un désir d'exploration passionné qui l'avait secoué. Comme si le monde qui s'ouvrait à eux était tout neuf et brillant, prêt à ce qu'ils en fassent la conquête. Cela l'avait atteint de plein fouet et ému.

Sa femme et lui avaient entamé une relation sexuelle à une époque où ils étaient tous deux novices. Cette expérience-ci était différente, nouvelle.

La réaction de Lindy avait peut-être son origine dans ce qu'elle avait subi. Le fait qu'elle ait confiance en lui, qu'elle le croie incapable de se conduire comme son mari défunt, le touchait. Cela le rendait humble. Mais cela lui faisait aussi comprendre qu'il n'était pas un partenaire idéal pour elle. Il ne pouvait pas lui promettre d'être là quand elle en aurait besoin. Après tout, il avait prouvé qu'il n'était guère digne de confiance dans ce domaine : au lieu de regarder en face les problèmes, il se retranchait en lui-même, repoussait toute tentative pour l'atteindre.

Mais il devait surmonter cela et se comporter comme le professionnel qu'il prétendait être.

Il prit donc une forte inspiration.

— Prêts ?

Il regarda ceux qui l'entouraient et vit les hochements de tête de ceux qui se dévouaient à la même cause que lui : sauver des vies, aider les enfants à vivre avec les meilleures chances de bonheur et de bien-être.

Contrairement à la fois précédente, Tessa était à présent sous anesthésie générale, car cette opération serait beaucoup plus invasive que la première. Il avait planifié l'ablation de la tumeur. Cela impliquait de prélever une partie de l'estomac, cet organe ayant heureusement la particularité de pouvoir se dilater et s'adapter aux besoins de l'individu.

— Allons-y, dit-il. Scalpel.

Comme lors des précédentes opérations, Lindy anticipa tous ses besoins, plaçant l'instrument désiré dans sa main gantée presque avant qu'il ne le demande.

Sauf que cette fois, il avait une conscience aiguë du contact de ses doigts. Il avait beau tenter de l'oblitérer, il n'y parvenait pas.

Il localisa la tumeur sur la paroi de l'estomac et bloqua avec soin l'apport sanguin au nodule à l'aide d'une pince chirurgicale.

— Prêt pour l'ablation.

D'une main remarquablement sûre, il progressa à la lisière de la tumeur, indiquant les positions sur un diagramme afin de savoir précisément où avait été localisée la grosseur. Ce serait nécessaire si la pathologie se renouvelait à partir de cellules tumorales encore présentes après l'ablation. S'il laissait des cellules anormales, il y aurait de fortes chances pour que la tumeur se développe à nouveau. Ensuite, il souleva la tumeur et la déposa dans le conteneur en acier inoxydable que Lindy lui présentait.

— J'ai besoin qu'on porte ça au labo pour savoir si les pourtours sont propres.

Le laboratoire de biologie effectuerait un rapide examen pour détecter des cellules anormales à la lisière de la tumeur, et s'ils en trouvaient, préciser à quels endroits. Dans ce dernier cas, il saurait précisément où ôter plus de tissu, qui serait ensuite contrôlé aussi.

L'une des infirmières prit le bac contenant le spécimen.

— Je reviens tout de suite, dit-elle.

L'attente commença.

Il n'y avait pas de musique dans la salle d'opération. Il préférait travailler dans le silence. Son équipe le savait et se limitait à des conversations minimales à voix basse pour ne pas le distraire.

Les yeux de Lindy croisèrent les siens par-dessus le masque.

— Ça avait l'air net, dit-elle.

— Merci. Tout va bien ? demanda-t-il à l'anesthésiste.

— La petite est en bonne forme.

L'horloge égrenait les secondes, et le tic-tac résonnait dans la tête de Zeke alors que le temps s'étirait, prenait l'allure d'un rêve surréel. Mais cela n'avait rien d'un songe. Il s'agissait de la vie d'une enfant, et il ne voulait pas suturer la plaie avant d'être certain que c'était sans danger.

Dix minutes plus tard, une infirmière prit l'appel du labo. Elle lui adressa un signe, pouce levé, avant de raccrocher.

— Tout est net.

Une série de murmures satisfaits parcourut la pièce.

— Refermons-la.

Il sutura l'estomac avec de petits points précis, pour ne pas risquer qu'un trou ou une fuite apporte le danger d'une péritonite et d'une deuxième chirurgie, ou pire. Cela fait, il entreprit de coudre les muscles abdominaux, et enfin l'épaisseur de la peau, avant de lever les yeux vers l'horloge.

L'opération avait pris trois heures, et non quatre comme il l'avait estimé. C'était en partie grâce au savoir-faire de son équipe, et en particulier de Lindy, qui avait brillamment rempli son rôle. Il avait eu un ou deux rudes moments, mais elle avait tenu le coup sans faillir.

— Bon travail, comme d'habitude, dit-il. Mettons-la en salle de réveil. Quelqu'un prend un café ?

Il avait pris soin de le proposer assez tôt pour que Lindy ne se sente pas sur la sellette si personne d'autre que lui ne se portait volontaire.

Deux infirmières répondirent qu'elles venaient. Quant à

Lindy, elle hésita comme si elle se demandait quelle était la place de cette invitation dans les règles qu'ils avaient définies concernant leurs relations de travail. Finalement, elle acquiesça.

Il en éprouva un profond soulagement.

Peut-être allaient-ils s'en tirer, après tout. Lindy ne s'était peut-être pas méprise sur ses intentions autant qu'il l'avait cru. Ou du moins, elle lui accordait le bénéfice du doute.

Et c'était tout ce qu'il pouvait demander. À dater de maintenant, plus de soirées cinéma ni de nuits de quelque sorte que ce soit avec Lindy pour sa tranquillité d'esprit.

Le vendredi soir suivant, alors que Zeke s'apprêtait à quitter l'hôpital, il entendit des petits pas se précipiter derrière lui dans le couloir, et avant qu'il ait pu l'éviter, Daisy s'était cramponnée à sa jambe.

Il se figea, regardant la petite fille lever les yeux vers lui, un adorable sourire aux lèvres.

Marina avait eu coutume de se précipiter vers lui et de faire pareil. Mais cette enfant n'était pas Marina.

Lindy survint en toute hâte pour rattraper sa fille.

— Je suis vraiment navrée, dit-elle. Je me suis aperçue trop tard qu'elle m'avait échappé.

Il déglutit.

Il pourrait en dire autant de Marina. Il n'avait pas pris conscience non plus que celle-ci lui avait échappé, avant qu'il ne soit trop tard. Et il lui avait fallu encore plus de temps pour admettre qu'elle ne reviendrait pas…

Serrant les mâchoires, il eut un sourire contraint.

— Il n'y a pas de souci, assura-t-il.

— Daisy, il faut lâcher Zeke, dit Lindy, détachant de lui les doigts de sa fille puis la soulevant dans ses bras.

La fillette le regarda dans les yeux.

— Zeke, peux venir voir film ?

— Non, pas ce soir.

C'était une semaine après la soirée désastreuse où il avait raccompagné Lindy chez elle et lui avait fait l'amour. Elle ne lui avait pas demandé de venir ce soir. En fait, elle lui avait clairement fait comprendre qu'elle ne le désirait pas. Tant mieux, car ainsi il n'aurait pas à refuser une invitation – invitation qu'il aurait évidemment rejetée. N'est-ce pas ?

— C'est quoi, le film ? demanda-t-il par simple curiosité.

— *Princesse malgré elle !* s'écria aussitôt Daisy, l'air ravi.

Il ne put s'empêcher de sourire à son tour.

— Tu aimes toujours les princesses, hein ?

— Princesse !

Quand il leva les yeux vers Lindy, il la trouva tendue.

— Sois tranquille, je ne viendrai pas, lui dit-il.

— Je ne pensais pas que…

— Je sais, coupa-t-il.

Pourtant, elle serra plus étroitement Daisy contre elle, comme pour l'exclure de leur petit cercle.

Il en fut blessé, ressentant comme un avant-goût de ce que l'on ressent quand on est repoussé.

— Je ne veux pas que mes parents se fassent des idées, ce qui risquerait de se produire si ça devenait régulier.

La pensée de soirées cinéma régulières et de tout ce qui allait avec stimula une part de lui-même qu'il réduisit au silence.

— Je ne veux pas plus que toi qu'ils se fassent des idées, dit-il en se forçant à donner une pichenette taquine à la petite fille. Même si les princesses vont me manquer.

Saisissant l'ambiguïté du propos, il précisa :

— Les princesses de l'écran.

Décidément, il s'enferrait ! Il semblait enclin à tout gâcher même lorsqu'il tentait d'arranger les choses.

Daisy se mit à rire et serra très fort sa mère, puis eut un soudain accès de toux sonore.

Il sentit son cœur se serrer.

— Est-ce qu'elle va bien ?

— Oui, c'est juste une allergie ou quelque chose dans ce genre. Cela lui arrive de temps à autre.

« Une allergie ou un truc de ce genre ». N'avait-il pas prononcé lui aussi ces mots ?

— Tu lui as fait passer un examen ?

Lindy lui adressa un sourire en coin.

— Je suis infirmière, tu te rappelles. Oui. Je l'ai amenée chez le pédiatre et lui ai fait passer un examen. Il n'y a pas à s'inquiéter.

Il se détendit, même si lui-même, médecin, n'avait pas repéré les signes révélateurs quand Marina était tombée malade. Mais c'était un rappel, s'il en fallait un, que ce n'était pas une bonne idée de s'engager dans une relation avec une femme qui avait un enfant.

Il était heureux comme ça, son travail lui apportait tout l'accomplissement dont il avait besoin. C'était du moins ce qu'il ne cessait de se répéter.

Commençait-il à mettre cette certitude en doute ?

Peut-être bien, car il se sentait un peu abattu à la pensée de ne pas passer la soirée en compagnie de Daisy et de sa mère. Lindy était de toute évidence plus douée que lui pour compartimenter les choses.

— Eh bien, je suis content qu'elle soit en bonne santé, dit-il.

— Pendant que nous y sommes, commença Lindy en relevant sa fille sur sa hanche, comment va Tessa ? Tu sais quand elle va sortir ? J'espérais passer la voir. Je suppose qu'elle sera encore à l'hôpital demain.

— On ne la laissera pas sortir avant un jour ou deux. Je veux être sûr que tout se passe bien quand les liquides et les solides seront réintroduits dans son régime alimentaire. Ses parents remercient le ciel.

— Je n'en doute pas. Tu es un grand chirurgien.

Ce n'était pas le sens de son propos.

— Ils ont eu de la chance que la tumeur soit bénigne, rectifia-t-il.

— Je suis certaine qu'ils se félicitent aussi que ce soit toi qui l'aies opérée. Ne te sous-estime pas.

— Ce n'est pas le cas.

Il se savait bon chirurgien. Mais parfois, il se demandait s'il n'était pas défaillant sur le plan de l'empathie, en s'efforçant de rester émotionnellement détaché de ses patients alors même qu'il tentait de les sauver. De la même manière, il avait autrefois tenu son ex-femme à distance. Tessa avait ouvert une faille dans ce système, et Daisy s'était engouffrée encore plus avant dans la brèche. Il devait faire attention, ou il n'aurait bientôt plus aucune protection.

Lui en fallait-il une, d'ailleurs ?

Il avait eu coutume de penser que oui. Mais à présent ?

— Bon, il faut qu'on y aille. Maman est allée rendre visite à une amie malade, et elle est censée nous rejoindre dans le hall.

— Passe une bonne soirée. Au moins, tu te coucheras à une heure raisonnable.

La coloration soudaine du visage de Lindy lui révéla qu'elle savait précisément à quoi il faisait allusion.

— Eh bien, je suppose que toi aussi, dit-elle.

C'était douteux, mais il n'allait pas lui avouer qu'il avait connu plusieurs nuits d'insomnie, à se rappeler ce qu'ils avaient fait une semaine plus tôt. Et évoquer cette expérience, même de manière taquine, n'allait sûrement pas l'aider. Il ferait mieux de laisser tomber le sujet avant de s'enliser – ou de changer d'avis pour ce qui était de regarder le film de princesses de Daisy. Plus il s'éloignerait de cette idée, mieux cela vaudrait.

Trois jours plus tard, Lindy avait rendez-vous avec Zeke dans un hôpital voisin dont le service d'assistance téléphonique pourrait inspirer celui du futur centre d'aide aux femmes de Mid Savannah. Ils devaient y passer une heure ou deux, voir comment se déroulaient les choses, puis faire un rapport à Niel et au comité.

Et si cela les amenait à répondre au téléphone ? Elle n'était soudain pas sûre de pouvoir affronter ça devant lui…

Prenant une profonde inspiration, elle attendit que Zeke pousse la porte et lui emboîta le pas.

Les lieux étaient déserts à l'exception de deux personnes : l'une était assise à un bureau, un téléphone à la main, et l'autre, qui paraissait être son superviseur, se penchait au-dessus d'elle. L'homme griffonna sur un calepin puis le poussa vers la jeune femme au téléphone.

Les appréhensions de Lindy s'accrurent. Cette bénévole affrontait-elle un appel difficile ?

L'homme leur fit signe d'avancer, et ils attendirent qu'il en ait terminé avec la jeune femme. Le petit bureau paraissait avoir été à une époque un grand placard de fournitures. Il n'y avait guère de place. À eux quatre, ils occupaient presque tout l'espace.

Lindy avait envisagé un endroit plus vaste avec assez de place pour que deux ou trois personnes y travaillent ensemble. Et pour recevoir des gens sans rendez-vous en cas de nécessité. Mais une seule bénévole ? Personne ne pouvait prendre la relève si elle se retrouvait dans une situation dangereuse !

Non, ce n'était pas tout à fait vrai. Lors de son entretien préalable avec la responsable de ce service, elle avait appris qu'une deuxième ligne permettait d'alerter les secours ou de faire appel aux services aptes à traiter les problèmes les plus compliqués. Ou les plus dangereux. C'était un point à ne pas oublier lorsqu'ils ouvriraient le centre de Mid Savannah. Là où elle-même avait été bénévole, un bouton d'appel d'urgence permettait d'alerter la police si, par exemple, un compagnon enragé se présentait. Elle n'avait jamais eu à actionner, heureusement !

— Tu es déjà venu ici ? demanda-t-elle à voix basse à Zeke.

— Non, c'est la première fois, et ce n'est pas ce que j'imaginais.

— Moi non plus. Là où j'ai travaillé, il y avait plusieurs lignes, et de la place pour recevoir les personnes qui venaient, précisa-t-elle. D'ailleurs, j'ai des visées sur un bâtiment que je voudrais visiter quand nous sortirons d'ici.

Elle était mal à l'aise d'avoir fait appel à Zeke pendant son jour de relâche, d'autant que cette structure s'avérait vraiment restreinte. Mais des membres du comité directeur exerçaient des pressions sur Neil pour que les choses avancent plus vite.

Elle avança vers le duo au téléphone et comprit que la

bénévole tentait d'obtenir une adresse. Le haut-parleur était mis, et la femme au bout du fil semblait en colère.

— Je veux savoir où je peux avoir un bon avocat pour faire un procès à mon petit ami ! Il m'a frappée !

La voix de l'interlocutrice était belliqueuse plutôt qu'effrayée.

— Je ne peux pas vous fournir ce genre d'information, répondit l'opératrice, mais je suis en mesure de vous obtenir de l'aide si vous êtes en danger. Comment s'appelle ce petit ami ?

— Je refuse de vous le dire.

Quelques jurons bien sentis retentirent à travers le haut-parleur, amenant la bénévole à hausser les sourcils en direction de son superviseur. C'est alors que Lindy aperçut ce qu'il avait écrit sur le calepin.

Canular possible.

Cela n'y ressemblait pas, la femme avait une voix presque pâteuse, comme si elle avait bu ou pris une substance qui altérait ses facultés.

— Dans ce cas, pouvez-vous me donner votre adresse, pour que nous veillions à ce que vous soyez en sécurité ?

Clic. La femme avait raccroché.

La bénévole soupira.

Jeune, avec de longs cheveux blonds et de grands yeux bleus, elle se présenta sous le nom de Tara Sanders.

— Désolée de t'avoir sollicité pour rien, dit-elle à son partenaire. Je n'avais jamais eu un appel de ce genre. D'abord, j'ai cru qu'elle était suicidaire. Et tout à coup, elle a demandé un avocat !

Todd Grissom, son partenaire, hocha la tête.

— Il paraît préférable d'accorder aux gens le bénéfice du doute lorsque les circonstances s'y prêtent. Mais elle a raccroché, alors nous sommes obligés de remettre l'enregistrement à la police, qui pourra peut-être en tirer parti. Bien entendu, nous conserverons le numéro de téléphone, comme pour tous les appelants.

Zeke regarda autour de lui.

— Je vois un autre bureau avec un téléphone, dit-il en désignant l'espace derrière Tara.

— Nous avons une deuxième ligne. Malheureusement, nous manquons de volontaires pour la gérer. Nous allons devoir jeter l'éponge si rien ne change dans les deux mois à venir.

Lindy n'était pas sûre de comprendre.

— Y avait-il assez de volontaires lorsque vous avez lancé cette initiative ?

Ce fut Tara qui répondit :

— Il y a trois ans que je suis bénévole, et il y avait beaucoup de monde au début. Mais les gens se lassent. Ils s'épuisent. Il y a un flot intarissable de gens qui ont besoin d'aide, et on manque de moyens pour faire face.

C'était pour cette raison que Mid Savannah désirait ouvrir un centre.

— Combien d'appels quotidiens avez-vous en moyenne ? s'enquit Lindy.

Alors même qu'elle prononçait ces mots, le téléphone derrière Tara se mit à sonner. Todd prit l'appel, parlant à voix basse tandis qu'il notait les propos de son interlocutrice.

— Je dirais qu'on a une quarantaine d'appels, dit Tara.

Lindy effectua un rapide calcul.

— Donc, cela fait environ cinq appels par heure.

Et moins d'un quart d'heure à accorder à chaque personne.

— Et si on tente de vous joindre pendant que vous êtes en ligne ?

— Les gens ont un signal « occupé ». Todd ne répond que si personne d'autre n'est disponible. Pour certaines femmes, c'est difficile de se confier à un homme. Mais rien ne garantit que celle qui a appelé le refera plus tard.

— Eh bien, merci beaucoup de nous avoir autorisés à venir et à observer votre fonctionnement, dit Lindy.

— Vous ne voulez pas essayer de gérer un appel ? Nous avons un dossier avec un ensemble de renseignements qui nous aide énormément. Vous étiez volontaire à Gretchen's Place, c'est ça ?

— En effet.

— Preniez-vous les appels ?

— Oui. C'était aussi très surchargé.

Mais là-bas, le flot de bénévoles ne s'était pas tari.

Tara prit sous son bureau un épais classeur, qu'elle posa sur le plan de travail.

Hou là, il était bien plus épais que tout ce qu'ils avaient pu avoir à Gretchen's Place !

— Comment vous y retrouvez-vous ?

— C'est classé par ordre alphabétique.

Todd était toujours au téléphone en arrière-plan.

Lindy se tourna vers Zeke.

— On s'en va tout de suite après, d'accord ? Sauf si tu veux essayer toi aussi.

Zeke secoua la tête.

— Je me débrouille mieux en tête à tête qu'au téléphone.

— À Gretchen's Place, dit Lindy, il y avait un registre où on notait tous les numéros.

Tara ouvrit le classeur à la première page.

— Nous en avons un aussi. Il faut également enregistrer l'appel et en avertir la personne au bout du fil. On attribue à chaque appel un numéro, ce qui permet sa sauvegarde automatique sur ordinateur. On peut ensuite le ressortir à une date ultérieure, ainsi que l'enregistrement, le jour et l'heure. Cela permet de se couvrir pour le cas où quelqu'un remettrait en question notre version de la conversation.

Lindy était impressionnée. La petite taille du lieu ne lui avait pas laissé supposer que l'assistance téléphonique était aussi sophistiquée. Ils avaient bien démarré, mais les choses avaient fini par tomber à l'eau pour Dieu sait quelle raison. C'était un rappel salutaire du fait que, dans une telle mission, il ne faut pas se reposer sur ses lauriers.

Elle jeta un coup d'œil vers Tara, qui semblait attendre sa réaction.

Elle pouvait aborder les choses comme elle l'avait fait dans l'autre hôpital. Ce n'était sans doute pas très différent.

Elle se glissa sur la chaise et regarda l'écran.

Tara prit une deuxième chaise et s'assit près d'elle, ouvrant le classeur à la page d'une liste de numéros de téléphone.

— Voici les organismes dont on a besoin. On peut aussi les afficher sur l'ordinateur.

Elle se pencha pour cliquer sur une icône baptisée « Références ressources », et une page identique à celle du classeur s'afficha sur l'écran.

— Tout est là, donc on n'a pas à sortir le classeur chaque fois qu'on veut communiquer un numéro de téléphone. Il faut essentiellement écouter et s'assurer que la personne qui appelle n'est pas en danger immédiat.

— Si quelqu'un me paraît en danger, puis-je le signaler même si la personne soutient qu'elle ne risque rien ?

— Absolument. C'est arrivé plus d'une fois. À la fin, on sauvegarde toujours la communication. Un membre de l'équipe collationne régulièrement les appels. Si une alerte a été résolue, par exemple si on a dirigé la personne vers un lieu approprié, on efface l'enregistrement pour libérer de l'espace. Mais le numéro de téléphone, la date et l'heure restent mémorisés pour appuyer les demandes de subventions.

— OK, j'ai compris.

Lindy leva les yeux et surprit le regard de Zeke sur elle.

Bon sang ! Comment allait-elle pouvoir se concentrer s'il la regardait comme ça ?

Comment la regardait-il, d'ailleurs ? Elle ne le savait pas très bien. Mais ça lui plaisait. Leur nuit d'amour lui faisait presque l'effet d'un rêve aujourd'hui. Une combinaison irréelle de réactions physiques et émotionnelles qui auraient pu être celles d'une autre. Ce n'était pourtant pas le cas. Elles lui appartenaient, et elle ne voulait pas y renoncer. Pas encore.

La bouche sexy de Zeke s'incurva en un demi-sourire qui la rendit toute chose.

— Qu'est-ce qu'il y a ?

— Rien. J'ai juste hâte de te voir à l'œuvre.

Elle lui décocha un regard aigu, mais rien dans son attitude n'indiquait que ces mots avaient une portée cachée.

Était-elle la seule à avoir du mal à oblitérer le souvenir

de cette nuit ? Si seulement c'était aussi facile que de faire disparaître les traces d'un appel sur l'ordinateur !

Mais même si elle parvenait à l'effacer, il en resterait sans doute quelque trace, une sorte de mémo mental gravé en elle à jamais, comme pour les données dont avait parlé Tara.

Et c'était probablement bien ainsi.

Toute expérience, dans la vie, est une occasion de mûrir. Même si elle ne savait pas très bien ce que lui avait enseigné cette nuit d'abandon, sinon d'être plus circonspecte quand elle serait aux prises avec un désir sexuel débridé…

Elle sourit, car c'était une parfaite description de ce qui s'était produit : elle avait laissé parler son appétit sexuel, et il s'était déchaîné. Elle avait eu un coup de folie.

« Coup de folie ». Elle avait prononcé ces mots, et Zeke les lui avait rappelés…

Comme s'il savait exactement ce qu'elle pensait en cet instant, il posa son regard sur sa bouche.

Lindy réalisa qu'elle souriait. Elle devait se ressaisir !

— Non. Désolée, dit-elle, se hâtant d'effacer ce sourire. Que devrais-je savoir d'autre ?

Ce fut Zeke qui répondit :

— Tu as l'art de te fourrer dans des situations impossibles, tu en sais sans doute déjà assez.

Il avait deviné la dérive de ses pensées !

Tara sourit à son tour.

— Il a raison. Il n'y a pas besoin d'ingurgiter tout ce qu'il y a à savoir pour gérer un seul appel.

C'était vrai concernant l'assistance téléphonique. Mais pour le reste ?

Lindy avait envie d'admettre qu'elle désirait sentir encore la bouche de Zeke sur la sienne. Mais cela n'arriverait pas. Pas maintenant, en tout cas. Plus jamais, peut-être…

Le téléphone sonna, la faisant tressaillir.

Seigneur ! Allait-elle réellement décrocher ?

— C'est à vous. Je suis là en cas de besoin, dit Tara.

Hélas, c'était de Zeke qu'avait besoin Lindy. Et elle craignait qu'il ne soit déjà conscient de l'impact qu'il avait sur elle. Il était hors de question qu'elle l'admette, car il ne lui offrait rien de durable. Même pas de rééditer leur nuit.

Elle souleva le récepteur, dit bonjour d'une voix un peu tremblante et attendit de voir à quoi elle avait affaire.

9.

Zeke supporta tant bien que mal les deux heures de visite du centre d'appel puis d'un immeuble situé quelques pâtés de maisons plus loin. C'était une chose que d'être confiné dans un petit espace avec d'autres personnes, et une toute autre de se retrouver dans un vaste entrepôt sans autre compagnie qu'un agent immobilier qui attendait patiemment que Lindy et lui effectuent leur visite.

Au centre d'appels, il avait frimé, taquiné Lindy, conscient qu'ils n'avaient pas d'autre échappatoire. Mais il avait senti sa souffrance contenue, si vive qu'il avait eu peur qu'elle n'explose. Craignant qu'elle ne retourne dans le monde de la peur et du déni, il avait tenté d'alléger l'atmosphère, et du coup c'était devenu plutôt chaud pour lui.

Il avait le sentiment que Lindy et lui avaient quelque chose en commun en dehors du fait d'avoir couché ensemble. Et c'était loin d'être aussi agréable ! Était-il possible qu'elle souffre de stress post-traumatique à la suite de son expérience ?

C'était à envisager, comme pour n'importe quelle personne affectée par un traumatisme profond, y compris lui.

Leurs ébats sexuels avaient oblitéré cela pendant une brève période. Un peu comme une de ces drogues qui, utilisées une fois, rendent accro à vie. Il se surprenait à vouloir renouveler l'expérience. Mais ils étaient convenus que cela n'arriverait plus.

Lindy acheva de faire le tour des lieux.

— Eh bien, cet endroit pourrait convenir, je pense.

— Il faudrait investir pas mal d'argent pour l'adapter aux besoins du centre.

— Ce sera le cas pour n'importe quel autre lieu.

Ils revinrent vers la voiture, et Lindy mit le contact.

Il se tourna pour lui faire face et lui toucha l'épaule.

— Est-ce que ça va ?

— Oui, je crois. Mais je suis plutôt surexcitée. J'aurai sûrement du mal à m'endormir. Je te dépose chez toi ou à l'hôpital ?

Comme il n'était que 19 heures, il doutait qu'elle rentre directement chez elle se coucher. D'ailleurs, elle devait s'occuper de Daisy, à moins que la petite ne passe la nuit chez Rachel et Harold.

— Tu dois aller chercher Daisy ?

— Non, maman la garde chez elle.

— Tant mieux. Ça te fera sûrement du bien de te détendre.

— Après avoir passé deux heures sur une chaise ? J'ai plutôt besoin de m'activer. De dépenser de l'énergie.

Il ne ferait pas nuit avant un moment, et pour sa part il n'avait pas envie de rentrer dans une maison vide. Mais que faire d'autre ?

À cet instant, il avisa une affiche publicitaire qui suggérait une solution parfaite.

— J'ignore si ça te tente, mais Savannah accueille tous les ans un festival de jazz. Le concert se déroule ce soir à Forsythe Park. Il est sûrement à moitié entamé à cette heure, mais c'est gratuit, si ça t'intéresse. Sinon, tu peux me déposer à l'hôpital, que je récupère ma voiture.

— Je me souviens du festival, il y a une éternité que je n'y ai pas assisté. Tu penses y aller ?

— J'en avais plus ou moins l'intention. Tu veux te joindre à moi ?

Il répugnait à rentrer chez lui, et l'idée d'aller seul au concert était déprimante. Il avait renoncé à retrouver les clichés de Marina qui reconstituaient l'aspect qu'elle aurait eu en grandissant. À vrai dire, il n'avait pas vraiment cherché. Il ne cessait de remettre ça au lendemain. L'invitation au concert faisait partie de sa procrastination, mais il était réellement séduit par l'idée d'un concert en plein air, installé sur une couverture. Comme Lindy, il y avait très longtemps qu'il n'avait pas assisté à une des manifestations, et ce soir, cela semblait l'idéal pour mettre en veilleuse son cerveau survolté. La musique est le remède parfait contre le stress. Il n'y en a aucun autre de meilleur, et ce n'est…

Ah, non, il n'irait pas par là !

— J'adore l'idée du festival de jazz, dit Lindy. Je crois qu'il y a encore une couverture à l'arrière de ma voiture, un souvenir du pique-nique où j'ai emmené Daisy après notre retour ici. Si ça ne t'ennuie pas d'être assis par terre.

Avec Lindy ? Cela promettait d'être divin, il ne savait toujours pas trop pourquoi. Le souvenir de leur nuit ensemble, peut-être ? Cela devrait s'atténuer, à la longue. S'ils passaient du temps ensemble sans que le sexe y soit impliqué, il s'habituerait peut-être physiquement à l'idée que cela faisait partie du passé. Comme son ex. Et Marina.

Un accès de douleur l'assaillit, mais il l'ignora.

Il sortit son téléphone.

— C'est la meilleure façon d'écouter un concert. Laisse-moi juste vérifier que ça se passe bien au parc.

Si jamais c'était en salle, les places seraient limitées.

Il déroula les données sur l'écran jusqu'à la date du jour et hocha la tête.

— C'est bien au parc.

— Super. C'est décidé, alors. Tu veux que je conduise ?

Il sourit, le cœur soudain léger.

— Si je fournissais le transport, puisque tu apportes le confort ? Ça te paraît équitable, comme marché ?

Quinze minutes plus tard, ils étaient en route dans sa Jaguar – le seul luxe qu'il s'accordait –, la couverture pliée sur le siège arrière.

Il était heureux que Lindy ait accepté de venir. Sa lassitude mentale et corporelle se dissipait pour céder la place à une sensation d'attente chaleureuse.

À Savannah, septembre marque le début d'un fléchissement

dans la canicule. À ce moment, alors que le soleil n'allait pas tarder à se coucher, la température était agréable, et même presque fraîche.

Ce fut un défi de trouver une place où se garer, car ils arrivaient après le début des festivités.

En prenant la couverture dans la voiture plus « raisonnable » de Lindy, il s'était senti tout réchauffé. Il avait imaginé le pique-nique avec Daisy, ce qui avait éveillé en lui une nostalgie douloureuse qu'il n'était pas tout à fait parvenu à bannir. Elle restait présente à l'arrière-plan, guettant l'occasion de se faire sentir à nouveau…

Ah, enfin ! Quelqu'un libérait un créneau.

Il se faufila dans l'espace, coupa le moteur, et le son plaintif d'un saxophone parvint jusqu'à eux.

— C'est génial ! dit Lindy. Merci d'avoir eu cette idée. Je n'avais pas très envie de rentrer dans une maison vide, mais je n'ai pas voulu l'avouer à ma mère lorsqu'elle a proposé de garder Daisy cette nuit.

— Bienvenue au club. La pensée de rester assis chez moi à fixer les murs ne m'emballait pas non plus. Eh bien, nous allons savourer de la bonne musique, et une compagnie meilleure encore.

Ils descendirent de voiture, et il se chargea de la couverture. Le léger parfum floral de Lindy s'attardait sur le tissu. En le repliant sur son bras, il en libéra la senteur, qu'il huma profondément. Ç'aurait été agréable d'amener aussi Daisy au festival, d'être assis ensemble, tous les trois…

Il faillit évoquer une prochaine fois mais se reprit avant que les mots ne lui échappent.

Pourquoi y aurait-il eu une prochaine fois ? S'il prenait régulièrement un café avec Lindy après une opération, il n'allait pas passer son temps semaine après semaine au centre d'aide aux femmes. Il n'en avait pas le loisir, pour commencer. Deuxièmement, Lindy trouverait bizarre qu'il se pointe chaque fois qu'elle était bénévole. Alors, il avait intérêt à tirer parti de cette soirée et à ne pas bouder son plaisir, car il n'était pas certain d'avoir à nouveau une occasion semblable.

Ils se frayèrent un chemin à travers le public.

Le saxophoniste jouait toujours, les notes aériennes volaient vers lui, s'infiltrant dans les fibres de son être. Les muscles de son cou commençaient à se relaxer, ses maux de tête à s'atténuer.

— Là, ça te paraît bien ?

Il avait repéré un endroit assez grand pour étaler la couverture sans gêner personne ni avoir l'impression d'être agglutinés à leurs voisins.

— C'est parfait, assura Lindy.

Il déploya et étala la couverture sur la pelouse, attendit que Lindy ôte ses chaussures et s'installe, genoux repliés, les bras autour. Elle renversa la tête en arrière, la ployant de droite à gauche comme si elle éprouvait elle aussi le besoin de soulager sa nuque endolorie. Ses cheveux bruns effleuraient la couverture derrière elle, glissant de côté et d'autre.

— Tu as mal ?

Elle porta la main à sa nuque comme pour la masser.

— Un peu. Je ne sais pas bien pourquoi.

La musique devait instiller à Zeke un fallacieux sentiment de sécurité, car il ne résista pas.

— Viens, laisse-moi faire.

Il ôta ses mocassins, s'assit à côté d'elle, glissa une main sous sa chevelure et se mit à lui masser la nuque.

— Hum, ça fait du bien, merci.

Se laissant envelopper par la musique, il continua à lui masser la nuque et le cou, la pulpe de son pouce malaxant avec persévérance les muscles noués pour les détendre.

Lindy avait les yeux clos. Il avait l'impression qu'elle savourait la sensation que ses doigts lui procuraient. Ses gestes n'attiraient sans doute pas l'attention de ceux qui les entouraient, et même si c'était le cas, il n'avait pas un comportement différent de celui que tout homme aurait eu pour une femme aimée.

Sauf qu'il n'aimait pas Lindy, il ne devait pas l'oublier.

Alors, quels sentiments éprouvait-il pour elle ?

Du diable s'il le savait ! Une chose était sûre : ce n'était pas platonique. Il avait beau se sermonner intérieurement ou se raccrocher au souvenir des amitiés qu'il avait pu connaître, il savait qu'il devait y avoir une troisième possibilité qu'il n'avait ni atteinte ni accomplie. Quelque royaume sublime qu'il lui fallait découvrir.

Comme si elle avait lu en lui, Lindy laissa couler un long soupir avant de s'écarter légèrement.

— Merci, ça va.

Elle allongea les jambes et se renversa en arrière, prenant appui sur les coudes. Elle n'avait plus le même vernis sur les orteils. Le vernis argenté et scintillant avait été remplacé par un violet opalescent dont la teinte changeante évoluait quand elle remuait les pieds, comme en cet instant où elle suivait le rythme de la musique.

— Encore un petit coup de folie ? fit-il.

Elle leva les yeux vers lui, puis considéra ses orteils.

— Oui ! dit-elle en riant. Tout le monde a sa facette d'audace débridée, non ?

Il avait eu à connaître une autre de ses facettes d'audace débridée, mais il s'empressa de refouler cette pensée. Ils étaient venus pour la musique, pas pour autre chose.

Plantant ses paumes sur la couverture en arrière de lui, il se força à se détendre alors que les notes de jazz continuaient à fuser autour d'eux.

Il percevait des conversations à voix basse et des rires que le crépuscule enveloppait de son ombre. Toutes sortes de gens se trouvaient là, certains assis sur des transats, d'autres comme eux sur des couvertures, d'autres encore simplement sur l'herbe. Tous avaient en commun l'amour d'un mode de vie à la fois ancien et moderne.

Savannah avait un charme qu'il n'avait pas souvent trouvé ailleurs. Et Lindy s'harmonisait à la perfection avec ce charme. Son éloignement de sa ville natale ne l'en avait pas dépouillée, même s'il y avait chez elle, pour accompagner la facette « audace débridée », quelque chose de grave qui lui venait probablement de ce qu'elle avait enduré.

Comme cela lui était déjà arrivé, il eut un élan de colère.

Comment un homme pouvait-il faire tant de mal à la personne qu'il était censé aimer ? Et pire encore, n'attacher aucune importance à la présence de sa fille lorsque la violence éclatait ? Dieu merci, Daisy était un nourrisson à l'époque. Il ne pouvait imaginer sa propre fille confrontée à cet aspect hideux de la nature humaine, ni comprendre qu'on puisse être enragé au point de s'en prendre à un autre être humain. Même s'il n'ignorait pas qu'un auteur de violences, conjugales ou non, peut faire très bonne impression quand on le rencontre et que l'horrible vérité n'éclate que dans l'intimité du foyer.

C'était le danger de compartimenter les choses, comme il l'avait jugé nécessaire au sujet de sa nuit avec Lindy. Mais faire l'amour ne cause de mal à personne, n'est-ce pas ? Et il tenait en cage l'envie de recommencer. Ce Zeke-là ne devait pas transparaître en présence de Lindy.

Il voulait profiter de cette nouvelle facette de leur relation. En réalité, il avait vu Lindy dans des circonstances plus variées que ce n'était le cas avec les autres femmes de l'hôpital. Il connaissait la Lindy inquiète, la Lindy compétente, la Lindy altruiste et engagée… Et celle qui était sexy en diable. Celle qui avait eu du désir pour lui durant toute une nuit.

— Il est vraiment bon, tu ne trouves pas ?

La voix douce qui s'élevait près de lui le troubla, et il ne comprit pas trop ce que Lindy voulait dire avant de se rendre compte qu'elle parlait du musicien.

Que s'était-il donc imaginé ? Que c'était lui qui lui inspirait ce murmure ?

— Oui, il a du talent. Je ne crois pas l'avoir déjà entendu, mais comme je te le disais, il y a une éternité que je ne suis pas allé à ces concerts. La dernière fois, ce musicien portait peut-être encore des couches.

Lindy laissa couler un léger rire.

— Tu n'es tout de même pas si vieux ! S'il portait des couches, alors, toi aussi. Il ne peut pas avoir plus de trente-cinq ou trente-six ans.

— Comment as-tu deviné mon âge ?

— À l'apparence que tu as.

Il fronça les sourcils.

— Comment ça ? Quelle apparence ? fit-il, trouvant le propos peu flatteur.

— Ces petits plis de sourire que tu as aux coins des yeux.

— Donc, j'ai des rides ?

— Non, pas des rides. Des plis. Il y a une différence.

— Explique-toi, dit-il, soudain curieux.

— Les rides sont provoquées par les soucis ou le stress. Les plis sont causés par le bonheur.

Vraiment ? Il ne se sentait pas heureux, en général. Mais Lindy avait peut-être perçu une part de lui-même qui lui échappait. Son travail le rendait heureux. Cela pouvait-il réellement transparaître dans la manière dont les plis du visage se gravent dans la peau d'un être humain ?

— Toi aussi, tu as de petits plis, dit-il.

— Ah, oui ? Où ça ?

Il se pencha pour effleurer du bout du doigt l'arête du nez de Lindy, glissa jusqu'au coin le plus proche de lui.

— Ici. Quand tu souris, ta peau se fronce à cet endroit. Je me rappelle très bien la première fois que je l'ai remarqué.

— Vraiment ?

— Oui. Tu étais au bloc, et tu portais un masque chirurgical. Je savais quand tu souriais grâce à ces petites fronces de part et d'autre de ton nez. C'était diablement sexy.

— Waouh ! Je n'en savais rien. Et je ne vois vraiment pas en quoi ça peut être joli. Sur n'importe qui.

— Eh bien si, ça l'est.

Il ne savait absolument pas pourquoi il lâchait de telles choses, mais c'était Lindy qui avait commencé cette conversation à propos de « petits plis ». Il aimait bien qu'elle voie en lui quelqu'un d'heureux. Il y avait une éternité qu'on ne lui avait pas dit une chose pareille. Même sa mère ne le lui disait plus. Elle traînait son chagrin depuis la mort de l'homme qui avait été son époux pendant trente-quatre ans. Marina et lui avaient quitté ce monde à peu d'années de distance.

C'était peut-être dans la fréquentation de Lindy que les rides qu'il portait s'étaient transformées en « petits plis » ?

C'est vrai que le chagrin n'a pas de date d'expiration, mais il est peut-être possible de s'en défaire. Si on y consent.

En quoi était-ce un problème que Lindy et lui soient ensemble, au fond ? Il s'en était fait une montagne, mais ce n'était peut-être pas justifié. Du moment qu'elle n'attendait pas une relation à vie. Elle ne l'avait certes jamais laissé entendre, et ce n'était sans doute pas ce qu'elle souhaitait, après ce qu'elle avait subi.

Tout à coup, cette sortie au concert lui semblait l'idée la plus stupide qu'il ait jamais eue. Pourquoi ne l'avait-il pas emmenée chez lui pour faire ce dont il avait réellement envie ?

Parce qu'il avait considéré que c'était une mauvaise idée. Ou parce qu'il avait redouté un refus de sa part. Peut-être un peu des deux.

Il allait tester une de ces hypothèses. Il testerait peut-être l'autre en fonction de la réaction de Lindy.

— Lind, as-tu vraiment envie de rester pendant toute la durée du concert ?

Cela capta l'attention de Lindy. Elle croisa son regard et le considéra pendant un long moment – ou du moins qui lui parut tel. Puis elle sourit, et les fossettes surgirent de part et d'autre de son nez.

— Je crois qu'on pourrait me persuader de partir un peu avant la fin, dit-elle.

Il se pencha pour lui donner un baiser léger. Il ne voyait pas d'autre façon de lui faire connaître ses intentions. Et lorsqu'elle leva la main et replia un bref instant les doigts autour de sa nuque à lui, il eut sa réponse.

Il se leva, lui tendit la main pour l'aider à se relever et rafla la couverture pour la replier de nouveau sur son bras. Il y eut autour d'eux quelques regards déroutés, mais certains sourires lui dirent qu'on comprenait très bien de quoi il retournait. Après tout, les mélodies du jazz étaient une parfaite introduction à ce qu'il avait en tête. Dès l'instant où il avait suggéré qu'ils viennent ici, les choses avaient tendu dans cette direction. Mais il avait été trop bête – ou au contraire trop malin – pour se l'avouer, et à présent, tout ça lui était bien égal.

Il expédia la couverture à l'arrière de sa voiture. Dès qu'ils furent dans l'habitacle, il écrasa sa bouche sur celle de Lindy, et il eut toutes les peines du monde à s'écarter d'elle pour démarrer. Il avait envie de faire l'amour tout de suite. Mais ils seraient sans doute arrêtés avant d'arriver au meilleur moment. Alors, il appuya sur l'accélérateur.

Son appartement se trouvait à l'autre bout de la ville, et il leur fallut près d'une demi-heure pour y parvenir. Pendant tout le trajet, la paume de Lindy s'attarda sur sa cuisse, et à chaque changement de vitesse, chaque pression du pied sur les pédales, elle semblait se placer plus haut. Il ne savait pas trop si c'était provoqué par ses propres mouvements ou si elle déplaçait volontairement ses doigts. En tout cas, il était totalement excité et avait toutes les peines du monde à se concentrer sur la route.

Il avait pourtant intérêt à être attentif, sinon ils finiraient par percuter un lampadaire. S'il survivait, il devrait expliquer à la police pourquoi il s'était laissé distraire, et les parents de Lindy n'approuveraient pas que leur fille finisse à l'hôpital par sa faute.

Au prix d'un énorme effort, il croassa :

— Si cette main remonte encore plus haut, je vais être obligé de m'arrêter et de trouver une planque dans un bouquet d'arbres.

— Serait-ce si épouvantable ? dit Lindy en riant.

— Non. Mais je préfère t'avoir dans mon lit, où je serai libre de te faire tout ce dont j'ai envie.

Lindy remonta encore un peu sa main.

— Cela signifie-t-il que je pourrai moi aussi te faire tout ce que je veux ?

— Oui, *baby*, tu pourras faire tout ce que ton cœur désire.

La main s'enhardit de nouveau.

Il serra les mâchoires et pria pour arriver au plus vite.

Ils atteignirent la porte de ce qui devait être l'appartement de Zeke dans un cliquètement de clés, et Lindy se retrouva plaquée contre le battant dans le couloir désert alors que Zeke l'embrassait encore et encore.

Elle n'aurait jamais cru être aussi troublée par un trajet en voiture où ils s'étaient à peine touchés. Mais il avait été peuplé de tous les sous-entendus possibles.

Zeke pressait contre elle son membre érigé tout en essayant de glisser la clé dans la serrure derrière elle. Elle se mit à rire et se déporta sur le côté pour qu'il ait plus librement accès au verrou… Et à certaines zones de son corps qui quêtaient satisfaction.

Le battant s'ouvrit à l'improviste, et elle fut projetée en arrière, évitant de justesse la chute parce que Zeke la retenait par le poignet. Elle ne put pourtant pas éviter une étagère placée près de la porte. Des papiers, des prix et des diplômes sous cadre jaillirent de toutes parts.

Elle lâcha un murmure horrifié et fit volte-face pour réparer les dégâts.

— Laisse, dit Zeke, qui lui tenait toujours la main, en la faisant pivoter vers lui. Ce ne sont que des objets, Lind. C'est sans importance.

Seigneur ! Elle désirait tant cet homme !

Elle se pendit à son cou, se hissant sur la pointe des pieds.

— Alors, ou nous allons passer un moment sur le canapé que j'aperçois sur ma droite, ou tu m'emmènes dans ta chambre et tu me montres ce que tu voulais dire tout à l'heure en me promettant que je pourrais te faire tout ce que je voudrais.

— Ah, j'ai promis quelque chose ? fit-il en lui mordillant la lèvre. Je suis peut-être un peu trop avancé.

— Eh ! Pas question de faire machine arrière !

— Alors, tu ferais bien de me confier tes intentions.

Dans un brusque accès d'audace, elle lui murmura à l'oreille la chose la plus osée qui lui venait à l'esprit. Celle qu'elle avait pensée lorsqu'elle l'avait vu se gainer d'un préservatif la première fois.

Il répondit par un rire rauque où perçait l'incrédulité.

— Je t'assure que ça n'aura pas lieu. Ce ne sera pas une fête à sens unique.

— Mais tu as promis…

Cet échange libre et sans fausse honte était plus excitant que tout. Elle avait hâte d'être au lit avec Zeke, de le sentir en elle, sur elle. Une seule fois ne lui avait pas suffi. D'autant qu'une émotion brute, comme à vif, s'emparait peu à peu d'elle, l'amenant à considérer Zeke dans toute sa complexité d'homme, et… Oh ! mon Dieu ! Elle l'aimait.

Elle aimait son rire. Ses « petits plis ». Et même ses rides. Elle aimait ce qu'il lui faisait ressentir. Comment était-ce possible ? Elle n'en savait rien, mais elle était éblouie d'éprouver un sentiment aussi profond. Quelque chose de sacré et de bon. Quoi qu'il advienne par la suite, elle avait une dette envers Zeke, et elle tenait à lui prouver sa gratitude.

Pourquoi attendre d'être dans la chambre ? La fête pouvait commencer tout de suite. Elle était impatiente, elle désirait qu'il la prenne tout de suite.

Avec des gestes fébriles, elle déboucla sa ceinture, défit le bouton du pantalon, passa à la fermeture à glissière.

Elle libéra son membre, savourant de sentir dans sa paume son pénis durci, sa peau brûlante, et d'entendre le soupir étranglé qu'il laissa échapper lorsqu'elle replia les doigts et le caressa.

— Oh ! Lindy, dit-il en lui prenant le visage à deux mains. Qu'est-ce que tu me fais ?

— Il faut bien que quelqu'un commence, si ce n'est pas toi, dit-elle en se haussant encore un peu pour lui mordre la lèvre.

Elle lui laissait entendre qu'elle n'avait pas peur que les choses soient trop emportées, car elle savait qu'il ne lui ferait pas de mal. Pas vraiment.

Elle le libéra le temps de se dépouiller de son propre pantalon et de son slip. Comprenant sa hâte, Zeke ne tarda pas à trouver un préservatif et à s'en gainer, avant de l'attirer à lui. Mais au lieu de la prendre à même le parquet, il roula et la souleva pour l'amener sur lui.

Elle se laissa descendre, comblée peu à peu, et il la saisit par les hanches, la laissant installer le tempo et se contentant de l'agripper alors qu'elle le recevait complètement en elle puis se soulevait…

S'arrimant avec les mains à ses épaules, elle prit appui sur lui pour se soulever et retomber, encore et encore, grisée par la sensation de pouvoir que lui apportait l'échange. Les yeux clos, elle se concentra sur les sensations qui déferlaient et accéléra l'allure, percevant confusément la rauque approbation de Zeke. Elle accéléra, de plus en plus proche de l'acmé du plaisir. Et ce fut soudain l'explosion, violente et prolongée, tandis que Zeke basculait avec un cri dans l'étourdissement de la volupté ultime. Dans l'oubli.

Un oubli plus beau que tout ce qu'elle avait pu vivre.

Elle aimait Zeke. Elle *l'aimait.* Et elle avait envie de dire ces mots à haute voix encore et encore. Mais elle n'osait pas.

Il rouvrit ses magnifiques yeux bruns, et elle se sentit de nouveau perdue.

— C'était… C'était inouï, dit-il en élevant les mains pour lui envelopper la tête et l'attirer pour un baiser, vite suivi d'un deuxième. Je n'arrive pas à me repaître de toi.

— C'est ce que tu viens de faire.

Il esquissa un sourire.

— À ce que tu crois. Mais c'était ton tour. Maintenant, c'est le mien. Cette fois, on va au lit. Tu passes la nuit ici.

Il roula sur le côté, la faisant basculer et se libérant d'elle. Elle poussa un léger cri de protestation, vite mué en rire lorsqu'il se mit debout et lui tendit la main.

— Qu'est-ce qui te fait croire que je vais accepter ?

— Tu te rappelles ce que tu m'as demandé tout à l'heure et que je t'ai refusé ?

Soudain excitée, elle lâcha :

— Tu veux dire que… ?

— Accepte de passer la nuit ici, et tu le sauras, chérie, dit-il en accentuant son sourire.

— J'accepte. Avec joie.

Il l'entraîna dans la chambre et referma la porte derrière eux.

10.

Zeke se réveilla dans un état de confusion, sans trop savoir où il se trouvait. Pendant un bref instant d'affolement, il crut qu'il avait loupé l'heure d'aller au travail, puis il comprit qu'il était encore tôt. Son portable indiquait à peine 6 heures.

Il entendit un bruit, comme un meuble qu'on aurait traîné sur le parquet, et se tendit, avant de se remémorer d'un coup les événements de la nuit écoulée.

Lindy était restée chez lui, et ils avaient fait l'amour… Il tenta de faire le compte et n'y parvint pas. Tout était brouillé dans sa tête. Mais ses muscles étaient relâchés, détendus.

Cependant, où était-elle ? Avait-elle quitté l'appartement ?

Il fronça les sourcils en entendant de nouveau, un peu plus fort, le bruit de tout à l'heure.

Ce devait être elle. Mais que fabriquait-elle ? Cherchait-elle à partir avant qu'il ne se réveille ?

Il n'aimait pas ça. La veille, juste avant de s'endormir, il s'était vaguement promis de se lever tôt, de lui préparer un petit déjeuner, puis d'avoir avec elle une longue conversation.

Ignorant les protestations de ses muscles, il se leva puis gagna la pièce voisine sans prendre le temps de s'habiller, de peur qu'elle ne s'en aille avant qu'il puisse l'en empêcher.

Ayant franchi le seuil, il s'immobilisa.

Elle avait redressé l'étagère et était en train de remettre en place ce qui était tombé à terre, rassemblant les papiers qu'elle tassait en pile nette.

— Tu n'es pas obligée de faire ça.

Elle se retourna vivement.

— Bonjour. Je tenais à le faire. C'est réconfortant de savoir que je peux renverser une étagère sans essuyer la colère de quelqu'un.

— Je suppose qu'il est question de Luke ?

— Oui. Le dernier jour avec lui était…

Lindy s'interrompit et le considéra de haut en bas.

— C'est difficile de te parler lorsque tu es tout nu.

— Bon, accorde-moi une minute, dit-il avec un sourire. Je tiens à connaître la suite de l'histoire.

Il alla enfiler un slip puis reparut.

— Tu parles du jour où tu es partie ?

— Oui. Je t'ai dit qu'il avait pris des cartes de crédit à mon nom, tu t'en souviens ? Eh bien, je venais de le découvrir, et je l'ai affronté à ce sujet. Il est entré dans une rage folle, hurlant que je ne savais rien de lui. Je l'avais déjà vu en colère, mais là, c'était différent, et j'ai su que je devais partir. Mais quand je suis allée chercher Daisy, il m'a empêchée de passer. J'ai eu peur. J'ai battu en retraite dans la cuisine et composé le numéro d'appel des urgences. J'avais tout juste donné mon nom et mon adresse à la police lorsque je l'ai senti derrière moi. Il a replié le bras autour de mon cou, et tout à coup je n'arrivais plus à respirer. J'ai compris que j'allais mourir. J'ai pensé à Daisy, j'ai pensé que j'aurais dû le quitter depuis longtemps, que j'aurais dû la protéger. Et puis, j'ai perdu conscience. Il y avait sûrement un policier dans le voisinage, parce que lorsque je suis revenue à moi, j'étais vivante, et Luke était allongé sur le sol. Il y avait du sang partout. Ils m'ont dit qu'il s'était emparé de l'arme d'un policier lorsqu'ils l'avaient appréhendé et qu'ils avaient été obligés de tirer.

Bouleversé, Zeke fit un pas en avant.

— Je me doutais que ç'avait été dur. Mais, bon sang, Lind, je ne me doutais pas que c'était à ce point ! Je serai franc : je suis heureux qu'il soit mort, parce que sinon je serais tenté de lui régler son compte.

Lindy se remit à ramasser les papiers, rassemblant une nouvelle pile qu'elle posa sur une des planches de l'étagère. Il voulut l'empêcher de continuer et la tourna face à lui, lorsqu'il reconnut soudain ce qu'elle tenait à la main.

Une mince pile de clichés imprimés.

Elle la regarda en fronçant les sourcils puis releva la tête d'un air interrogateur.

— Qui est-ce ?

Elle lui présenta la pile de documents, et il se retrouva face à une photographie de sa fille. Pas n'importe laquelle. Une de celles qu'il avait évité de chercher. Elles n'étaient donc pas dans son bureau, finalement, mais sur cette étagère.

La douleur qu'il avait éprouvée en voyant sortir cette photographie de l'imprimante se ranima violemment, et il se ferma, même si la question posée restait en suspens.

Bon sang, qu'est-ce qui ne tournait pas rond chez lui ? Lindy venait de se confier à lui, de lui raconter le pire jour de son existence. Alors, pourquoi ne parvenait-il pas à lui parler de ça ?

Parce que ça lui était impossible. C'était une faille de son caractère. Peut-être n'était-il pas fait de la même étoffe que les gens normaux, mais il savait qu'il ne lui parlerait pas de la photo. Et qu'il ne lui suggérerait pas non plus qu'ils commencent à sortir ensemble.

Il ne voulait pas que Lindy subisse ce qu'il avait fait subir à Janice. Surtout après ce qu'elle avait enduré avec Luke. Elle avait besoin d'un homme ouvert, honnête, qui lui apporte la nouvelle vie qu'elle méritait. Et il n'était pas cet homme-là. Daisy non plus ne devait pas côtoyer quelqu'un qui la comparerait sans cesse à un fantôme ou se demanderait à quoi sa propre fille aurait ressemblé. Il avait su dès le départ que tout ça n'était pas une bonne idée, et Lindy venait de lui prouver à quel point.

Il lui ôta des mains la liasse de photos et les posa sur une pile de papiers.

— C'est Marina. J'ai utilisé un logiciel spécialisé pour voir à quoi elle aurait ressemblé si elle avait grandi.

Lorsque Lindy serait partie, il les passerait à la déchiqueteuse et s'en débarrasserait une bonne fois pour toutes.

Dieu merci, elle avait trouvé ce cliché avant qu'ils n'entament une relation dont il savait à présent qu'il ne pouvait pas la poursuivre. Il devait donc y mettre un terme.

— Écoute, Lindy, pour la nuit dernière…

Il ne voulait pas la blesser, même si ce qu'il allait dire ne serait peut-être pour elle qu'une simple égratignure. Il s'était peut-être trompé, il était possible qu'elle ne tienne pas à lui. Il était possible qu'elle s'offre une expérience qu'elle n'avait pu avoir en tant que femme mariée.

Il déglutit.

Quelques instants plus tôt, au lit, il avait bel et bien envisagé de prolonger leur relation de façon durable. Permanente, même. Une tentation prématurée, risible. Même s'il n'avait pas envie de rire en cet instant.

— Oui, quoi ? fit-elle.

Elle l'observa, le regard plein d'une circonspection qui en était absente une minute plus tôt. Puis elle parut comprendre.

— Je vois, dit-elle en pâlissant.

Pendant quelques secondes, il y eut un silence où il chercha les mots les moins blessants, mais elle le devança :

— Craignais-tu que j'attende quelque chose de toi à cause de cette nuit ? Si c'est le cas, ne te bile surtout pas. Tu as pu constater que je suis plutôt névrosée. Et ça ne changera pas. Je n'ai pas l'intention de m'engager avec quelqu'un. Plus jamais. Je dois protéger ma fille.

Ces derniers mots semblaient le viser à la jugulaire, et ils atteignirent leur but puisque c'était en partie à cause de Daisy qu'il voulait rompre. Et s'il éprouvait un jour du ressentiment parce que Daisy, elle, était vivante ? Et si elle comprenait pourquoi ? Il ne pouvait pas faire ça à cette petite. Ni à Lindy. Et à lui-même non plus. Mais il n'avait pas besoin de le dire puisque Lindy lui faisait savoir qu'elle ne voulait pas poursuivre leur relation.

Eh bien, c'était parfait. Ils y gagnaient l'un et l'autre.

— Je sais, dit-il. Et j'allais suggérer la même chose. Question de timing, ou… Bref, peu importe. Il est clair qu'aucun de nous ne veut d'une relation durable en ce moment. C'était vraiment bien. J'y ai pris plaisir. Mais je crois que nous avions raison la première fois. Mieux vaut que nous restions sur un terrain strictement professionnel.

L'expression de Lindy s'était figée, et il se demanda fugitivement s'il n'avait pas seulement entendu ce qu'il voulait entendre. Mais non ! Elle avait souligné qu'elle ne voulait s'engager avec personne à cause de Daisy !

Eh bien, ils étaient deux. Il ne pouvait pas engager une liaison avec elle à cause de Daisy. Et à cause de lui. Elle se croyait « plutôt névrosée », mais sa névrose à lui battait la sienne à plate couture.

Il se sentait à nu, exposé. Il regretta soudain de ne pas être entièrement vêtu.

— Exact. Puisque nous avons éclairci la situation et que nous sommes d'accord, je vais m'en aller. Il faut que je passe chercher Daisy chez maman, et je dois faire des courses.

Des courses sans lui, pensa-t-il avec un élan de douleur.

— Je croyais qu'elle passait la nuit chez ta mère ?

— J'ai changé d'avis.

Par sa propre faute, pensa-t-il, blessé plus profondément encore.

— Je m'habille et je t'accompagne.

— Non ! s'écria-t-elle, avant de poursuivre d'une voix plus basse : Je ne veux pas qu'ils te voient arriver. Cela donnerait à Daisy l'occasion de te voir et te parler, et nous savons tous les deux, je crois, que ce ne serait pas une bonne idée. Je ne voudrais pas qu'elle s'attache à toi et me retrouver contrainte de… De lui dire qu'elle ne peut plus te revoir.

— Je comprends, fit-il, le cœur lourd.

Elle ne lui laisserait pas revoir Daisy. Et pourquoi aurait-elle agi autrement ? Daisy s'était jetée sur lui presque chaque fois qu'elle l'avait vu. Il valait mieux qu'il en soit ainsi. Pour tous les deux.

— Je peux au moins t'accompagner à l'hôpital pour que tu récupères ta voiture.

— Merci, mais je préfère prendre un taxi. J'en ai déjà

appelé un, en fait. Il ne devrait pas tarder. Je vais aller à sa rencontre.

Lindy regarda la photo abandonnée au sommet de la pile.

— Ta fille aurait été très belle, Zeke. Je suis vraiment navrée qu'elle ne soit plus là avec toi.

Là-dessus, elle franchit son seuil et referma la porte.

Il resta planté là, considérant l'espace qu'elle venait d'occuper, et se demandant s'il ne venait pas de commettre la plus grosse erreur de sa vie.

Quelque part en lui, la réponse surgit : oui, il l'avait commise. Et il s'en avisait trop tard.

Lindy passa le reste de la semaine dans une sorte d'état second.

Chaque fois qu'elle levait les yeux sur le planning au-dessus du bureau des infirmières et voyait son nom dans d'autres cases que celles de l'équipe de Zeke, elle mesurait qu'il l'avait expulsée de sa vie. Non seulement de sa vie personnelle, mais aussi de sa vie professionnelle !

Elle regrettait de ne plus travailler avec lui. Leur collaboration lui manquait, leurs conversations aussi. Et leurs ébats amoureux. Mais rien de tout cela n'était désormais possible. Elle avait donc une seule alternative : encaisser ça et faire contre mauvaise fortune bon cœur ou trouver un poste dans un autre hôpital de la ville.

Ce ne serait pas difficile. Les infirmières avec son niveau de qualification étaient recherchées, à ce qu'on lui avait dit. Elle avait eu quatre propositions avant de se décider pour Mid Savannah Medical Center. Elle avait choisi le meilleur parmi les meilleurs… À plus d'un titre. Mais il semblait qu'elle ne conserverait rien de tout cela.

Et le centre d'aide aux femmes en difficulté ? Elle avait personnellement demandé à Zeke de s'y impliquer. Son bénévolat allait être un calvaire. Même si elle doutait qu'il s'y montre à nouveau s'il la voyait présente.

Ce qui était étrange, c'était que, lorsque Zeke l'avait rejointe au salon, il était nu, et il avait eu alors une attitude beaucoup plus douce que celle du Zeke qui était revenu en boxer et avait approuvé toutes les raisons qu'elle avait avancées pour qu'ils ne restent pas ensemble. Ni elle ni lui n'avaient parlé d'amour. Elle avait dû supposer que Zeke n'éprouvait rien pour elle. Cela lui avait porté un coup en plein cœur, et pendant quelques terrifiantes secondes, elle avait été incapable de trouver son souffle. C'était comme si on l'étranglait de nouveau. Mais cette fois, sa propre stupidité en était la cause.

Elle aurait pourtant juré que…

Lorsqu'elle lui avait dit qu'elle ne pouvait pas réfléchir lorsqu'il était nu devant elle, il avait eu ce sourire si caractéristique. Ce sourire sexy qui semblait dire « Non, sans blague ? » et qui avait boosté son assurance. Une assurance de courte durée. Car presque aussitôt après, le visage de Zeke s'était figé, dur et froid, et elle n'avait pas compris pourquoi.

C'était juste après qu'elle avait saisi la photo de sa fille.

Parce qu'il était furieux qu'elle l'ait touchée ?

Non… Il avait plutôt paru choqué. Et elle avait eu un choc elle aussi, parce que le visage sur la photo ressemblait tellement à Zeke ! Mais pourquoi… ?

C'était peut-être en relation avec Daisy, qui avait presque le même âge que Marina lorsque celle-ci était morte. Est-ce que Zeke avait pensé à ça ? À en juger par son expression, il y avait longtemps qu'il n'avait pas vu ces clichés. Il les avait peut-être crus perdus…

Seigneur, en quoi cela l'avançait-il de se tourmenter sur les raisons de tout cela ?

En rien. Donc, elle ferait bien de prendre une décision et de s'y tenir. Elle n'allait pas supplier Zeke d'avoir une liaison avec elle. L'ancienne Lindy l'aurait peut-être fait, mais la nouvelle n'était pas un paillasson sur lequel tout un chacun pouvait s'essuyer les pieds. Elle avait survécu à une terrible épreuve. Ceci n'était qu'une promenade de santé, comparé au passé.

Sans doute comparait-elle l'incomparable, mais ça n'avait pas d'importance. Ce qui était fait était fait. Il n'y avait pas de retour en arrière possible. Ni pour elle ni pour Zeke. Et plus vite elle s'en convaincrait, mieux cela vaudrait.

Elle alluma son ordinateur et, de site web en site web, chercha la meilleure offre de travail. Un poste aussi éloigné que possible de Mid Savannah Medical Center.

11.

Zeke se réfugia dans son bureau et se laissa tomber sur son fauteuil, sonné.

Il n'arrivait pas à croire que Lindy quitte l'hôpital à cause de ce qui s'était passé entre eux. Mais franchement, qui pouvait l'en blâmer ? Il n'avait rien fait pour la convaincre de rester. Il avait même cessé de la mettre sur son planning chirurgical. Si cela ne revenait pas à dire qu'il ne voulait pas d'elle, il voulait bien être pendu ! Ce n'était pourtant pas ce qu'il avait voulu signifier…

Pourtant, c'était toujours comme ça que ça finissait avec lui.

Où diable était-elle ?

La pensée qu'elle reparte peut-être en Californie le rendait malade. Cela aurait dû lui rendre les choses plus faciles, mais ce n'était pas le cas. En fait, il était plus malheureux qu'il ne l'avait jamais été.

Tout en maniant un stylo entre ses doigts, il tenta de raisonner, essayant d'examiner les faits un à un avec des yeux enfin dépouillés de leurs œillères. Et parvenu à un certain point, il s'arrêta.

Il aimait Lindy !

C'était aussi simple que ça. Et tout aussi compliqué. C'était pour ça qu'il l'avait retirée de son planning. Pour ça qu'il avait su instinctivement que les choses ne pourraient jamais redevenir comme avant. Il était beaucoup trop tard. Et il y avait maintenant plusieurs jours qu'il tanguait entre deux mondes. Le présent. Et le passé. Il ne pouvait vivre que dans l'un ou l'autre. C'était tout ou rien.

Alors, que choisissait-il ? Vivre dans un profond puits de chagrin avec une part de bonheur ? Ou vivre dans un profond puits de chagrin sans bonheur du tout ?

Cela avait-il la moindre importance, à présent ? Lindy était partie. Il l'avait repoussée par son comportement stupide.

Il n'y avait qu'une chose à faire.

Il quitta l'hôpital, monta en voiture et se rendit chez lui. Là, il prit la petite liasse de photos et les regarda une à une, examinant les changements avec son œil de chirurgien.

Ce n'était pas là sa fille. Ce ne serait *jamais* sa fille ! En se cramponnant à quelque chose d'irréel, il avait sans doute détruit la meilleure chose qui lui soit arrivée depuis la mort de Marina. Lindy. Et Daisy. Il aimait cette petite fille. Il ne savait ni comment ni pourquoi, mais il l'aimait. Et, Juste Ciel, il aimait sa mère aussi.

Marina aurait été horrifiée de savoir qu'il s'était raccroché pendant si longtemps à ces photos factices. C'étaient les vraies qu'il devait chérir, celles qui la montraient telle qu'elle avait été réellement, une petite âme douce et bonne qui n'avait pas mérité son sort.

Lindy non plus ne l'avait pas mérité. Elle n'avait pas mérité ce qu'il lui avait réservé. Ou plutôt, ce qu'il *ne lui avait pas* réservé. Son silence sur le problème réel en disait long. Et il avait eu grand tort.

Qu'y pouvait-il, à présent ?

Tout d'abord, se débarrasser de ces clichés.

Au moment même, il mit dans la déchiqueteuse les photos factices.

Puis il pouvait essayer de parler. Même si c'était douloureux, peu importe. C'était agir en adulte, et s'il ne pouvait pas réussir à l'être, alors il avait intérêt à recourir à un thérapeute qui l'aide à y parvenir.

Il savait du moins une chose : il voulait que Lindy et Daisy fassent partie de son avenir.

Et s'il implorait Lindy de revenir et qu'elle cédait, quelle serait la suite ? Et si Daisy tombait malade et mourait ? Et si Lindy était percutée par une voiture et mourait ? La douleur d'une telle éventualité n'était-elle pas pire que celle de perdre Lindy à jamais ?

Non, elle ne l'était pas. Il devait donc la trouver, et vite, avant qu'il ne soit trop tard. Et il savait par où commencer.

Lindy était assise dans la salle d'attente d'un hôpital de soins intermédiaires à l'autre bout de la ville.

Elle détestait le lieu. Elle détestait les gens, et la sensation qu'elle avait eue en franchissant ses portes. Elle savait que cela n'avait rien à voir avec l'hôpital, et tout à voir avec elle-même. Car elle n'avait pas aimé non plus les quatre autres hôpitaux où elle avait posé sa candidature. Deux avaient voulu l'engager sur-le-champ. Elle avait réservé sa réponse.

Quand elle trouverait le bon endroit, elle le saurait.

C'était du moins ce qu'elle s'était dit. Mais elle n'en était plus aussi sûre. Après tout, elle n'avait pas voulu confronter Zeke à ce qui s'était produit dans son salon une semaine plus tôt. Et maintenant, il était trop tard. Elle avait déjà donné sa démission. Elle doutait qu'on veuille la reprendre à Mid Savannah, car elle ne les avait guère avertis par avance. Mais on ne l'avait pas non plus prévue pour des opérations chirurgicales, et elle ne voulait pas rester assise à ne rien faire. Elle ne fonctionnait pas comme ça.

Donc, son fonctionnement, c'était de fuir les problèmes ? Et depuis quand ? Bon sang, elle n'avait pas pris la tangente lorsqu'il l'aurait fallu, et à présent, elle fuyait lorsqu'il ne le fallait pas ! Elle avait fui cet homme qui était tout pour elle. Zeke, qui lui avait fait découvrir la vie sous un nouveau jour. Qui était la meilleure chose qui lui soit arrivée. Et, sans égard pour son propre cœur meurtri et brisé, elle avait jeté par la fenêtre toute possibilité de le ravoir.

Mais Zeke ne l'aimait pas, il le lui avait pratiquement dit !

Non, en fait, il s'était tu. C'était elle qui avait parlé, lui mettant toutes sortes de mots dans la bouche, qu'il s'était contenté d'entériner. Et elle n'avait pas dit la seule chose qui aurait pu tout changer.

Si Zeke ne l'aimait pas, il lui faudrait l'accepter. Mais s'il avait de l'amour pour elle ? Si, comme elle, il avait seulement eu peur d'admettre la vérité ?

Bon sang, elle aurait dû lui courir après et lui dire ce qu'elle ressentait ! S'il n'éprouvait pas les mêmes sentiments, elle ne serait pas plus mal en point qu'à présent. Elle pourrait continuer à chercher du travail et espérer se remettre un jour de sa déconvenue sentimentale, mais seulement si elle affrontait un refus réel. Si elle entendait les mots de la bouche même de Zeke.

Une femme apparut et appela son nom. Le moment de l'entretien d'embauche était arrivé.

Elle se leva, regarda son interlocutrice, puis s'excusa en souriant et s'en alla.

Pour une fois dans sa vie, elle allait affronter ses peurs. Elle allait affronter Zeke.

Alors qu'elle franchissait la porte, elle était si concentrée sur sa résolution qu'elle ne vit pas l'homme qui venait sur sa droite, ne prenant conscience de sa présence que lorsqu'il lança son prénom.

La voix lui était familière. Trop familière. Elle se retourna vivement et vit Zeke debout non loin d'elle.

Comment diable se faisait-il qu'il soit là ?

Qu'était-il venu chercher ? Pas elle, sûrement, mais elle était en route pour le voir. Puisqu'il était là, elle allait faire ce qu'elle avait décidé, et au diable les conséquences.

Elle redressa le menton, et sa voix ne trembla pas.

— J'allais justement te voir.

— Ça tombe bien, parce que je venais justement te voir.

— Hein ? Comment ça ? Comment as-tu su où j'étais ?

— Tu n'étais pas chez toi, tu ne prenais pas mes appels, alors je suis allé trouver la seule personne qui sache où te trouver.

— Ma mère.

— Oui, mais tu ne dois pas lui en vouloir. Elle hésitait à me le dire, mais Daisy s'est portée garante pour moi.

— Évidemment ! Elle s'est précipitée sur toi pour t'embrasser, je parie ?

— Tu as deviné, fit Zeke, fourrant les mains dans ses poches.

Prise d'un pressentiment, elle eut les larmes aux yeux, et ce fut d'une voix brisée qu'elle se contraignit à parler :

— Ne la rends pas folle de toi comme tu l'as fait pour moi. Sauf si tu as l'intention d'y donner suite.

Bon, elle avait livré son cœur. C'était fait.

Zeke fronça les sourcils, et un silence s'étira.

— Qu'est-ce que tu as dit ? demanda-t-il enfin, d'une voix douce et intense qui donna le frisson à Lindy.

Résolue à obtenir une réponse nette, même si c'était une rebuffade, elle déclara :

— J'ai dit que j'étais amoureuse de toi.

« Tiens, encaisse un peu ça ! »

— Et si je te disais que je suis tombé amoureux de toi bien avant que tu t'éprennes de moi ?

— Je répondrais que c'est impossible, dit-elle après une brève lutte entre son cœur et sa raison.

— Pourquoi dis-tu ça ?

— Parce que je suis tombée amoureuse de toi quand nous étions assis sur la couverture, au festival de jazz.

Il ferma brièvement les yeux, puis les rouvrit et les posa fixement sur elle.

— Répète un peu ça.

— Je suis amoureuse de toi, Zeke. Je t'aime.

— Tu prétendais n'avoir aucune intention de t'engager avec quelqu'un.

— Tu m'as servi la même réplique.

— J'ai menti, dirent-ils à l'unisson.

— Mais pourquoi ? fit-elle, le devançant cette fois.

— J'ai perdu ma fille et ma femme, Lind. Et j'avais peur de m'attacher à Daisy, à toi, puis de perdre l'une de vous, ou toutes les deux. Ou de me retrancher en moi-même émotionnellement et de vous perdre aussi. Dans mon esprit, l'issue était la même. Je vous perdais.

— Oh ! mon Dieu, Zeke ! Quand je pense à ce qui aurait pu se produire…

— Je sais. Lorsque tu as quitté l'hôpital, j'ai imaginé que tu repartais en Californie, et j'ai compris que le danger de te perdre ne venait pas de l'extérieur mais de moi. Je t'avais repoussée. Et ça avait marché, de toute évidence.

— Pas tout à fait. Parce que, en attendant ici pour un entretien d'embauche, j'ai compris que j'en avais fini d'avoir peur de ce qui pouvait arriver. Si on a eu du malheur, cela ne signifie pas que ça va se reproduire.

Zeke approuva d'un hochement de tête puis lui enveloppa le visage de ses mains frémissantes.

— J'ai enfin accepté cette vision des choses. Je t'aime, Lind. Je veux être avec toi. Seulement toi.

Elle appuya son front contre le sien.

— Je le veux aussi.

— Je n'ai pas eu le temps d'acheter de bague, mais je veux te passer la bague au doigt. Si tu me dis oui.

— Oh ! Zeke ! Je te dis oui, bien sûr.

— Je tiens à faire les choses comme il faut. Quand Janice et moi nous sommes mariés, nous étions probablement trop jeunes. Mais toi et moi avons traversé des épreuves très dures, et il me semble que nous sommes assez mûrs et intelligents pour savoir ce que nous voulons de la vie et la saisir. Du moins, je le suis.

Lindy prit une profonde inspiration puis expira pour laisser les blessures passées se dissiper dans l'atmosphère.

— Moi aussi. Vous voulez dire que vous me voulez pour épouse, docteur Bruen ? demanda-t-elle d'un ton plus léger.

— Tout à fait, infirmière Franklin, répondit Zeke, qui l'attira dans ses bras. Oh ! Lind, dire que j'ai failli te perdre !

— Non. Je partais à ta recherche, comme je te l'ai dit. J'avais l'intention de te déclarer ce que j'éprouvais pour toi.

— Nous avons repris nos esprits, grâce au ciel.

— J'y suis et j'y reste, affirma Zeke en l'enlaçant. Reviens à Mid Savannah. On veut tous que tu reviennes.

— Tu crois qu'on me reprendra ?

Il l'étreignit plus étroitement.

— Je suis sûr que tu seras accueillie à bras ouverts. Par Neil. Par notre équipe. Par moi. Surtout par moi.

Elle rit, émue.

Elle ne serait jamais mieux qu'aux côtés de l'homme qui la tenait serrée. Maintenant qu'il était à elle, jamais elle ne le laisserait partir. Comme les portes automatiques s'ouvraient sur la moiteur caractéristique de Savannah, elle sut que cette douce ville du Sud accueillait leur nouveau départ.

Épilogue

Lindy et Zeke, l'administrateur de Mid Savannah et d'autres personnalités étaient rassemblés devant le large ruban rouge qui s'étendait devant un porche aux piliers blancs. Ce qui était autrefois une demeure aristocratique proche de l'hôpital était sur le point de devenir le Centre d'accueil des femmes en difficulté de Mid Savannah. Ciseaux en main, Neil s'apprêtait à couper le ruban.

Zeke enlaça sa femme sans se soucier des photographes qui mitraillaient la scène, et sa main se posa sur le ventre de Lindy où une nouvelle vie était en train de croître.

Les trois premiers mois de leur mariage avaient apporté à plus d'un titre leur lot d'excitation. Le test de grossesse positif lui avait causé un certain choc, mais après quelques minutes de panique incoercible, il avait accueilli la nouvelle de tout cœur.

Caleb Roger Bruen serait un enfant aimé. Il n'y avait dans la vie de garanties pour personne, mais Zeke avait décidé que la peur et le sentiment de culpabilité ne prendraient plus jamais possession de lui. Il s'était vu accorder une deuxième chance qu'il ne méritait probablement pas, mais il n'allait ni tenir son bonheur pour acquis, ni gâcher une seule seconde du temps qui lui était donné de partager avec Lindy.

— Prêt ? lança la voix de Neil, le ramenant au moment présent. Un, deux, trois !

Le ruban tomba, salué par les cris et les bravos des spectateurs.

L'administrateur avait voulu donner au centre le nom de

Lindy, mais elle avait refusé, affirmant que cette partie de sa vie était désormais derrière elle. Si elle était désireuse d'aider les femmes qui en avaient besoin, elle préférait éviter ce rappel de l'épreuve qu'elle avait traversée. Elle avait besoin d'aller de l'avant dans la vie. De plus, elle voulait pouvoir se confier à ses enfants au moment qu'elle aurait choisi, et non parce qu'ils auraient vu une pancarte à son nom.

Lorsque les photographes eurent achevé leur travail, Zeke se pencha vers elle pour lui murmurer à l'oreille :

— Tout va bien ?

Lindy pivota vers lui.

— Parfaitement. Je t'aime, Zeke.

— Moi aussi, je t'aime.

Elle regarda sur le côté, au-delà du porche, où de grands magnolias en fleur bordaient la route aussi loin que portait le regard, magnifiques.

— C'est l'époque de l'année que je préfère, dit-elle.

— Ah ?

— Hum, fit-elle, les mains réunies sur son ventre, c'est le moment idéal pour être enceinte.

Elle avait prononcé ce dernier mot comme si elle le savourait.

— Je ne savais pas qu'il y avait une époque idéale pour ça.

— Il n'y en a pas, concéda-t-elle, mais j'adore voir les magnolias en fleur.

Il l'embrassa sur la bouche.

— C'est toi qui es resplendissante. Tu rayonnes.

Il lui avait demandé d'arrêter son travail au centre jusqu'à la naissance du bébé, mais à sa façon tranquille, Lindy lui avait répondu qu'elle avait besoin de mener cette action. Besoin de continuer ce qu'elle avait entrepris à son retour à Savannah. Elle avait promis de ne pas se surmener et de faire une pause lorsqu'elle atteindrait le septième mois de grossesse.

Il n'avait plus qu'à lui faire confiance. Et il avait confiance en elle. Elle voulait cet enfant autant que lui. Daisy aussi, qui était très impatiente de connaître son petit frère.

— Tes parents nous attendent chez eux à quelle heure ? demanda-t-il tandis que l'assistance se dispersait.

Lindy leva les yeux vers lui avec un sourire coquin.

— Pas avant 18 heures. Pourquoi ? Tu as une idée en tête ?

Il n'avait rien prémédité jusqu'à ce qu'elle prononce ces mots. Mais il ne fallait pas le pousser beaucoup pour que ses idées prennent un tour sensuel et amoureux, désormais. D'ailleurs, Lindy n'avait rien à lui envier sur ce plan.

— Toujours, dit-il en consultant sa montre. Il est 15 heures. Ça suffira, tu crois ?

Elle se mit à rire.

— Tu es bien ambitieux, aujourd'hui !

— Je suis ambitieux tous les jours, en ce qui te concerne.

— Dans ce cas, je vais t'aider à réaliser tes ambitions.

Elle se haussa sur la pointe des pieds et lui octroya un baiser langoureux.

Il s'écarta, le souffle court.

— Nous ferions mieux de partir si nous voulons rentrer à temps. Avec un peu de chance, il n'y aura pas d'urgences.

— La seule urgence pour le moment, c'est moi, dit-elle en lui ébouriffant les cheveux.

Il lui prit les mains, déposa un baiser au creux de ses paumes puis l'entraîna vers le parking.

Il avait hâte d'arriver chez eux pour lui prouver à quel point elle comptait pour lui et lui promettre à nouveau d'être le meilleur époux possible. Car Daisy, Caleb et elle méritaient ce qu'il y avait de mieux, et il y veillerait chaque jour de sa vie.

LOIS FAYE DYER

Le destin du Dr Demetrios

Traduction française de
GENEVIÈVE BLATTMANN

Blanche

HARLEQUIN

Titre original :
CINDERELLA AND THE PLAYBOY

Ce roman a déjà été publié en 2011

1.

— Ça va, ce matin, Jennifer ? Le Dr Demetrios arrive tout juste, lui aussi.

Jennifer Winkler remarqua le sourire entendu de son amie Yolanda avant de regarder par-dessus son épaule. Comme d'habitude, son cœur battit plus vite lorsqu'elle vit l'homme de haute stature, aux cheveux noirs, qui se dirigeait vers la section qu'elle servait au Coach House, un grand café situé au cœur de Boston, dans le Massachusetts.

Le Dr Yannis Demetrios, au moins un mètre quatre-vingt-cinq, était bâti comme un quarterback. Ses cheveux de jais étaient un peu plus longs que l'exigeait la décence et ses yeux d'un riche chocolat noir – des yeux chauds et charmeurs qui la faisaient fondre chaque fois qu'elle les croisait, autrement dit durant leurs brèves conversations matinales.

Elle le regarda s'installer dans son box habituel, le troisième en partant du fond, qui lui offrait une agréable vue de la rue ombragée et très passante. Il choisissait toujours cette place, là où il était certain d'être servi par elle qui, bien que flattée, en était aussi… contrariée. Non qu'il lui déplaise, au contraire, mais il lui faisait à son insu miroiter des choses qu'elle ne pourrait jamais avoir et, surtout, l'attirance qu'elle éprouvait pour lui ne pourrait jamais mener nulle part. Yannis était bien trop sexy, bien trop riche pour une simple serveuse dont les seules sorties consistaient en des virées jusqu'au marchand de glaces de son quartier avec sa fille de cinq ans.

Yannis venait presque tous les matins depuis six mois, et il lui aurait fallu être aveugle pour ne pas voir dans ses yeux l'intérêt qu'il lui portait. Toutefois, le sourire compréhensif avec lequel il acceptait ses refus systématiques à ses invitations à sortir avec lui avait peu à peu eu raison de sa méfiance instinctive envers lui. De plus, les bribes de conversation qu'elle avait saisies entre lui et d'autres clients n'avaient fait que renforcer la bonne impression qu'elle avait de lui. Le Dr Yannis Demetrios semblait être sincèrement intéressé par les gens, et en l'occurrence par les autres clients du Coach House.

De toute façon, même si sa vie lui permettait d'envisager une relation amoureuse, son choix ne se porterait certainement pas sur lui. On chuchotait dans son dos qu'il collectionnait les aventures comme d'autres les papillons ou les cartes postales. Alors, même s'il l'attirait énormément, Jennifer savait qu'il n'était pas pour elle. Si elle devait s'engager de nouveau, ce ne serait sûrement pas pour figurer au tableau de chasse d'un redoutable séducteur.

Glissant un menu sous son bras, elle prit un verre d'eau glacée et une cafetière puis se dirigea vers le box.

— Bonjour, docteur Demetrios, dit-elle avec un sourire radieux. Que souhaitez-vous manger, aujourd'hui ?

— Bonjour, Jennifer.

Il avait une façon bien à lui de prononcer son nom de sa voix grave qui provoquait chaque fois des crispations dans son ventre. Déterminée à ignorer la réaction de son corps, elle s'appliqua à maintenir son regard sur la tasse qu'elle remplissait avant de poser la cafetière. Puis, se redressant, elle sortit son carnet et son stylo et, enfin, se résigna à rencontrer son regard. Comme toujours, ce fut un choc. Ses yeux noirs étaient toujours aussi doux et indéniablement pleins d'un intérêt très masculin pour elle.

Puis il sourit, et Jennifer se sentit fondre.

— Comme d'habitude ? demanda-t-elle d'une voix qui, Dieu merci, ne trahissait rien du chaos qui régnait dans ses émotions.

— Oui, s'il vous plaît. Et aujourd'hui, il serait plus simple de me poser une intraveineuse de café bien fort…

— Oh ! La nuit a été courte ?

Une compassion sincère la gagna quand elle remarqua ses traits tirés, les cernes sous ses yeux et l'ombre bleutée de la barbe sur ses joues. Il avait l'air de sortir du lit – à moins qu'il n'y soit pas encore allé.

— Vous avez travaillé toute la nuit ?

Il haussa les épaules.

— Des urgences, et encore des urgences… Un défilé ininterrompu, et toute la nuit, oui.

— Vous travaillez trop dur…, soupira-t-elle.

— Ça fait partie du métier. Je savais que les horaires ne seraient pas de tout repos, quand je me suis lancé dans cette aventure…, ajouta-t-il en souriant.

— Peut-être, mais si vous ne dormez pas, comment pourrez-vous assumer votre rôle ?

Il jeta un coup d'œil à sa montre.

— J'essaierai de grappiller quelques minutes de sommeil sur le sofa de mon bureau avant mon premier patient.

— Bonne idée, commenta Jennifer qui tourna la tête en entendant le cuisinier l'appeler.

Elle bavardait depuis trop longtemps. C'était le problème, avec Yannis. Elle ne voyait jamais le temps passer…

— Je dois vous laisser. Je dirai à mes collègues d'être généreuses avec le café, ce matin.

— Merci.

Hypnotisée par son sourire, Jennifer dut se faire violence pour aller s'occuper des autres clients.

Yannis porta sa tasse à ses lèvres en la regardant s'éloigner. Sa tenue professionnelle – pantalon noir et gilet noir satiné sur chemise blanche – mettait en valeur ses longues jambes et sa silhouette fine et souple. Bien que toutes les serveuses soient vêtues de la même manière, Jennifer apparaissait parmi elles comme une rose dans un bouquet de marguerites.

Il y avait des mois qu'il l'invitait à sortir avec lui, mais sans le moindre succès. Six mois plus tôt, il se serait simplement tourné vers une autre. Mais, pour une raison qu'il ne pouvait s'expliquer, depuis qu'il avait rencontré Jennifer, toute envie de séduire d'autres femmes l'avait déserté.

Ses refus constants lui étaient insupportables, d'autant plus qu'il était certain de lui plaire. En dépit de son attitude réservée, quoique amicale, il ressentait une forte attirance entre eux. Sa légère rougeur, quand ils discutaient, ce trouble vite réprimé lorsqu'il la regardait avec un peu trop d'insistance dans les yeux… Non. Il en mettrait sa main au feu : elle était intéressée. Pourtant, elle persistait à opposer des refus polis mais fermes à ses invitations. C'était d'autant plus frustrant que, d'après ce qu'il avait pu comprendre au hasard des échanges entre les autres serveuses, il était clair qu'elle n'avait personne dans sa vie.

Un mystère qui contribuait bien sûr à affermir sa détermination : d'une manière ou d'une autre, il parviendrait à la convaincre de lui accorder un peu de temps – en dehors du Coach House.

Il étira ses jambes sous la table tout en se massant la nuque pour tenter de dissiper un peu sa fatigue. La banquette était confortablement rembourrée et, à l'instar de tout le décor du café, son box reflétait l'époque des années 50. L'effet en était chaleureux et Yannis s'y était senti à l'aise dès le premier jour où il avait franchi la porte de l'établissement. Étant donné que celui-ci n'était qu'à quelques minutes à pied de l'institut de PMA – Procréation Médicalement Assistée – où il travaillait, le Coach House était vite devenu son « annexe » où il venait régulièrement prendre son café, son petit déjeuner, son déjeuner et parfois même, s'il travaillait tard, un dîner sur le pouce.

Regardant autour de lui, il salua d'un signe de tête Fred qui avalait ses œufs au plat sur un des hauts tabourets du bar. Fred était un ingénieur des chemins de fer à la retraite qui, malgré ses quatre-vingt-quinze ans, continuait à se lever aux aurores. Yannis avait plus d'une fois pris son café à côté de lui au bar entre 5 et 6 heures du matin.

Il finit sa deuxième tasse et se frotta les yeux. Après une

semaine éprouvante, Ted Claxton, son confrère, et lui-même avaient finalement réussi à démontrer la fausseté des allégations visant à discréditer leur travail.

Ted qui s'était marié récemment, ce qui l'avait fait réfléchir sur son propre style de vie… Pourrait-il lui-même se contenter un jour d'une seule femme ? Il en doutait. Il les aimait trop. Sauf que… pourquoi dans ce cas n'était-il sorti avec aucune depuis six mois ?

Il connaissait la réponse à sa question. Sans même qu'il s'en rende compte, il chercha Jennifer des yeux, et la repéra à l'autre bout de la salle, en train de rire avec les deux femmes d'affaires dont elle prenait la commande. Oui, c'était *elle* la raison de son célibat prolongé…

À moins que ce soit le travail. Je me surmène peut-être trop, songea-t-il, refusant d'accepter que cette superbe blonde soit responsable du désert de sa vie amoureuse.

En milieu de semaine, il avait passé deux longues nuits en salle d'opération. Son bénévolat au dispensaire d'un quartier défavorisé de Boston l'obligeait souvent à pratiquer des interventions d'urgence. Il avait en l'occurrence régulièrement affaire à des adolescents blessés au cours des rixes qui éclataient entre bandes rivales. D'ailleurs, cette semaine, ces urgences s'étaient succédées à un rythme infernal. Rien que cette nuit, il avait dû réparer une vilaine déchirure sur le bras d'un garçon de treize ans victime d'un coup de couteau, ôter une bille dans le nez d'une fillette de quatre ans et traiter deux cas de gastro-entérite dont un assez grave pour qu'il l'envoie à l'hôpital.

Je suis épuisé, songea-t-il. *Ce n'est pas bon pour mon moral. Huit bonnes heures de sommeil et la vie m'apparaîtra aussi belle qu'avant.*

Il se passa une main sur le visage puis avala une nouvelle gorgée de café. Il détestait ces introspections, détestait examiner ses sentiments à la loupe. Or, il avait l'impression d'avoir dernièrement consacré beaucoup trop de temps à passer sa vie au crible. Pour un homme qui, en général, ignorait la solitude, il aurait pu jurer qu'il se sentait par moments très… seul.

— Encore un peu de café ?

Yannis leva les yeux. La serveuse rouquine qu'il avait souvent vue discuter avec Jennifer se tenait près de sa table, une cafetière à la main et un sourire aux lèvres.

— Oui, merci, dit-il.

Elle lui remplit sa tasse puis s'éloigna aussitôt, le laissant à ses pensées moroses.

Il avait connu beaucoup d'aventures, mais aucune qu'il ait honnêtement pu considérer comme enrichissante.

Et c'est ce qui me convient, songea-t-il. *Alors pourquoi est-ce que je me demande aujourd'hui si j'ai eu tort de me contenter d'aussi peu ?*

D'un geste las, il se frotta les yeux et chercha son petit flacon de collyre dans la poche de sa veste, mais il n'y était pas. En revanche, il trouva un bristol qu'il ne se rappelait plus y avoir mis. Il le parcourut du regard et soupira. C'était sa carte d'invitation pour le bal annuel de l'Institut qui aurait lieu le week-end suivant.

Le front plissé, il se massa les tempes. Il n'avait personne pour l'y accompagner, et la perspective d'y aller seul ne le tentait pas. Sa présence était obligatoire et jamais, jusqu'à présent, il n'y était allé sans compagnie. Soudain une idée germa dans sa tête…

Et pourquoi pas ? songea-t-il. Étant donné que la seule femme avec qui il avait envie de sortir, en ce moment, était Jennifer, autant l'inviter, elle.

« Elle refusera sûrement. Jusqu'à présent, elle a décliné toutes mes propositions. »

Mais lui parler lui faisait toujours oublier ses soucis car elle pouvait les effacer d'un seul de ses sourires. Justement, elle arrivait vers lui.

— Et voilà, dit-elle en posant son assiette devant lui. Œufs pas trop cuits, toasts et bacon. Oh… Vous voulez que je vous apporte de l'aspirine, aussi ?

Sa question le prit au dépourvu.

— Pardon ?

— Vous fronciez les sourcils comme si vous aviez la migraine…

— Oh ! non, non, ce n'est pas cela ! Pas encore, en tout cas. C'est… cela, dit-il en lui tendant le bristol, l'invitant à le lire.

Elle y jeta un coup d'œil.

— Le bal de l'Institut ? Cela semble très prestigieux.

— Tenue de soirée exigée, répondit-il avec un haussement d'épaules désinvolte. L'Institut l'organise tous les ans. L'orchestre est excellent et le menu vaut la peine de supporter un smoking et un nœud papillon toute la soirée, mais y aller seul ne serait pas drôle du tout. Alors je vous supplie d'avoir pitié de moi et d'être ma cavalière.

Jennifer écarta une mèche de cheveux blonds de son front, luttant contre une terrible envie d'accepter. Le Coach House n'était situé qu'à quelques blocs de l'Institut Armstrong et beaucoup de ses clients travaillaient au centre médical ; en l'occurrence, les assistantes et les secrétaires qui ne parlaient que de ce bal depuis des semaines en discutant de robes, de bijoux et de coiffures…

Aussi tentante que soit l'idée de s'habiller en princesse pour aller danser avec Yannis, elle était cependant assez lucide pour se rendre compte que ce rêve ne deviendrait jamais réalité.

— Je regrette, mais je ne peux pas, dit-elle.

Elle reposa le bristol sur la table en prenant soin de ne pas lui effleurer la main. Elle avait commis cette erreur une seule fois et n'était pas près de recommencer. Elle avait eu la sensation de se brûler et ses sens soudain en ébullition avaient mis un moment avant de s'apaiser.

— Merci tout de même de me l'avoir proposé, ajouta-t-elle. C'est gentil.

— Ne me remerciez pas, répondit-il de sa voix chaude. Dites oui, tout simplement.

Elle secoua la tête avec un petit sourire désolé.

— Je vous le répète encore une fois, au cas où vous l'auriez oublié : je ne sors jamais avec les clients.

Il s'adossa au dossier rembourré de la banquette, la tête inclinée sur le côté, plissant les yeux pour mieux l'observer.

— Et si je n'étais pas un client ?

La question, visiblement, la surprit, et elle se mit à rire.

— Trop tard. Vous l'êtes déjà.

— Et vous ne sortiriez pas non plus avec un ex-client ?

De nouveau, elle fit non de la tête.

— Flûte…, soupira-t-il.

— Excusez-moi, mais d'autres clients m'attendent, dit-elle avant de tourner les talons.

Slalomant entre les tables, elle se dirigea vers le bar.

— Alors ? demanda Yolanda quand elle la rejoignit derrière le long comptoir. Quoi de neuf avec M. Irrésistible ?

— Apparemment, il a travaillé toute la nuit, répondit Jennifer qui s'avança vers la grosse bouilloire électrique dont elle vérifia le niveau.

— Et c'est tout ? dit Yolanda, sceptique, en l'observant avec attention. Mmm… À ton air, j'ai l'impression qu'il t'a invitée de nouveau, non ?

— Exact.

— J'espère que tu as dit oui, cette fois.

— Ça ne risque pas. Tu connais ma position : pas question de…

—… de sortir avec les clients, oui, je sais…, coupa Yolanda.

Jennifer avait improvisé cette excuse huit jours après avoir commencé à travailler au Coach House, lorsqu'un homme l'avait invitée à dîner. Comme, à sa grande surprise, il avait accepté ce prétexte avec une déception sincère, mais sans discuter, elle s'en servait désormais systématiquement pour repousser les avances des clients. Avec le même succès et sans l'avoir jamais regretté – jusqu'à Yannis.

— Franchement, Jennifer, tu pourrais faire une exception, insista Yolanda.

Discrètement, elle se tourna vers le box de Yannis et soupira.

— À ta place, je ne ferais sûrement pas autant d'histoires, c'est sûr…

Jennifer se mit à rire.

— Et ton mari n'en ferait pas non plus, bien sûr…

— Oh ! Heureusement que tu me le rappelles, j'avais oublié, plaisanta Yolanda.

Jennifer jeta le filtre usagé dans la poubelle et en installa un neuf à la place dans lequel elle versa une grosse dose de café en poudre.

— Je m'en doute ! répliqua-t-elle sur le même ton. En fait, tu serais obligée de refuser aussi, mais pour des raisons différentes. Le séduisant Dr Demetrios devra donc aller se trouver ailleurs une Cendrillon pour l'accompagner au bal.

— Au bal ? répéta Yolanda, les yeux écarquillés. Tu veux dire…

— Oui. Le bal de l'Institut Armstrong. Il m'a demandé d'y aller avec lui.

— *Quoi ?*

Le cri à peine réprimé de Yolanda attira l'attention des clients assis au bar et, d'un geste apaisant de la main assorti d'un sourire, elle les invita à retourner à leurs œufs brouillés ou sur le plat avant de se concentrer sur Jennifer.

— Je t'écoute, reprit-elle, baissant la voix. Je veux tous les détails.

— Je n'ai rien de plus à te mettre sous la dent, protesta Jennifer. Il m'a demandé d'être sa cavalière et j'ai refusé, point final.

— Non, mais c'est incroyable ! commenta Yolanda en secouant la tête. C'est une des soirées les plus courues de Boston !

Une troisième serveuse arriva pour prendre une cafetière pleine et Yolanda l'attrapa par la manche.

— Shirley, tu ne vas pas le croire…

La jeune femme rousse rangea son carnet de commandes dans sa poche et dévisagea Yolanda avec intérêt.

— Quoi ?

— Le Dr Demetrios a proposé à Jennifer de l'accompagner au bal de l'Institut et – tiens-toi bien – elle a refusé !

Les yeux bleus de Shirley devinrent ronds comme des soucoupes.

— Mais enfin, Jenny… Tu ne *peux pas* refuser ! Yolanda et moi n'aurons jamais d'invitation, alors tu n'as pas le choix : il *faut* que tu y ailles. Il n'y a pas d'autre solution si on veut savoir tout ce qui s'y passe.

Jennifer pinça les lèvres.

— Il n'est pas question que je sorte avec le Dr Demetrios, Shirley. À la moindre exception à ma règle, les clients qui m'invitent n'accepteraient plus mon excuse.

— Et pourquoi le sauraient-ils ? Tu aurais juste à faire jurer le secret au médecin, dit Yolanda. Il y a des mois qu'il insiste pour sortir avec toi, alors crois-moi, il sera prêt à jurer tout ce que tu veux si c'est la condition pour que tu acceptes.

Jennifer soupira avant d'avancer un autre argument.

— De toute façon, je ne pourrais pas y aller. Je n'ai rien à me mettre.

Shirley balaya cette nouvelle objection d'un geste de la main.

— Ma meilleure amie, que je connais depuis le lycée, est l'une des propriétaires d'une boutique de fripes. Mais attention, pas n'importe quoi : des fripes de luxe, et triées sur le volet. Elle a des bijoux, aussi. Tu trouveras sûrement ton bonheur, et ça ne te coûtera rien – je lui ai rendu service récemment et elle sera heureuse de me renvoyer l'ascenseur. Je lui demanderai de tout nous laisser emporter pour le week-end et je le lui rapporterai le lundi matin avant l'ouverture de la boutique.

Une quatrième serveuse, qui arrivait juste à temps pour entendre Shirley, s'approcha d'elles, l'air intrigué.

— Qui est-ce qui a la chance de se faire habiller gratis ?

— Jennifer. Le Dr Demetrios l'a invitée à l'accompagner au bal de l'Institut.

— C'est vrai ? dit Linda dont les yeux reflétèrent la surprise et le plaisir. Super, Jenny ! Tu y vas, évidemment ?

— Je ne peux pas… Tu connais ma politique avec les clients.

— Pas seulement avec les clients, objecta Yolanda, l'air sévère. Depuis que tu travailles ici, je suis prête à parier que tu n'es jamais sortie avec personne à part nous trois. Bon sang, Jenny, tu as vingt-sept ans, pas cinquante !

— C'est vrai, ça, commenta Shirley. Il va falloir que tu élargisses un peu ton horizon. On aime beaucoup que tu viennes avec nous après le travail ou le week-end, mais franchement…

Elle posa une main sur le bras de Jennifer et se pencha davantage vers elle avec un regard presque grave.

—… Tu as sérieusement besoin d'une compagnie masculine.

— Eh ! protesta Jennifer. Je ne cherche pas une aventure ! Je n'ai besoin de personne dans mon lit !

— Ne sois pas bête, dit Yolanda. Ce médecin est idéal pour passer un week-end de rêve. Tu le vois tous les jours depuis six mois et on peut avancer, sans trop risquer de se tromper, que ce n'est pas un tueur en série, qu'il s'intéresse sincèrement à toi et, en plus, il a la réputation de ne jamais s'engager à long terme.

Elle avait énuméré les arguments en comptant sur les doigts de sa main qu'elle posa ensuite sur l'épaule de Jennifer.

— Tu vas passer une super soirée et si elle se termine par une nuit fabuleuse – parce que je suis certaine que c'est un amant fantastique, ça se voit –, eh bien, c'est encore mieux. Tu vis depuis trop longtemps en recluse, Jenny, et Yannis est le candidat idéal pour mettre un terme à ton régime sec.

Jennifer, une fois encore, secoua la tête.

— Même si je le voulais, de toute façon, je ne pourrais pas passer le week-end avec lui – ni avec personne, ajouta-t-elle, atterrée de découvrir que l'idée d'une petite escapade avec Yannis lui paraissait de plus en plus tentante.

Le bal des Moissons, dans son petit village natal, au fin fond de l'Illinois, avait été une des rares occasions de faire annuellement quelques efforts vestimentaires. Puis elle avait rencontré Patrick, s'était mariée avec lui, et tous deux étaient partis pour la ville afin d'y suivre leurs études.

Un an plus tard, elle était divorcée et enceinte de six mois de leur fille.

C'était cinq ans plus tôt et, depuis, elle dormait seule dans son lit. Alors comment s'étonner qu'elle soit émoustillée à la perspective de cette soirée ?

Il lui fallut faire un effort pour trouver une autre raison de décliner l'offre de Yannis.

— En plus, je ne peux pas demander à Margaret de garder Annie toute une soirée et jusqu'au lendemain, ajouta-t-elle en désespoir de cause.

— Aucun problème, répliqua Linda. Mes filles seront ravies d'accueillir Annie. D'ailleurs, hier, elles me demandaient quand Annie pourrait revenir jouer avec elles. Nous viendrons la chercher avant que ton chevalier servant passe te prendre, et te la ramènerons dimanche après-midi.

À court d'argument, cette fois, Jennifer les regarda toutes les trois tour à tour. Pouvait-elle réellement accepter ? Et, plus important, *devait-elle* accepter ?

— Allez..., insista Yolanda. Tu sais bien que tu en meurs d'envie.

— Je ne devrais pas..., commença Jennifer qui, se retournant, croisa le regard de Yannis fixé sur elle.

Elle frissonna. Rien de surprenant à cela ; elle avait toujours cette réaction, avec lui. Il éveillait en elle un désir qu'elle avait toujours cru bien enfoui et à jamais éteint – du moins jusqu'à ce qu'il surgisse dans sa vie.

Par ailleurs, elle savait que c'était quelqu'un de bien. Elle l'avait vu avec Fred, le retraité, et aussi avec la vieille Mme Morgenstern qui l'arrêtait toujours quand il passait dans l'allée pour lui demander quelque conseil médical qu'il lui donnait avec une patience et une gentillesse exemplaires.

Elle l'avait vu aussi repousser les avances pas toujours subtiles de certaines femmes, et jamais méchamment. Toujours avec un humour courtois – mais ferme.

Sa réputation de play-boy était-elle justifiée ? Sans doute que oui. Il paraissait réellement aimer les femmes, mais pas seulement pour les séduire. Son intérêt ne s'arrêtait pas aux plus belles, ni aux plus jeunes... Elle devinait, pour avoir souvent observé son attitude, qu'il les aimait pour ce qu'elles étaient vraiment, quels que soient leur âge et leur physique.

Ce qui, bien sûr, accentuait son attirance pour lui… et la rendait plus méfiante que jamais. Son ex-mari avait été séduisant et charmant, mais elle n'avait pas été longue à découvrir que ces attraits n'étaient qu'une façade. Ses belles paroles et son physique de séducteur avaient caché un cœur dur et déloyal.

Alors, naturellement, après cette expérience désastreuse, elle ne pouvait s'empêcher de douter de son propre jugement en ce qui concernait les hommes.

Tout, chez Yannis, la poussait à céder aux exigences de son corps et à dire oui. Mais quelle certitude avait-elle que Yannis n'était pas un autre Patrick ?

Pouvait-elle sans risque oublier ses réticences, pour une fois ?

Avait-elle le droit de transgresser les règles qu'elle s'imposait à elle-même et de mettre provisoirement entre parenthèses son rôle de mère célibataire pour s'offrir quelques heures de plaisir ?

— Allez, dis oui, la pressa Shirley à voix basse.

Jennifer regarda ses amies et, chez chacune d'elles, découvrit la même affection sincère, le même encouragement.

— Tu es sûre que ça ne te dérangera pas d'avoir Annie tout le week-end, Linda ? demanda-t-elle.

— Certaine !

Alors, avec une soudaine détermination, Jennifer hocha la tête.

— Bon. C'est d'accord.

— Oui ! s'écria Yolanda à voix basse en lançant un poing en l'air.

Linda se pencha vers elle.

— Va lui dire, murmura-t-elle. Et tout de suite.

La prenant par les épaules, elle la fit se retourner et la poussa légèrement.

Prenant une profonde inspiration, Jennifer contourna le bar pour se diriger vaillamment vers l'allée menant au box de Yannis.

Dans son dos, elle entendit les trois femmes chuchoter avec excitation entre elles. Toutes trois étaient des amies sincères qui lui avaient à plus d'une reprise apporté leur soutien, et Jennifer ne doutait pas qu'elles exigeraient d'elle un rapport complet de son week-end avec ce médecin très sexy…

Yannis leva les yeux quand elle arriva devant son box.

— Si l'invitation tient toujours, dit-elle sans préambule, je serai ravie de vous accompagner au bal de l'Institut.

Le lent sourire qui étira les lèvres de Yannis était empreint d'une satisfaction toute masculine qui ne lui échappa pas. Elle crut même déceler une lueur de triomphe dans ses yeux sombres.

— Elle est toujours valable, oui.

— C'est donc ce week-end, n'est-ce pas ? À quelle heure ?

— Je viendrai vous chercher à 8 heures, samedi soir. Il faudra me donner votre adresse, bien sûr.

— D'accord.

Elle l'écrivit sur une feuille de son carnet de commandes qu'elle arracha pour la lui tendre. Le sourire dont il ne s'était pas départi fit accélérer son cœur et monter une soudaine rougeur à ses joues.

— Bon…, dit-elle en s'éclaircissant la gorge. Je dois retourner à mon travail.

— Bien sûr.

— Alors… à samedi.

— À samedi, Jennifer. Et merci d'avoir accepté.

— De rien, marmonna-t-elle gauchement en retournant vers le comptoir avec l'impression de sentir son regard chaud et caressant sur sa nuque.

Lorsqu'elle se retourna, quelques minutes plus tard, le box de Yannis était vide.

2.

Et voilà. Elle avait sauté le pas.

Pour la première fois depuis cinq ans, elle allait sortir avec un homme. Mais un homme… différent, avec lequel elle se sentait en étrange harmonie et dont elle percevait la présence sans même chercher à le voir ; au Coach House, elle savait quand il entrait et quand il repartait sans avoir besoin de se retourner. Affecter de l'ignorer n'avait pas résolu le problème, pas plus que ses efforts pour combattre son attirance pour lui.

Après son divorce, elle avait juré qu'elle n'exposerait pas sa fille à une succession d'hommes dans leur vie. Elle-même avait connu le défilé des amis de sa mère après la séparation de ses parents – sa mère qui entamait sa quatrième procédure de divorce… – et elle ne souhaitait sûrement pas faire vivre la même chose à Annie.

Grâce au rôle influent de ses grands-parents, elle n'avait matériellement jamais manqué de rien – elle avait toujours mangé à sa faim, eu une garde-robe que beaucoup d'adolescentes devaient lui envier, fréquenté d'excellentes écoles et vécu dans une belle maison.

Emotionnellement, toutefois, c'était une autre histoire ; elle s'était sentie seule et mal dans sa peau. Les déjeuners avec sa grand-mère au country club et tous les cadeaux qu'elle trouvait sous l'arbre de Noël n'avaient jamais compensé le manque de sécurité qu'elle avait éprouvé chez sa mère.

Elle était encore à l'université quand elle s'était mariée en croyant alors réaliser son rêve d'avoir un foyer et une famille, mais elle avait dû interrompre ses études pour travailler afin de soutenir son mari, Patrick, étudiant en médecine.

Six mois après leur mariage, elle se découvrait enceinte et Patrick avait accueilli la nouvelle avec une colère qui l'avait anéantie. Il l'avait accusée de lui avoir menti, et d'avoir volontairement cessé de prendre la pilule sans l'en avertir. Trois jours plus tard, il quittait l'appartement en claquant la porte et déposait une demande de divorce au prétexte qu'il voulait une épouse qui travaille et se consacre exclusivement à lui. Il n'avait pas de place pour un enfant dans sa vie. Il avait même accepté de lui laisser la garde exclusive et renoncé à tout droit de visite. En retour, elle avait consenti à ne pas lui demander de pension alimentaire.

Pour couronner le tout, il avait annoncé à leurs amis que c'était elle qui avait choisi de divorcer, si bien qu'ils avaient réagi en se détournant d'elle et ce soudain isolement avait achevé de la briser.

Trois mois plus tard, elle donnait naissance à Annie, une superbe petite rouquine de six livres et demie avec de grands yeux bleus.

Depuis cinq ans, maintenant, Jennifer se débattait pour respecter le vœu qu'elle s'était fait de donner à Annie une vie meilleure que celle qu'elle avait elle-même connue. Elle travaillait, suivait des cours du soir pour finir ses études, et passait tout son temps libre avec elle. Si elle suscitait régulièrement l'intérêt des hommes, elle les repoussait sans le moindre regret. Offrir une vie paisible et sécurisante à Annie était sa priorité absolue, même si c'était au prix de sa propre vie sociale. À ses yeux, son célibat était un maigre sacrifice pour assurer le bonheur de sa fille.

Heureusement, elle n'avait rencontré aucun homme qui fasse vaciller sa détermination – jusqu'à ce que Yannis franchisse la porte du Coach House…

Depuis, elle était assaillie par des fantasmes, aussi bien la nuit que tout éveillée.

Peut-être qu'une soirée avec lui me permettra de le sortir de ma tête, songea-t-elle.

Après avoir terminé son service à 14 heures, elle courut chercher sa fille chez la baby-sitter, Margaret Sullivan, leur adorable voisine de soixante-huit ans, puis traversa le hall vers leur appartement. Le jour même où elles avaient emménagé, Margaret était venue leur apporter une assiette de cookies sortant de son four, et quand la baby-sitter de Jennifer avait déménagé, quelques mois plus tard, Margaret avait tout naturellement pris le relais pour garder la fillette en l'absence de Jennifer. Toutes les trois étaient très proches ; Margaret était un peu une autre grand-mère pour Annie.

— Ça s'est bien passé, à l'école, aujourd'hui ? demanda Jennifer quand elles furent toutes les deux rentrées chez elles.

Elle posa la bouilloire et une petite casserole de lait sur le feu tandis qu'Annie plaçait trois assiettes sur la table.

— Oui, dit Annie tout en disposant soigneusement les cookies sur une des assiettes. Moi et Melinda, on a construit des niches miniatures pour nos chiens. On s'entraîne pour quand on aura nos *vrais* chiens.

— Tu sais, mon ange, il faudra attendre encore un peu avant que nous puissions avoir notre chien.

— Je sais.

— Ce n'est pas que je n'en aie pas envie, mais le propriétaire ne veut pas d'animaux, ici, poursuivit Jennifer.

— Oui, je sais, répéta Annie. C'est pas grave, maman. Je vais demander au Père Noël de m'apporter un chien pour Noël. Mais il faudrait qu'on habite dans une maison avec un jardin, tu crois pas ?

— Oh ! oui, bien sûr…

La bouilloire se mettant à siffler, Jennifer alla éteindre le gaz puis elle versa le lait dans la tasse de chocolat qu'elle avait préparée pour Annie avant de remplir la sienne d'eau dans laquelle elle plongea un sachet de thé.

Elle ignorait où Annie était allée chercher cette idée, mais Noël ne serait pas avant huit mois et, avec un peu de chance, elle l'aurait oubliée d'ici là. Encore que… Rien n'était moins sûr. Annie faisait preuve d'une obstination assez exceptionnelle pour son âge et il n'était pas certain du tout qu'elle renonce à son projet, que ce soit par simple désintérêt ou par oubli.

— J'ai une surprise pour toi, dit-elle, choisissant de changer de sujet. Que dirais-tu d'aller passer le week-end chez Jackie et Suzie ?

Les yeux de la fillette s'écarquillèrent.

— C'est vrai ? dit-elle, soudain tout excitée. Je pourrai emporter mes jouets pour jouer avec Suzy ?

— Bien sûr, répondit Jennifer en riant quand Annie sauta de sa chaise pour venir grimper sur ses genoux et lui exposer tout ce qu'elle voulait emporter.

Soudain, tandis qu'elle étreignait son petit corps chaud et vibrant, Jennifer fut assaillie par les doutes. Cet appartement tranquille où elles vivaient toutes les deux était son univers et elle l'aimait. Une soirée avec Yannis Demetrios – au luxueux bal de l'Institut, rien de moins – l'éloignerait considérablement de cette existence paisible qu'elle s'était construite.

Mais ses amies avaient raison. Parfois, sa solitude lui pesait ; elle avait besoin d'un rapport émotionnel – et physique – avec un homme. Il n'y avait pas de place pour une relation suivie dans sa vie pour l'instant, et il n'y en aurait pas avant longtemps. Mais juste pour une nuit, peut-être pourrait-elle revêtir le costume de Cendrillon…

Doucement, elle posa sa joue sur les boucles roux clair de sa fille, respira une bouffée de son shampooing et, heureuse, écouta les projets excités que la fillette formait déjà pour le week-end avec ses amies.

Yannis ne connaissait pas le nom de la rue que Jennifer avait inscrit pour lui sur une feuille de son carnet de commandes, aussi confia-t-il à son ordinateur le soin de la lui indiquer le soir même sur le plan de la ville.

La rue était en fait assez proche de celle où il donnait ses consultations gratuites, autrement dit dans un quartier pauvre mais respectable de Boston. Pas très loin à vol d'oiseau de sa propre adresse, mais à des années-lumière en termes de valeur immobilière.

Ce qui n'avait aucune importance pour lui, sinon celle de l'aider à prendre conscience qu'il ne connaissait vraiment rien de la vie que Jennifer pouvait mener en dehors du Coach House.

Il l'avait à plusieurs reprises remarquée qui étudiait dans un coin isolé de la salle pendant ses pauses ; comme il lui posait la question, un jour, elle lui avait dit qu'elle suivait des cours du soir à l'université. Mais en dehors de cela, il ignorait tout d'elle. Sauf qu'elle avait le même respect amical pour Mme Blake, la veuve âgée qui comptait scrupuleusement sa monnaie pour régler son café matinal et son *doughnut*, que pour le directeur de l'Institut Armstrong. Il avait aussi une autre information la concernant : jamais elle n'avait manifesté la moindre timidité devant les médecins ou les scientifiques qui fréquentaient le café, ce qui l'incitait à penser qu'elle avait dû, à un moment de sa vie, évoluer dans un milieu influent avant d'arriver au Coach House.

Toutefois, le nom de Demetrios lui était de toute évidence inconnu, et il en concluait que sa famille n'avait pas fréquenté le cercle des parents de Jennifer. Sa propre famille avait bâti un véritable empire dans le commerce maritime, faisant de lui, par conséquent, l'héritier d'une fortune considérable.

Yannis savait que son père avait le sentiment qu'il avait tourné le dos à l'entreprise familiale en choisissant la voie de la médecine, et ce choix avait creusé un fossé entre ses parents et lui. Mais malgré tout l'amour qu'il leur portait, il n'avait pu renoncer à ce puissant appel intérieur qui l'avait poussé à vouloir soulager les maux d'autrui.

Et Jennifer ? Ses parents étaient-ils heureux de voir leur fille étudier à mi-temps tout en travaillant comme serveuse ?

Une fois de plus, il s'interrogea sur la si secrète Jennifer Winkler.

Le mystère qu'elle était pour lui ne la lui rendait que

plus attirante. Mais il ne devrait plus avoir à attendre trop longtemps…

Samedi soir, j'en saurai plus, songea-t-il.

À 19 h 30, le samedi, Jennifer eut l'impression qu'un coup de baguette magique l'avait transformée en une de ces princesses qui faisaient rêver sa fille.

Linda, Yolanda et Shirley avaient frappé à sa porte à 17 heures, toutes trois chargées de sacs qu'elles avaient abandonnés sur le lit pour aller boire un verre de vin blanc glacé accompagné de crackers avant de se mettre « au travail »…

Ses trois amies avaient joué avec Annie pendant qu'elle se douchait puis Yolanda avait commencé par lui faire un brushing.

— Parfait…, avait-elle déclaré après une demi-heure.

— Tu peux me le faire aussi, Yolanda ? demanda Annie.

— Oui, mon poussin. Shirley va aider ta maman à se maquiller et, pendant ce temps-là, on va te faire belle aussi pour aller chez Linda. Tiens, assieds-toi à sa place.

Dans la salle de bains, Shirley ouvrit une trousse de maquillage et installa plusieurs petits pots de fard à paupières et de brillant à lèvres sur l'étagère, puis, sur ses conseils, Jennifer commença à appliquer une crème transparente sur son visage.

— L'idéal, avec toi, c'est que tu as une peau parfaite. Pas besoin de fond de teint, dit-elle en lui souriant dans le miroir.

Jennifer entendait Annie rire avec Yolanda dans la pièce voisine. Se fiant à l'avis de Shirley, elle maquilla ensuite ses lèvres de brillant rouge foncé et ses paupières d'ombre mauve qui approfondissait le bleu de ses yeux et leur donnait un soupçon de mystère. Une très discrète touche de blush sur ses pommettes acheva de parfaire l'effet.

Inclinant la tête sur le côté, elle s'observa d'un œil critique, et se déclara très satisfaite du résultat. Elle adorait les petites boucles soyeuses qui lui caressaient la nuque.

— Superbe…, commenta Shirley derrière elle. Ne touche

plus à rien, c'est parfait. Maintenant, il est temps de passer à l'étape suivante : l'habillage.

Une demi-heure plus tard, Jennifer sortait de sa chambre et Annie, qui avait attendu avec impatience dans le salon, battit des mains.

— Oh ! t'es drôlement belle, maman ! s'exclama-t-elle. On dirait une princesse.

— Merci, mon cœur, dit-elle en s'accroupissant devant elle pour la prendre dans ses bras. Maintenant il faut que tu partes. Sois gentille avec Linda, d'accord ? Et amuse-toi bien.

— Oui. Je te raconterai tout ce qu'on a fait quand je rentrerai dimanche.

— J'y compte bien.

Après lui avoir arraché la promesse de tout leur raconter, elle aussi, Linda, Shirley et Yolanda partirent avec Annie, la laissant seule dans son petit appartement, et encore un peu étourdie de toute l'attention dont elle avait été l'objet.

Finalement, elle retourna dans sa chambre pour prendre la pochette de satin assortie à sa robe.

Juste avant d'en ressortir, elle s'arrêta une dernière fois devant le miroir en pied. La femme qui lui faisait face lui semblait presque une étrangère. La robe rouge vif semblait avoir été coupée sur mesure pour elle. Le corsage en était audacieusement décolleté et la jupe, faite de plusieurs épaisseurs de crêpe vaporeux, tombait sur ses pieds aux ongles incarnats et chaussés de superbes sandales dorées aux talons incroyablement hauts.

Deux petits diamants ornaient ses oreilles et trois bracelets en or sertis d'éclats de diamant, eux aussi, tintaient discrètement à son poignet à chacun de ses gestes. Autour de son cou, elle avait gardé le médaillon en argent contenant la photographie d'Annie – même s'il dépareillait l'ensemble, elle avait refusé de s'en séparer. C'était le seul bijou qu'elle portait toujours sur elle.

Yolanda lui avait relevé les cheveux, qu'elle avait blond vénitien, sur la tête et les avait retenus avec une discrète pince dorée – une coiffure artistiquement « négligée » du meilleur goût qui lui dégageait le cou tout en laissant quelques mèches boucler sur sa nuque.

Ne restait plus à Cendrillon qu'à attendre son prince charmant pour qu'il la conduise au bal…

3.

Un coup à la porte la fit se figer et parut réveiller de douloureuses crispations dans son ventre. Prenant une forte inspiration pour se calmer, elle se dirigea dans l'entrée pour ouvrir.

Elle avait toujours trouvé Yannis terriblement séduisant en jean et blouson de cuir, mais en smoking noir, il était… époustouflant.

— Bonsoir, dit-il.

— Bonsoir.

Jennifer sentit la brûlure de son regard alors qu'il l'étudiait avec une admiration qu'il ne cherchait pas à cacher.

— Prête ? demanda-t-il enfin.

Yannis n'avait pas été sans remarquer le désir qui avait brièvement brûlé dans les yeux de Jennifer dont la légère rougeur, sous son regard, avait attisé le sien.

— J'ai juste à prendre ma pochette, dit-elle.

Comme elle lui tournait le dos, il admira les ondulations de la robe qui accentuaient celles de son corps souple et mettaient en valeur la féminité de ses courbes.

Pendant les quelques secondes où il se retrouva seul, il put constater que son appartement, quoique vieillot, était aussi propre et bien tenu que l'immeuble lui-même. Il y avait même une chaleur qui manquait dans sa propre maison décorée par un professionnel.

Son regard passa sans s'arrêter sur un divan bleu, un rocking-chair, le poster d'une toile de Monet, une étagère remplie de livres de poche, ainsi que sur une télévision et un lecteur de DVD qui en occupaient deux rayons.

Sur le comptoir qui séparait le salon du coin-cuisine, il aperçut ce qui ressemblait à un livre de cours ouvert et dut réprimer l'envie d'aller voir de quelle matière il s'agissait afin de connaître un peu mieux cette femme qui serait sa cavalière pour toute la soirée.

— Voilà, je suis prête, dit-elle en revenant à cet instant. Nous pouvons y aller.

La nuit printanière était légèrement fraîche et Jennifer couvrit d'un grand châle de satin écru ses épaules nues et sa gorge.

— Vous avez froid ? demanda-t-il alors qu'il ouvrait la portière d'une Jaguar garée au bas de l'immeuble.

— Un peu, murmura-t-elle en s'installant sur le siège.

— Je vais mettre le chauffage.

Après avoir bouclé sa ceinture, Jennifer laissa courir le bout de ses doigts sur le luxueux tableau de bord.

— Jolie voiture…, remarqua-t-elle en respirant une bouffée de cuir et d'eau de toilette masculine.

— Merci, répondit-il avec un sourire en s'engageant dans la rue. Elle me plaît aussi.

— Où a lieu le bal ?

— Au même endroit que l'année dernière.

Il cita le nom d'un grand hôtel relativement récent, mais construit dans le style de la fin du XIXe siècle, et qui accueillait nombre de congrès, de grands dîners et de manifestations prestigieuses.

— Je n'y suis jamais allée, mais j'ai entendu dire que le décor était assez fantastique.

— La légende veut que le propriétaire ait été un comte fou venu d'Autriche et lointain parent de Dracula.

— Quoi ? dit-elle en se tournant vers lui pour constater que ses yeux brillaient d'amusement. Oh ! Vous vous moquez de moi !

— Non.

Il leva une main avec un sérieux affecté.

— Je vous jure que quelqu'un m'a certifié que c'était vrai.

— Et vous l'avez cru ! s'exclama-t-elle en riant.

— Pas du tout.

— Ah bon, vous me rassurez ! J'ai craint un instant que vous ne soyez pas aussi… intelligent que vous le paraissez, plaisanta-t-elle.

— Oh ! mon intelligence n'est pas en cause. La nature n'a pas été trop avare de cette qualité avec moi. Par contre, question sagesse, elle m'a nettement moins favorisé…

Il accompagna sa remarque d'un demi-sourire qui accéléra singulièrement le rythme cardiaque de Jennifer.

— Mmm… Je ne crois pas raisonnable de vous demander de plus amples explications, remarqua-t-elle.

Quelques minutes plus tard, ils arrivaient devant l'hôtel et Yannis confia les clés de sa Jaguar au voiturier.

Comme ils traversaient le luxueux hall aux tons noir et or, Jennifer laissa retomber son châle sur ses bras. Yannis lui prit la main pour la glisser au creux de son coude, et elle ne chercha pas à s'écarter, bien qu'elle ait conscience de jouer avec le feu.

Elle connaissait sa réputation avec les femmes ; elle avait en l'occurrence surpris des bribes de conversations entre plusieurs employées de l'Institut et ne doutait donc pas que Yannis nourrissait le projet de finir la nuit avec elle.

Ce qui la confrontait à la question qu'elle se posait depuis qu'elle avait accepté son invitation : y était-elle prête ?

Il l'attirait, c'était indéniable, et pas seulement physiquement. Pourtant, elle n'était pas encore certaine d'attendre davantage de cette soirée que le simple plaisir de participer à un bal prestigieux en compagnie de cet homme séduisant.

Mais rien ne la poussait à décider sur-le-champ, aussi choisit-elle de ne pas se poser la question et de se contenter de vivre pleinement ce que cette soirée avait à lui offrir.

L'ascenseur les déposa au dernier étage. Yannis posa la main sur le bas de son dos alors qu'ils sortaient, et cette légère pression chaude lui donna l'impression d'être liée à lui par une chaîne invisible.

— Le dîner devrait être fabuleux, murmura-t-il en se penchant vers elle. Je connais un des chefs, et il m'a dévoilé le menu. Nous ne devrions pas être déçus.

— Bonsoir, monsieur Demetrios, dit le maître d'hôtel qui accueillait les convives. Madame, ajouta-t-il à l'intention de Jennifer.

— Bonsoir, Frank, répondit Yannis. Dites à votre patron que je suis ravi que ce soit lui qui orchestre le repas. J'avais sérieusement envisagé d'avaler un sandwich chez moi avant d'apprendre qu'il serait le grand chef ce soir.

Un grand sourire aux lèvres, l'homme prit la carte d'invitation que lui tendait Yannis puis il consulta son plan de répartition des places.

— Madame et vous êtes à la table du sénateur et de sa femme. Joseph, ajouta-t-il en faisant signe à un serveur, conduisez ces invités à la table 4.

Jennifer était malgré elle impressionnée par le luxe de la salle magnifiquement décorée et où l'argenterie, sur les tables couvertes de nappes blanches damassées, reflétait l'éclat des lustres de cristal.

— Yannis ! appela un homme au visage bronzé et avec une étonnante crinière blanche assis à la table en question. J'avais demandé à Emily Armstrong de faire en sorte que nous soyons voisins. Je suis heureux qu'elle ait réalisé mon souhait.

— Bonsoir, Archie, répondit Yannis en serrant la main qu'il lui tendait. Archie, je vous présente Jennifer Winkler. Jennifer, le sénateur Claxton et sa femme Evelyn sont les heureux parents de Ted, mon meilleur ami depuis la maternelle.

— Bonsoir, dit Jennifer en leur serrant la main à son tour.

— Ravie d'avoir une alliée, Jennifer, intervint Evelyn. Nous ne serons pas trop de deux pour empêcher ces deux-là de parler politique, ce soir. Quand ils commencent, rien ne peut les arrêter.

— Comptez sur moi pour vous aider à les remettre sur la bonne voie s'ils s'égarent, plaisanta Jennifer en s'asseyant sur la chaise que Yannis avait tirée pour elle.

— Parfait. Il y a tellement de sujets plus intéressants, répliqua Evelyn. Tenez, par exemple… Cette starlette pas encore divorcée qui vient d'arriver au bras d'un certain magnat du bâtiment. Non, ne vous retournez pas, ils viennent vers nous.

— Evie ! la réprimanda sans conviction son mari. Comment parviens-tu à être au courant de tous les démêlés sentimentaux de chacun ?

— J'avoue que c'est pour moi une source constante d'émerveillement, ajouta Yannis qui, après s'être assis à son tour, posa négligemment le bras sur le dossier de la chaise de Jennifer.

Celle-ci frémit en sentant sa main lui effleurer le dos.

— La femme d'un sénateur doit bien s'occuper pendant que son mari vaque à ses affaires politiques, déclara Evelyn. Il se trouve que j'ai accès à un réseau de commérages très bien informé.

Charmée par l'humour de leurs voisins, Jennifer rit avec eux. Puis d'autres convives arrivèrent à leur table et, bientôt, une fois les présentations faites, elle n'eut d'autre choix que de participer aux discussions qui s'engagèrent autour d'elle.

Elle avait l'impression d'avoir remonté le temps et de se retrouver au country club de sa ville natale. Les Claxton lui rappelaient un couple d'amis de ses grands-parents, et elle riait de bon cœur à leurs plaisanteries. Il était clair qu'ils avaient beaucoup d'affection pour Yannis, ce qui la confortait dans l'opinion qu'il était assurément quelqu'un de bien.

Une fois le dîner terminé – Yannis avait raison, le chef s'était surpassé –, les larges portes furent ouvertes sur la salle de bal et les premières notes d'une valse retentirent. L'orchestre était installé sur une estrade au fond de la vaste pièce haute de plafond.

Yannis s'était adossé au mur, les mains dans les poches, pour attendre Jennifer qui venait d'entrer dans les toilettes pour femmes, lorsqu'on lui tapota l'épaule.

— Salut, Yannis.

Il se redressa pour saluer Paul Armstrong, son frère Derek et leur sœur Lisa.

— Bonsoir tout le monde.

Paul et Derek, des jumeaux, portaient le smoking traditionnel et leur jeune sœur un fourreau crème et bronze sortant manifestement de l'atelier d'un grand couturier.

— Belle soirée, n'est-ce pas ? dit-il.

Lisa sourit.

— Oui, répondit-elle en se tournant vers la salle de bal où se dirigeaient les convives. Jusqu'à présent, personne n'a l'air de trop s'ennuyer.

— C'est sûr…

Yannis fit signe à un serveur et prit des flûtes de champagne sur son plateau pour en offrir une à chacun des Armstrong.

— Félicitations à tous les trois ! Je suppose que les coffres de l'Institut seront bien renfloués après ce soir… Au fait, je n'ai pas vu Olivia et Jamison, dit-il en cherchant des yeux leur autre sœur et son mari. Ils sont ici ?

— Bien sûr. Je discutais avec eux il n'y a pas cinq minutes.

— Oui, et ils nous parlaient de leur projet d'adoption.

— Un projet d'adoption ? répéta Yannis, surpris. J'ignorais qu'ils envisageaient d'adopter un enfant.

— *Des* enfants, rectifia Derek. Deux frères. Le plus jeune est autiste.

— Ah oui ?

Yannis était surpris. Adopter un enfant autiste était assurément admirable, mais représentait un énorme défi pour les parents – particulièrement lorsque l'un de ces parents était un jeune sénateur très ambitieux briguant la Maison-Blanche.

— C'est un engagement très lourd, remarqua-t-il.

— Je suis d'accord avec toi, approuva Lisa. Et je ne peux pas m'empêcher de me demander s'ils sont vraiment préparés pour faire face aux sacrifices qu'exigera l'arrivée d'un petit autiste dans leur vie.

— Je crois qu'Olivia en est consciente, dit Paul. Le temps nous le dira, mais je pense sincèrement qu'ils vont s'en sortir.

— Excusez-moi…

Une femme, une écritoire à pinces au creux du coude et

un badge indiquant sobrement « personnel » au revers de la veste, les interrompit avec un sourire contrit.

— Le sénateur Claxton aimerait présenter tous les membres de la famille Armstrong à l'un de ses amis.

Elle baissa la voix pour ajouter :

— Le sénateur m'a demandé de vous préciser que cet ami est un donateur potentiel pour le programme de recherche de l'Institut.

— Dans ce cas, allons le saluer de ce pas, déclara Derek qui glissa la main sous le coude de sa sœur en invitant d'un signe de tête son jumeau à les suivre.

— Le devoir nous appelle, dit Paul. À plus tard, Yannis.

Yannis levait sa flûte dans leur direction pour répondre au signe que Lisa lui adressait quand une voix sensuelle derrière lui le fit frissonner.

— Qui est-ce ?

Il se retourna vers celle qui lui faisait toujours autant d'effet.

— Mes patrons – et collègues, répondit-il. Ils doivent aller rencontrer un donateur potentiel. Cette soirée, pour eux, est avant tout l'occasion de faire des affaires. Je vous les présenterai plus tard. Vous avez envie de danser ? ajouta-t-il en lui tendant la main.

Jennifer eut un petit sourire presque timide.

— Avec plaisir.

Il l'entraîna sur la piste qu'ils parcoururent en valsant sur *Le Beau Danube bleu*.

— J'ai l'impression d'être Cendrillon, murmura Jennifer dont la tête tournait légèrement.

Yannis la serra un peu plus étroitement contre lui.

— Et ce serait moi le prince ?

Elle leva les yeux pour rencontrer son regard.

— Je ne sais pas encore. Il faut voir…

— Flûte…, dit-il avec une contrariété affectée. Je fais pourtant tout ce que je peux pour bien me tenir.

La lueur amusée dans ses yeux la fit rire.

— Après vous avoir écoutés, vous et le sénateur, raconter vos frasques avec son fils et les blagues dont vos camarades de classe faisaient les frais, je ne suis pas certaine que vous connaissiez le vrai sens de « bien se tenir »..., le taquina-t-elle.

— C'était à l'époque du lycée ! Il y a prescription !

— Vous n'avez rien fait plus récemment ? Vous êtes sûr ?

— Certain. L'époque des blagues de potache est révolue, assura-t-il. Ted et moi sommes bien trop accaparés par nos recherches, malheureusement.

Le regard de Jennifer s'adoucit.

— Vous travaillez trop. Depuis quelque temps, j'ai remarqué que vous aviez l'air épuisé quand vous venez prendre votre café.

— J'ai traversé quelques semaines où le sommeil était une denrée plutôt rare, c'est vrai.

— Si ce n'est pas indiscret, que faites-vous exactement, à l'Institut ? s'enquit-elle avec un intérêt sincère.

— Je soigne les femmes qui ont des problèmes de stérilité, expliqua-t-il. Une partie de ma journée est consacrée aux patientes que je reçois en particulier. Le reste se passe au laboratoire avec Ted, mon associé et ami de longue date. Entre autres projets, nous cherchons une façon d'accroître le taux de réussite de l'implantation des embryons.

— C'est très louable, dit-elle, songeant aux épreuves que devaient vivre ces couples qui ne pouvaient pas avoir d'enfants. Rien n'est plus important.

Annie était ce qu'elle avait de plus précieux, et elle ne pourrait imaginer sa vie sans elle.

— C'est ce que je pense aussi, répondit-il. Je suis heureux que vous, au moins, vous compreniez, même si vous ne me connaissez que depuis quelques mois... J'ai commencé à soigner les chiens du quartier quand j'avais huit ans, mais mes parents ne comprennent toujours pas pourquoi j'ai choisi la voie de la médecine.

— Vraiment ? Mais pourquoi ? Le plus souvent, les parents sont au contraire ravis d'avoir un médecin dans la famille...

— Pas chez nous. Mon père, surtout, aurait voulu que je suive ses pas. C'est le directeur général et il comptait sur moi pour lui succéder.

Il haussa les épaules.

— Si j'avais eu au moins un frère, il aurait plus facilement accepté ma décision, mais malheureusement pour eux, je suis fils unique.

— Cela a dû être difficile pour vous de les décevoir, remarqua-t-elle en percevant la note de regret dans son ton.

— Oui… Et ça l'est encore, quelquefois.

— Mais votre travail est suffisamment gratifiant pour vous donner la force de continuer.

— Oui.

Puis il lui sourit.

— Parlez-moi un peu de vous, maintenant. Votre travail au Coach House vous plaît ?

— Oui. J'aime les clients, les autres serveuses, et même mon patron. Si tout va bien, j'ai l'intention d'y rester jusqu'à ce que j'obtienne mon diplôme.

— Que voulez-vous faire ?

— J'aimerais enseigner.

— Très bon choix…, commenta-t-il avec une admiration mêlée de respect. Et qu'étudiez-vous, pour cela ?

— Je suis des cours de littérature, que j'adore, et un autre de psychologie, qui ne me plaît pas autant, hélas ! J'ai pris un cours d'art en option.

— Pourquoi ? Juste pour le plaisir ?

— Pas seulement. J'aime les musées, surtout la peinture et les aquarelles, avec une affection particulière pour les impressionnistes, mais…

— Vous peignez vous-même ? l'interrompit-il.

— Non. Je n'ai malheureusement pas de dons artistiques, mais j'ai besoin d'obtenir la moyenne dans cette matière pour avoir mon examen.

Il fronça les sourcils.

— Vous travaillez toute la semaine, au Coach House, n'est-ce pas ? Comment trouvez-vous encore le temps d'étudier ?

Elle eut un sourire malicieux.

— Je ne sors avec personne. Et vous n'avez pas idée du temps libre qu'on peut avoir quand on est célibataire…

Il resserra les bras autour d'elle, la faisant frémir.

— Il va falloir que ça change, dit-il.

Elle se mit à rire pour cacher son trouble. Ainsi pressée contre son torse, ses cuisses dures contre les siennes, elle avait du mal à contenir l'excitation qui montait en elle.

Elle tenta néanmoins de donner le change en poursuivant leur conversation.

— Pas avant que j'obtienne mon diplôme, en tout cas. Je veux pouvoir enseigner un jour.

Il riva ses yeux aux siens un instant avant de répondre.

— Je vous imagine très bien avec des enfants. Quel âge choisirez-vous ?

— L'école primaire.

Il hocha pensivement la tête.

— Encore une chose que nous avons en commun, dit-il. Nous voulons tous les deux des carrières qui nous permettent d'aider les autres.

Elle soutint son regard, frappée par la justesse de sa remarque. C'était vrai qu'ils semblaient avoir de nombreux points communs et, avec chaque nouvelle découverte, ses sentiments pour lui devenaient plus… profonds. Plus vrais.

Ils continuèrent à danser, et leurs corps à onduler au rythme de la musique qui semblait tisser un lien toujours plus solide entre eux. Il fallut que l'orchestre fasse une pause pour qu'ils consentent à se séparer.

— Vous avez soif ?

— Oui.

Lui prenant la main, il l'entraîna vers les tables où des rafraîchissements étaient proposés, mais il délaissa les jus de fruits pour prendre deux flûtes de champagne.

— Bonsoir, Yannis ! Frank m'a dit que tu étais ici.

Jennifer se retourna pour se retrouver face à un homme mince aux cheveux clairs et aux traits séduisants, en tenue blanche de chef cuisinier. Sa blondeur offrait un contraste saisissant avec la masculinité sombre de Yannis.

— Jordan ! s'exclama Yannis avec un large sourire.

Les deux hommes échangèrent une solide poignée de main puis Yannis prit Jennifer par la taille.

— Jennifer, je vous présente Jordan Massey, le meilleur chef de tout le Massachusetts.

— Ravi de vous rencontrer, Jennifer, dit-il, une lueur d'appréciation toute masculine brillant dans le regard.

Jennifer sentit soudain la légère tension de Yannis. Serait-il jaloux ? Il était certain que son ami avait un indéniable charme, lui aussi… Elle préféra toutefois ignorer sa réaction et tendit la main au cuisinier.

— Heureuse de vous connaître, Jordan. Votre dîner était une merveille. Je ne me souviens pas avoir autant apprécié un repas.

— Merci, dit-il en gardant sa main dans la sienne quelques secondes de plus que nécessaire. Yannis, elle est belle et elle aime mes œuvres… Où l'avais-tu cachée ?

— Peu importe. Chasse gardée, dit Yannis sur le ton de la plaisanterie, bien que Jennifer perçût dans l'intonation un avertissement des plus sérieux. Laisse tomber.

Jordan éclata de rire en adressant un clin d'œil à Jennifer.

— Le devoir me rappelle dans ma cuisine, mais nous reparlerons plus tard, Jennifer. Vous pourrez me raconter comment vous avez réussi le tour de force de rendre mon ami aussi possessif !

— Je la protège des loups comme toi, dit Yannis.

— Je vois… Eh bien, passez une bonne soirée, tous les deux ! lança-t-il avant de s'éloigner.

Jennifer le suivit des yeux un instant avant de relever la tête vers Yannis.

— D'où le connaissez-vous ? s'enquit-elle, curieuse.

— Sa sœur a été l'une de mes patientes. Il a donné une grande fête quand le bébé est né et une fois que tout le monde est parti, nous nous sommes retrouvés tous les deux à finir une bouteille de scotch en portant des toasts à sa nièce. Nous sommes devenus amis depuis.

Elle buvait son champagne à petites gorgées tout en observant l'orchestre qui avait repris sa place et les couples revenant sur la piste. Comme elle parcourait la salle des yeux, son regard s'arrêta sur l'un d'eux qui semblait presque isolé dans sa bulle de bonheur. Puis l'homme leva la tête et agita soudain la main dans leur direction.

— C'est Ted et sa femme, dit Yannis en levant sa flûte pour lui répondre.

— Ils ont l'air très amoureux.

— Ils le sont. Et je suis très heureux que Sarah ait enfin accepté de l'épouser. Je travaille avec Ted et il a été intenable et d'une humeur exécrable jusqu'à ce qu'ils arrivent à surmonter leurs désaccords. Venez, allons danser.

Il posa leurs flûtes presque vides sur la table et l'entraîna de nouveau sur la piste.

— Je suis content d'avoir eu raison, dit-il comme ils évoluaient parmi les autres danseurs.

— À quel sujet ?

— La cuisine. Vous avez vraiment apprécié le talent de Jordan, n'est-ce pas ? À moins que vous lui ayez menti pour ne pas le décevoir ?

— Non ! s'exclama-t-elle en riant. C'était vraiment excellent. Le homard et la mousse au chocolat étaient divins.

Tout en dansant, il les conduisit vers un grand balcon de pierre.

— Il a vraiment un don particulier. Sa cuisine est raffinée sans être frustrante. En aucun cas, il ne servirait ce genre de mini portions qu'on trouve dans les grands restaurants et qui vous donnent envie d'aller avaler un énorme hamburger à peine sorti de là.

Elle releva des yeux rieurs vers lui.

— J'ai l'impression qu'on vous a trop souvent puni en vous forçant à rester à table devant un sandwich au concombre et une tasse de thé…

Ce fut à son tour de rire.

— C'est arrivé, oui, mais le pire, c'était les dîners auxquels je ne pouvais pas échapper et où je me retrouvais devant une assiette de trois radis artistiquement agrémentés d'une branche de céleri et d'un filet de poulet caoutchouteux. Rien que d'y penser, j'en ai encore des crampes d'estomac, ajouta-t-il en faisant la grimace.

— Oui, j'imagine qu'il faut un peu plus que des radis pour nourrir un homme de votre gabarit !

— Oh ! oui ! *Beaucoup* plus. J'ai un appétit d'ogre, dit-il avec un clin d'œil.

Elle hésita, ne sachant que répondre à ce sous-entendu limpide.

— Et mon appétit ne s'arrête pas aux plaisirs de la table, ajouta-t-il en se penchant pour lui effleurer la joue de ses lèvres. Vous ne voulez pas savoir à quels plaisirs je fais allusion ?

— Je m'en doute un peu, répondit-elle, le cœur battant la chamade. Mais je préfère ne pas poser de questions qui pourraient susciter de dangereuses réponses…

— Je serais heureux de satisfaire votre curiosité, Jennifer. Qu'elle nous mène ou non sur un terrain dangereux.

— Je suis d'une nature plutôt prudente. Ce n'est pas mon genre de flirter avec le danger.

Il se pencha de nouveau vers elle et son souffle chaud lui caressa la tempe.

— Avec moi, vous ne craignez rien, murmura-t-il. Je ne ferais jamais de mal à une femme, et surtout pas à vous.

Ses bras se resserrèrent un peu plus autour d'elle qui s'abandonna de nouveau à son étreinte.

— Je vous crois, chuchota-t-elle. Vous n'êtes sans doute pas dangereux physiquement. Mais vous êtes un homme très séduisant, Yannis, et vous ne devez avoir aucun mal à briser le cœur d'une femme, même sans le vouloir.

— Vraiment ?

— Oui. Et je ne veux pas avoir le cœur en miettes.

— Ce ne sera pas le cas, Jennifer. Venez chez moi, je vous en prie.

Ses doigts, doucement, glissèrent sur la joue de Jennifer, accrochèrent une mèche bouclée à son oreille puis descendirent sur ses lèvres.

— J'ai eu envie de vous dès la première fois où je vous ai vue.

— Je ne sors avec personne, dit-elle.

Ils avaient cessé de danser, mais restaient cependant enlacés. Au-delà de la balustrade, les lumières de la ville scintillaient dans la nuit et le grondement sourd de la circulation montait jusqu'à eux. Ils étaient seuls sur le balcon qui n'était éclairé que par les lumières de la grande salle où ils pouvaient voir les autres couples évoluer au rythme d'un slow.

— En fait, poursuivit-elle, je… Je ne suis sortie avec aucun homme depuis mon divorce, et c'était il y a plus de cinq ans.

Elle eut la sensation que le regard de Yannis s'assombrissait alors qu'un lent sourire sensuel montait à ses lèvres.

— C'est beaucoup trop long pour une aussi jolie femme. Vous méritez d'être aimée beaucoup, bien, et souvent…

Se penchant, il lui caressa les lèvres du bout de la langue.

— Viens avec moi, Jennifer. S'il te plaît…

Elle frémit en entendant ce tutoiement, prélude à une intimité bien plus excitante encore.

— Je ne veux pas compliquer ma vie, dit-elle, mais en éprouvant de plus en plus de mal à lui résister.

Le souhaitait-elle réellement, d'ailleurs ? N'avait-elle pas décidé, en acceptant son invitation, de faire une exception à sa règle d'or de ne sortir avec personne ?

— Il n'y aura rien de compliqué, murmura-t-il, lui réchauffant la gorge de son souffle. Nous ferons de cette soirée ce que nous souhaitons – ni plus… ni moins.

Un frisson courut le long de son dos, et elle sut qu'elle n'aurait pas la force de lui résister.

— D'accord… mais juste pour ce soir, alors… Ensuite, je redeviens la serveuse et vous le client.

— Oui.

— Vous pensez vraiment que c'est possible ?

Elle vit la contrariété dans ses yeux et la fugace crispation de sa mâchoire répondit pour lui.

— Je vous en prie, insista-t-elle, anxieuse de pouvoir se donner l'illusion qu'elle contrôlait encore la situation. Je ne peux rien vous promettre au-delà de ce soir.

Elle sentit les doigts de Yannis se resserrer sur sa taille, puis, visiblement à contrecœur, il acquiesça.

— Entendu. Si ce soir est tout ce que vous pouvez m'offrir, je m'efforcerai de m'en contenter.

Sa bouche s'empara soudain de la sienne avec une fougue qui chassa toute raison en elle. Et toute sagesse. Aussi n'opposa-t-elle aucune résistance lorsqu'il lui prit la main pour l'entraîner vers la sortie.

Après avoir attendu ce qui leur apparut comme une éternité que le voiturier aille chercher la Jaguar, Yannis se glissa dans la circulation fluide en gardant la main de Jennifer serrée dans la sienne puis il la posa ensuite sur sa cuisse pour conduire.

Le désir qui brûlait entre eux était presque tangible. Jennifer n'eut que très vaguement conscience des rues qu'ils empruntèrent ; tous ses sens étaient concentrés sur l'homme à côté d'elle.

Bientôt, Yannis franchit un portail qu'il avait ouvert avec sa commande à distance, et elle n'eut que le temps d'apercevoir la façade en pierre d'une maison ancienne avant qu'ils entrent dans le garage.

Après qu'il eut coupé le moteur, il se tourna vers elle.

— Si je te touche avant que nous soyons sortis d'ici, nous n'arriverons jamais jusqu'à ma chambre.

Elle hocha lentement la tête, le cœur battant très fort.

— D'accord.

Il sourit, et son sourire plein d'humour détendit sensiblement la tension qu'elle éprouvait.

— À moins que ton fantasme soit de faire l'amour dans une Jaguar…

— Euh… non, dit-elle en affectant de réfléchir.

Il soupira de façon exagérée.

— Dommage… Mais moi non plus, finalement, je ne voudrais pas que notre première fois se passe dans une voiture. Allez, viens…

4.

Lui prenant la main, Yannis la conduisit vers l'escalier puis directement vers sa chambre au fond d'un couloir.

Le bruit de leurs pas sur le parquet réveilla manifestement un chien qui se mit à aboyer.

— C'est Butch, dit-il comme elle sursautait.

Les yeux de Jennifer s'écarquillèrent lorsqu'elle vit la taille du chien qui arrivait ventre à terre vers eux. Le doberman noir et feu s'arrêta net et s'assit, la langue pendante, en posant sur son maître un regard de pure adoration.

— J'ai l'impression qu'il est content que vous soyez rentré, remarqua-t-elle en se plaçant sans même s'en rendre compte derrière Yannis.

— C'est bien possible, dit-il en l'entraînant dans la chambre. Je vais lui redonner une gamelle et de l'eau dans la cuisine. Après, il devrait dormir tranquillement dans son panier. J'en ai pour une minute.

Il se pencha et s'empara de ses lèvres pour un baiser aussi brûlant que bref, puis disparut dans le couloir, le chien sur les talons.

Les jambes un peu tremblantes, Jennifer s'assit au bord du lit et aspira une longue bouffée d'air. Elle n'eut toutefois pas le temps de se ressaisir tout à fait avant le retour de Yannis qui, lui prenant la main, l'attira dans ses bras. Son châle tomba à ses pieds en un doux froissement de soie.

Yannis lui prit alors le visage entre ses mains en coupe et plongea son regard intense dans le sien.

— Tu ne peux pas imaginer le nombre de fois où je t'ai imaginée ici, dans ma chambre… et dans mon lit, dit-il.

Elle ferma les yeux tandis qu'il couvrait son visage, ses paupières, son cou de baisers. Incapable de subir passivement ce supplice, elle enfouit les doigts dans ses cheveux épais et l'attira à son tour contre elle jusqu'à ce que leurs lèvres s'unissent de nouveau.

Le désir les enflamma brusquement, et c'est avec des gestes presque précipités que Yannis ouvrit la fermeture Éclair de sa robe qui tomba lentement à leurs pieds.

Jennifer frissonna alors que les mains de Yannis se posaient sur ses seins nus, presque révérencieusement tout d'abord, avant que sa bouche s'empare d'une des pointes tendues. Le gémissement qu'elle ne put contenir parut exacerber le désir de Yannis qui promena ses lèvres sur son ventre palpitant, s'arrêtant un instant sur le bord de son string de soie ivoire.

— Tu es si belle, murmura-t-il.

S'écartant légèrement, et sans cesser de la regarder, il se releva pour ôter sa veste et son nœud papillon.

— Déboutonne ma chemise, dit-il d'une voix rauque de désir en lui prenant les mains pour les poser sur son torse.

Dès qu'elle se fut acquittée, avec une lenteur délibérée, de cette tâche, il la pressa contre lui, les mains glissées dans ses cheveux, et fit courir ses lèvres sur son cou tendu, sur ses épaules, et sur sa poitrine, encore…

Les muscles durs de son torse sous ses paumes, de ses cuisses contre les siennes, achevèrent de porter l'envie que Jennifer avait de lui à son comble, et son gémissement à demi inconscient fut une plainte que Yannis interpréta sans mal.

Sans plus hésiter, il la souleva dans ses bras pour la porter sur le lit et ôter l'ultime obstacle à sa féminité. Après s'être protégé, il l'embrassa longuement tandis qu'il venait en elle. Les yeux fermés, Jennifer cria contre sa bouche, s'immergeant dans le plaisir qu'il lui procurait.

Il y avait si longtemps… *Trop* longtemps. Et Yannis porta bien trop tôt son plaisir à son comble.

Alanguie, étourdie, elle rouvrit les paupières et croisa son regard qu'éclairait un sourire sensuel.

— Je ne crois pas utile de te demander si tu as aimé…, dit-il.

Pour toute réponse, elle sourit à son tour en enroulant les bras autour de son cou avec un soupir d'aise.

— Et si nous reprenions depuis le début ? suggéra-t-il. Mais cette fois en prenant tout notre temps ?

Une suggestion contre laquelle elle n'aurait même pas eu la force de protester – si toutefois elle en avait eu envie – ce qui ne lui vint même pas à l'esprit. Ce fut même elle qui, prenant cette fois l'initiative, le repoussa pour le faire rouler sur le dos et se pencher sur lui, lui effleurant le torse de ses lèvres et de ses longs cheveux défaits…

Il était minuit passé lorsque, poussés par la faim, ils descendirent faire une incursion dans la cuisine. Vêtue en tout et pour tout de la longue chemise blanche de Yannis, Jennifer se percha sur un haut tabouret et s'accouda au comptoir tandis qu'il étudiait le contenu du réfrigérateur. Elle ne pouvait se lasser de le regarder et avait de nouveau envie de sentir son corps musclé et sa peau sous ses mains, sous ses lèvres…

— Spaghettis et cheese-cake, ça te tente ? proposa-t-il.

— Quel genre de cheese-cake ?

— Au chocolat.

— Mmm… Encore meilleur.

Il sourit.

— Tu aimes le chocolat ?

— J'adore. Pas toi ?

— Oh ! s ! On trouve des crêpes au chocolat au café du coin qui sont à tomber. Je t'y emmènerai demain pour le petit déjeuner. Tiens… tu peux me donner un coup de main ?

Elle sauta du tabouret pour prendre le gâteau posé en équilibre précaire sur le plat de spaghettis qu'il glissa directement dans le four à micro-ondes avant de régler le minuteur.

— Et si on prenait une part de cheese-cake tout de suite ? proposa-t-elle, affamée.

— Pourquoi pas.

Attrapant un couteau, il se plaça derrière elle, l'enlaçant tandis qu'il coupait deux parts. Puis, reposant le couteau, il l'embrassa dans le cou alors que ses mains remontaient sous sa chemise pour se refermer sur ses seins.

— Eh ! protesta-t-elle sans la moindre conviction. Tu es insatiable !

Mais elle se retourna vite et chercha sa bouche avec l'avidité d'un voyageur égaré sans eau dans le désert devant une oasis.

Derrière eux, le four sonna la fin de la cuisson et Yannis s'écarta légèrement d'elle.

— Serais-tu prête à oublier les spaghettis et le cheese-cake pour faire l'amour sur le comptoir ? demanda-t-il d'une voix rauque de désir.

Jennifer hésitait quand son ventre répondit pour elle en protestant de façon audible. Tous deux éclatèrent de rire.

— D'accord. Je m'incline, déclara-t-il en se tournant vers le four. On s'occupe d'abord de nos estomacs. Viens, allons manger là-haut. Prends le cheese-cake, je m'occupe des spaghettis.

— Et les assiettes ? Et tu ne prends qu'une fourchette ?

— On partagera. En revanche, mieux vaut emporter des serviettes. Elles sont dans le tiroir de la table.

Après avoir pris deux serviettes de lin blanc, Jennifer le précéda dans le couloir et l'escalier menant à sa chambre.

Après que Yannis eut étalé sur le lit un drap de bain qu'il était allé prendre dans la salle de bains, il y posa le plat.

— Super…, dit-elle. J'adore les pique-niques.

— Et les pique-niques en chambre sont les meilleurs car le matelas est plus confortable que l'herbe. Une fois que nous aurons fini de manger, nous serons à pied d'œuvre pour refaire l'amour.

En riant, elle s'installa face à lui et posa délicatement le gâteau entre eux à côté des spaghettis.

— En plus, nous n'aurons pas à nous battre avec les fourmis, ajouta-t-elle.

Lui prenant la main, Yannis l'attira vers lui pour l'embrasser.

— J'aime ta façon de voir le bon côté en toute chose. Tu es facile à satisfaire.

Elle haussa un sourcil.

— J'aurais mauvaise grâce à me plaindre alors que tu m'offres un cheese-cake au chocolat ! Il faudrait être vraiment difficile…

— Détrompe-toi. Beaucoup de femmes auraient été vexées que je ne leur offre pas du caviar arrosé de champagne.

Elle secoua la tête.

— À mon avis, tu n'es pas tombé sur les bons numéros…

Sa remarque le fit rire.

— Tu as sûrement raison !

Une fois qu'ils eurent terminé les spaghettis, Jennifer se dirigea vers la grande étagère en chêne massif qui faisait face au lit et où des rangées de livres entouraient un large écran plat. Intéressée, elle passa les auteurs en revue.

— Oh ! Tu as le dernier Tom Clancy ? s'exclama-t-elle. J'ignorais qu'il était déjà sorti.

— Il ne l'est pas. C'est un ami qui travaille chez son éditeur qui m'en a confié un exemplaire avant la parution.

Jennifer continua d'explorer la bibliothèque.

— Tu as des romans policiers, des biographies, de la science-fiction… Tu as un genre préféré ?

— Pas vraiment. Je suis assez éclectique en littérature. Mais ce que je lis le plus, en fait, ce sont… les revues médicales. Je suis contraint d'avaler plus d'articles et d'études que tu ne pourrais imaginer. J'ai toujours du mal à rattraper mon retard.

— Je vois ce que tu veux dire. J'ai un peu le même problème avec mes livres de cours.

— Viens ici…, dit-il en tapotant la place à côté de lui sur le lit. Il nous reste encore du cheese-cake à finir.

Elle revint s'installer à son côté en tirant soigneusement sur sa chemise pour éviter de trop la froisser. Son geste le fit sourire.

— Je parie que tu étais une adorable petite fille, remarqua-t-il en coupant un morceau du gâteau à l'aide de leur unique fourchette.

— Pourquoi dis-tu cela ?

Elle ouvrit la bouche pour prendre la bouchée qu'il lui tendait.

— Parce que tu t'assois comme si ta mère t'avait appris à bien tirer sur ta jupe pour ne pas faire de plis.

— En fait, c'est ma grand-mère qui m'a enseigné les bonnes manières.

— Et tu étais sa petite-fille préférée, non ?

— Elle n'avait pas le choix : j'étais sa *seule* petite-fille, dit-elle presque distraitement, fascinée par le mouvement des muscles sur sa gorge alors qu'il mâchait sa bouchée.

— Et tu étais fille unique, aussi ? s'enquit-il.

— Oui.

Elle se força à sourire, choisissant de confirmer ce qu'il avait probablement déjà deviné – que son enfance et son adolescence avaient sans doute été très différentes de ce qu'il avait vécu.

— La seule enfant de mes parents divorcés. Ma mère avait décrété qu'elle n'en voulait plus. Elle était bien trop accaparée par toutes ses aventures, et ne voulait surtout pas s'encombrer d'une marmaille alors qu'elle passait d'un homme à un autre. Quant à mon père, j'ai entendu dire qu'il s'était remarié plusieurs fois et qu'il en avait eu d'autres, mais je n'en ai jamais rencontré aucun.

Le regard fixé sur le gâteau, elle en coupa une nouvelle bouchée avec un soin excessif.

— Je doute que mon enfance ait ressemblé à la tienne…

— Hé…, murmura-t-il en se penchant pour lui relever le visage.

Ses yeux sombres accrochèrent les siens.

— Si ce n'est que je regrette pour toi que tu n'aies pas grandi dans de meilleures conditions, je me moque de ce que tes parents ont pu dire ou faire, du quartier où tu vivais ou de l'école que tu fréquentais. Tout ce qui m'importe, c'est la femme que tu es devenue et qui est ici, dans mes bras, aujourd'hui.

L'émotion noua la gorge de Jennifer. Elle savait qu'il n'y avait aucun avenir pour eux deux. Tout son temps, pendant les quelques années à venir, serait consacré à son travail, à ses études et à Annie. Mais pour une nuit, elle pouvait oublier ses responsabilités, et si elle éprouvait des sentiments pour Yannis que jamais personne, avant lui, n'avait éveillés en elle, elle attendrait demain, aussi, pour s'en soucier.

— Tout ce que nous avons est le présent, murmura-t-elle, posant la fourchette dans le plat afin de pouvoir se presser contre lui. Alors ne perdons pas une seule minute de ce temps précieux.

Les yeux noirs de Yannis se firent brûlants. La gardant bien serrée contre lui, il repoussa le drap de bain et les restes du gâteau puis s'allongea avec elle sur le lit, faisant courir ses mains et ses lèvres sur elle.

Jennifer accueillit le plaisir qui la consumait en chassant toute pensée du lendemain. Seuls comptaient la seconde présente et le corps puissant de Yannis alors que la jouissance, irrésistible comme une lame de fond, montait en elle et la portait une fois de plus au-delà du temps et de l'espace.

Jennifer était à moitié réveillée, le lendemain matin, lorsque Yannis sortit du lit. Il se pencha, l'embrassa, puis disparut dans la salle de bains. Un sourire aux lèvres, elle roula sur elle-même dans le lit, remarquant que le soleil se déversait à flots dans la chambre par la fenêtre entrouverte.

Yannis, qui sortait visiblement de la douche, revint bientôt avec des vêtements sur le bras.

— Hé ! marmotte ! Debout ! Je t'ai promis des crêpes au chocolat pour le petit déjeuner.

Il jeta les vêtements au bout du lit.

— Ma mère a laissé quelques affaires dans la chambre d'amis, la dernière fois où elle est passée ici. Le pantalon sera peut-être un peu court, mais ce sera toujours mieux qu'un de mes jeans – ou ta robe. Elle est superbe, mais pas franchement adéquate pour le café du coin, plaisanta-t-il.

— Tu es sûr ? demanda-t-elle avec une fausse naïveté qui le fit rire.

Se penchant vers elle, il tira lentement le drap, laissant au fur et à mesure courir sa langue sur ce qu'il dénudait.

— Mmm…, gémit-il. Finalement, je ne suis pas certain que sortir d'ici soit une bonne idée…

Elle enfouit ses mains dans ses cheveux mouillés, pressa ses lèvres sur les siennes, puis le repoussa fermement.

— C'est une excellente idée, au contraire. J'ai une faim de loup.

— Pourquoi ne pas commander un repas au chinois du coin de la rue et le manger ici ? proposa-t-il.

— Non ! s'exclama-t-elle en riant. Tu m'as trop appâtée, avec tes crêpes.

Elle souhaitait aussi en connaître un peu plus sur sa vie. Savoir où il allait, qui il fréquentait, découvrir ce que cet homme faisait en dehors des petits déjeuners qu'il venait prendre au Coach House…

— D'accord, répondit-il. Nous allons emmener Butch pour lui faire faire un tour avant notre brunch au café. Et ensuite… nous revenons ici pour reprendre les choses où nous les avons laissées. O.K. ?

— O.K.

Elle attrapa les vêtements puis se dirigea vers la salle de bains où, adossée contre la porte, elle ferma les yeux en souriant, s'accordant quelques secondes pour savourer le pur bonheur qui coulait dans ses veines à cet instant.

Une demi-heure plus tard, douchée, ses cheveux relevés en queue-de-cheval, très légèrement maquillée, elle était prête. Le pantalon rose pâle, effectivement un peu court pour elle, était finalement du meilleur effet avec ses sandales à talons. Quant au débardeur de soie blanche, il dévoilait un peu trop à son goût sa poitrine nue, et elle avait choisi de le couvrir à demi d'une autre chemise empruntée à Yannis et dont elle roula les manches jusqu'aux coudes.

Tout compte fait, songea-t-elle en s'observant dans le miroir en pied de la salle de bains, cette tenue était plutôt chic. Grâce à la mère de Yannis, au moins était-elle correctement vêtue.

Elle le retrouva dans la cuisine, en train de lire le journal étalé sur le comptoir.

— Salut, dit-il.

Une lueur d'admiration brilla dans ses yeux comme il l'étudiait lentement des pieds à la tête.

— Salut, répondit-elle, soudain intimidée sous son regard. Tu es sûr que ta mère ne sera pas contrariée que j'emprunte ses affaires ?

— Certain.

Il referma le journal puis se leva pour venir la prendre dans ses bras et l'embrasser.

— Et si nous ne partons pas tout de suite, je ne réponds pas de moi… Viens. Tu as besoin d'avaler quelque chose si tu veux avoir de l'énergie à notre retour. En route, Butch !

Le gros chien réagit en remuant la queue et en se précipitant vers la porte. Yannis prit une laisse accrochée au portemanteau qu'il attacha au collier du doberman avant d'ouvrir le lourd battant de chêne.

Jennifer respira avec plaisir une bouffée d'air frais.

— Tu vis dans un quartier très agréable, dit-elle en observant les façades blanches des maisons sur lesquelles les fleurs, dans les bacs exposés sur les fenêtres, faisaient des taches de couleurs vives.

Fermant à demi les yeux, elle offrit son visage aux chauds rayons du soleil que filtraient les feuilles des arbres.

— Bonjour.

Elle rouvrit les paupières et sourit au couple qui les saluait en passant ; le petit garçon, dans sa poussette, agita les mains en direction de Butch.

— Bonjour, répondit Yannis qui laissa l'enfant caresser le museau du chien qu'il tira cependant en arrière avant qu'il puisse lui lécher le visage.

— Qui était-ce ? s'enquit Jennifer avec curiosité.

— Les Charmichael, répondit-il en manœuvrant Butch

de sorte qu'ils évitent les trois adolescentes qui arrivaient en gloussant en face d'eux. Ils ont emménagé dans la maison voisine de la mienne juste avant la naissance de leur fils. Je les rencontre régulièrement quand je promène Butch.

— Tu dois faire beaucoup de connaissances, grâce à lui… Les gens sont souvent tentés de caresser les chiens quand ils voient qu'ils ne craignent rien.

— C'est vrai, dit-il en souriant.

Posant un bras sur son épaule, il l'attira plus étroitement contre lui.

— Personne ne peut résister à un gros chien affectueux.

Jennifer songea que la combinaison de la gentillesse du chien et du charme de son maître devait avoir un effet détonant…

— C'est ici, dit Yannis comme ils arrivaient devant un petit restaurant. Ça t'ennuie de t'asseoir dehors ? Les chiens ne sont pas admis à l'intérieur.

Plusieurs tables rondes surmontées de parasols colorés étaient alignées le long du café. Un client sortit de l'établissement et, par la porte ouverte, s'échappa une odeur irrésistible qui flotta jusqu'à eux.

— Hmm, si les crêpes sont aussi bonnes que le laisse supposer leur arôme, tu peux m'en commander une bonne douzaine, dit-elle.

Tous deux s'installèrent à une table libre à l'extrémité de la rangée et Yannis accrocha la laisse de Butch à l'accoudoir de son fauteuil.

— Couché, Butch, dit-il, et le chien s'exécuta docilement entre eux deux, à leurs pieds.

Une jeune et jolie serveuse vint prendre leur commande et Jennifer s'amusa de la voir dévorer Yannis des yeux.

— Tu viens de faire une nouvelle conquête, on dirait, plaisanta-t-elle quand elle fut repartie.

— Qui ? Carrie ? Non… Je donne un coup de main à son frère pour son examen d'entrée à l'université, c'est tout. C'est un garçon brillant, mais sa famille n'a pas les moyens de l'envoyer dans une école de médecine. Mais s'il a de bons résultats à son examen, il aura plus de chances d'obtenir une bourse.

— C'est très gentil à toi de l'aider, dit-elle. Tu es décidément plein de surprises, docteur Demetrios…

— Pourquoi ? s'enquit-il en s'accoudant sur la table pour plonger son regard dans le sien.

— Parce que tu as une réputation de play-boy, ce qui sous-entend un caractère superficiel. Mais plus j'apprends à te connaître, plus je découvre que tu es bien plus profond et compliqué que tu ne le laisses paraître.

Son lent sourire sensuel provoqua de drôles de sensations dans son ventre.

— Je ne suis pas compliqué, murmura-t-il d'une voix rauque. En ce moment, par exemple, je ne m'intéresse qu'à une seule chose.

— Et… je peux savoir quoi ? demanda-t-elle, hypnotisée par la chaleur dans ses yeux.

— Toi, répondit-il en se penchant pour l'embrasser.

Jennifer eut la sensation que le désir coulait comme du feu dans ses veines.

— Euh… excusez-moi…

Yannis releva la tête pour trouver la jeune serveuse, rouge comme une pivoine, qui attendait de pouvoir déposer leur commande sur la table.

— Ah, le café…, dit-il en se redressant pour lui permettre de décharger son plateau. Merci, Carrie.

Elle esquissa un sourire timide avant de s'éloigner.

Jennifer était étonnée de l'aisance avec laquelle Yannis passait d'un désir torride à une attitude purement amicale, et sans la moindre gêne. Déterminée à imiter son imperturbable flegme, elle l'observa par-dessus le bord de sa tasse tout en s'efforçant d'entretenir la conversation avec une désinvolture qu'elle était loin de ressentir.

— Tu as grandi à Boston ? s'enquit-elle en choisissant un sujet délibérément neutre.

— Non. J'ai passé mon enfance dans l'État de New York. Je suis arrivé ici quand j'ai pris le job à l'Institut Armstrong.

— Tu es venu exprès pour ça ?

— Oui. J'avais répondu à leur annonce en envoyant mon C.V. et obtenu un rendez-vous. Mon entretien a été concluant, et j'ai assez vite emménagé. Ce poste est exactement ce dont j'ai toujours rêvé. Je partage mon emploi du temps entre mon rôle de médecin et celui de scientifique. Ailleurs, j'aurais dû choisir entre l'un et l'autre. Or ces deux aspects sont essentiels et indissociables, pour moi. Mais je m'éloigne du sujet… Et toi ? Tu as toujours vécu ici ?

— Non. J'habitais dans une petite ville de l'Illinois jusqu'à l'année dernière où je me suis installée ici.

— Pourquoi Boston ?

— Une amie du lycée s'y était installée et elle m'a encouragée à la rejoindre. Elle adorait la ville, surtout les sites historiques.

— Et plus maintenant ?

— Si, mais Cindy a rencontré l'homme de ses rêves et ils se sont mariés trois semaines plus tard. Depuis, ils parcourent le monde car il est archéologue. En ce moment, ils séjournent en Amérique centrale où elle l'aide à faire des fouilles dans un temple maya.

— Oh ! C'est vrai ? dit-il, visiblement intrigué. Ce doit être une carrière passionnante.

Jennifer se mit à rire.

— C'est ce que disent tous ceux qui entendent parler du mari de Cindy. Il doit y avoir un aventurier frustré dans chaque homme de la planète !

— Possible, répondit-il en souriant.

Carrie revint avec leurs assiettes et Jennifer se régala avec ses crêpes tandis que Yannis dégustait une omelette aux champignons. Quand ils terminèrent l'un et l'autre, ils venaient d'aborder le sujet du cinéma.

— Je parie que tu aimes les films romantiques, comme toutes les filles…

— Pari perdu. Mon film préféré est *Jeremiah Johnson*. Il date des années 70 et n'est pas franchement romantique.

Il se redressa sur son siège.

— C'est vrai ? Je l'ai vu deux fois.

— Moi trois. Et je serais prête à le revoir quand tu veux. Redford est fantastique dans ce rôle.

— Ah, ah ! Donc, ce n'est pas pour le message, mais pour le charme de son acteur que ce film te plaît ?

Elle considéra sérieusement la question, puis hocha la tête.

— En partie, oui. Mais le film reste superbe tout de même.

L'amusement brilla dans les yeux de Yannis, et son rire attira l'attention des clients autour d'eux. Jennifer avait conscience que son propre sourire devait friser l'adoration, mais elle ne pouvait pas s'en empêcher. Le soleil brillait dans les cheveux noirs de Yannis, et ses yeux étaient comme deux pierres d'onyx.

Redevenant soudain sérieux, il posa une main sur la sienne.

— Viens, dit-il d'une voix plus grave. Rentrons.

5.

Les paupières closes, Jennifer sourit en sentant la chaleur contre son dos. Un bras pesait sur sa taille, l'ancrant au corps pressé contre le sien.

Elle donnerait cher pour se réveiller ainsi tous les matins, songea-t-elle.

Ouvrant les yeux, elle aperçut, juste au-dessus du drap, sur la table de nuit, les chiffres lumineux du réveil et sursauta. Il était presque 16 heures, et Linda avait promis de lui ramener Annie à 18 heures.

Le week-end était terminé.

Elle n'était pourtant pas prête à y renoncer. Ils avaient si souvent fait l'amour qu'ils avaient tous les deux sombré, épuisés, dans un sommeil réparateur. Mais cette pendulette annonçait le retour à la réalité et, quoique consciente de ne pas avoir le choix, elle regrettait déjà de devoir se réveiller de ce rêve merveilleux que Yannis lui avait offert.

Très doucement, elle lui repoussa le bras et s'écarta de lui. Il protesta dans son sommeil, et elle s'immobilisa un instant en priant qu'il ne se réveille pas. Puis, dormant toujours, il s'allongea sur le ventre à la place qu'elle avait occupée.

Jennifer s'attarda un court instant pour regarder sa mâchoire qu'ombrait une barbe naissante, ses cils formant deux croissants noirs sur sa peau hâlée, le dessin sensuel de ses lèvres… Le drap saumon était baissé sur son ventre, exposant son torse musclé et ses bras nus.

Elle dut se faire violence pour s'arracher à sa contemplation et aller s'enfermer dans la salle de bains où elle s'habilla rapidement, renfilant les vêtements empruntés à la mère de Yannis qu'elle se promettait de lui retourner sitôt qu'elle les aurait récupérés chez le teinturier où elle les déposerait aussi vite que possible. Puis, sans bruit, elle sortit par la porte donnant sur le couloir et quitta la maison.

Comme elle remontait la rue vers l'arrêt du bus, elle fut assaillie par des images des instants merveilleux qu'elle venait de vivre avec Yannis – un homme dont elle pourrait aisément tomber amoureuse. Elle priait pour que ce ne soit pas déjà le cas, car ce serait aller au-devant d'une inévitable déconvenue.

Il n'existait aucun avenir pour eux.

Le bus arriva alors qu'elle atteignait l'arrêt et elle y monta en se promettant de sortir Yannis Demetrios de son esprit.

Le sortir de son cœur lui serait sans doute plus difficile…

À l'instant même où il ouvrit les yeux, Yannis sut que Jennifer était partie. La place, à côté de lui, était vide et le drap froid. S'asseyant, il se frotta le visage puis tendit l'oreille. Mais le silence lui confirma ce qu'il avait déjà pressenti.

En jurant, il laissa sa tête retomber sur l'oreiller. Il avait prévu de la raccompagner chez elle, mais avait présumé de ses forces et sous-estimé le besoin qu'avait eu son corps de récupérer.

Des griffes crissèrent sur le parquet du couloir et Butch poussa de son museau la porte entrouverte avant de venir lui souffler dans l'oreille en remuant furieusement la queue.

— Quoi ? soupira Yannis. Je suppose que tu as envie de sortir.

Le gros doberman approuva en aboyant avec une virulence qui fit grimacer Yannis.

— Pas si fort, mon vieux. Bon, d'accord, je me lève, dit-il en s'asseyant de nouveau.

Butch aboya de nouveau avant d'enfouir sa tête sous le drap.

— Mais qu'est-ce que tu fiches ? Arrête, Butch…

Repoussant le drap, Yannis découvrit alors une chaîne

argentée, dépassant de sous l'oreiller, qu'il tira avant que Butch puisse l'attraper. Le chien gronda avec un air de reproche.

— Oh ! allez, Butch… D'accord, c'est toi qui l'as trouvée, mais tu sais bien que c'est à Jennifer, et que c'est à moi que ça revient.

Le doberman se contenta manifestement de cette explication que Yannis avait de plus assortie d'une caresse entre les oreilles, et il s'assit pour regarder le médaillon qui se balançait au bout de la chaîne que son maître tenait à hauteur de ses yeux.

Le bijou ovale avait un fermoir très délicat et Yannis l'ouvrit avec l'impression d'avoir des doigts de géant pour actionner le minuscule mécanisme. À l'intérieur, se trouvaient d'un côté la photographie d'une petite fille qui lui souriait, de l'autre une mèche de cheveux d'un beau blond vénitien.

« Jolie gamine. Qui est-ce ? », se demanda-t-il en effleurant du bout du doigt la boucle soyeuse.

Il n'avait aucune réponse, bien sûr, mais il en parlerait à Jennifer sitôt qu'il la reverrait. Il y avait encore tant de choses qu'il souhaitait apprendre sur elle. Ce trop bref week-end avec elle lui avait donné très envie de la connaître davantage.

Butch pressa sa truffe humide sur son genou en gémissant.

— O.K., le chien, dit-il en attrapant son jean. Donne-moi une seconde et je te sors.

Il descendit ensuite avec lui jusqu'à la cuisine dont il ouvrit la porte donnant sur le petit jardin à l'arrière de la maison, puis se prépara un café en se demandant si Jennifer pensait à lui comme il pensait à elle…

Jennifer s'attarda longuement sous la douche fraîche avant d'attraper un drap de bain pour se frictionner le corps. Puis elle libéra ses cheveux qui tombèrent sur ses épaules ; elle y glissa ses doigts et les souleva sur sa nuque, mais, ce faisant, elle eut la sensation qu'il manquait quelque chose. Son geste était purement machinal, mais, instinctivement, elle sut que sa chaîne n'était plus là.

Posant une main sur son cou, elle en eut la confirmation : elle avait perdu son médaillon.

Un médaillon contenant une photographie d'Annie ainsi qu'une mèche de ses cheveux et qui ne la quittait jamais.

Consternée, elle considéra son reflet dans le miroir. Elle savait qu'elle l'avait encore ce matin, quand elle s'était habillée pour sortir déjeuner avec Yannis. Elle passa ensuite en revue l'après-midi et se souvint d'avoir vu le médaillon pour la dernière fois après qu'ils étaient revenus à la maison.

Elle l'avait probablement perdu dans le lit. Du moins l'espérait-elle ; ce serait mieux que de l'avoir égaré dans la rue ou dans le bus.

Il lui faudrait appeler Yannis pour savoir s'il l'avait trouvé. Les doutes le disputaient au plaisir à cette perspective. Elle n'était pas certaine d'avoir le courage de le quitter une nouvelle fois après avoir repris contact avec lui…

Cette nuit passée avec Yannis relevait d'un véritable conte de fées, songea-t-elle plus tard ce soir-là. Après avoir couché Annie qui était rentrée ravie de son week-end chez Linda, elle revint dans le salon où elle se laissa tomber sur le sofa.

Vêtue d'un pantalon de jogging et d'un T-shirt, elle alluma la télévision, passa en revue plusieurs chaînes à l'aide de la télécommande avant de se fixer sur les informations. Mais ni les problèmes internationaux ni le dernier scandale provoqué par un représentant de l'État ne parvinrent à l'intéresser.

Yannis assiégeait son esprit. Elle ne pouvait penser à rien ni personne d'autre.

C'était un fabuleux amant, certes, mais tout la poussait vers lui : son sens de l'humour, ses goûts en matière littéraire, cinématographique ou autres si semblables aux siens. Tout comme cette humanité qu'elle ressentait en lui et qui la touchait profondément.

Jamais elle n'avait rencontré quelqu'un avec qui elle ressentait une telle harmonie, et qui lui inspirait des sentiments aussi forts… Encore qu'elle n'aurait su les définir, mais elle avait mal de savoir que rien ne pourrait jamais grandir entre eux.

Quel avenir pourrait-il y avoir entre une serveuse et un médecin de l'Institut Armstrong ? Même leur enfance leur éducation avaient été différentes. Ils vivaient dans des mondes trop éloignés.

Il fallait qu'elle se fasse une raison : elle ne le reverrait plus en dehors du Coach House. Mais l'idée de lui servir son café tous les matins en sachant qu'elle ne connaîtrait jamais plus ce qu'ils avaient vécu ensemble fit monter des larmes à ses yeux.

« Je le savais, se dit-elle en essuyant ses joues humides. Je savais, en acceptant de sortir avec lui, que ce serait pour une soirée, rien de plus. Inutile de bâtir des châteaux en Espagne… »

Après avoir éteint la télévision et la lumière du salon, elle gagna sa chambre où elle se glissa sous sa couette. La pièce était plongée dans l'obscurité, à l'exception de quelques rais de lumière filtrant par les interstices du store.

Elle s'endormit assez vite, mais ce fut pour rêver de Yannis…

À son arrivée à l'Institut, le lundi matin, Yannis eut à peine le temps d'enfiler sa blouse blanche que son téléphone sonna. La secrétaire de Paul Armstrong lui demandait de se rendre immédiatement dans le bureau de ce dernier.

S'interrogeant sur la raison de cette urgence, il sortit aussitôt dans le couloir pour aller frapper à la porte du directeur de l'Institut.

— Bonjour, Paul… Bonjour, Ramona, dit-il en entrant sans attendre d'y être invité.

— Bonjour, Yannis.

Paul était à demi appuyé contre son bureau, les mains enfoncées dans les poches de son pantalon. Ramona Tate, responsable des relations publiques de l'Institut et fiancée de Paul, lui adressa un sourire chaleureux.

Toutefois, Yannis remarqua leur expression soucieuse

et se raidit intérieurement à l'idée de la mauvaise nouvelle qu'ils s'apprêtaient visiblement à lui annoncer.

— Tout va bien ? dit-il.

— J'ai bien peur que non, répondit Paul d'un air lugubre. Inutile de prendre des chemins de traverse pour t'annoncer la nouvelle, Yannis, je préfère être direct : une de tes ex-patientes veut t'intenter un procès pour l'avoir mise enceinte.

— Quoi ?

Yannis en resta quelques secondes comme assommé. Il s'était attendu à beaucoup de choses, mais sûrement pas à cela.

— C'est complètement fou, dit-il quand il recouvra la parole. Qui est-ce ?

— Georgina Appleby.

Yannis ravala un juron.

— Je sais…, dit Paul en grimaçant. L'Institut est cent pour cent derrière toi pour cette histoire, Yannis. N'hésite pas à t'appuyer sur nous. Nous ferons ce qu'il faut.

— Je suis vraiment désolée, intervint Ramona. Le moment est très mal choisi pour te retrouver de nouveau sur la sellette. Tu as tout juste eu le temps de respirer après avoir prouvé que ces accusations quant au financement de tes recherches avec Ted n'étaient que de purs mensonges.

— Je ne doute pas que tu gagneras ce nouveau procès aussi, déclara Paul.

— Merci, répondit Yannis avec un soupir.

Soucieux, il se passa les mains dans les cheveux.

— Je vais devoir appeler mon avocat. L'Institut a-t-il pu obtenir les copies des documents ?

— Oui. Ma secrétaire en a fait une pour toi.

Paul prit une chemise cartonnée à côté de lui sur le bureau et la lui tendit. Puis il se retourna pour prendre un exemplaire du *Boston Herald* qu'il lui donna également.

— Les journaux ont déjà les détails.

— Ils n'ont pas perdu de temps, comme toujours, commenta Yannis, amer, en prenant le journal ouvert à la page des chroniques mondaines.

Deux paragraphes y avaient été entourés d'un gros trait de feutre noir et il put y lire les citations de Georgina Appleby.

— C'est de la diffamation pure et simple, dit-il, les dents serrées.

— Tous ceux qui te connaissent n'y croiront pas un instant, répliqua Ramona.

— Possible…, remarqua Yannis qui relut le dernier paragraphe en sentant sa colère monter. Je voudrais emporter ça à mon avocat, aussi.

— Garde-le, dit Paul.

— J'aimerais aussi prendre quelques jours pour régler ce problème, ajouta Yannis. Ma réputation en sera sans doute salie, au moins temporairement, mais je refuse que l'image de l'Institut lui-même soit souillée à cause de moi.

— Prends autant de temps qu'il te faudra, dit Paul.

— Merci. J'espère que mon avocat pourra organiser rapidement un test de paternité typage HLA. Une fois que j'aurai les résultats, je pourrai prouver que l'accusation est infondée et revenir travailler sans être talonné par les journalistes de la presse à scandale, ajouta-t-il en secouant la tête.

— Ça semble un bon plan, commenta Paul.

— Je ne t'ai pas beaucoup vu au bal, samedi, dit Yannis, changeant délibérément de sujet.

— En revanche, nous, nous t'avons vu avec une ravissante blonde, répondit Ramona. Mais vous êtes partis avant que nous ayons eu le temps d'apprendre qui elle était.

— J'aime autant que cela ne se sache pas, répliqua Yannis avec un demi-sourire en se félicitant que tous deux ne soient pas des habitués du Coach House.

— Ah oui ? dit Paul, intrigué.

— Oui.

Paul n'insista pas, et Yannis devina qu'il avait saisi la note de possessivité qu'il n'avait pu bannir de son ton.

— Comment va ta mère, Ramona ?

Le visage de la jeune femme s'épanouit.

— Ma demi-sœur, Victoria, a accepté de donner sa moelle osseuse, et nous avons donc bon espoir pour elle.

— Je suis heureux de l'apprendre, commenta Yannis, sincère. Très heureux.

— Docteur Armstrong ? appela la secrétaire de Paul en passant la tête par l'entrebâillement de la porte. Excusez-moi de vous interrompre, mais j'ai le sénateur Johnson en ligne. Il veut vous parler d'une éventuelle donation de la part d'un électeur.

Paul se retourna vers son téléphone.

— Désolé, Yannis, il faut que je prenne l'appel.

— Bien sûr. Je te tiendrai au courant de la suite de l'affaire, dit-il en quittant le bureau.

— Et n'oublie pas que nous sommes là si tu as besoin d'aide ! intervint Ramona.

— Merci, répondit-il avant de refermer la porte derrière lui et de regagner son propre bureau.

Après avoir ôté sa blouse, il enfila de nouveau son blouson de cuir et, la chemise cartonnée à la main, passa voir la secrétaire afin de lui demander de reporter les rendez-vous de ses patientes pour les trois jours à venir, puis alla trouver son confrère et ami. Celui-ci était plongé dans un rapport lorsque Yannis s'arrêta sur le seuil de la pièce.

— Ted ?

Son ami releva la tête.

— Je serai absent quelques jours, annonça Yannis, mais s'il y a le moindre problème, tu pourras me joindre sur mon portable.

Ted, surpris, cligna des yeux.

— Que se passe-t-il ? Tu as des ennuis ?

Pour toute réponse, Yannis sortit le dossier et, s'approchant, laissa Ted parcourir les titres du journal. Cependant, il referma la chemise avant que Ted ait pu en lire davantage.

— C'est une longue histoire. Je t'expliquerai plus tard, promit-il.

— D'accord. Tu sais où me trouver si tu as besoin de moi ! dit-il alors que Yannis s'apprêtait à ressortir.

— D'accord. Merci. À plus tard, Ted.

Yannis était réconforté de savoir qu'il pouvait compter

sur ses amis. Non qu'il aurait besoin de leur aide pour cette affaire, songea-t-il.

Georgina Appleby était une jeune femme psychologiquement fragile. En conséquence, même s'il avait été prêt à transgresser ses principes professionnels pour avoir une aventure avec elle – ce qu'il n'avait jamais fait et ne ferait jamais avec aucune de ses patientes –, sa vulnérabilité émotionnelle l'en aurait dissuadé.

Son instabilité mentale l'avait inquiété dès qu'elle était venue le consulter la première fois pour des problèmes de stérilité. Ses doutes s'étaient accrus quand le comportement de la jeune femme était devenu imprévisible. Il l'avait alors adressée à un confrère spécialisé dans les patients présentant la combinaison particulière de difficultés à concevoir *et* de problèmes psychologiques.

Toutefois, bien que conscient de cette instabilité émotionnelle, il ne lui était à aucun moment venu à l'esprit qu'elle puisse être dérangée au point de vouloir l'assigner en justice.

Ce qui doit être le cas pour clamer que je l'ai mise enceinte alors qu'un simple test suffira à prouver la fausseté de son accusation, songea-t-il.

Il ne pouvait qu'imaginer le genre d'avocat acceptant de s'occuper d'une telle affaire…

Il composa le numéro de son propre avocat en se dirigeant vers sa voiture et, après avoir obtenu de le voir dans la demi-heure, se mit en route. L'adresse de l'homme de loi l'obligea à passer devant le Coach House.

Il pesta, exaspéré. Il n'avait pas imaginé devoir occuper sa journée à se démener pour battre en brèche cette nouvelle attaque contre son nom. Son programme, outre ses consultations, prévoyait une batterie de tests au laboratoire avec Ted, aujourd'hui. Ensuite, il avait prévu d'aller porter en personne une douzaine de roses chez Jennifer. La nuit qu'il avait passée avec elle avait bouleversé son univers, mais, étrangement, il n'était pas certain que ce soit le cas pour elle. Aussi éprouvait-il le besoin urgent d'aller consolider le lien fragile entre eux.

Il abattit furieusement son poing sur le volant. Mais d'abord, il devait se débarrasser de cette plainte déposée contre lui pour retrouver sa vie normale – et Jennifer.

Le rendez-vous avec son avocat se passa bien. L'homme lui conseilla de répertorier, dans le dossier de Georgina Appleby, tous les rendez-vous qu'il avait eus avec elle. Il insista aussi pour que Yannis garde profil bas tant que l'affaire ne serait pas classée, en l'occurrence qu'il ne sorte avec personne. Il serait regrettable, expliqua-t-il, de donner prise aux conclusions scabreuses que ne manqueraient pas de divulguer les journalistes de la presse à scandale qui allaient le filer.

Leur entretien convainquit Yannis qu'il devait protéger Jennifer de ce genre de publicité très malvenue, ce qui voulait dire qu'il devrait également rester à distance du Coach House.

Par chance, il obtint un rendez-vous pour faire le test HLA dans la semaine. Dès qu'il aurait les résultats, il savait qu'il serait disculpé – et donc libre de revoir Jennifer.

Il lui en coûtait de devoir reporter ses projets à plus tard, mais assurer la protection de Jennifer passait incontestablement avant sa frustration. Il décida malgré tout de la prévenir et composa son numéro de téléphone, mais il n'obtint que son répondeur. Ne souhaitant pas tout expliquer, il lui laissa un message succinct pour lui dire qu'un problème était survenu, et qu'il ne pourrait sans doute pas la contacter avant une semaine.

Déçu de n'avoir pu lui parler, il rentra chez lui. Bien qu'il ait choisi de vivre dans ce quartier pour sa tranquillité et sa verdure, il était aujourd'hui insensible aux feuilles vert tendre qui apparaissaient sur les hautes branches des érables et aux fleurs printanières s'épanouissant au pied des arbres. Le printemps, sans Jennifer, lui semblait tout à coup terne. Il avait envie qu'elle soit près de lui pour le voir à travers ses yeux. Il avait envie d'entendre sa voix.

De retour chez lui, il alluma la cafetière électrique. Juste au moment où le café était prêt, le heurtoir en cuivre de la porte d'entrée cogna contre le lourd battant de chêne et Yannis enfila le couloir pour aller ouvrir.

Un homme distingué aux cheveux argentés, en costume gris, se tenait sur le seuil ; une longue voiture noire, un chauffeur au volant, attendait le long du trottoir.

— Salut, papa, dit Yannis en s'écartant pour le laisser entrer. Je suis surpris de te voir… J'ignorais que tu étais en ville.

— J'ai un dîner d'affaires avec un groupe d'investisseurs, ce soir.

Jonathon Demetrios passa devant son fils et s'arrêta dans l'entrée.

— Comme j'avais une heure de libre devant moi, j'ai pensé que je pourrais passer te dire bonjour.

À qui espères-tu faire croire cela ? songea Yannis, s'interrogeant sur la *vraie* raison de la venue de son père à Boston. Quelle qu'elle soit, il savait d'expérience qu'il était plus facile de laisser Jonathon Demetrios vider son sac et le laisser repartir aussi vite que possible.

— Allons dans la cuisine, dit-il. Je viens de préparer le café.

Quand son père fut assis sur un des hauts tabourets, une tasse de café devant lui sur le comptoir, Yannis décida de ne pas tourner autour du pot.

— Et si tu me disais pourquoi tu es vraiment ici, papa ? suggéra-t-il en s'asseyant en face de lui.

— Très bien.

Jonathon sortit une coupure de presse de la poche intérieure de sa veste et la fit glisser vers lui sur le comptoir.

— Ta mère et moi nous inquiétons à propos de cette femme avec qui tu t'affiches.

Yannis étudia attentivement le cliché en noir et blanc. Le journaliste de la chronique mondaine du journal l'avait photographié en train de danser avec Jennifer. Il aurait été inutile de chercher à nier le désir qui circulait entre eux, visible même sur cette photo de qualité médiocre.

— Jolie photo…, ironisa-t-il.

— Là n'est pas la question, dit Jonathon avec impatience.

— Alors quelle est la question, papa ?

— Elle est que cette jeune femme est serveuse dans un café, et que ce n'est certainement pas le genre de relation avec laquelle mon héritier devrait s'exhiber à une soirée de cette importance.

Yannis ravala un juron. Il ne prit même pas la peine de demander à son père comment il s'était renseigné sur Jennifer. Sans doute s'était-il adressé à son agence de détectives habituelle, laquelle lui avait fourni un rapport détaillé sur la jeune femme dans les vingt-quatre heures qui avaient suivi la parution de la photographie.

Se passant en soupirant une main sur le visage, il observa son père avec lassitude.

— Ne me dis pas que tu es venu jusqu'ici pour me sermonner une fois de plus sur le comportement qu'il est attendu de l'unique héritier de la fortune des Demetrios, papa. Depuis le temps que tu essaies en vain de me réformer, je pensais que tu avais une fois pour toutes compris que je ne tiens de toute façon pas compte de tes conseils.

— La dernière fois que tu es sorti avec des femmes indignes de ta condition remonte à ton époque universitaire. Tu as des obligations, Yannis, que tu le veuilles ou non.

Il leva la main, paume en avant.

— Arrête, papa.

Puis il prit une profonde inspiration pour s'empêcher de hausser le ton.

— C'est à moi de décider avec qui je peux ou ne peux pas sortir, à personne d'autre. Par ailleurs, je ne choisirai jamais une femme sur la base des critères totalement dépassés que maman et toi avez établis. Ensuite, quand je me marierai – *si* je me marie un jour –, précisa-t-il en scrutant le visage empourpré de colère de son père, ce sera avec une femme que j'aime. Ne compte pas trop qu'elle soit d'une des familles que maman et toi considérez comme « digne de notre condition »…

— Tu dois respecter le nom de notre famille, Yannis. Pendant des années, ta mère et moi avons supporté tes frasques et ta rébellion en espérant qu'un jour tu t'assagirais enfin pour prendre la place qui est la tienne…

— Papa…

Yannis avait du mal à brider sa propre irritation.

— Ma place est auprès de mes patients. Je suis médecin, et je ne vivrai jamais la vie d'un héritier. Je vous l'ai dit, à toi et à maman, quand je suis entré à l'école de médecine : mon seul engagement sera envers mes patients.

— Je suppose que cette... serveuse est ravie d'avoir trouvé un bon filon, avec toi, répondit son père d'un ton méprisant. Non seulement tu es médecin, mais tu t'appelles Demetrios.

Yannis considéra un instant son père tout en s'efforçant de garder son calme.

— C'est drôle, dit-il finalement, mais je doute qu'elle ait jamais entendu le nom de Demetrios avant de me connaître. Et même si c'était le cas, je suis sûr qu'elle n'y accorderait aucune importance.

Jonathon descendit de son tabouret en tirant nerveusement sur la veste de son costume.

— Allons donc... Tu auras du mal à me le faire croire. Les jeunes femmes comme elle ont toujours envie de s'élever socialement. Fais-moi confiance, Yannis, elle sait parfaitement qui tu es.

— Je vais oublier ce que tu viens de dire, rétorqua Yannis d'un ton égal. Mais à l'avenir, ne t'avise pas de faire des remarques désobligeantes sur elle.

Son père écarquilla les yeux.

— Ne me dis pas que tu as des vues sérieuses sur cette femme !

— Ce que je dis, c'est qu'il n'est pas question qu'elle souffre à cause des idées étriquées de ma famille.

— C'est ce que tu penses maintenant, mais j'ai plus d'expérience que toi en ce domaine, dit froidement son père. T'engager avec une femme d'une classe inférieure à la tienne te mènera tout droit au désastre. J'en ai eu de nombreux exemples autour de moi au cours de ma vie.

— Au moins, nous sommes d'accord sur une chose, papa : c'est que nous ne sommes *pas* d'accord, répliqua Yannis, aussi peu convaincu aujourd'hui qu'il l'était depuis qu'il avait été assez grand pour se forger une opinion personnelle. Au fait, c'est bientôt que maman et toi partez pour cette croisière que tu lui offres pour son anniversaire, non ?

Il fut soulagé que son père accepte ce changement de conversation et n'insiste pas davantage sur la raison qui avait motivé sa visite.

Une demi-heure plus tard, Yannis referma la porte derrière son père en soupirant avant de se diriger vers son bureau.

Il aimait ses parents, mais ils avaient le don de le faire sortir de ses gonds. Et encore pouvait-il s'estimer heureux qu'ils n'aient pas eu vent de la plainte déposée contre lui pour sa prétendue paternité non assumée…

Malheureusement pour lui, le cliché de Jennifer et lui au bal de l'Institut et les deux paragraphes dans la chronique mondaine ne furent pas les seuls articles à mentionner le nom de Demetrios.

Le lendemain après-midi, en ouvrant le *Boston Herald*, il put en lire un autre étiré sur un quart de page, bien en évidence dans les nouvelles locales, et accompagné d'une mauvaise photographie de Georgina Appleby accolée à un portrait de lui-même.

Furieux, il décida impulsivement de se rendre au Coach House, mais ce fut pour apprendre que Jennifer venait de terminer son service et qu'elle était rentrée chez elle.

— Vous pourrez lui dire que je suis passé ? demanda-t-il à Linda, la serveuse blonde qu'il avait souvent vue en train de discuter avec Jennifer.

— Bien sûr, répondit-elle en lui remplissant sa tasse. Mais pourquoi est-ce que vous ne l'appelez pas ? Vous pourriez même passer chez elle…

Yannis n'osa pas avouer que les quatre messages qu'il avait laissés sur son répondeur étaient restés sans réponse. Il commençait à croire qu'elle regrettait d'avoir passé la nuit avec lui. Si elle était tombée sur cette stupide histoire de procès que Georgina Appleby lui intentait, elle aurait toutes les raisons pour cela.

— Je ne peux pas aller chez elle. Je suis suivi par un photographe du *Boston Herald*. Je l'ai reconnu quand je me suis garé devant l'Institut, expliqua-t-il, et je ne veux surtout pas qu'il me suive jusque chez Jennifer. Mieux vaut qu'elle reste en dehors de son radar.

Les yeux de Linda s'arrondirent.

— Est-ce que c'est parce que vous l'avez emmenée au bal de l'Institut ?

— Non. C'est autre chose.

— Est-ce qu'il vous suit en ce moment même ? murmura-t-elle en regardant furtivement autour d'eux.

— Il est assis dans le box près de la porte.

Elle se hissa sur la pointe des pieds et tendit le cou pour voir au-delà du dossier.

— Un petit brun avec une casquette ? Il n'a pas l'air bien méchant.

— Lui, peut-être pas, mais son appareil photo est une arme redoutable.

Elle se pencha vers lui.

— Vous voulez qu'on l'occupe pendant que vous sortez par-derrière ?

— C'est gentil, mais il était devant chez moi, tout à l'heure, donc il sait où j'habite et il y retournera pour m'attendre.

— Mais qu'est-ce que vous avez bien pu faire pour que ce photographe ne vous quitte pas d'une semelle ? s'enquit-elle, manifestement rongée de curiosité.

— Rien, et c'est bien le pire ! répondit Yannis avec humeur. Mais il va falloir une bonne semaine au moins pour démentir ce dont on me *croit* coupable et, en attendant, je dois supporter d'être constamment filé par des journalistes.

— Dans ce cas, vous avez raison : n'allez surtout pas mêler Jenny à cela. Je ne pense pas qu'elle apprécierait. C'est une fille très secrète.

C'était bien ce qui le souciait le plus, songea Yannis qui garda néanmoins ses inquiétudes pour lui. Avoir peut-être involontairement placé Jennifer sous le feu des projecteurs médiatiques le consternait.

— Et je respecte son besoin de discrétion, répondit-il. Je

ferai tout pour lui épargner d'être la cible des commérages mondains.

Linda lui sourit avec une chaleur dans les yeux qui le réconforta.

— C'est bien que vous cherchiez à la protéger.

Quelque chose, dans cette remarque, l'intrigua.

— Pourquoi ? Elle a eu des problèmes ? demanda-t-il.

Linda soupira avec un geste évasif de la main.

— Avec son mari, oui. Je ne l'ai jamais rencontré, mais d'après le peu que j'en sais, il avait l'air d'être un idiot de première catégorie. Si on devait découvrir que vous la traitez aussi mal que lui, on battrait le rappel de ses amies pour voler à son secours. Vous êtes prévenu…

Yannis hocha la tête avec sérieux.

— Si je la traitais mal, c'est ce que je mériterais…

Linda regarda derrière elle, vers le comptoir où le cuisinier l'appelait.

— Il faut que je vous laisse, dit-elle. Vous êtes sûr de ne rien vouloir en plus de votre café ?

— Oui, merci.

Elle se pencha de nouveau.

— Prenez soin de notre copine, docteur. C'est une fille vraiment super.

— Je m'en suis rendu compte, Linda.

Sa réponse parut la satisfaire et, après un rapide sourire, elle s'empressa de repartir vers le comptoir.

Yannis termina son café et se leva en sortant un billet de sa poche, qu'il posa sur la table, puis se dirigea vers la sortie.

6.

Lorsque Jennifer arriva au Coach House, le lendemain matin, Linda et Yolanda l'attirèrent immédiatement à l'écart.

— Ton super docteur est venu hier, dit Yolanda. Il voulait te voir.

— Mais il a dit qu'un photographe le suivait et que, donc, il ne pouvait pas aller chez toi, ajouta Linda.

— On l'a vu, dit Yolanda, les yeux brillants.

— Qui ? Yannis ? Ou le photographe ?

— Le photographe, bien sûr. Et après, on a lu l'article.

Linda se baissa pour prendre sous le comptoir un journal plié. Les tabourets du bout étant inoccupés, elles purent étaler le journal sur la portion de zinc libre et propre.

Avec une sourde angoisse, Jennifer commença à lire l'article. Les photographies n'étaient pas de bonne qualité, mais l'homme était indéniablement Yannis – et le ton de l'article incontestablement accusateur. Le journaliste citait la femme qui se déclarait « *brisée par la trahison de l'homme qu'elle aimait et qui lui avait laissé croire que son amour était partagé* ». Elle poursuivait en déclarant que Yannis l'avait « *traitée injustement et abandonnée* ».

— Je n'y crois pas une seconde ! déclara Jennifer avec conviction en martelant l'article de son index. Cet homme que nous avons pu observer chaque matin depuis des mois n'est pas celui qu'elle nous décrit.

Elle referma le journal d'un geste autoritaire.

— C'est un tissu de mensonges, voilà tout…

— D'accord, Jenny, dit gentiment Yolanda, mais même

les hommes respectables ne sont pas à l'abri d'un accident. Eux aussi peuvent mettre une femme enceinte, et on ne peut pas nier que Yannis a une sacrée réputation de dragueur…

Yolanda avait raison. Jennifer, atterrée, dut admettre que oui, il était possible que Yannis, par insouciance ou négligence, ait fait un enfant à une femme, et cette idée lui était insupportable.

« Il n'est pas à moi, se raisonna-t-elle. Et il ne le sera jamais, du moins dans le cadre d'une relation sérieuse. »

Alors pourquoi avait-elle la sensation que son cœur se déchirait ?

Déterminée à ne pas se mentir, elle se rendit compte alors que, malgré toute la lucidité avec laquelle elle avait cherché à envisager leur relation, elle n'avait pu s'empêcher de rêver secrètement que Yannis lui réserverait une place auprès de lui. Que tous les deux trouveraient le moyen de vaincre les obstacles pour bâtir une vie ensemble.

Quelle naïveté… C'était si pitoyable de sa part qu'elle eut envie de pleurer.

Encore heureux que je n'aie pas répondu à ses messages, songea-t-elle, se promettant de ne jamais céder à la tentation de le faire.

Une rupture nette était préférable et bien moins douloureuse.

Une semaine s'écoula avant que Yannis revienne au Coach House. Jennifer avait alors le dos à la salle quand elle entendit la porte s'ouvrir. Se retournant machinalement, elle sentit son cœur se serrer.

Le regard noir et chaud de Yannis s'arrêta immédiatement sur elle, mais un client arrivant derrière lui l'obligea à s'avancer dans l'allée pour aller s'asseoir.

Jennifer passa derrière le comptoir pour rejoindre Yolanda.

— Tu pourras dire au patron que je prends ma pause maintenant ?

— D'accord. Il y a un problème ? s'enquit son amie.

Regardant par-dessus son épaule, elle aperçut Yannis qui s'installait dans son box habituel.

— Oh ! je vois…

Yannis se leva brièvement quand elle le rejoignit puis se rassit dès qu'elle fut installée face à lui.

— Bonjour, dit-elle gravement.

— Bonjour, répondit-il d'une voix un peu rauque. Je t'ai laissé des messages sur ton répondeur. Tu ne m'as pas rappelé.

— Je trouvais préférable de ne pas le faire, expliqua-t-elle. Nous étions d'accord que notre… histoire ne dure qu'une nuit. Et qu'ensuite, nous retournerions à nos vies comme s'il ne s'était jamais rien passé.

— Oui, c'est vrai.

Un pli apparut entre ses deux sourcils alors qu'il la regardait avec intensité.

— Est-ce ce que tu souhaites ?

— Je pensais que c'était ce que *tu* souhaitais, Yannis. Et comme tu n'es plus venu ici, ensuite, j'en ai eu la certitude.

Il soupira en secouant la tête.

— Je ne pouvais pas t'approcher. Je voulais à tout prix t'éviter d'être entraînée dans un scandale.

— Tu parles de cette affaire de paternité ? s'enquit-elle calmement.

— Oui.

Il se passa une main dans les cheveux.

— Je suppose que tu as lu l'article dans le journal.

— Je pouvais difficilement le manquer.

— C'est sûr, commenta-t-il avec un sourire un rien cynique. Et, naturellement, le journaliste qui l'a écrit n'a pas cru utile de rétablir la vérité.

— La vérité ?

— J'ai fait faire un examen sanguin et, grâce à des amis bien placés, les résultats sont arrivés hier. Ils prouvent sans la moindre équivoque que je ne suis pas le père de l'enfant.

Son soulagement fut tel que Jennifer en fut presque étourdie. Elle prit alors conscience que, dans quelque coin caché de son cœur, elle avait douté de son innocence. Ce qu'il venait de lui dire apaisait les dérangeantes incertitudes qu'elle avait pu nourrir envers lui et versait un baume sur une blessure au plus profond d'elle-même.

Impulsivement, elle se pencha pour couvrir ses mains des siennes sur la table.

— Je suis si contente que ce problème ait été aussi vite réglé pour toi, Yannis. Linda et Yolanda m'ont dit que tu étais suivi par un photographe. Cela a dû être pénible, pour toi.

— C'est à cause de lui que je n'ai pas essayé de te voir, répondit-il en retournant ses mains pour prendre les siennes. S'il nous avait vus ensemble, notre photo aurait été étalée dans le journal dès le lendemain. Ce genre d'intérêt malsain est très désagréable, et je ne voulais surtout pas que tu y sois exposée.

Emue, elle sourit.

— C'est une attention qui t'honore, Yannis. Et qui me touche beaucoup, ajouta-t-elle, songeant au drame que cela aurait été pour elle de voir sa vie avec Annie étalée dans un journal. Mais, cette femme... Pourquoi est-ce que... ?

Il secoua la tête.

— Elle a été ma patiente. Je ne peux pas violer le secret professionnel, bien entendu, mais je veux que tu saches que mon attitude avec elle n'a jamais dévié de celle qu'on attend d'un médecin. Comme je me suis rapidement aperçu qu'elle avait des problèmes de... disons d'équilibre mental, j'ai préféré l'envoyer chez un confrère plus spécialisé dans ce genre de pathologie. Je peux te jurer que je n'ai jamais eu le plus petit geste envers elle autre que celui d'un médecin avec une patiente.

— Je te crois, dit-elle.

Les traits de Yannis se détendirent, et elle comprit alors qu'il avait craint sa réaction.

— Yannis, je t'ai vu faire avec d'autres clients, ici ; je connais ta gentillesse et ton attention. Je ne t'ai jamais vu répondre autrement qu'avec une politesse amicale aux femmes qui avaient de toute évidence espéré davantage de toi. Je connais ta réputation de don Juan, ajouta-t-elle avec une once d'ironie. Les employées de l'Institut qui viennent ici passent la moitié de leur temps à spéculer sur tes nouvelles conquêtes…

— Je ne peux pas empêcher les gens de parler, répondit-il avec sérieux. Par ailleurs, j'avoue que j'ai eu jusqu'à présent une vie amoureuse bien remplie. Mais jamais je n'abandonnerais une femme que j'aurais mise enceinte. Les enfants sont trop importants, et je ne pourrais pas ignorer mes responsabilités si je devais être père.

Le cœur de Jennifer se serra. Son ex-mari, lui, n'avait pas voulu d'enfant et, en divorçant alors même qu'elle attendait le sien, il l'avait de fait abandonné. Aussi, découvrir que Yannis accordait une telle importance au rôle de l'homme auprès de la femme et de son enfant l'emplit-il de joie.

Peut-être y avait-il réellement dans le monde des hommes pour qui le sens des responsabilités n'était pas une notion abstraite, finalement. Il fallait que ce soit un play-boy notoire qui lui en fasse prendre conscience…

— La plainte contre toi sera retirée, maintenant que les analyses t'ont innocenté ? s'enquit-elle.

Il hocha la tête.

— Mon avocat y travaille en ce moment même, et il ne sera plus question de dédommagement, à présent.

— Parce que c'était pour de l'argent qu'elle n'a pas hésité à salir ta réputation ? dit-elle, choquée.

— Je suis certain que c'était sa vraie motivation, oui…, soupira-t-il avec un sourire ironique.

— Ce genre de chose t'est déjà arrivé ? demanda-t-elle, surprise de son ton désabusé.

— Oui, mais l'accusation de paternité, par contre, était une première. Je gagne bien ma vie, Jennifer, mais mes parents sont… plutôt riches, eux aussi. Au cours des années, plusieurs personnes ont tenté diverses manœuvres pour nous extorquer de l'argent, mais, jusqu'à présent, toutes se sont soldées par des fins de non-recevoir.

Atterrée, Jennifer en resta muette un instant.

— As-tu été directement attaqué ? demanda-t-elle alors

que d'horribles images d'enlèvement ou d'agression lui venaient à l'esprit.

— Non, jamais. Les tentatives se sont toujours bornées à des actions de criminalité en col blanc, genre procès et autres…

— C'est horrible…

— C'est surtout très ennuyeux. Mais notre famille a d'excellents avocats et j'ai appris à les laisser se charger de toutes ces situations.

Il pressa ses mains dans les siennes.

— Il ne sert à rien de trop se tracasser pour cela…, ajouta-t-il. Oh ! j'allais oublier…

Il plongea la main dans sa poche ; une chaîne argentée se balançait entre ses doigts quand il l'en ressortit.

— Mon médaillon ! s'exclama-t-elle joyeusement. Où l'as-tu trouvé ?

Le prenant dans sa paume, elle l'accrocha aussitôt à son cou.

— C'est Butch qui l'a découvert… dans mon lit, ajouta-t-il en baissant la voix.

Elle sentit ses joues s'enflammer.

— Je… euh…

Elle baissa les yeux, soudain timide.

— Je veux te revoir, Jennifer.

— Tu me vois.

— Je veux dire en dehors d'ici. Je sais que nous avons conclu un accord, mais une nuit ne me suffit pas. Au contraire, cette nuit-là m'a convaincu que je veux en connaître d'autres… Beaucoup d'autres.

Jennifer avait une envie folle d'accepter, mais elle s'était juré, à la naissance d'Annie, de ne pas faire connaître à sa fille ce que sa propre mère lui avait fait vivre quand elle était enfant. Pas question qu'elle amène un homme chez elle. Du moins pas tant qu'elle ne serait pas assurée du sérieux de la relation. Or, elle ignorait si Yannis envisageait réellement un avenir entre eux. Étant donné son passé avec les femmes, elle pouvait en douter.

Sans compter qu'entre son travail, Annie et ses cours du soir, il lui restait assez peu de temps libre.

Pourtant, cette unique nuit avec Yannis lui avait permis de découvrir qu'il était bien plus complexe, bien plus aimant, et certainement bien plus drôle qu'elle ne l'avait imaginé, et elle avait envie de le connaître mieux. Mais comment faire sans qu'Annie, son travail et ses études en pâtissent ?

— J'ai un cours ce soir que je ne peux pas manquer, dit-elle lentement. Mais nous pourrions prendre un café après, si tu veux.

— Je veux, répondit-il sans hésiter.

Ils décidèrent de se retrouver devant la bibliothèque du campus après son cours, puis Yannis quitta le Coach House. Dès qu'elle retourna derrière le comptoir, Linda l'interrogea sur l'affaire dont parlaient les journaux.

— Les analyses de sang ont prouvé que Yannis n'était pas le père, dit Jennifer avant d'aller remplir les tasses vides des clients.

Elle revint quelques secondes après pour lui murmurer :

— Et je prends un café avec lui ce soir après mon cours.

— Oui ! s'écria Linda à voix basse. C'est génial, Jenny !

— Je ne sais pas encore si ça l'est, mais je sais que j'ai très envie de le revoir aussi.

— Crois-moi, vous êtes faits pour vous entendre, tous les deux, assura Linda avec sérieux. Sortir avec lui te fera beaucoup de bien.

— Qui doit sortir avec qui ? demanda Shirley alors qu'elle les rejoignait avec Yolanda.

— Je prends un café ce soir avec Yannis, chuchota Jennifer, consciente de l'intérêt que commençaient à manifester les plus proches clients.

— Cool ! dit Shirley avec un sourire jusqu'aux oreilles.

— Tu deviens enfin raisonnable, intervint Yolanda. Et tu as fait le bon choix ; c'est un homme bien, ma fille, ajouta-t-elle en prenant l'air d'une mère anxieuse d'assurer l'avenir de sa progéniture.

Toutes quatre se mirent à rire, ce qui attira l'attention du patron dont le visage s'encadra soudain dans le passe-plat.

— Où vous croyez-vous, les filles ? Je ne vous paye pas pour rigoler. Au travail !

Elles se dispersèrent rapidement, et Yolanda leva le pouce en direction de Jennifer pour l'encourager avant de retourner à ses clients.

Lorsque Jennifer l'appela plus tard pour lui demander de garder Annie, Margaret fut elle aussi ravie d'apprendre qu'elle devait rencontrer quelqu'un après ses cours. Elle lui assura qu'elle pourrait même l'attendre très tard car elle lisait un roman policier palpitant.

Étant donné qu'Annie était habituée à dîner et à se coucher avec Margaret les soirs où elle avait des cours, Jennifer ne se sentait pas trop coupable de devoir rentrer plus tard que d'habitude. Annie ne verrait pas la différence, de toute façon.

Yannis était adossé contre le mur, face à l'entrée de la bibliothèque. Les mains enfoncées dans les poches de son jean délavé, il guettait les étudiants qui sortaient afin d'apercevoir Jennifer.

Ce fut ses cheveux qu'il repéra d'abord. Longs, d'un blond vénitien particulier, soyeux, relevés en queue-de-cheval. Et puis ses jambes interminables serrées dans un jean. Elle marchait derrière un groupe de jeunes filles qui discutaient avec animation. Une bouffée de pur désir monta en lui quand il la vit – quand il devina ses seins fermes sous le T-shirt blanc que couvrait à demi un pull lavande jeté sur ses épaules, et sa taille fine soulignée par une ceinture de cuir tabac.

Il avait envie de l'emmener directement chez lui, dans son lit. Mais, étrangement, il était heureux à la simple perspective de passer un moment à discuter avec elle devant un café, fut-ce dans un lieu public.

Toutefois, son estomac se rappela à son bon souvenir… Étant donné qu'il n'avait rien avalé depuis le matin, en dehors d'un maigre sandwich, il avait besoin de bien davantage qu'un café.

— Ça va ? dit-elle en arrivant devant lui.

— Oui. Et toi ?

Il ne put résister au plaisir de lui effleurer la joue de ses lèvres, juste au coin de sa bouche. Il put voir, même à la faible lueur des fenêtres de la bibliothèque derrière eux, la légère rougeur qui empourpra ses joues.

— Tu as faim ? s'enquit-il en la prenant par les épaules pour l'attirer contre lui. Parce que je viens de me rendre compte que j'ai un sérieux petit creux.

— J'ai pris une tartine de pain beurré avant de sortir, mais je crois que je pourrais manger quelque chose de plus consistant, c'est sûr. Tu connais un restaurant, dans le coin ?

— Il y a une très bonne pizzeria à deux pas d'ici. Tu aimes la cuisine italienne ?

— Les spaghettis, par exemple ?

Une chaleur excitante se répandit dans son ventre à ce rappel sans équivoque de leur nuit.

— Oui, J'adore.

Une demi-heure plus tard, assis de part et d'autre d'une petite table carrée couverte d'une nappe à carreaux rouges et blancs et éclairée d'une bougie, ils dégustaient de succulentes lasagnes arrosées d'un vin léger et accompagnées d'une salade verte craquante.

— Mmm…, soupira Jennifer après avoir bu une gorgée de vin. Ces lasagnes sont divines.

Son expression sensuelle mit de nouveau à mal les sens frustrés de Yannis et il dut arracher son regard des lèvres de la jeune femme avant de répondre.

— Oui. Tout est bon, ici. Je venais y manger au moins deux fois par semaine, à une époque.

— Il faut vraiment que tu aimes cette cuisine, remarqua-t-elle. C'est plutôt loin de ton quartier…

— J'ai donné quelques cours dans cette université avant que ma carrière de médecin prenne plus d'ampleur et m'oblige à y renoncer.

— Tu as enseigné, alors ? s'étonna-t-elle. Et cela te plaisait ?

— Beaucoup.

Il leva son verre, comme s'il portait un toast.

— Encore une chose que nous avons en commun, dit-il. Notre envie de transmettre.

— Je ne crois pas que j'aimerais donner des cours à ce niveau, dit-elle. Les jeunes enfants m'intéressent davantage.

— Un objectif très honorable, et les enfants sont bien plus drôles. Quel sujet en particulier aimerais-tu leur enseigner ?

Le temps passa sans qu'ils s'en aperçoivent tandis qu'ils discutaient à bâtons rompus tout en dégustant leur repas.

Le restaurant était presque vide lorsque Jennifer regarda sa montre.

— Quoi ? s'exclama-t-elle, surprise. Il est déjà si tard ? Oh ! flûte ! il faut vraiment que je rentre. J'assure le premier service, demain matin, et je dois être sur place à 5 heures. Je ne tiendrai pas debout si je ne dors pas assez.

— D'accord. Je déteste voir cette soirée se terminer, mais je ne voudrais surtout pas que tu tombes de fatigue demain à cause de moi.

Il appela le serveur pour régler l'addition puis ils quittèrent aussitôt le restaurant. Malgré l'heure tardive, Jennifer regretta que le trajet jusqu'à son appartement soit si court. Après s'être garé en double file devant l'immeuble, Yannis monta avec elle jusqu'à l'étage.

— Attends, dit-il alors qu'elle glissait la clé dans la serrure.

Elle s'immobilisa et se tourna vers lui qui se pencha pour l'embrasser. Un baiser si doux, si sensuel, que Jennifer se sentit fondre comme du chocolat chaud. Le désir courut dans ses veines et fit sourdement cogner son cœur dans sa poitrine.

Quand leurs lèvres se séparèrent enfin, elle se découvrit appuyée contre le mur, le corps dur de Yannis pressé contre le sien, et ne pouvait rien ignorer du désir que leur étreinte avait éveillé.

— J'ai beaucoup de mal à te laisser partir, murmura-t-il contre sa gorge.

Elle sourit, les yeux mi-clos, absorbée dans la caresse de sa bouche courant dans l'échancrure de son T-shirt.

— Je sais, dit-elle sur le même ton. C'est aussi difficile pour moi.

S'écartant légèrement d'elle, il releva la tête afin de rencontrer ses yeux. Elle lui sourit.

— Mais si tu ne pars pas, je ne pourrai pas dormir, et c'est la raison pour laquelle tu m'as raccompagnée, tu as oublié ?

Elle n'aurait su dire si c'était à lui ou à elle-même qu'elle devait le rappeler.

— Oui, je sais, répondit-il avec un soupir de frustration.

Il pressa une dernière fois sa bouche sur la sienne puis recula d'un pas. Aussitôt, elle eut envie de le rattraper pour sentir de nouveau sa chaleur et son poids contre elle…

Un lent sourire monta aux lèvres de Yannis.

— Je comprends, mon ange. Et si tu ne devais pas travailler tôt demain, je te kidnapperais pour te ramener de gré ou de force chez moi.

— De gré suffirait, à mon avis…, plaisanta-t-elle.

— À demain matin au Coach House, alors, dit-il.

— Oui. À demain.

Yannis venait à peine de redescendre l'escalier qu'elle entra et referma la porte derrière elle.

— Vous avez passé une bonne soirée ? demanda Margaret, l'obligeant à redescendre du petit nuage où elle flottait.

— Très bonne, merci.

Elle porta ses livres dans la cuisine et les déposa au bout de la table.

Les yeux de Margaret brillaient derrière ses verres épais.

— Tant mieux. Il était temps que vous rencontriez quelqu'un de bien.

Elle récupéra son tricot en cours qu'elle glissa avec une grosse pelote de laine dans son sac.

— Je vous laisse car vous avez sûrement besoin de dormir. Mais qu'est-ce que j'ai fait de mon livre ?

Elle le retrouva coincé entre les coussins du divan. Comme

toujours, Jennifer la raccompagna ensuite jusqu'à sa porte, à deux pas de la sienne.

— Bonne nuit, dit-elle avant de retourner chez elle où elle ferma soigneusement les verrous.

Se déplaçant sans bruit dans l'appartement silencieux, elle éteignit les lumières du salon avant de se rendre dans sa chambre pour allumer la lampe de chevet. Puis, sur la pointe des pieds, elle entra dans celle d'Annie.

La fillette était allongée sur le dos, ses cheveux aux reflets dorés étalés sur l'oreiller. Jennifer remonta la couverture à moitié tombée du lit puis se pencha pour déposer un très léger baiser sur la joue rebondie de sa fille. Celle-ci gémit et s'étira avant de rouler sur le côté pour presser son visage contre la douce fourrure de son ours en peluche assis près de son oreiller.

Une fois de plus, Jennifer fut saisie par l'intensité de son amour pour sa fille. Annie était son trésor, et une source constante de surprises. La fillette avait enrichi sa vie, lui avait donné une dimension qu'elle n'aurait jamais pu concevoir avant de devenir mère.

De retour dans sa chambre, elle se déshabilla, prit une douche rapide puis se glissa dans son lit avant d'éteindre la lumière.

Son monde, désormais, lui apparaissait plus plein, et l'avenir bien plus souriant. Bien plus prometteur.

Un sourire flottait encore sur ses lèvres quand elle s'endormit.

7.

Le bonheur de Jennifer dura moins de douze heures.

Parce qu'elle avait pris son service très tôt, elle avait eu droit à une longue pause, juste avant midi, qui lui avait permis de rentrer à l'appartement. Après s'être reposée, elle avait encore eu le temps préparer un plat pour le dîner d'Annie et de Margaret. Elle était presque habillée pour retourner au Coach House quand le carillon de l'entrée retentit.

Pensant qu'il s'agissait de sa voisine, elle s'empressa d'aller à la porte et, par habitude, regarda par le judas, mais elle se figea en reconnaissant l'homme posté sur son paillasson.

— Mais qu'est-ce qu'il fait ici ? murmura-t-elle pour elle-même.

Son visiteur pressa de nouveau la sonnette avec une impatience manifeste.

Agacée, Jennifer ôta la chaîne de sécurité puis ouvrit la porte.

— Patrick ? Que fais-tu ici ? demanda-t-elle sans préambule.

— Quel accueil…, ironisa son ex-mari avec le sourire auquel elle avait – dans une autre vie – eu la naïveté de succomber. Comment vas-tu, Jennifer ?

Son numéro de charme la laissa de glace. Elle était depuis longtemps vaccinée contre les atouts totalement illusoires du père de sa fille.

— Que fais-tu ici ? répéta-t-elle.

— Je voulais te parler. Mais si possible pas sur le palier. Tu ne veux pas m'inviter à entrer ?

Les yeux plissés, elle l'observa avec suspicion. Patrick

attendait quelque chose d'elle, c'était évident, mais quoi ? Elle n'en avait pas la moindre idée. Il était sorti de sa vie avant même la naissance d'Annie et n'avait pas une seule fois cherché à reprendre contact avec elle depuis.

Cependant, leur discussion, quel qu'en soit le sujet, devait avoir lieu à l'intérieur et non sur le palier.

— Entre, dit-elle sèchement en s'écartant pour le laisser passer.

— Charmant…, commenta-t-il en laissant son regard errer. C'est vrai que tu as toujours été douée pour la décoration.

Elle l'ignora, ne connaissant que trop l'insincérité de ses compliments.

— Je dois aller travailler, Patrick, alors viens-en au fait, tu veux ?

Son regard se fit soudain plus dur et il haussa les épaules.

— Toujours aussi directe, n'est-ce pas, Jenny ?

— Je préfère considérer cela comme de l'honnêteté. Donc… ?

— Très bien.

De la poche de son blouson, il sortit une coupure de journal qu'il lui tendit. Elle la déplia et fronça les sourcils en découvrant une photographie de Yannis et d'elle-même en train de danser au bal de l'Institut. Leurs noms à tous deux étaient inscrits sous le cliché.

— Je crains de ne pas comprendre, dit-elle en relevant les yeux vers lui.

— C'est pourtant clair, dit-il. Tout porte à croire que tu sors avec le Dr Yannis Demetrios.

— Et même si c'était le cas ? dit-elle, ne comprenant toujours pas où il voulait en venir. En quoi est-ce que cela te concerne ?

— Eh bien, tu l'ignores peut-être, mais j'ai obtenu mes diplômes de médecin et je viens de terminer mon internat.

— Félicitations…, dit-elle froidement. Et alors ?

— Alors je pose ma candidature pour différents postes – y compris dans le service de recherche de l'Institut Armstrong de Procréation Médicalement Assistée.

Jennifer se figea, commençant à entrevoir le but de sa démarche.

— Et pourquoi me racontes-tu cela ?

— Le Dr Demetrios et son associé sont à la pointe de la recherche scientifique dans ce domaine, et je voudrais faire partie de leur équipe.

Jennifer sentit la colère monter en elle.

— Et qu'ai-je à voir dans cette histoire ?

Patrick secoua la tête avec un sourire qui l'horripila.

— Jennifer, Jennifer…, dit-il sur le ton que l'on prend pour réprimander gentiment un enfant obtus. Je suis sûr que tu as déjà compris. Je voudrais tout simplement que tu uses de ton influence sur ton petit ami pour placer mon nom en tête de de liste des candidatures.

— Non, dit-elle en froissant la photo dans sa paume avant de la jeter sur la table du salon. Et si c'est tout ce que tu as à me dire, tu peux sortir d'ici. Je ne veux pas arriver en retard au travail.

Elle s'avançait vers la porte d'entrée quand il reprit :

— Comment va Annie ?

Elle eut le sentiment que son cœur s'arrêtait un instant de battre. La main crispée sur la poignée de la porte, elle se tourna lentement vers lui.

— Je suis surprise que tu connaisses son nom.

— Évidemment que je le connais, rétorqua-t-il d'un air de reproche. Après tout, c'est ma fille.

Elle sentit un frisson de malaise courir dans son dos.

— Nous avons réglé ce problème quand tu as accepté de me laisser la garde exclusive d'Annie en échange de quoi je ne te réclamais aucune pension alimentaire. Et tu n'as jamais manifesté le moindre intérêt pour elle, de toute façon.

— C'est exact. Mais j'ai récemment reconsidéré mon rôle de père, et je me disais qu'il était peut-être temps que je voie régulièrement ma fille afin de mieux la connaître…

— Tu n'as aucune envie de la connaître ! dit-elle, envahie d'une colère froide. Tu l'utilises simplement comme moyen de pression pour que j'intercède en ta faveur auprès de Yannis.

— J'ai toujours admiré ta faculté d'analyse, Jenny. Crois-moi, ça ne m'amuserait pas de devoir te traîner au tribunal pour obtenir l'autorisation d'avoir Annie un week-end sur deux. Mais ça peut peut-être s'arranger… Si je devais travailler dans un laboratoire de pointe, sans doute que je serais trop occupé pour la prendre avec moi.

— C'est du chantage, dit-elle, luttant contre sa fureur qui le disputait à son angoisse.

Il grimaça.

— C'est un très vilain mot, Jennifer… Je préfère appeler ça une… négociation avec bénéfices mutuels.

— J'oubliais que tu avais toujours eu le don d'enrober tes intérêts égoïstes dans de belles paroles, répliqua-t-elle avec amertume. Mais ne compte pas sur moi, Patrick. D'une part, Yannis et moi n'avons pas la relation que tu imagines, et même si c'était le cas, je ne lui demanderais pas d'engager quelqu'un comme toi.

Elle retourna près de la porte qu'elle ouvrit en grand.

— Maintenant, sors de chez moi.

— Je te conseille tout de même d'y réfléchir, dit-il en sortant sur le palier. Je t'appellerai bientôt.

— Ne prends pas cette peine. Ma décision est prise et je n'en changerai pas.

Refermant la porte, elle s'y adossa car ses jambes menaçaient soudain de ne plus la porter.

Elle avait compris depuis longtemps que le charme de Patrick n'était qu'une façade et qu'il cachait une personnalité sournoise et ambitieuse. Leur divorce lui avait assurément révélé des facettes de lui peu glorieuses. Toutefois, de là à menacer l'équilibre émotionnel d'Annie si elle ne l'aidait pas à promouvoir sa carrière… Elle ne l'aurait pas cru capable d'aller jusqu'à cette extrémité.

Un coup d'œil à sa montre lui apprit qu'elle avait perdu plus de temps avec lui qu'elle l'aurait pensé.

— Et en plus, je vais être en retard au travail, marmonna-t-elle en courant dans sa chambre pour enfiler ses chaussures.

Elle ignorait comment elle allait empêcher Patrick de nuire à Annie, mais elle était en revanche sûre d'une chose : c'est que jamais elle ne le laisserait faire.

Après la visite de son ex-mari, Jennifer était certaine que la journée ne pourrait que s'améliorer.

En plein après-midi, Yannis poussa la porte du Coach House, s'arrêta dans l'allée pour regarder autour de lui et pesta tant sa déception de ne pas voir Jennifer était grande.

Il se dirigeait tout de même vers son box habituel quand il s'arrêta net. Une petite fille était assise à la place où s'installait habituellement Jennifer pour étudier durant ses pauses. La fillette, aux longues boucles d'un superbe blond roux, était penchée sur un cahier de coloriage.

Tout à coup, elle releva la tête, et son regard s'arrêta directement dans le sien. Ces yeux… Il connaissait ces yeux. Il avait à cet instant l'impression étrange de plonger dans ceux de Jennifer – même bleu profond, même forme, même arc délicat des sourcils. Il eut alors l'image de la petite boucle roux clair dans le médaillon qu'il avait trouvé dans ses draps. La couleur exacte de ceux de l'enfant dont la frimousse, il s'en rendait compte à présent, était celle de la photographie.

Intrigué, il changea aussitôt de direction.

— Bonjour, dit-il. Tu permets que je m'asseye avec toi ?

La petite l'étudia avec sérieux et curiosité puis haussa les épaules.

— Si tu veux. Qui t'es ?

— Je m'appelle Yannis. Et toi ?

— Annie.

— Heureux de te connaître, Annie. Tu as les mêmes yeux bleus que mon amie, Jennifer. Tu la connais ?

— C'est ma maman ! s'exclama Annie dont le petit visage s'illumina. Je l'attends ; elle va venir me chercher quand elle aura fini son travail.

— Je vois.

Il s'y était attendu, d'accord, mais il ne fut pas moins choqué d'entendre la fillette confirmer ses suspicions. Jennifer avait une enfant et elle ne lui en avait jamais parlé. Pourquoi ? Il se pencha vers le livre ouvert sur la table devant Annie.

— Que fais-tu ?

— Je colorie.

Il inclina la tête pour mieux voir le dessin.

— C'est joli.

Elle avait choisi un rouge vif pour la robe de la princesse coiffée d'une couronne dorée.

— Qui est-ce ?

— Cendrillon. C'est une princesse ; ça se voit, non ? dit Annie d'un air désapprobateur. Tu sais pas reconnaître les princesses ?

— Euh…

Amusé et sous le charme, il haussa à son tour les épaules, un petit sourire étirant ses lèvres.

— Je croyais que si, mais en fait… je n'en suis plus si sûr.

— Moi, je sais, déclara Annie. Et si tu veux, je peux te dire comment on reconnaît qu'une dame c'est une princesse. C'est très important, les princesses…

Yannis s'accouda à la table et se pencha vers elle.

— Je suppose que tu en es une ? demanda-t-il sur un ton confidentiel.

— Quelquefois, admit-elle en hochant gravement la tête.

— Et ta maman ? Elle aussi, c'en est une ?

— Non. Elle, c'est une reine.

— Je suis d'accord, commenta Yannis qui vit en pensée ses cheveux d'or, ses longues jambes, son port royal et son regard sage et intelligent. Aucun doute. Elle, c'est une vraie reine.

8.

De retour des toilettes où elle était allée se rafraîchir, Jennifer vit Yannis assis à la table d'Annie, laquelle bavardait avec lui tout en continuant son coloriage.

Oh! non! songea-t-elle, consternée. Une fois de plus, Yannis franchissait allègrement une des barrières qu'elle avait érigées dans sa vie. Il était comme une force de la nature – rien ne pouvait l'arrêter.

Elle se dirigeait vers eux avec la ferme intention de lui dire poliment de s'en aller, de rester en dehors de la petite sphère où évoluait Annie, mais elle fut accrochée par des clients en chemin. Elle n'y parvint qu'un quart d'heure plus tard, après avoir dû prendre plusieurs commandes.

— Maman ! s'exclama Annie avec un sourire ravi.

Les crayons de couleur étaient éparpillés sur la table – oubliés. La fillette, agenouillée sur la banquette, avait de toute évidence trouvé un autre centre d'intérêt en la personne de Yannis avec qui elle bavardait avec entrain.

— Tu sais quoi ? Yannis, il aime bien les chiens, lui aussi.

— Appelle-le « docteur Demetrios », Annie, la corrigea-t-elle alors qu'elle rencontrait le regard de Yannis.

Les yeux noirs de celui-ci pétillaient d'amusement.

— J'ai suggéré un doberman comme Butch ou un colley, mais Annie semble vouloir quelque chose de plus gros.

— Plus *gros* ? répéta Jennifer avec stupéfaction. Qu'est-ce qui pourrait être plus gros qu'un doberman ?

— Un terre-neuve ! répondit Annie avec conviction. Ils sont super, maman ! Ils sont beaux et ils ont des yeux très gentils – j'ai vu une photo dans un livre. La maîtresse, des fois, elle nous emmène à la biblo… blibi…

— Bibliothèque, dit Yannis, venant à son secours. Tu as de la veine d'avoir une bonne maîtresse, je vois.

— Oui. Et y'a beaucoup de livres avec des chiens.

Elle reporta son attention sur Jennifer.

— Moi, je crois qu'on devrait acheter un terre-neuve et on l'appellerait Sadie.

— C'est un beau nom, concéda Jennifer. Et c'est vrai que les terre-neuve sont connus pour être très doux et intelligents, ma puce, mais… le problème, c'est qu'ils sont très gros. Et je ne suis pas certaine qu'il y aurait assez de place pour lui, même dans une maison avec un jardin. Il serait peut-être plus raisonnable de choisir quelque chose de plus petit, comme un yorkshire ou un king-charles… Ils sont très mignons aussi.

— Moi, je crois pas, maman, répondit Annie avec, à cette seconde, un air presque trop grave pour ses cinq ans. Il vaut mieux qu'on ait un gros chien de garde, parce qu'on n'a pas de papa qui vit avec nous pour chasser les voleurs et ceux qui voudraient nous embêter.

Prise au dépourvu par cette remarque inattendue, Jennifer en resta un instant sans voix.

— J'ignorais que tu avais peur des voleurs, Annie, dit-elle enfin.

— Non, j'ai pas peur, mais tant qu'on n'aura pas de papa, on devrait avoir un chien, insista la fillette.

Malgré elle, Jennifer tourna la tête vers Yannis. Il la regardait, l'air apparemment impassible, mais une lueur rieuse dansait dans ses yeux noirs. Comme elle fronçait les sourcils, il lui sourit franchement en levant les mains pour décliner toute responsabilité en ce qui concernait la remarque d'Annie.

— Et quand as-tu décidé cela ? demanda-t-elle à Annie en se détournant de Yannis pour lui cacher son étonnement.

Elle ne voulait pas admettre qu'Annie l'eût prise de court, même si son attitude le proclamait clairement.

— Aujourd'hui, à l'école, expliqua Annie. Melinda a dit

qu'elle voulait bien partager son papa, mais je pense qu'on devrait en avoir un pour nous toutes seules. Tu crois qu'on pourra en trouver un qui aime bien les terre-neuve ? ajouta-t-elle, un pli soucieux creusant son front.

Elle se tourna vers Yannis en s'appuyant sur son coude pour se pencher vers lui.

— Qu'est-ce que tu crois, toi, Yannis ?

— Je crois que tout homme digne de ce nom aimerait avoir un terre-neuve qui s'appelle Sadie.

Il sourit et se rapprocha d'elles.

— Et s'il gagnait une petite rouquine appelée Annie dans l'affaire, il serait le plus heureux des hommes.

Annie en rayonna de plaisir.

— Tu vois, maman, dit-elle en relevant la tête vers elle, on est une bonne affaire.

— Toi et Sadie le seriez certainement, répondit Jennifer en jetant un coup d'œil à sa montre. Mon service est terminé ; il faut rentrer, maintenant. Tu n'as qu'à ranger tes crayons pendant que je vais chercher mon sac.

— D'accord.

Elle s'apprêtait à saluer Yannis mais il fut plus rapide qu'elle.

— Ma voiture est dehors. Je vous raccompagne toutes les deux.

— C'est très gentil à toi, Yannis, mais Annie ne peut pas monter dans une voiture sans siège adapté et…

— Tu n'as qu'à emprunter celui qui est dans la mienne, intervint Linda qui passait près d'eux avec un plateau d'odorants pancakes.

Elle fouilla dans la poche de son pantalon pour en sortir les clés de sa voiture.

— Tenez, Yannis, c'est la Ford bleue garée directement en face du Coach.

— Mais…, protesta Jennifer.

Linda lui adressa un clin d'œil.

— Merci, Linda, dit Yannis qui se leva sans attendre. Je reviens dans une minute, ajouta-t-il à l'intention de Jennifer. Vous ne bougez pas d'ici, toutes les deux.

— Mais je…

Annie tira sur sa manche.

— S'il te plaît, maman… J'ai pas envie de prendre le bus, aujourd'hui. Je voudrais rentrer avec Yannis.

— Le Dr Demetrios, rectifia une fois encore Jennifer tout à fait inutilement. Bon, d'accord. Nous t'attendons, ajouta-t-elle à l'intention de Yannis.

Yannis n'eut pas besoin d'autre encouragement pour courir jusqu'à la voiture de Linda, y prendre le siège pour enfant et l'installer à l'arrière de sa Jaguar. Il ajusta la ceinture de sécurité en pensant à la fillette. Aussi adorable que sa mère, se dit-il avec un sourire. Elle l'avait conquis, avec ses histoires de chiens et de princesses. De plus, elle avait une habileté incroyable pour obtenir de lui des réponses qu'il ne lui aurait certes pas données si elle avait eu vingt ans de plus…

Annie semblait exercer sur lui le même effet que sa mère, songea-t-il alors qu'il retraversait la rue. C'était fou. Non qu'il n'aime pas les enfants, mais il ne s'y était jamais vraiment intéressé. Jusqu'à Annie…

— Avez-vous des projets pour dîner, mesdames ? demanda-t-il dix minutes plus tard quand tous trois furent installés dans la Jaguar. J'ai eu envie d'une pizza toute la journée.

— Oh ! oui ! s'exclama Annie, derrière eux. C'est drôlement bon, les pizzas !

— Donc, nous sommes déjà deux à voter oui. Et toi, Jennifer ? Aimes-tu les pizzas ?

Il eut droit à un coup d'œil oblique. L'expression de Jennifer était fermée. Méfiante.

— Oui, j'adore, mais j'ai préparé un plat qui attend dans le réfrigérateur. De plus, je dois être à mon cours à 6 h 30, alors je crains que…

— Oh ! si, maman, on y va ! intervint Annie. S'il te plaît. On pourra le manger demain, ce que t'as préparé.

— Mais je ne suis pas certaine que nous ayons le temps d'aller dîner, Annie. Il faut que je te ramène à la maison et, ensuite, que j'aille à mon cours…

— Je t'y conduirai, proposa Yannis. Ça me ferait plaisir.

Comme elle restait hésitante, il insista.

— Mais si ce n'est vraiment pas possible pour ce soir, alors je vous raccompagne toutes les deux, je t'attends pendant que tu déposes Annie et, ensuite, je te conduis au campus, proposa-t-il. La pizza, ce sera pour un autre jour.

Elle pliait et dépliait nerveusement la courroie de son sac entre ses doigts.

— Je… je ne sais pas…

Yannis eut soudain honte de la bousculer ainsi. Elle était clairement indécise et, même s'il ignorait pourquoi, son anxiété était dans l'immédiat focalisée sur l'invitation à dîner.

— Je ne veux surtout pas donner l'impression de te harceler, Jennifer, murmura-t-il en couvrant sa main de la sienne pour la rassurer. Ne t'inquiète pas. Dis-moi simplement ce que tu veux faire, et je n'insisterai plus.

Comme il s'arrêtait à un feu rouge, il se tourna vers elle pour rencontrer son regard fixé sur lui.

— La pizza, c'est très tentant, dit-elle enfin. Et Annie a raison, mon plat pourra attendre jusqu'à demain.

— Super !

Devant l'exclamation de joie d'Annie, derrière eux, elle secoua la tête en souriant ; il lui pressa la main avant de reposer la sienne sur le volant.

— Le restaurant de Giovanni n'est qu'à deux rues d'ici, dit-il.

Un quart d'heure plus tard, il avait trouvé une place pour se garer et ils poussaient la porte du restaurant, accueillis par une irrésistible odeur de sauce italienne.

— Mmm, ça sent drôlement bon…, dit Annie alors qu'ils s'installaient à une table dans la véranda.

— Oui, et je crois bien que c'est une des raisons qui me font toujours revenir, dit Yannis.

— Moi, ça me plaît, ici, décréta Annie en promenant son regard sur la salle.

— Eh bien, voilà au moins quelqu'un qui sait ce qu'il veut, remarqua Yannis en échangeant un sourire amusé avec Jennifer. Elle est toujours aussi autoritaire ?

Elle leva les yeux au ciel.

— Toujours. Je ne serais pas surprise qu'elle finisse un jour par être la première présidente des États-Unis. À moins qu'elle choisisse plutôt d'être directrice de Häagen-Dazs pour pouvoir se gaver de glaces gratuitement.

Yannis se mit à rire, attirant les regards amusés des autres clients.

Ce repas imprévu dut être rapidement avalé, bien sûr. Après qu'elle eut confié Annie à Margaret, Yannis conduisit Jennifer au campus et, trop vite, il fut déjà temps de se séparer.

— Merci d'être venue dîner avec moi, dit-il. Tu as une fille fantastique et adorable. Je suis vraiment heureux de la connaître.

Un léger pli se dessina entre les sourcils de Jennifer.

— À propos d'Annie, Yannis…

Elle s'interrompit et, de son pouce, il lissa ce pli soucieux sur son front. Puis, du bout des doigts, il lui caressa la joue, descendit sur sa gorge. Sa peau était si soyeuse qu'il en éprouva une soudaine émotion. Ce n'était pas tant le désir – cela, il pouvait s'en accommoder – non, c'était autre chose. Un besoin impérieux de la protéger.

— Eh bien ? dit-il. Que veux-tu me dire, sur elle ?

— Si je n'ai jamais voulu amener d'homme à la maison, c'est surtout pour éviter qu'Annie s'attache à quelqu'un et soit ensuite déçue de ne pas le revoir. Je ne veux pas qu'elle en soit blessée.

— Je suis donc le premier qu'elle voit depuis ton divorce ?

— Tu es le premier qu'elle ait *jamais* vu avec moi, rectifia-t-elle. Son père et moi étions divorcés avant sa naissance et il ne l'a jamais rencontrée.

Yannis réprima un juron.

— Tu veux dire qu'elle n'a jamais vu son père ?

— Patrick était furieux quand je lui ai annoncé que j'étais enceinte. Il ne voulait absolument pas d'enfants. Il a déménagé le soir même et a rempli les papiers pour le divorce dans la semaine qui a suivi.

Il la regarda fixement un instant, essayant d'assimiler le drame qu'elle venait de lui révéler en si peu de mots.

— Quel…

Elle lui posa un doigt sur les lèvres pour empêcher le mot de les franchir.

— Oui, c'en est un, c'est certain, dit-elle.

— Jennifer…

Il lui prit le visage dans ses mains en coupe.

— Certains hommes sont de vraies brutes. Mais je ne suis pas comme cela, et jamais je ne vous ferai de mal – ni à toi ni à Annie.

— Je sais, dit-elle, les yeux embués de larmes.

Il l'embrassa, savourant la douceur de ses lèvres sous les siennes et gémit quand elle répondit à son baiser.

— Je peux t'attendre pour te raccompagner ? demanda-t-il.

— Non, merci. C'est le soir où nous sortons tôt, et une des étudiantes me raccompagne. Elle le fait avec un réel plaisir, et ça m'ennuierait de la décevoir en refusant.

À contrecœur, Yannis la laissa partir. Elle se retourna juste avant de franchir la porte pour lui adresser un signe de la main puis disparut dans le bâtiment.

Il était évident qu'elle n'était pas convaincue qu'elle et Annie ne craignaient rien avec lui, songea-t-il en s'éloignant.

« J'aurais pu lui dire que j'étais en train de tomber vraiment amoureux d'elle, se dit-il. Peut-être est-ce que cela aurait suffi à la rassurer. »

Mais il n'était pas encore certain lui-même d'être prêt à admettre qu'il avait enfin rencontré la femme qui pouvait bouleverser son monde. Quelque chose en lui persistait à renâcler à cette idée… Il lui fallait encore un peu de temps.

— Mets ton pyjama, Annie ! lança Jennifer en épongeant la mare dans la salle de bains, le lendemain soir.

Elle prit note d'acheter une ou deux serpillières qu'elle placerait au pied de la baignoire lors des bains d'Annie. Un dauphin ne provoquerait pas plus de remous qu'elle…

Tout en s'activant, elle se demandait si Yannis était encore à son bureau de l'Institut. Il avait appelé plus tôt pour lui dire qu'il devait travailler tard, ce soir, mais les invitait elle et Annie à pique-niquer, le week-end suivant. La force de sa déception de ne pas le voir avant samedi l'avait surprise, mais elle avait mis cela sur le compte d'une réaction tout à fait normale. Après tout, elle n'était sortie avec personne depuis si longtemps qu'elle ne se rappelait plus ce qui pouvait être considéré comme normal ou non…

Elle jeta les serviettes humides dans le panier à linge et ramassa le jean et le T-shirt d'Annie qu'elle posa sur le comptoir près du lavabo.

— Annie ! appela-t-elle. Dès que tu seras habillée, nous irons chez Margaret voir si elle va mieux.

— D'accord.

Annie apparut sur le seuil de la pièce, la voix étouffée par le haut de pyjama qu'elle enfilait par la tête. Ses boucles humides apparurent autour de son visage rougi par le bain.

— Margaret toussait cet après-midi, maman.

— Je sais, et c'est pour cela que nous allons la voir.

Annie courut devant elle, et attendit devant la porte que Jennifer détache la chaîne de sécurité. Toutes les deux traversèrent le couloir puis Annie frappa à la porte de Margaret. Elles durent patienter un petit moment, et quand la vieille dame ouvrit enfin, Jennifer comprit pourquoi elle avait mis si longtemps.

— Margaret ! s'exclama-t-elle. Mon Dieu…

Elle lui prit aussitôt le bras pour la soutenir et la sentit trembler contre elle.

— Annie, entre et ferme la porte, dit-elle tandis qu'elle emmenait Margaret jusqu'au canapé du salon. Depuis combien de temps êtes-vous…

Interrompue par une quinte de toux de Margaret, elle lui tâta le front.

— Vous êtes chaude. Avez-vous pris votre température ? Vous avez de la fièvre ?

— Un tout petit peu, répondit Margaret d'une voix faible et rauque.

— Il faut appeler un médecin.

— Non, non, protesta Margaret, mais sans son énergie habituelle. Je suis sûre que c'est juste un petit rhume ; ce sera fini d'ici un jour ou deux.

— C'est possible, et je souhaite que vous ayez raison dit Jennifer sans conviction. Mais en attendant, on va demander à un des médecins du dispensaire de vous examiner. Votre toux ne me plaît pas, et la température non plus. Si vous avez besoin d'un antibiotique, plus tôt vous le prendrez, mieux ce sera.

Margaret n'avait visiblement pas la force de protester.

— Comme vous voulez.

Sa capitulation trop facile acheva d'inquiéter Jennifer. Margaret, d'une nature plutôt énergique, n'était pas dans son état normal, de toute évidence. Elle l'aida à s'habiller et même à lacer ses chaussures puis sortit son portable pour appeler un taxi.

— Il faut qu'Annie prenne un pull, expliqua-t-elle en repartant vers son appartement.

— Maman, je peux pas aller dehors en pyjama ! se récria Annie.

— D'accord. Alors va enfiler un jean, mais dépêche-toi.

— Prenez de l'argent dans mon sac pour le taxi, dit Margaret.

Consciente que Margaret serait contrariée si elle ne le faisait pas, Jennifer jugea plus raisonnable d'obtempérer sans discuter.

— Bien sûr, Margaret.

Après avoir attrapé sa veste posée sur le dossier d'un fauteuil, elle courut chercher son sac dans la chambre.

— Dépêche-toi, Annie ! Le taxi va arriver.

— Je suis prête, annonça la fillette en les rejoignant dans l'entrée.

Par chance, elles n'eurent pas à attendre. Le taxi s'arrêtait le long du trottoir alors même qu'elles sortaient dans la rue.

Elle aida Margaret à s'installer à l'arrière et laissa monter Annie avant de s'asseoir et de donner l'adresse au chauffeur.

Le crépuscule tombait et les premiers réverbères s'allumaient lorsque le taxi les déposa devant le dispensaire. Annie, plus silencieuse qu'à son habitude, poussa la porte de l'entrée et la maintint ouverte pour laisser passer sa mère et Margaret.

L'endroit était presque désert. Seules deux personnes étaient assises sur des banquettes – une jeune femme avec un bébé en pleurs dans les bras, et un vieux monsieur mâchonnant le bout de sa pipe éteinte.

Jennifer aida Margaret à s'asseoir sur la banquette en vinyle et Annie prit place à côté d'elle en observant avec curiosité le bébé qui s'époumonait.

— Bonsoir, dit la réceptionniste quand Jennifer s'approcha d'elle. Je peux vous aider ?

— Oui. Ma voisine a une très mauvaise toux et de la fièvre. Il faudrait qu'elle voie un médecin rapidement.

Derrière elle, Margaret fut prise d'une nouvelle quinte.

— Ce devrait être possible, répondit la jeune femme. Le médecin est avec quelqu'un depuis déjà près de vingt minutes, et les autres personnes sont simplement venues chercher des résultats d'analyses, donc vous n'aurez pas à attendre longtemps. Vous devriez tout de même avoir le temps de remplir la fiche.

Elle lui tendit un formulaire que Jennifer emporta pour le remplir avec Margaret assise sur la banquette avant de le rendre à la réceptionniste.

— Ça ne devrait pas être long, Margaret, dit-elle. Le médecin devrait en avoir bientôt terminé avec son patient et nous serons les suivants.

La porte du cabinet médical s'ouvrit, et un jeune homme en sortit ; sa main était entourée d'épais bandages. Le médecin le suivait.

— La prochaine fois que vous faites un barbecue, arrangez-vous pour choisir un jour sans vent, dit-il au patient.

— Merci du conseil, docteur. Je crois que je ne risque pas d'oublier de si tôt.

Jennifer se figea. Cette voix qu'elle connaissait si bien, ce visage qu'elle voyait jusque dans ses rêves… Oui, c'était bien lui. C'était Yannis.

Mais qu'est-ce que Yannis Demetrios faisait ici, dans un dispensaire ? C'était le dernier endroit où elle se serait attendue à le voir.

— Regarde, maman ! C'est Yannis ! s'écria Annie, ravie, en courant vers lui.

— Hé ! m Annie ! dit Yannis dont le visage s'éclaira d'un large sourire. Mais qu'est-ce que tu fais ici ?

Son sourire s'effaça alors qu'il balayait la salle des yeux pour s'arrêter sur Jennifer.

— Jennifer ?

Elle le rejoignit.

— Je ne m'attendais pas à te trouver ici, dit-elle.

— Je travaille dans ce dispensaire. Mais toi ? Pourquoi es-tu ici ? Tu vas bien ? Et Annie ?

— Oui, nous allons très bien. C'est Margaret, notre voisine. Elle tousse et elle est fiévreuse.

Sur la banquette, Margaret releva la tête et s'efforça de se redresser.

— Je vois, dit Yannis en s'avançant vers elle. Bonjour, Margaret. Vous voulez me suivre dans la salle d'examen ?

Après avoir pris sa fiche que lui tendait la réceptionniste et y avoir jeté un coup d'œil, il l'aida à se lever en la prenant par le bras.

— Tu peux venir avec nous, Jennifer. Annie aussi, si tu veux. Si leur présence ne vous ennuie pas, madame Sullivan, cela va de soi.

Margaret fit signe que non et elles le suivirent dans un petit couloir jusqu'à son cabinet où Jennifer, sur son invitation, s'assit sur l'unique chaise de la petite pièce. Annie s'installa sur ses genoux, les yeux ronds et un peu impressionnée tandis qu'elle observait Yannis en plein travail.

— Alors, que vous arrive-t-il, Margaret ? demanda-t-il, en glissant le brassard d'un tensiomètre sur son bras.

— J'ai attrapé un rhume, docteur. Enfin, ça a commencé

comme un rhume, en tout cas. Mais dans l'après-midi, j'ai remarqué que j'avais chaud. Alors j'ai pris ma température, et j'avais en effet un peu de fièvre.

— Il y a beaucoup de cas de grippe dans la région en ce moment, dit-il en gonflant le brassard.

Il glissa dessous le capteur de sons du stéthoscope puis libéra progressivement l'air.

— Mmm… Votre tension est un peu élevée, dit-il avant de lui ôter l'appareil.

Il lui prit ensuite la température et fit la moue devant le résultat.

— Un peu élevée aussi, commenta-t-il.

Margaret hocha lentement la tête.

— C'est bien ce que je pensais.

— Avez-vous des courbatures ?

— J'ai un peu mal dans les bras et les épaules.

— D'accord. Maintenant, je vais vous demander de prendre une forte inspiration. Oui, voilà… Est-ce douloureux ?

— Un peu, répondit Margaret en posant la main sur sa poitrine.

Jennifer parvint à contenir son inquiétude jusqu'à ce que Yannis ait terminé son examen.

— Elle a la grippe ? demanda-t-elle quand il commença à inscrire ses notes dans le dossier qu'il venait d'ouvrir sur son ordinateur pour Margaret.

— Je le crains, oui, répondit-il. Il ne s'agit pas d'un simple refroidissement, malheureusement. J'aimerais donc que vous passiez une nuit en observation à l'hôpital, madame Sullivan. Nous vous y réhydraterons et nous assurerons que votre état n'empire pas.

— Mais je ne veux pas aller à l'hôpital ! protesta-t-elle avec un soupçon de son autorité habituelle.

— Je vous comprends, Margaret, intervint Jennifer, mais une seule nuit est préférable à vous ramener chez vous, voir votre état empirer et être obligé de vous y conduire de toute façon, et cette fois peut-être pour plusieurs jours.

Margaret soupira avec résignation.

— Oui, vous avez sans doute raison. Alors va pour cette nuit…

— Vous faites le bon choix, intervint Yannis avec un sourire encourageant. Je vais demander qu'on organise votre transport jusqu'au City General. J'en ai pour un instant.

Il revint quelques minutes plus tard pour annoncer que l'ambulance l'attendait.

— Déjà ? Vous avez fait vite, remarqua Margaret.

Elle fronça les sourcils, l'observant avec une fausse méfiance.

— Vous êtes un magicien ?

Il se mit à rire.

— Hélas, non ! J'avoue que cela me faciliterait bien les choses, parfois ! L'ambulance était simplement dans le quartier quand la réceptionniste a lancé l'appel. Vous avez beaucoup de chance.

— Si vous le dites, marmonna Margaret, non sans une pointe d'humour.

Des voix retentirent dans le couloir et Yannis ouvrit la porte du cabinet.

— La patiente est ici, dit-il. Jennifer, Annie, l'équipe d'urgence va avoir besoin de place pour manœuvrer. Sortez avec moi.

— À demain matin, Margaret, dit Jennifer en déposant un baiser sur sa joue pâle. Essayez de bien dormir.

Annie enroula un bref instant ses bras autour de la taille de Margaret en se pressant contre elle.

— Guéris vite, s'il te plaît. Sinon, on pourra plus jouer aux petits chevaux.

— Promis, dit Margaret avec un faible sourire.

Jennifer prit la main d'Annie et toutes deux suivirent Yannis dans le hall de réception afin de laisser les deux infirmiers de l'ambulance passer avec leur civière. Moins de deux minutes plus tard, ils ressortaient avec Margaret étendue sur le brancard sous une couverture et allaient la glisser à l'arrière de l'ambulance.

Annie regarda le véhicule partir puis leva des yeux inquiets vers Jennifer.

— Elle va revenir, hein, maman ?

— Yannis a dit que oui et c'est un très bon médecin, mon ange, la rassura-t-elle en lui accrochant une de ses boucles derrière l'oreille.

Les yeux bleu vif d'Annie se reportèrent sur Yannis qui s'accroupit devant elle.

— Ton amie sera très vite guérie, Annie. Les infirmières à l'hôpital vont bien s'occuper d'elle cette nuit et lui donner des remèdes pour qu'elle puisse rentrer chez elle demain. D'accord ?

— D'accord, répondit la fillette avec un sourire.

La grande main de Yannis lui caressa gentiment la joue puis il se releva en se tournant vers Jennifer.

— À quelle heure prends-tu ton service, demain ?

— Je ne travaille pas.

— Très bien. Alors, je viendrai vous chercher vers 10 heures demain matin et vous pourrez venir à l'hôpital avec moi. J'ai plusieurs autres patients à voir et vous n'aurez qu'à rester avec Margaret jusqu'à ce que j'aie terminé. Ensuite, je vous remmènerai toutes les trois chez vous.

— Merci, dit-elle.

Elle aurait pu affirmer son indépendance en refusant, mais il serait préférable et bien plus rassurant pour Margaret que Yannis lui-même la raccompagne chez elle.

— Je vous aurais bien proposé de vous ramener ce soir, mais mon service ici se termine dans trois heures, ajouta-t-il. J'ai demandé à la réceptionniste de vous appeler un taxi ; il attend dehors.

Il fronça les sourcils.

— Je sais que vous auriez pu prendre le bus, mais il est tard et Annie semble déjà dormir debout.

Il avait raison. Jennifer sentait le poids de la fillette appuyée contre elle ; l'heure habituelle de son coucher était passée depuis déjà deux heures.

— Tu as bien fait, dit-elle.

Manifestement soulagé, il lui adressa un sourire qui la fit presque vaciller sur ses jambes.

— Merci, murmura-t-il alors qu'il les accompagnait jusqu'à la porte. Je serai plus tranquille de savoir que vous rentrez directement.

— Bonne nuit, Yannis ! dit Annie qui monta dans la voiture en bâillant.

— Bonne nuit et merci, Yannis, renchérit Jennifer.

— À demain matin, dit-il.

Elle crut un instant qu'il allait l'embrasser, mais il referma la portière et se pencha par la vitre ouverte.

— Prenez bien soin de mes filles, lança-t-il au chauffeur en lui tendant deux billets.

— Comptez sur moi ! répondit l'homme.

Ses filles ! Jennifer ne savait trop quoi penser du ton possessif dans la voix de Yannis. Mais l'affection qu'il leur manifestait ainsi que l'attention qu'il avait eue pour Margaret lui faisaient chaud au cœur. Il y avait si longtemps qu'elle ne s'était pas sentie aussi aimée, aussi protégée, et ce sentiment lui donnait envie de s'abandonner totalement à lui. Dangereux, sans doute, songea-t-elle en s'efforçant de relever les barrières derrière lesquelles elle avait pris l'habitude de se réfugier.

Devait-elle se méfier de la place toujours plus grande que prenait Yannis dans son cœur ? Un jour ou l'autre, il sortirait de leur vie, et comment s'en remettrait-elle, alors ?

Elle repoussa cette pensée, résolue à ne pas gâcher la joie qu'elle éprouvait aujourd'hui par une vision pessimiste de l'avenir.

9.

Le lendemain matin, comme promis, Yannis vint les chercher et les emmena à l'hôpital. Une pluie battante tombait sans interruption depuis le milieu de la nuit et ils durent courir en s'abritant sous un ciré jusqu'à la grande porte vitrée de l'établissement. Il les laissa devant la chambre de Margaret avec la promesse de revenir les chercher une heure plus tard.

Margaret se sentait visiblement beaucoup mieux, mais le temps de s'acquitter des formalités administratives, il était midi passé quand ils purent rentrer et l'installer dans son lit.

— Margaret reste toute seule ? s'inquiéta Annie. Peut-être qu'on devrait lui faire une place chez nous jusqu'à ce qu'elle serait guérie.

— Jusqu'à ce qu'elle *soit* guérie, rectifia Jennifer machinalement. Non, il vaut mieux qu'elle reste chez elle ; elle se reposera mieux. De toute façon, nous avons juste à traverser le palier régulièrement pour nous assurer qu'elle a bien tout ce qu'il lui faut. Et puis elle a son téléphone pour nous appeler s'il y a un problème.

Annie grimpa sur une chaise et s'accouda à la table de la cuisine.

— J'ai faim, maman. Et peut-être que Margaret aussi.

— Elle venait de prendre son déjeuner quand nous sommes allées la chercher, lui rappela Jennifer. Mais pas nous, alors il est normal que tu aies faim. Qu'as-tu envie de manger ?

— J'ai remarqué un traiteur chinois au coin de la rue, tout à l'heure, intervint Yannis. Je pourrais aller chercher quelques plats.

— Oh ! oui ! s'exclama Annie.

Yannis s'accouda au comptoir.

— Et toi, Jennifer ? Tu aimes aussi ?

— Oui, mais sache qu'Annie prétend aimer *toutes* les cuisines exotiques, qu'elle y ait déjà goûté ou non, dit-elle, amusée.

— Tant mieux, ça simplifie les choses, répondit-il. Vous avez des préférences, toutes les deux, ou vous me faites confiance ?

Elles lui firent confiance et, une demi-heure plus tard, une douzaine de boîtes et de plats étaient exposés sur la table devant eux.

— C'est quoi, ça ? demanda Annie en mâchant une bouchée.

Yannis se pencha pour piquer dans son assiette un morceau de viande baignant dans une sauce claire et le porter à sa bouche.

— Poulet au gingembre, déclara-t-il.

— Eh bien, c'est drôlement bon.

Yannis se tourna vers Jennifer et lui adressa un clin d'œil.

— Test concluant : elle aime la cuisine chinoise.

— Je peux manger avec les baguettes ? demanda Annie.

Jennifer envisagea le pire.

— Tu sais, c'est plus facile avec une fourchette.

— Mais Yannis, il s'en sert, lui.

— C'est vrai.

Il se tourna vers elle pour obtenir sa permission et attendit qu'elle acquiesce pour sortir deux baguettes de leur sachet de plastique et les tendre à Annie. Cette dernière, après plusieurs essais infructueux – voire désastreux… –, se tourna vers lui avec un regard implorant.

— Comment tu fais, toi ?

Se levant, il vint derrière elle pour placer correctement les baguettes entre ses doigts, puis l'aider à attraper un morceau de poulet et le porter à sa bouche.

— T'as vu, maman ? Je mange comme une vraie Chinoise !

— J'ai vu, mon chat. C'est super ! commenta-t-elle en échangeant un coup d'œil amusé avec Yannis.

Ils passèrent l'après-midi à jouer et à regarder la télévision tout en rendant des visites régulières à Margaret, qui allait bien mieux. Après avoir terminé de dîner et fait la vaisselle, tous trois s'installèrent dans le salon pour disputer une partie de jeu de l'oie, accompagnés, en fond sonore, par Ella Fitzgerald dont Jennifer avait glissé un CD dans le lecteur.

Yannis lança ses dés et fit avancer son pion.

— Oh ! non ! T'es tombé dans le puits ! Tu peux plus jouer ! s'exclama Annie.

— Juste pendant trois tours, et après, je vais me rattraper. J'ai deux femmes contre moi, et c'est mon honneur d'homme qui est en jeu, ajouta-t-il d'un air faussement sérieux qui les fit rire toutes les deux.

« Bon sang ! se dit-il soudain. Je suis en train de passer un excellent moment à jouer avec une gamine et sa mère. »

Il était loin de ces réunions mondaines où il devait repousser avec tact et amabilité toutes ces jeunes filles rivalisant de minauderie pour le conquérir ! Était-il possible que sa conviction de n'être pas fait pour la vie de famille vienne simplement du fait qu'il n'avait pas rencontré la bonne personne ? Cette pensée le stupéfiait – et il la repoussa dans un coin de son esprit pour y réfléchir plus tard. Il s'amusait trop pour gâcher l'instant par des réflexions sérieuses…

Plus tard, une fois que Yannis fut parti et Annie couchée, Jennifer se glissa à son tour sous sa couette.

La lampe de chevet jetait un reflet doré sur le livre ouvert sur ses genoux relevés et le cahier ouvert à côté d'elle. Elle avait eu l'intention de travailler un peu, mais ne cessait de penser à l'après-midi.

Il y avait une telle disparité entre l'image de play-boy de Yannis et l'homme qui s'était assis en tailleur par terre pour jouer au jeu de l'oie avec elles… Un sourire monta à ses lèvres alors qu'elle le revoyait pester quand il était tombé pour la deuxième fois dans le puits…

D'une certaine manière, pourtant, elle craignait de regretter un jour ces moments de pur bonheur car ils reflétaient ce dont elle avait toujours rêvé pour Annie : une vie où elle aurait un père qu'elle pourrait aimer et respecter…

Le téléphone sonna, la tirant brusquement de sa rêverie.

— Oui, allô ?

— Bonsoir, Jennifer.

Elle frissonna en reconnaissant la voix haïe de Patrick.

— Que veux-tu ? s'enquit-elle froidement.

— Eh bien, je voulais savoir si tu avais réfléchi à ma requête…

— Je n'ai pas eu besoin de réfléchir. Je te l'ai dit et je te le répète : je ne demanderai pas à Yannis de te donner un job.

— Oh ! c'est vraiment regrettable…, répliqua-t-il, mielleux. Peut-être pourrions-nous en discuter plus sérieusement devant un café, demain ?

— Non. Nous n'avons rien à nous dire.

— C'est là où tu fais erreur, Jenny.

Sa voix s'était faite insensiblement plus dure.

— Nous pourrions sans doute laisser nos avocats se débrouiller entre eux, mais je pense qu'il serait préférable – et moins cher – d'organiser entre nous mes visites à Annie.

— Tu ne t'es jamais intéressé à elle, protesta-t-elle, furieuse.

— Non, mais ça ne retire pas pour autant mon droit de garde. Si je choisis de l'utiliser, rien ne pourra m'en empêcher.

Elle prit une longue inspiration.

— D'accord, dit-elle finalement. Je te verrai avant de prendre mon service.

Elle lui donna l'adresse d'un café à deux pas de l'appartement puis coupa la communication. Sa main tremblait quand elle replaça le téléphone sur sa base.

Elle n'avait pas décoléré lorsqu'elle poussa la porte vitrée du café, le lendemain.

Son ex-mari était assis à une petite table ronde dans le fond de la salle. L'apercevant, il se leva en lui adressant un signe de la main. Elle se fraya un chemin parmi les autres tables pour la plupart encore vides à cette heure de la matinée.

Patrick lui tira galamment une chaise et lissa le pli du pantalon de son costume avec un soin maniaque qui l'exaspéra. Elle avait oublié ce genre de petit détail qui, lors de leur lune de miel, lui paraissait charmant. Elle n'avait pas été longue à déchanter…

— J'ai commandé un thé au lait pour toi, dit-il avec un sourire avenant. Tu aimes toujours ça, j'espère.

— Oui, merci, répondit-elle, déterminée à rester polie.

Elle voulait profiter de cette rencontre pour obtenir des informations et savoir jusqu'où Patrick était prêt à aller pour avoir gain de cause.

Il n'était toujours pas question pour elle de céder à ses menaces et de demander à Yannis de l'intégrer dans son équipe. D'un autre côté, il était tout aussi inenvisageable qu'il entame une procédure pour obtenir un droit de garde, dut-il l'exercer à titre occasionnel. Ce serait mettre en danger la stabilité émotionnelle d'Annie.

Elle avala une gorgée de thé en l'observant par-dessus le bord de sa tasse.

— J'avoue que je suis curieuse de savoir comment tu as trouvé mon adresse, Patrick. L'article, dans le journal, à part le fait que j'étais avec Yannis au bal de l'Institut, ne la précisait pas.

— Exact. Ce n'est pas par ce biais que je l'ai apprise. C'est le détective qui m'a donné les détails, y compris ton adresse.

— Le détective ? répéta-t-elle en s'efforçant de cacher sa surprise.

— Oui. Il ne me l'a pas spécifiquement dit, mais j'ai deviné qu'il avait été engagé par la famille Demetrios pour découvrir le milieu d'où venait la cavalière du seul héritier de la famille.

Il marqua un temps en l'observant avec attention.

— Tu sais qui est le Dr Demetrios, je suppose ?

Jennifer haussa les sourcils, mais se refusa à montrer la moindre réaction.

— Ah…, dit-il. Tu ne sais pas.

Il secoua la tête, visiblement amusé.

— Jennifer… Tu dois être la seule femme de Boston à ignorer que Yannis est l'unique fils – et donc l'unique héritier – du grand armateur Jonathon Demetrios.

Jennifer en resta stupéfaite un instant, puis les rouages de son esprit se mirent à tourner à toute allure alors qu'elle essayait de mettre bout à bout les indices qui auraient pu lui révéler que Yannis gagnait plus que ses honoraires de médecin et de scientifique. Ceux-ci lui auraient-ils permis de posséder une Jaguar, une maison, de s'offrir un superbe smoking ?

— Naturellement, quand le détective m'a posé certaines questions extrêmement personnelles sur toi, j'ai compris que la famille prenait la situation très au sérieux et que votre relation l'inquiétait beaucoup. Une relation qui, je dois l'avouer, est une aubaine pour moi…

— Ah oui ? dit-elle, ne maintenant son calme qu'au prix d'une grande maîtrise d'elle-même. Et pourquoi cela ?

Il eut un petit sourire horripilant de condescendance.

— Enfin, Jenny… Parce que, comme je te l'ai déjà expliqué, je viens juste d'obtenir mes diplômes de médecin et que j'ai posé ma candidature à l'Institut Armstrong. Et que, par un heureux hasard, toi – mon ex-femme –, tu sors avec un homme qui y a une influence prépondérante. Sans oublier que nous avons tous les deux une adorable petite fille qui ne mérite rien de moins que le meilleur.

— Une fois de plus, Patrick, ne compte pas sur moi pour te présenter à Yannis ou pour tenter de l'inciter à t'offrir un poste. Tu devras te fier à tes qualifications, rien de plus. Annie et moi n'avons rien à voir avec ton engagement dans cet établissement.

— Peut-être que non, dit-il d'un ton onctueux qui l'inquiéta. Mais toi et moi, que tu le veuilles ou non, sommes liés par notre rôle de parents. Peut-être devrions-nous envisager ensemble s'il est dans l'intérêt de notre fille de me refuser mon droit de visite. Après tout, il serait bon qu'elle connaisse son père, non ?

— Je t'en prie, épargne-moi ton numéro ! dit-elle, furieuse, à voix basse. Tu n'as jamais eu le moindre désir de la voir, alors ne fais pas semblant de te rappeler aujourd'hui que tu as une fille !

— Comme tu veux. Mais n'oublie pas que si tu choisis de ne pas me rendre ce petit service, je demanderai à mon avocat de t'imposer ces visites auxquelles j'ai légalement droit. Et peut-être même que je pourrai obtenir la garde – purement et simplement.

Jennifer eut l'impression que l'eau glacée coulait soudain dans ses veines.

— Tu n'oserais pas, dit-elle entre ses dents serrées.

— Mais bien sûr que si, répliqua-t-il avec une amabilité que démentait la froideur de ses yeux. J'ai l'intention de décrocher une prestigieuse position au sein de l'équipe Armstrong – par n'importe quel moyen.

Il se pencha vers elle et baissa la voix de façon menaçante.

— Ne te mets pas en travers de mon chemin, Jennifer.

— Tu es méprisable, dit-elle d'une voix tremblante de rage.

Il s'adossa au dossier de sa chaise avec un haussement d'épaules nonchalant.

— Traite-moi de tous les noms que tu veux, je m'en moque du moment que tu fais ce que j'attends de toi. Et ne crois pas que je profère des menaces en l'air : si tu refuses, j'exercerai mes droits parentaux.

Incapable de supporter sa compagnie plus longtemps, elle se leva.

— Je vais y réfléchir. Mais je ne vois pas comment je pourrais influencer Yannis dans la mesure où je n'ai aucun rapport avec son travail. J'ignore même ce qu'il fait à l'Institut car il n'en parle jamais.

— Tu n'as pas besoin de le savoir, dit-il en se levant à son tour. Fais simplement en sorte qu'il accepte de me donner le poste. Je t'accorde deux semaines, peut-être plus s'il le faut, mais si tu n'as pas de résultat à m'offrir d'ici là…

Ignorant la menace, Jennifer tourna brusquement les talons pour sortir du café.

Il n'était pas question qu'elle donne satisfaction à Patrick. C'était un lâche, un vrai serpent. Mais d'un autre côté, comment pouvait-elle éviter qu'il fasse du mal à Annie ? Même Yannis ne pourrait l'aider à l'en empêcher.

Après cet après-midi pluvieux à jouer avec Jennifer et Annie, Yannis s'arrangea pour passer le plus de temps possible en leur compagnie.

Bien que le désir soit constamment lové dans son ventre chaque fois qu'il était auprès de Jennifer, il se refusait à insister pour qu'elle passe une nouvelle nuit avec lui. Instinctivement, il devinait qu'il devait prendre le temps de l'apprivoiser, de lui laisser celui de l'accepter dans leur vie à toutes les deux.

Il savait qu'elle considérait toujours la nuit qu'ils avaient passée ensemble comme une unique parenthèse dans son existence bien organisée. Mais lui était déterminé à en connaître d'autres... Et chaque jour qui passait le confortait dans sa conviction qu'il ne se contenterait pas d'être simplement de passage dans sa vie. Peu à peu, il prenait conscience que, peut-être, sa propre vie ne serait jamais complète si Jennifer et Annie ne s'y installaient pas à demeure...

Le samedi, Yannis arriva comme prévu juste avant le déjeuner, et avec Butch. Un sourire illumina le visage de Jennifer quand elle le vit. Butch pénétra dans l'appartement en frétillant de plaisir.

— Entre..., dit-elle en se penchant pour caresser le chien.

Le doberman lui lécha les mains en dansant sur place, ses griffes crissant sur le parquet.

— C'est quoi qui fait du bruit comme ça, maman ? demanda Annie qui s'arrêta brusquement sur le seuil de l'entrée, les yeux écarquillés par la surprise. Un chien !

— Je te présente Butch, dit Yannis. Butch, dis bonjour à Annie.

Butch s'assit devant la fillette, les oreilles pointées, ses grands yeux bruns fixés sur elle.

— Bonjour, Butch, dit Annie. Je peux lui faire un câlin ?

— Oui. Mais d'abord, tends ta main vers lui pour qu'il la renifle.

L'inquiétude qui traversa fugitivement l'esprit de Jennifer eut tôt fait d'être dissipée. Moins de dix secondes plus tard, Annie était agenouillée près du gros doberman, un bras passé autour de son cou, et lui murmurait des secrets dans l'oreille.

— J'étais en train de préparer les sandwichs, annonça-t-elle. Thon-mayonnaise avec tomates et cornichons. D'accord ?

— Parfait.

Elle le précéda dans la petite cuisine où, désormais familier des lieux, il se prépara lui-même un café instantané.

— Je vous emmène pique-niquer dans le parc près de chez moi, dit-il. Ça te convient ?

Jennifer leva la tête. Il était accoudé sur le comptoir, ses yeux doux fixés sur elle.

— J'apprendrai à Annie à lancer le Frisbee à Butch. Il est plutôt doué pour le rattraper, ajouta-t-il avec un sourire craquant.

— Elle sera aux anges. Tu es sûr d'être à la hauteur pour suivre une petite fille très active dans un parc où elle peut courir à sa guise ?

— Suggérerais-tu que je suis trop vieux pour cet exercice ?

— Pas trop vieux, non, mais pas assez rapide, peut-être, dit-elle, amusée. Mais je serais curieuse de te voir relever le défi.

— Super !

Reposant sa tasse de café, il traversa la cuisine et, sans avertissement, la souleva dans ses bras pour l'embrasser sur la bouche.

— Je vais prévenir Annie et Butch, dit-il. Tu as besoin d'aide pour finir les sandwichs ?

— Non, ça ira.

Elle le poussa vers le couloir et, souriant pour elle-même, termina de préparer les sandwichs avant de les emballer.

Une demi-heure plus tard, Yannis garait la Jaguar dans son garage puis ils se mirent en route à pied.

— Il est loin, le parc, Yannis ? s'enquit Annie.

— À six pâtés de maison d'ici.

— O.K.

Le gros chien marchait d'un pas alerte au bout de sa laisse et répondait aux caresses d'Annie par des coups de langue et des jappements d'excitation partagée.

— Ils ont l'air de bien s'entendre, tous les deux, remarqua Jennifer. Je ne sais pas lequel des deux est le plus excité par cette promenade…

— Je crois qu'ils le sont autant l'un que l'autre…

Furtivement, elle jeta un regard vers lui. Une couverture rouge coquelicot jetée sur son épaule, il tenait la laisse d'une main et le panier du pique-nique de l'autre. Son jean moulant laissait apparaître le jeu de ses muscles à chacun de ses pas que rythmait le son mat de ses boots. Son polo marine découvrait ses bras bronzés.

Le voir, le savoir à ses côtés suffisait à la combler, songea-t-elle. Et cette révélation la fit sourire.

— Quoi ? demanda-t-il. Qu'y a-t-il ?

— Rien. Je suis simplement… heureuse.

Ses yeux sombres se firent plus doux.

— Tant mieux, répondit-il d'une voix plus grave qui la fit délicieusement frémir.

— Regarde, maman ! C'est le parc ! s'écria Annie avec excitation.

À une cinquantaine de mètres de là, en effet, une grande grille ouverte en annonçait l'entrée.

— C'est une des raisons pour lesquelles j'ai choisi de m'installer dans ce quartier, expliqua Yannis. Quand on veut un chien, il faut qu'il y ait un espace vert dans le coin. Ce qui n'empêche pas de faire provision de sacs plastique…

— Pour quoi faire ? demanda Annie.

— Pour nettoyer quand il fait ses besoins dans la rue.

— Beurk…, dit-elle en grimaçant.

— C'est le rôle du maître, Annie, dit Jennifer. Quand on

a un animal, on doit s'en occuper correctement, et nettoyer derrière lui fait partie des choses que l'on doit faire.

Annie considéra Butch un instant puis elle haussa les épaules.

— D'accord, dit-elle gravement. Alors quand j'aurai mon chien, je le ferai.

— Elle te ressemble tellement, murmura Yannis à Jennifer, assez bas pour qu'Annie ne l'entende pas.

— Et ce n'est pas si mal que ça, non ? répondit-elle sur le même ton.

— C'est même très bien. Elle a ta volonté, ton intelligence, ta beauté… Que demander de plus ?

Ils franchirent bientôt le grand portail, quittant le bitume pour un chemin de terre, et le grondement de la circulation pour le bruissement des feuilles dans les arbres. Des odeurs d'herbe fraîchement coupée se mêlaient à celles des parterres de fleurs qui ornaient l'entrée du parc.

D'autres familles avaient aussi profité de cette superbe journée printanière pour venir pique-niquer, et des enfants couraient un peu partout après des ballons ou des cerfs-volants.

— Où on va manger, Yannis ? s'enquit Annie.

— Il y a un coin très agréable à cinq minutes d'ici. C'est près d'un petit ruisseau.

— Un ruisseau ? Super !

Elle partit en courant pour rattraper Butch qui tirait sur sa laisse devant eux.

— Où trouve-t-elle toute cette énergie ? demanda Yannis en secouant la tête avec un sourire étonné.

— Aucune idée, mais je donnerais cher pour en avoir juste quelques miettes, des fois.

— Les enfants sont surprenants, non ?

— Je ne sais pas pour les autres, mais Annie l'est, en tout cas. Mais c'est ma fille, alors bien sûr je ne suis pas impartiale.

— Sûrement, mais si tu veux l'avis objectif d'un étranger… Elle *est* étonnante.

Impulsivement, Jennifer se haussa sur la pointe des pieds pour l'embrasser sur la joue.

— Mmm… Et pourquoi ce baiser ?

— Parce que, c'est tout.

Annie revint vers eux avec Butch et ce fugace instant entre eux se dissipa.

— On a faim, maman ! déclara-t-elle.

Dix minutes plus tard, ils étaient installés sur la couverture, à quelques mètres du ruisseau, et sous un saule dont les branches souples frémissaient sous la brise.

— Il peut manger de mon sandwich, Butch ? s'enquit Annie.

— Donne-lui en une bouchée pour qu'il ne soit pas frustré, mais pas plus, répondit Yannis. Il a eu sa pâtée avant de partir, et un chien ne mange pas comme nous. Beaucoup de choses qui sont bonnes pour nous sont mauvaises pour eux.

— Comme quoi ? insista Annie.

— Oh ! la liste serait trop longue… mais par exemple, il ne faut jamais leur donner du chocolat. C'est très dangereux ; s'ils en mangent beaucoup, ils peuvent même mourir.

Annie eut l'air surprise, et il était clair qu'elle prenait à cet instant conscience qu'un chien n'était pas un humain et qu'il ne fonctionnait donc pas de la même manière…

— On peut aller jouer au Frisbee avec Butch, maintenant ? demanda-t-elle quand ils eurent terminé leurs sandwichs.

Couché près d'elle, Butch dressa les oreilles.

— Si ta mère est d'accord, bien sûr.

Il se tourna vers Jennifer.

— Pas de problème. Je garde le fort en attendant, plaisanta-t-elle en s'adossant au tronc du saule pour les suivre des yeux.

Un après-midi idéal, songea-t-elle en les regardant rire et courir avec Butch. Toutefois, elle avait du mal à ignorer le gros nuage noir qui stagnait, menaçant, au-dessus d'elle et d'Annie…

— Salut…

Yannis releva les yeux de son écran d'ordinateur. Ted s'était arrêté sur le seuil de la pièce, un café fumant à la main et les cheveux ébouriffés comme s'ils n'avaient pas vu de peigne depuis des lustres. Tous deux avaient fait leur médecine ensemble à Stanford et Yannis le connaissait assez pour identifier immédiatement chez lui des signes d'anxiété.

— Salut, répondit-il. Entre, ferme la porte et dis-moi ce qui ne va pas.

Ted s'exécuta puis vint s'installer dans le fauteuil face à lui de l'autre côté du bureau.

— Comment sais-tu qu'il y a un problème ?

— Tes cheveux et ta mine renfrognée. Alors ?

— J'ai appris des mauvaises nouvelles, confirma Ted.

— Les résultats de nos dernières recherches ne sont pas ce que nous espérions ?

Son esprit s'efforçait déjà d'anticiper les choix qui s'offriraient à eux au cas où il serait tombé juste. Il commençait à envisager que le pourcentage de grossesses viables consécutives à la procédure *in vitro* qu'ils utilisaient actuellement pourrait être augmenté en prescrivant certains minéraux et vitamines spécifiques afin d'optimiser la santé de la mère six mois avant la conception. Les tests, jusqu'à présent, tendaient à indiquer que le régime actuel était efficace, mais encore insuffisant.

— Si, si, au contraire.

— Ah…

Yannis se tut afin de laisser Ted en arriver au fait.

— Sarah m'a confié qu'un audit avait été fait en secret à l'Institut, expliqua enfin Ted. Et les résultats révèlent de sérieux problèmes financiers.

Yannis se redressa dans son siège.

— Oh ! flûte… Et c'est sûr ?

Ted hocha la tête.

— C'est Lisa qui le lui a dit.

— Ah… Une source sûre…

Lisa Armstrong n'était pas seulement membre de la famille fondatrice de l'établissement, elle était également l'administratrice en chef de la partie médicale. Si Lisa en avait parlé à Sarah, la femme de Ted, alors l'authenticité de l'information ne faisait aucun doute.

— Lisa a-t-elle dit autre chose ?

— Il est clair que les problèmes sont assez graves pour menacer la survie financière de l'Institut.

Yannis pesta de nouveau.

— Comment a-t-on pu en arriver là ? J'ai entendu dire que le bal avait été un succès en ce qui concerne les fonds et les donations. Alors pourquoi ? Que se passe-t-il ?

— Oui, c'est bizarre, hein ?

— Et ça vient à un moment critique de nos recherches, en plus ! ajouta-t-il, l'air sombre. Je ne veux même pas imaginer ce qui pourrait se passer si nous devions tout reprendre de zéro dans un autre labo.

— Je sais, compatit Ted. On perdrait des mois, peut-être même des années.

— Et puis, tous ces scandales qui ont miné la réputation de l'Institut, ces derniers mois… C'est incroyable qu'il n'ait pas déjà succombé sous le poids de ces calomnies.

Ted acquiesça avant de boire une gorgée de café.

— D'une certaine manière, c'est bon signe, dit-il. Ça prouve que nous avons les reins solides et qu'il ne faut pas baisser les bras trop tôt. Nous surmonterons cette nouvelle tempête.

— Je prie pour que tu aies raison…, soupira Yannis en se levant. En attendant, je suggère que nous allions au labo voir ce que donnent nos derniers tests.

Toute la journée, Yannis s'immergea avec Ted dans ces recherches qui exigeaient d'eux beaucoup d'énergie et leur valaient de nombreuses frustrations. Le travail méticuleux de laboratoire effectué grâce à un groupe important de patientes volontaires prenait une grosse partie de leur temps et se révélait bien souvent décevant, mais c'était un mal nécessaire s'ils voulaient prouver la viabilité de leur théorie. La possibilité d'accroître les chances pour chaque couple de concevoir et de mettre au monde un bébé sain valait la peine, à leurs yeux, de dépenser toute cette énergie et d'aller au-delà des échecs et des insatisfactions. Le succès était au bout du chemin, aussi rude soit-il, et ils s'encourageaient l'un l'autre pour ne jamais perdre cet objectif de vue.

Ce soir-là, il se rendit directement chez Jennifer, s'arrêtant en chemin pour acheter le DVD de *Ratatouille* et une pizza. Il ne lui avait pas échappé que, depuis quelque temps, chaque fois qu'il était confronté à des ennuis à l'Institut, il prenait automatiquement la direction de l'appartement de Jennifer…

— Tu vas bien ? demanda-t-elle quand il l'attira contre lui pour l'embrasser.

— Juste quelques ennuis au travail, dit-il. Mais je me sens déjà mieux rien que d'être ici.

Lui prenant la main, elle l'entraîna vers le salon.

— Annie ? appela-t-elle. Tu viens dire bonjour à Yannis ?

Le dîner fini, Annie était installée devant *Ratatouille* et Yannis aidait Jennifer à porter les assiettes dans l'évier quand le téléphone sonna.

Tout en débarrassant la table, il la vit se figer dès qu'elle eut décroché, puis répondre à voix basse, blême et manifestement très contrariée. Il ne pouvait entendre ce qu'elle disait, mais son corps, lui, manifestait clairement sa colère et… sa peur.

— Des ennuis ? demanda-t-il quand elle revint près de lui.

— Non, non, ça va. Viens, allons rejoindre Annie.

Il dut attendre que le film soit fini et qu'Annie soit couchée pour aborder le sujet qui le tracassait depuis deux heures.

— Parle-moi de ce coup de téléphone, Jennifer, dit-il.

Elle rencontra son regard ; ses yeux trahissaient cette peur qu'il avait ressentie en elle plus tôt.

S'asseyant près d'elle sur le canapé, il l'attira contre lui.

— Tu peux me dire que ce n'était rien, mais je sais qu'il y a un problème. Parle-moi, je t'en prie.

Elle garda un long moment le silence et il attendit patiemment qu'elle surmonte ses réticences.

— C'était mon ex-mari.

Yannis se raidit.

— J'ignorais que vous étiez encore en contact.

— Nous ne l'étions plus depuis le divorce, jusqu'à ce qu'il m'appelle. C'est la troisième fois depuis le mois dernier.

— Que veut-il ?

Elle baissa la tête, hésitante.

— Jennifer, tu peux tout me dire..., insista-t-il doucement.

Après un moment de silence, elle finit par tout lui révéler : la photographie du bal que Patrick avait vue, son désir d'entrer dans l'équipe de l'Institut, son chantage pour qu'elle intercède auprès de lui, Yannis, afin qu'il l'engage et, pire que tout, la menace qu'il faisait peser sur Annie.

Yannis n'avait pas de mots assez durs pour qualifier l'homme et sa conduite.

— Mais comment as-tu pu l'épouser ? Comment a-t-il fait pour séduire une femme aussi intelligente et honnête que toi ?

Elle secoua la tête en soupirant.

— J'étais très jeune et très naïve et il avait beaucoup de charme. Mais, finalement, ce mariage n'a pas été un échec total, puisqu'il m'a donné Annie.

— Je croyais qu'il avait légalement renoncé à ses droits parentaux, mais, de toute évidence, ce n'est pas le cas, n'est-ce pas ?

— Non. C'était un simple accord entre nous, rien de légal. Une erreur de ma part, je m'en rends compte aujourd'hui, mais jamais il ne m'était venu à l'esprit qu'il aurait un jour des raisons de revenir sur sa décision. D'ailleurs, il n'a pas changé d'avis quant à Annie ; pour lui, elle n'est qu'un moyen de parvenir à son but en me faisant chanter.

Elle se redressa brusquement, les mâchoires crispées.

— Qu'une chose soit bien claire, Yannis : je ne te demande pas d'aider Patrick à obtenir un job à l'Institut. Et j'espère qu'il laissera tomber ses menaces quand il se rendra compte qu'elles ne le mèneront nulle part.

Avec douceur, il l'attira de nouveau contre lui.

— Il ne m'est pas une seconde venu à l'esprit que tu accepterais de jouer son jeu. Ne t'inquiète pas ; nous trouverons le moyen de l'empêcher de nuire à Annie. S'il le faut, je ferai intervenir le cabinet d'avocats de ma famille. Ils n'ont encore jamais perdu le moindre procès.

Jennifer se pressa plus étroitement contre lui tandis qu'il

l'embrassait tendrement. Bientôt, le désir flambait entre eux et Yannis, à un moment, dut s'écarter d'elle.

— À moins que tu m'emmènes dans ton lit, il vaudrait mieux que je rentre. Je crois avoir utilisé tout le contrôle que j'avais et, à présent, je ne réponds plus de rien…

— Yannis, je ne suis pas sûre que…

Il posa son index sur sa bouche pour la faire taire.

— Je sais. Tu n'es pas prête.

La prenant dans ses bras, il l'embrassa chastement sur le front puis l'entraîna vers l'entrée.

— Ferme bien les verrous derrière moi, dit-il.

— Oui. Bonne nuit, murmura-t-elle.

— À demain.

Avant même d'avoir regagné sa voiture, il sortit son portable et laissa un message à l'agence spécialisée dans les investigations en tout genre à laquelle avait toujours recours son père pour leur demander de lui trouver au plus vite les coordonnées du mari de Jennifer. Il rentra chez lui en échafaudant un plan pour débarrasser une fois pour toutes Jennifer et Annie de cet homme.

Quand il rentra sa Jaguar dans le garage, il savait exactement comment il allait procéder…

— Docteur Demetrios, votre rendez-vous de 15 heures vient d'arriver.

— Faites-le entrer, répondit Yannis dans l'Interphone.

La porte s'ouvrit et l'homme pénétra dans la pièce.

Yannis se leva, jaugeant l'ex-mari de Jennifer d'un œil froid. Taille moyenne, carrure solide, traits réguliers et sourire affable qui, il le devinait sans mal, pouvait aisément devenir charmeur avec les femmes.

Il le détesta d'emblée.

— Patrick Evans ?

— Oui, répondit ce dernier en s'approchant pour lui serrer la main. C'est un plaisir de vous rencontrer, docteur

Demetrios. Je suis vos travaux avec un grand intérêt depuis plusieurs mois.

— Merci. Asseyez-vous, je vous prie.

Il reprit place lui-même dans son fauteuil et sélectionna le dossier de son visiteur qui apparut sur l'écran de son ordinateur.

— Votre candidature précise que vous venez de terminer votre internat. Qu'est-ce qui vous a décidé à vouloir travailler pour l'Institut Armstrong ?

— Vos recherches, répondit Patrick sans hésitation. Les nouvelles méthodes de procréation *in vitro* m'intéressent tout particulièrement.

— Je vois, dit Yannis. Vous avez été marié à Jennifer Winkler, n'est-ce pas ?

— En effet, répliqua Patrick dont l'expression fut teintée d'une ironie désabusée. Nous étions trop jeunes et ce fut un échec, malheureusement.

Cette réponse toute prête n'étonna pas Yannis.

— Hmm… Et vous avez une fille.

— Oui. Les circonstances m'empêchent de la voir aussi souvent que je le souhaiterais, hélas, mais à présent que je vais avoir une situation plus stable, j'espère pouvoir enfin m'en occuper correctement.

Yannis jugea que la comédie avait assez duré. Les réponses criantes d'hypocrisie de l'homme le confortaient dans l'opinion qu'il avait pu se faire à travers la description de Jennifer. Patrick Evans était un lâche doublé d'un menteur pour qui sa fille n'avait d'intérêt qu'en tant que moyen de chantage.

— Je suggère que vous reconsidériez votre relation avec Annie, dit-il d'un ton où perçait désormais une sourde menace.

Pris au dépourvu, Patrick fronça les sourcils.

— Excusez-moi, mais je ne comprends pas ce que…

— Mon avocat a préparé deux documents. Vous allez les signer, renoncer à tous vos droits parentaux envers Annie et accepter son adoption par un homme capable d'être un vrai père pour elle.

Comme mû par un ressort, Patrick bondit de sa chaise. Une bouffée de colère avait tout à coup coloré ses joues.

— Qu'est-ce qui vous fait croire que vous pouvez m'obliger à signer quoi que ce soit ?

Yannis se leva à son tour et posa ses deux poings sur le bureau sans chercher à cacher le mépris que lui inspirait Patrick.

— J'ai le pouvoir de vous empêcher de trouver du travail dans tous les laboratoires de la côte Est, voire de tous les États-Unis.

— Vous n'avez pas le droit ! protesta Patrick.

— Vous voulez parier ? rétorqua Yannis. Et si vous essayez seulement de menacer encore Jennifer ou Annie, je ne perdrai pas de temps à appeler votre patron ou mon avocat – c'est directement à moi que vous aurez affaire.

— Le nom de Demetrios ne vous autorise pas à me forcer à renoncer aux droits que j'ai sur ma fille, répliqua Patrick dont le visage, alternativement, blêmissait et s'empourprait.

— Je n'ai pas besoin de mon nom ou de l'argent de ma famille pour m'occuper de vous ! Mais s'il le faut, je me servirai de tous les moyens dont je dispose.

Ouvrant son tiroir, il prit un dossier et en sortit les documents qu'il posa devant Patrick avec un stylo.

— Nous savons tous les deux que vous n'avez strictement rien à faire d'Annie et de Jennifer. Alors signez ces papiers.

Patrick soutint encore un instant son regard dans un ultime défi, puis il saisit le stylo et apposa son paraphe partout où il était requis avant de repousser les documents vers lui.

Yannis les parcourut pour s'assurer qu'ils étaient correctement signés, puis les remit dans le dossier.

— J'ai votre parole que vous ne me fermerez pas les portes des autres laboratoires ? demanda Patrick avec agressivité.

— Vous l'avez.

Patrick se dirigea vers la porte qu'il ouvrit avec brusquerie.

— Si vous deviez divulguer ce qui vient de se passer ici, je saurais d'où vient la fuite, ajouta Yannis. Et si je découvre que vous avez parlé, alors je prendrai un plaisir extrême à m'assurer que vous ne puissiez jamais pratiquer la médecine, conclut-il, le visage de marbre.

Livide, maintenant, Patrick quitta la pièce en refermant sans bruit la porte derrière lui.

Yannis relâcha l'air qu'il avait l'impression d'avoir bloqué dans ses poumons durant tout l'entretien et laissa la satisfaction d'avoir réglé cette affaire dissiper la répulsion que ce minable maître chanteur lui inspirait.

Un minable et un imbécile. Car il fallait vraiment être aveugle et borné pour avoir tourné le dos à une femme comme Jennifer et à son adorable petite fille. À sa place, il aurait été le plus heureux des hommes. Jamais il ne les aurait quittées.

Et je ne les quitterai jamais, songea-t-il soudain avec une détermination farouche. Il les voulait toutes les deux dans sa vie. Il voulait leur offrir une protection légale – ce qui signifiait le mariage et l'adoption d'Annie.

À présent que cette résolution avait pris forme dans son esprit, il était impatient de la mettre en application.

En espérant que Jennifer accepterait.

Incapable d'attendre sa réponse plus longtemps, il prit son dossier et sortait de son bureau quand sa secrétaire le rattrapa dans le couloir.

— Yannis, il y a un problème avec Mme MacQuillen. Son mari a appelé les urgences et l'ambulance l'a conduite directement à l'hôpital.

— J'y vais immédiatement, dit-il.

Alors même qu'il se dirigeait vers l'ascenseur, il composa le numéro des MacQuillen.

— Ralph ? Ici le Dr Demetrios.

Il parvint à calmer quelque peu le mari anxieux et lui demanda de le retrouver à l'hôpital.

Jennifer et Annie devraient attendre. Dans l'immédiat, la grossesse difficile de Mme MacQuillen avait la priorité.

10.

Jennifer referma son portable après avoir une fois de plus eu la boîte vocale de Yannis. Elle avait espéré le voir ce soir ; depuis trois semaines, elle s'était habituée à ses visites lorsqu'elle ne travaillait pas en soirée.

Déçue, elle fit prendre son bain à Annie puis la laissa feuilleter un peu son grand livre sur les bébés animaux avant d'éteindre.

Seule dans la semi-obscurité du salon, elle alluma la télévision, mais rien, sur aucune chaîne, ne parvint à capter son intérêt.

Yannis lui manquait.

Elle avait fini par se fixer sur une rediffusion d'un vieux film de Fred Astaire quand des coups discrets retentirent dans l'entrée. Après avoir regardé dans le judas, elle ouvrit la porte en grand.

— Salut…, dit-elle.

Après avoir refermé derrière lui, Yannis l'attira dans ses bras.

— Je t'ai manqué ?

Elle se mit à rire.

— Nous nous sommes vus il y a moins de vingt-quatre heures. Mais oui, c'est vrai, tu m'as manqué. Je t'attendais plus tôt.

— J'avais à faire… En l'occurrence, m'assurer que ton ex ne vous menace plus, ni toi ni Annie.

— *Quoi ?* Yannis, qu'as-tu fait ? demanda-t-elle, inquiète. Tu n'as pas cédé à son chantage en lui donnant un poste à l'Institut, j'espère ! Tu ne pourras jamais te fier à lui. Si tu t'avises de lui tourner le dos…

— Je n'ai rien fait de ce qu'il attendait, la rassura-t-il en lui montrant le dossier qu'il tenait à la main. Tiens. Ça, c'est pour toi.

Ils allèrent s'installer dans le salon où, après leur avoir servi à tous deux un café léger, elle s'assit dans le rocking-chair pour lire les documents. Elle n'arrivait pas à le croire… Patrick renonçait à tous ses droits sur Annie et acceptait même qu'elle puisse être adoptée !

— Je… je ne sais pas quoi dire, murmura-t-elle quand elle eut terminé. Comment as-tu pu le convaincre de signer ?

— Très simple… Je l'ai menacé de lui faire une détestable réputation dans le milieu médical. J'y ai une certaine influence et il le sait. Donc il a choisi d'abandonner Annie, en échange de quoi je lui ai promis de ne pas divulguer les procédés douteux auxquels il avait recours pour brûler les étapes de son ascension sociale…

— Oh ! Yannis !

Ses yeux se remplirent soudain de larmes.

— Ne pleure pas, ma chérie, dit-il en l'attirant contre lui. Jennifer, je ne sais pas si tu es prête pour cela, mais je voudrais t'épouser et adopter Annie.

Elle releva la tête et, sans un mot, sonda son regard. La détermination brillait dans les yeux noirs de Yannis.

— Dis-moi oui, je t'en prie, insista-t-il. Je ne peux plus vivre sans toi.

— Je… je ne savais pas, dit-elle dans un souffle. Tu ne m'as jamais dit que… que tu m'aimais.

— Je ne pensais pas que tu étais prête à l'entendre. Et puis, c'est une première pour moi aussi. Jamais je n'ai aimé avant toi, et je croyais que c'était évident, que tu ne voyais que cela.

— Non. Mais peut-être parce que mon propre amour pour toi m'aveuglait…

Il rejeta la tête en arrière avec un énorme soupir de soulagement.

— Tu me rassures... Parce que si tu ne m'avais pas aimé, je ne sais pas ce que j'aurais fait.

— Et maintenant ? insista-t-elle en lui effleurant la gorge du bout des doigts. Puisque c'est oui, que veux-tu faire ?

Elle sentait son cœur cogner sourdement dans sa poitrine.

— Je voudrais que tu m'emmènes dans ton lit. Jusqu'à présent, je n'ai jamais insisté parce que je savais que tu ne voulais pas qu'Annie te découvre le matin avec quelqu'un sous ta couette, et que je respectais cette décision. Mais nous allons nous marier, et le plus vite possible, j'espère. Et je n'ai pas envie de rentrer seul chez moi ce soir.

— Et après ce soir ?

— Nous prendrons des vacances, tous les trois. Ensuite, vous vous installez toutes les deux avec moi. Il y a assez de place pour trois – et même pour cinq, pour dix si nous envisageons un jour de donner des frères et sœurs à Annie ! ajouta-t-il avec une lueur rieuse dans les yeux. Dis-moi oui, Jennifer, répéta-t-il. Je ne veux pas passer une seule nuit de plus sans toi.

Elle lui caressa le visage, lui lissa la bouche de ses pouces...

— Oui, dit-elle enfin, souriant à travers les larmes qui roulaient sur ses joues. Oui, je veux t'épouser, Yannis Demetrios.

Son visage s'illumina d'un sourire radieux.

— J'ai l'impression d'avoir gagné le super gros lot de la loterie ! s'exclama-t-il en pressant un baiser sur sa bouche. Annie sera ravie de vivre avec Butch, et lui aussi.

— Elle voudra même dormir avec lui.

— Pas de problème. On l'installera au pied de son lit !

Jennifer sentit ses ultimes craintes s'envoler. Lui prenant la main, elle se releva pour l'entraîner.

— Viens dormir avec moi, Yannis. Et reste jusqu'au matin. Quand Annie se réveillera, nous déjeunerons ensemble et lui annoncerons la nouvelle.

Yannis la suivit dans la chambre et dans le lit confortable où elle dormait seule depuis la naissance d'Annie.

Mais plus maintenant. Désormais, Yannis serait auprès d'elle.

Comme il lui ôtait son T-shirt et se penchait pour s'emparer de sa bouche, elle se sentit la proie d'une vive émotion. Yannis lui offrait de vivre ce qu'elle n'avait jamais connu auparavant – le bonheur, la sécurité, l'amour…

Juste avant qu'ils aient fini de se dévêtir et qu'il la soulève pour l'allonger sur le lit, elle se jura de l'aimer jusqu'à son dernier souffle, elle aussi.

L'avenir, songea-t-elle encore alors qu'elle frémissait sous ses mains impatientes, s'annonçait plus ensoleillé et lumineux qu'elle avait jamais osé l'imaginer…

Retrouvez en décembre 2019,
dans votre collection

Blanche

Blanche

Pour le bonheur d'Adao, d'Annie O'Neil - N°1461

SÉRIE : MIRACLES À L'HÔPITAL - 3/4

L'amitié, la famille, le bonheur d'être ensemble : Noël représente tout cela, pour la plupart d'entre nous. Mais ce n'est pas le cas du Dr Finn Morgan. Depuis le drame qui l'a marqué, il ne vit plus que pour son métier et ses jeunes patients du Hope Children's Hospital. Alors qu'il travaille avec la belle et compétente Naomi sur le cas du jeune Adao, Finn se surprend pourtant à éprouver des émotions qu'il croyait lui être à jamais interdites…

Un vœu, un miracle, de Tina Beckett

SÉRIE : MIRACLES À L'HÔPITAL - 4/4

Sauver la petite Ivy. Voilà le but que poursuit sans relâche le Dr Madison Archer, diagnosticienne au Hope Children's Hospital. Elle n'a pas le droit d'échouer, alors que la vie de cette enfant est en jeu. Heureusement, elle peut compter sur l'aide et le soutien du Dr Theo Hawkwood, un illustre médecin qui fait battre son cœur pour son charisme, son intelligence et l'affection teintée de désespoir qu'il porte à Ivy, sa fille…

Les jumeaux d'une nuit, de Karin Baine - N°1462

Sous le coup d'une peine de cœur, Isobel se précipite chez le Dr Cal Armstrong, son meilleur ami. Lui seul pourra lui apporter le réconfort dont elle a tant besoin ! Mais alors qu'elle se blottit dans ses bras, son corps, soudain, s'éveille au désir, tandis que l'air se charge d'électricité. Après une nuit de passion incandescente, tous deux savent que plus rien ne sera jamais comme avant. Et cela d'autant plus qu'Isobel se découvre enceinte… de jumeaux !

Ce héros à aimer, d'Annie Claydon

Callie a un projet qui lui tient à cœur : photographier une caserne de pompiers pour montrer au public l'engagement de ces héros du feu. Si elle est bien accueillie à la caserne de Blue Watch, elle doit pourtant vaincre les réticences de Ben Matthews, le chef de brigade. Surtout, elle doit ignorer les sentiments qu'elle sent naître en elle au contact de cet homme valeureux – le plus sexy qu'elle ait jamais rencontré.

HARLEQUIN

Leur mission : sauver des vies.
Leur destin : trouver l'amour.

Blanche

Retrouvailles à l'Hôpital Général, de Sue MacKay - N°1463

« C'est fini entre nous. » Six ans après, ces mots hantent encore Brenna. Jamais elle n'a oublié comment Hunter Ford, l'homme qu'elle aimait, a mis brutalement fin à leur relation, brisant ses rêves et son cœur. Le revoir aujourd'hui à Vancouver lui cause un choc d'autant plus grand qu'elle apprend qu'ils vont devoir travailler ensemble à l'hôpital...

L'île de Leo Aretino, de Marion Lennox

Lorsqu'Anna hérite d'un château à Tovahna, elle se rend sur la splendide île qui l'a vue naître, au cœur de la Méditerranée. Ce retour au pays la confronte soudain à son passé, à ses souvenirs. Mais ce sont ses retrouvailles avec Leo Aretino, le médecin local, qui la bouleversent tout à fait. Car Leo, toujours aussi irrésistible, n'est autre que l'homme qu'elle espérait autrefois épouser...

Ombre sur un mariage, de Sarah Morgan - N°1464

Parce qu'Alessandro passe tout son temps à l'hôpital et que leur mariage va à vau-l'eau, Christy Garcia décide de jouer le tout pour le tout : elle part s'installer à Londres, espérant dans le fond de son cœur qu'il viendra l'y chercher. En vain. Mais Christy n'est pas femme à renoncer. Et encore moins quand elle découvre que l'homme qu'elle aime toujours passionnément n'est pas insensible au charme d'une très belle consœur...

Idylle à Santa Barbara, de Lynne Marshall

Croiser le regard bleu azur de Phil Hanson, un brillant médecin au physique de surfeur, est un véritable choc pour Stephanie, qui sait d'instinct que cette rencontre vient de changer sa vie. Très vite, en effet, tous deux deviennent inséparables, et entament une liaison passionnée, folle, absolue... Une liaison à laquelle Stephanie veut pourtant mettre un terme, prisonnière qu'elle est d'un secret qui l'empêche d'envisager sereinement l'avenir avec un homme...

HARLEQUIN

Leur mission : sauver des vies.
Leur destin : trouver l'amour.

HARLEQUIN
www.harlequin.fr

Blanche

Le merveilleux Noël de Maggie, d'Ami Weaver - N°1465

Maggie ressent une joie intense, mêlée de soulagement, lorsque le Dr Josh Tanner, veuf depuis quelques années, l'engage comme nourrice pour son fils Cody, quatre ans. Car, si ce poste est une belle opportunité professionnelle, c'est surtout un moyen de se rapprocher du petit garçon, qui lui est déjà si cher, pour des raisons qu'elle peut difficilement avouer à Josh... Raisons qui l'empêchent aussi de céder à l'attirance qui, au fil des jours, la pousse de plus en plus vers le beau médecin...

Dans les bras du Dr Williams, de Janice Lynn

Une nuit dans les bras du Dr Riley Williams : Trinity n'osait même pas en rêver, et voilà que c'est arrivé ! Sauf que, au matin, la réalité la heurte de plein fouet : Riley est son collègue, et elle a passé la nuit dans son lit, après une fête entre employés de l'hôpital... Mortifiée, elle préfère prendre la fuite. Hors de question que qui que ce soit à l'hôpital apprenne ce qui s'est passé entre eux : dorénavant, elle fera tout pour éviter Riley, quoi qu'il lui en coûte – oui, même si elle est folle amoureuse de lui.

Composé et édité par HarperCollins France.

Achevé d'imprimer en octobre 2019.

BLACK PRINT

Barcelone

Dépôt légal : novembre 2019.

MIXTE
Papier issu de sources responsables
FSC® C108412

Pour limiter l'empreinte environnementale de ses livres, HarperCollins France s'engage à n'utiliser que du papier fabriqué à partir de bois provenant de forêts gérées durablement et de manière responsable.

Imprimé en Espagne.